古典文獻研究輯刊

三 編

潘美月・杜潔祥 主編

第 **24** 冊

《康熙字典》及其引用《說文》與歸部之探究（上）

李 淑 萍 著

國家圖書館出版品預行編目資料

《康熙字典》及其引用《說文》與歸部之探究（上）／李淑萍著
— 初版 — 台北縣永和市：花木蘭文化出版社，2006〔民95〕
序 1+ 目 4+246 面；19×26 公分（古典文獻研究輯刊 三編；第
24 冊）

ISBN：978-986-7128-54-6（精裝）
ISBN：986-7128-54-0（精裝）
1. 康熙字典－研究與考訂
2. 中國語言－字典，辭典－研究與考訂
802.31   95015558

ISBN 986712854-0

9 789867 128546

古典文獻研究輯刊   ISBN：978-986-7128-54-6
三 編 第二四冊   ISBN：986-7128-54-0

《康熙字典》及其引用《說文》與歸部之探究（上）

作　　者　李淑萍
主　　編　潘美月　杜潔祥
企劃出版　北京大學文化資源研究中心
出　　版　花木蘭文化出版社
發 行 所　花木蘭文化出版社
發 行 人　高小娟
聯絡地址　台北縣永和市中正路五九五號七樓之三
　　　　　電話：02-2923-1455／傳真：02-2923-1452
電子信箱　sut81518@ms59.hinet.net
初　　版　2006 年 9 月
定　　價　三編 30 冊（精裝）新台幣 46,500 元

《康熙字典》及其引用《說文》與歸部之探究（上）

李淑萍　著

作者簡介

李淑萍

臺灣省臺南縣人。國立中央大學文學博士。現任國立中央大學中文系助理教授。

作者近年之研究重心，以文字學、訓詁學，及《康熙字典》為主，著有專書《康熙字典研究論叢》等。除了《康熙字典》相關研究外，尚有〈隸書的起源及其分期特色〉、〈析論《龍龕手鑑》對近代通用字典部首的影響〉、〈析論轉注字之形成及其先後次第〉、〈論「形似」在漢字發展史上的意義與作用〉、〈淺談王筠「古今字」觀念〉等單篇論文。

提　　要

　　《康熙字典》是我國辭書編纂史上對後世字書、辭典影響深遠的一部工具書。近代通行之字辭典，多半以此書為編纂底本，惟近人論及此書多訾議其非，貶損其價值。為釐清諸說，對《康熙字典》提出公允之評價，本文擬以《康熙字典》與《說文》二者之關係為範圍，從部首演變與引用資料兩大方面進行探討，並深究此書對後世的影響。此即本文之研究動機及目的。

　　本文第二章以「《康熙字典》及其體例概述及版本流傳」為題，分述其成書之時代背景，論及編纂體例、後續校改之緣由與版本流傳，進而彰顯其價值與影響，使《康熙字典》全書之基本面貌得以清晰呈現。第三章以「《康熙字典》處理《說文》資料之形式」為題，係針對《康熙字典》引用《說文》以析形釋義之各種情形來立說。文中藉引用例證分析其采引《說文》之原則，也由書中術語運用不一，名目雜出，說明非成於一人一手之字書，在統整工作上的重要性。

　　本文第四、五章主在探討《康熙字典》與《說文》之間的關係。前者將《說文》正文十四卷五百四十部首，分成四節，逐部逐字檢核，以明其實。後者則以「《康熙字典》刪併《說文》部首之探究」為題，重於學理上的討論。在探究歸部合理性時，筆者將《康熙字典》歸部疑義者，逐字探析，論證過程皆引據典籍及前人之說，悉為釐清，冀求歸部之至當，以供學界參考。

　　末章為本文之結論。筆者從「編纂之目的與動機」、「全書體例」、「引用資料」、「部首列字」、「對後世字書、辭典學的影響」等方面進行考察而提出結論。

　　以客觀態度言之，《康熙字典》實優劣並存、良莠互見。其引用書證譌舛脫誤，民初學者已多有批評，然此書之長處亦不容忽視。檢覈全書，其形、音、義的注釋極為詳備，收采弘富，旁羅博證，規模遠勝於歷代字書、韻書。《康熙字典》所制訂之體例，周詳完備，近世字辭典，亦每多遵循，足見其對後世之影響。是故，探討《康熙字典》采引《說文》之概況與得失，進而論及該書在我國學術史上的地位，以及對後世字、辭典編纂的影響，此皆本文探究的重點課題所在。

目

錄

蔡　序

　　自東漢《說文解字》以來，歷朝字書之編纂，舉其著者，有《玉篇》、《干祿字書》、《字彙》、《正字通》與《康熙字典》，而論其影響深遠，則莫過於《康熙字典》。

　　女眞入關，華夏易主，滿清雖以異族入主中原，然其屛棄意識，葆愛中華文化，不遺餘力，試觀康、雍、乾三朝，分以《康熙字典》、《古今圖書集成》、《四庫全書》之纂成，嘉惠士林，最爲可貴。緣於《康熙字典》出自欽定編纂，除博采詞義，有利辨悉，以便採掇，兼可反映一代用字之正俗，以明興替，則又有深義焉。

　　有明梅膺祚編《字彙》，改《說文》五四〇部爲二一四部，雖捨學理而趨便易，其利弊得失，各有所持，然便於實用，則具其效；唯波及深遠，使之奠立而不易者，則《康熙字典》與有助焉。蓋其收字最多，非《字彙》可及；義項之夥，非《字彙》可逮；論韻之細，非《字彙》可媲，故東瀛《大漢和字典》即規橅《康熙字典》而繼出，則其見重於世，可謂彰矣。

　　《康熙字典》雖享有令譽，《四庫全書總目》稱以「無一義之不詳，無一言之不備，信乎六書之淵海，七音之準繩也」，然詳探細究，不無缺憾，是實理勢所必然，然懾於出自欽定，朝臣參與，故少作改易，即有罹難之憂；略有不愼，難免速禍之慮，故王錫侯之斬決，《字貫》之燬版，豈始料所及？可謂憾矣！職是之故，其後雖有名儒王引之校改，然語多保留，難見其眞。

　　民國肇造，禁忌解體，有關《康熙字典》之評騭，初有覃魂、林語堂、陸費逵、熊希齡，繼有黃雲眉、錢劍夫、謝貴安，重啓此一研究，期臻於善，而此地之學者，致力於斯而不倦者，則有李氏淑萍，追塵而可及。

　　李淑萍好文字、訓詁之學，碩士論文以隸書之起源及其分期特色，爲其研究主題，而其間兼及《康熙字典》之鑽研，未嘗少替。余默察其有心於斯，自寄以厚望焉。李氏入博士班，以「《康熙字典》及其引用《說文》與歸部之探究」爲題，旁搜遠紹，用力益勤，舉凡《康熙字典》部典之刊刻、部首之承繼、歸部之匡正、得失之論述、疑義之袪除，無不逐字探索，務期理得心安而後已。其學雖未必陵於前修，然其心無旁鶩，專注不懈，亦能日積跬步，自致千里。其從余游，忽踰一紀，今其苦學力作，行將付梓，披覽之餘，不由驟興後生可畏，爲知來者之不如今也！爲學不宜自限，驕慢尤當自戒，而其謙恭有禮，黽勉不輟，則余之所憂，實多餘也。時值留青之際，綴述其實以爲序。

歲次丙戌初秋鄞縣蔡信發書於銘傳大學

第一章　緒　論

第一節　研究動機及目的

　　我國編纂字、辭典的發展頗具歷史，早在漢代就有了詞典和字典。《爾雅》專門訓釋古籍語詞與蟲魚鳥獸草木之名，是我國歷史上最早的一部詞典。字書的產生則始自《說文解字》（以下簡稱《說文》），緣於東漢許慎嗟歎時人好奇、俗儒穿鑿，故作《說文》以正其風。魏晉之後，詩歌詞曲盛行，韻書於是產生，這三種類型便成了我國字、辭典編排的主要方式。《四庫全書總目・提要》云：

> 　考訂源流，惟《漢志》根據經義，要爲近古。今以論幼儀者，別入儒
> 家；以論筆法者，別入雜藝；以蒙求之屬隸故事，以便記誦者別入類書；
> 惟以《爾雅》以下編爲訓詁，《說文》以下編爲字書，《廣韻》以下編爲韻
> 書。庶體例謹嚴，不失古義。〔註1〕

我國文字有形、音、義三要素，故〈提要〉將「小學」分爲字書之屬、韻書之屬、訓詁之屬三類。字書重字形，以《說文》爲代表；韻書重字音，以《廣韻》爲代表；訓詁重字義，以《爾雅》爲代表。其說符合我國文字之特性與字書、辭典發展之類型，是也。

　　由於時代社會不斷發展，語彙文字因應所需而日益增多，除文字形體不斷有增省改易外，詞彙的含意也有所引伸和假借，因此我們閱讀古籍時，爲求通曉古代漢語的意義及文字運用的概況，明白漢字的構成原理、構成方式及其本義、引伸、通用假借之各種情形，了解漢字的古今形義、音韻之轉變及其發展等，無不需要借重古代的字、辭典，作爲重要的參考資料。職是，一部編纂完善、資料豐富的字、辭

〔註 1〕詳見《四庫全書總目提要・經部・小學類一》，冊二，頁九八。國學基本叢書四百種。

典對吾人問學求知實有莫大之助益。

　　《康熙字典》是清初統治者集合了官方力量，纂修而成的一部集歷代字書大成之工具書，也是我國字書、辭典編纂史上對後世字、辭典影響深遠的一部古代字典。名為「字典」，乃取義於「古今字書之典範、法則」。近代以來通行之字、辭典，如臺灣之《中文大辭典》、中國大陸的《漢語大字典》、《漢語大詞典》、日本的《大漢和辭典》，皆以《康熙字典》為編纂底本，傚效其制，以成其書；惟近人論及《康熙字典》多訾議其非，貶損其價值。為「知其然」，進而「明其所以然」，對《康熙字典》提出公允之評價，故本文擬以《康熙字典》與《說文》二者之關係為範圍，從部首演變與引用資料兩大方面進行探討，並深究《康熙字典》對後世的影響。此即本文之研究動機及目的。

第二節　研究方法與內容

一、研究方法

　　為了對《康熙字典》引用《說文》之情形，作一比較全面而完整的研究，本論文在撰寫之際，擬定下列幾個步驟，以作為從事研究工作時的依據，冀收器利事善之效。

（一）搜集相關資料

　　搜集資料是從事學術研究工作的首務，此舉既可明瞭此研究專題目前已有的研究成果，也可藉由對眾多資料的解讀、分析和探索，進行論述與研判，提出前人所未及的研究心得，以擴大此研究專題的廣度與深度，避免閉門造車之失。茲謹將目前針對《康熙字典》之相關論著，分成專書與期刊論文，依出版時間先後，列舉如下：

1. 專　書
（1）吳聖雄，《〈康熙字典〉字母切韻要法探索》，民國七十四年六月臺灣師範大學國研所碩士論文。
（2）王力，《康熙字典音讀訂誤》，北京中華書局，一九八八年三月第一版。
（3）蔡師信發，《歷代重要字書俗字研究──《康熙字典》俗字研究》，八十四年國科會專題研究成果報告。

前二書是吳、王二氏專對《康熙字典》音韻的部分進行探索或訂誤，後一書則是蔡師信發以《康熙字典》之俗字為研究對象，書中針對《康熙字典》俗字的來源、正俗字的界定標準、俗字的類型，以及俗字與大陸簡化字、部定常用標準字之對應關

係，均有詳細論述，條分縷析，層次分明，末附「《康熙字典》俗字譜」，可供參照。

2. 期刊論文

（1）蟫魂，〈書康熙字典後〉，載《大中華雜誌》，民國四年五月號，第一卷第五期，頁一〇八五～一〇八六。

（2）黃雲眉，〈康熙字典引書證誤〉，載《金陵學報》，一九三六年，第六卷第二期，頁一七三～一八一。

（3）蘇尙耀，〈談康熙字典〉，民國五十九年原發表於《中國時報》副刊，後收入《中國文字學叢談‧附錄》，頁一八三～一八八，臺北‧文史哲出版社，民國六十五年五月初版。

（4）蘇尙耀，〈康熙字典新談〉，收入《中國文字學叢談》，頁一七九～一八二，臺北‧文史哲出版社，民國六十五年五月初版。

（5）丰逢奉，〈康熙字典編纂理論初探〉，載於《辭書研究》，上海辭書出版社，一九八八年第二期，頁七二～頁八〇。

（6）胡錦賢，〈《康熙字典》關於處理異體、通假字術語的運用〉，載於武漢《湖北大學學報‧社哲版》，一九九三年三月，頁九九～一〇四。

（7）李淑萍，〈《康熙字典》「按語」釋例〉，「第二屆國際暨第四屆全國訓詁學學術研討會」論文集，頁四〇一～四三三，民國八十七年十二月。

（8）李淑萍，〈《康熙字典》解義釋例〉，「第十屆中國文字學全國學術研討會」論文集，頁一一三～一三八，民國八十八年四月。

上列諸文，蟫魂、黃雲眉二氏之文係針對《康熙字典》書中之舛譌脫誤情形提出論說；蘇尙耀氏之二文，針對《康熙字典》之成書、分部、內容、缺失等，作概論性闡述，未及深究；丰逢奉氏對《康熙字典》之全書體例與編纂理論，條列述說，稱該書「是我國第一部收字最多、規模最大、價值最大、影響最廣的大型漢語字典，是漢語字典史上一塊巍峨的豐碑」，備極讚譽；胡錦賢氏則以《康熙字典》書前〈凡例〉之九所云「或通或同，各有分辨」等語，對該書處理異體字、通假字術語的運用未能落實而提出說明；末二文係筆者對《康熙字典》書中之「按語」與析形釋義之實際內容，提出淺見。至於其他相關之作品則有：

（1）林語堂，〈論部首的改良〉，載於《中央日報》民國五十五年三月七日第六版。

（2）錢劍夫，〈中國字典的基本完成——《康熙字典》〉，收入《中國古代字典辭典概論》，頁七四～八七，北京‧商務印書館，一九八六年一月第一版。

（3）曾榮汾，〈字典中部首歸屬問題探析——由「常用國字標準字體表」說起〉，《孔

孟月刊》，第二十五卷第五期，頁一三～二三頁，民國七十六年一月。

（4）劉葉秋，〈字書的進化與興盛期（明清）：《說文解字》派字典的進化──《康熙字典》〉，收入《中國字典史略》，頁一三九～一四七，北京‧中華書局出版，一九九二年二月第一版。

（5）林玉山，〈明清──辭書編纂進一步發展期：《康熙字典》〉，收入《中國辭書編纂史略》，頁九五～一〇〇，中州古籍出版社，一九九二年五月第一版。

（6）洪固，〈字典部首檢字法的改進研究〉，收入「第三屆中國文字學國際學術研討會論文集」，總頁五二九～五四八，輔仁大學出版社出版，民國八十一年六月。

（7）謝貴安，〈古代部首分類字典的集大成之作──《康熙字典》〉，收入《國學知識指要─古籍整理研究‧古代字典與辭典》，頁三七七～三八〇，廣西人民出版社，一九九三年八月第一版。

（8）呂瑞生，〈歷代字書重要部首觀念論述──《康熙字典》〉收入《歷代字書重要部首觀念研究》，頁一〇七～一一二，民國八十三年文化大學中研所碩士論文。

（9）張明華，〈《康熙字典》──古代字典的定型〉，收入《中國古代字典詞典》，頁一二一～一二六，臺灣商務印書館，一九九五年十一月初版第二次印刷。

　　以上各論著，雖非專研《康熙字典》之作，或以《康熙字典》為章節名，或以之為比對檢討對象，率與《康熙字典》相涉，亦可供參閱。至於清代及民國以來文人學者的讀書筆記或文集中之資料，也一併廣事搜求、輯採，以期使相關資料無所遺漏，臻於完備。

　　再者，為方便檢索取閱資料，事先將《康熙字典》書中引用《說文》之資料全數輸入電腦資料庫中，藉現代科技之便，俾益學術研究，以收迅捷之功，不致遺漏之失。

（二）研讀整理、分析歸納、實地查核比對

　　資料搜集、研讀完畢後，針對前人之說，綜合提出個人看法，再就《康熙字典》與《說文》間之異同，包括二書部首之設立與歸部之出入，逐部逐字檢核、統計，並就其引用資料之情形進行考察，核對兩者資料間之關係，使結論更具有明確性，以平議前人批駁撻伐之說。

（三）評論得失，並解析其意義

　　經過前面資料搜集、實地考核兩步驟，字典部首的變革概況、引用《說文》的表現方式、術語運用、采引與否之標準、引文正譌，以及受前代字書影響之情形，皆可清楚顯現，隨之可進一步討論研究結果所呈現的現象，彰顯《康熙字典》對後

世字字書、辭典編纂的規範，並可檢視清儒周中孚、乾隆朝大學士阿桂、《四庫全書總目》及近人林紓、熊希齡、陸費逵、錢玄同等學者對《康熙字典》評論意見的允當與否。

二、研究內容

　　《康熙字典》既爲本文之研究主體，故第二章以「《康熙字典》及其體例概述及版本流傳」爲題，分述「成書之時代背景與經過」、「《康熙字典》之編纂體例」、「後續校改之緣由與版本流傳」、「後人之評論與《康熙字典》之價值與影響」等子題，使《康熙字典》全書之基本面貌得以清晰呈現。

　　本文第三章以「《康熙字典》處理《說文》資料之形式」爲題，係針對《康熙字典》引用《說文》以析形釋義之各種情形來立說。此章統領「《康熙字典》析形釋義之依據」、「《說文》二徐本之簡介」、「《康熙字典》引用《說文》例」、「《康熙字典》處理《說文》資料形式舉隅」、「間接引用《說文》之形式」、「引用《說文》資料之探究」等子題，文中藉引用例證來分析《康熙字典》采引《說文》之原則，也由書中術語運用不一，名目雜出，說明非成於一人一手之大型字書，在統整工作上的重要性。

　　《康熙字典》與《說文》在部首、部序有著明顯不同，雖說《康熙字典》係沿襲自明代梅膺祚《字彙》之體例，然經清儒臣之重加修訂，康熙皇帝之頒行天下，後世字典言二百一十四部首者，莫不舉《康熙字典》爲例。職是，本文第四章以「《康熙字典》刪併《說文》部首之實況」爲題，將《說文》五百四十部首，分成四節，逐部逐字檢核，以明各部首及部中屬字之歸併實況。

　　在前一章歸部異同的實況呈現後，第五章以「《康熙字典》刪併《說文》部首之探究」爲題，下統「字書部首觀念及部目部序之流衍」、「《康熙字典》對前代字書部首觀念之修正」、「《康熙字典》部首歸併之類型與原則」、「《康熙字典》部首歸併之探究」等子題，其中第四節在探究歸部之合理性時，筆者提出「文字歸部之商榷」，將《康熙字典》歸部疑義者，逐字探析，論證過程皆引據典籍及前人之說，悉爲釐清，冀求歸部之至當，以供學界參考。

　　末章爲本文之結論。近代學者好攻《康熙字典》之失，以其譌脫雜出，引證失當，歸爲劣書。本文即從「編纂之目的與動機」、「全書體例」、「引用資料」、「部首列字」、「對後世字書、辭典學的影響」等方面進行考查而提出結論。

　　以客觀態度評判《康熙字典》之得失，實優劣並存、良莠互見。其引用書證譌舛脫誤，頗多錯雜，蓋編者未查核原典所致，此則最爲後人所詬病者，但《康熙字

典》之長處也是不容磨滅的。近人王力先生認爲一部理想的字典，除了「該是形、音、義三方面兼顧的。……它又該是以義爲主的」〔註2〕。檢覈《康熙字典》全書，其形、音、義的注釋極爲詳備，收采弘富，旁羅博證，規模遠超出歷代的字書、韻書，單就這方面而言，它已經具備了優良字典該有的條件。又《康熙字典》所制訂之體例，周詳完備，近世字書、辭典，每多遵循，足見其對後世之深遠影響。是故探討《康熙字典》采引《說文》之概況與得失，進而論及該書在我國學術史上的地位，以及對後世字書、辭典編纂的影響，此皆本文探究的重點課題所在。

〔註2〕語見王力先生〈理想的字典〉一文，原載《國文月刊》第三十三期，一九四五年三月，今收錄於《王力文集·第十九卷·字典》，頁三八。

第二章 《康熙字典》及其體例概述
與版本流傳

第一節 成書之時代背景與經過

一、清初之學術概況與社會背景

　　明朝末年，李自成興起，明政權覆亡，乃由滿族入主中原，統一政權，建立滿清王朝。清廷以異族入主中原，為鞏固政權，除加強中央集權的君主專政外，又採取安定人心、繁榮社會、建設文化等措施，以奠定其統一大業。在康熙、雍正、乾隆年間，社會發展，人口增加，農業經濟與工商業皆欣欣向榮，開創滿清王朝的盛世。

　　在學術上，由於明季王陽明心學盛行，人們逐漸流於空談「明心見性」，造成當時反抗傳統、追求個人性靈自由，棄讀經史，且好竄改古書的空疏流弊。清初的顧炎武對此進行了猛烈地抨擊，他認為放棄經學、空談心性是不良學風產生的根本原因，故極力主張以小學為基礎來研究、發展經學。在這種學術思想的指導下，清儒掃除明末浮誇、空談的習氣，形成了從材料出發治經考據、研究古音、古義的樸學風氣，在這種學風的影響下，清代的語言學家們實事求是、好學深思，把畢生精力投入到研究當中。

　　基本上，清初學者問學的態度是反對空虛的冥想，傾向實事求是的考察，主張「經世致用」的實學，這種精神的來源，一面是反對明末王陽明心學末流的空疏，另一方面，則是迫於政治環境的壓力。滿清建立政權的百餘年中，對於漢族的文人學士是兼用高壓與懷柔政策，為籠絡士人，以八股科舉來吸收人才；以山林隱逸和

博學鴻儒的薦舉，來網羅宿儒遺老；開設《明史》館、《四庫全書》館，來提倡文化、科學，客觀上為學者交流和學術發展提供了條件。另一方面為加強思想控制，廣興文字獄，造成了許多悲慘的案件，以收恫嚇之效，致使學者不敢研治文史、不敢談論近代或當代之事，只好把目光轉向經學、小學，故清代在我國學術發展史中是以「樸學」著稱。大部分學者全心投注在典籍中，從事校勘、輯佚、辨偽……等工作，不過問政事，以求自保。職是，清代在經學、史學、語言文字學、校勘學、金石、地理、輯佚、辨偽等各方面，都有不錯的表現。

二、康熙皇帝簡介

康熙是清聖祖愛新覺羅玄燁在位的年號。根據清儒曾國藩《國朝先正事略·序》所載：

> 聖祖自言，年十七八時，讀書過勞，至於咯血，而不肯少休，老耄而手不釋卷；臨摹名家手卷，多至萬餘，寫寺廟扁榜，多至千餘。蓋雖寒峻不能方其專，北征度漠，南巡治河，雖卒役不能踰其勞……凡前聖所稱至德純行，殆無一而不備，而天象、地輿、秝算、音樂、考禮、行師、刑律、農政，下至射御、醫藥、奇門、壬遁，滿蒙西域外洋之文書字母，殆無一而不通。〔註1〕

稱聖祖至德純行，無一不備，百科諸學，無一不通，雖有過譽之嫌，而玄燁自幼篤學不倦，勤讀經史，自是史有明載，如康熙九年、十年起續辦「經筵日講」制度，即可見一斑。「經筵」本是宮中每年春、秋各一次講論經史的大典〔註2〕；「日講」則是講官為皇帝講授經史要籍，起初隔日進講一次。玄燁嘗自云：

> 朕八歲登極，即知黽勉學問。……及至十七、八，更篤於學，逐日未理事前，五更即起誦讀，日暮理事稍暇，復講論琢磨，竟至過勞，痰中帶血，亦未少輟。〔註3〕

玄燁十七、八歲，即康熙九、十年，正是經筵日講制度開講之際。為了研讀經史，讀書過勞，而致咳血，仍未少休。再從《清聖祖實錄》與《康熙起居注》所載，亦

〔註1〕《國朝先正事略》，清儒李元度撰。《四部備要·史部》，臺灣中華書局據原刻本校刊。曾國藩為其書作序於卷首。

〔註2〕「經筵」創於宋朝，天子御席與侍講、侍讀等官講論經史，稱之。起初不定期舉行，明朝始定於春、秋二季舉行。清朝因之。其經筵講官由大學士、各部尚書、侍郎、詹事及侍讀、侍講國子監祭酒等官中簡派。

〔註3〕詳見《聖祖庭訓格言》，頁二～三。四庫全書珍本八集。臺灣商務印書館印行。民國六十七年初版。

可察知玄燁對經筵日講制度的重視，顯見其勤於問學，不稍懈怠。茲節錄今人王春霖、高桂蘭《康熙帝的治國藝術》中一段文字，以明其實。其書云：

> 日講是講官爲皇帝進講經史，開始隔日進行，兩年後康熙提出：「向來隔日進講，朕心猶未足，嗣後爾等須日侍講讀。」他對聽講非常重視，進講之後「還再三閱繹，即心有所得，猶必考正於人，務期道理明徹乃止」（《起居注》）。平三藩戰事緊張之際，仍然命「每日進講如常」。十二年（一六七一）夏至，按規定暫停日講，康熙即說：「學問之道，必無間斷，方有裨益。」讓繼續講到大暑再說，到了大暑，講官請旨說：「皇上勤學如此，雖古帝王未之多見，但今值炎暑，且皇上日理萬機，恐聖躬過勞，謹遵前旨奏請。」要求按規定輟講避暑。康熙說每天「御講席，殊不覺勞」。講官不在，自己「在宮中方不時溫習，未有間斷」。他本不想停講，但「今既溽暑，姑停數日」，要求講官每天的「講章仍照常進呈，以便朝夕玩閱」（《起居注》）。他針對議官進講的情況告誡說：「嗣後經筵講章，稱頌之處，不得過爲溢辭，但取切要，有裨實學。」（《聖訓》卷五）後來又進一步提出不能光聽講官進講：「只講官進講，朕不復講，不唯於學問之道無益，亦非所以爲法於後世也，自後講官講畢，朕仍復講。」「讀書務求實學，若不詢問、復講，則進益與否，何由得知？」（《起居注》）到十六年（一六七七），有一次講官喇沙里剛打開書本，康熙提出：「朕先親講一次，然後進講。」（《起居注》）徹底改變了傳統的經筵講經方式。康熙爲了治理國家而勤學下問，與講官互相試講，討論闡發，使臣屬們心悅誠服，深受感動。〔註4〕

據文所述，玄燁的好學不倦，不難想見。蓋因玄燁深知儒家思想有助於滿清鞏固政權，於是潛心研習，未有間斷，可說是清朝中第一個精心研讀儒家經典的皇帝。他也了解拉攏學識淵博、德高望重，受天下百姓敬重的知識分子，將有助於他治理天下、安定政局，並繁榮社會文化，故康熙十七年乙未特開博學宏詞科。玄燁諭吏部云：

> 自古一代之興，必有博學鴻儒。振起文運，闡發經史，潤色詞章，以備顧問著作之選。朕萬幾餘暇，游心文翰，思得博學之士，用資典學。我朝定鼎以來，崇儒重道，培養人材。四海之廣，豈無奇才碩彥，學問淵通，

〔註 4〕詳見王春霖、高桂蘭合著《康熙帝的治國藝術》，頁一七六。知青頻道出版有限公司。一九九三年第一版。又《康熙起居注》，全三冊，北京中華書局出版，一九八四年八月第一版。

文藻瑰麗,可以追蹤前喆者。凡有學行兼優,文詞卓越之士,不論已仕、未仕,令在京三品以上,及科道官員,在外都撫布按,各舉所知,朕將親仕錄用。〔註5〕

足見玄燁相當重視博學鴻儒的徵召。玄燁又多次進行大規模的編書工作,《康熙字典》之編纂,即是其中一項要務。除了藉名整理文獻,保留傳統文化外,又可使讀書人把全部精神貢獻給學術,不要注意政治。由於玄燁開設博學宏詞科以籠絡知識分子還算成功,且多方進行學術活動,結合了更多的漢族學者,終能穩固其政權的運作,開啟滿清盛世之端。

三、成書之經過

《康熙字典》是我國一部著名的古代字書,原名《字典》,清康熙四十九年三月(一七一○年),清聖祖康熙皇帝諭令張玉書、陳廷敬等三十人進行纂修字典的工作,至康熙五十五年三月(一七一六年)成書,歷時五載,全書由武英殿刊印,世稱「殿本《康熙字典》」。以下將就其編纂動機、編纂目的與命名之由,作一敘述。

(一)編纂動機

前書之不詳不備,是促成《康熙字典》編纂的主要動機,康熙皇帝有感歷來字書,或繁省失中,或疏漏譌舛,無一可奉為典常而不易者,如其書前〈御製序〉文云:

> 或所收之字,繁省失中;或所引之書,濫疏無準。或字有數義而不詳;或音有數切而不備,曾無善兼美具,可奉為典常而不易者。

尤其《康熙字典》在〈御製序〉與〈凡例〉中屢言《字彙》與《正字通》之譌舛疏漏,為了要「增《字彙》之闕遺、刪《正字通》之繁冗」,故「爰命儒臣,悉取舊籍,次第排纂」而成。

(二)編纂目的

《康熙字典》卷首〈御製序〉文云:

> 《易傳》曰:上古結繩而治,後世聖人易之以書契,百官以治,萬民以察。《周官》:外史掌達書名於四方,保氏養國子,教以六書,而考文列於三重。蓋以其為萬物百事之統紀,而足以助流政教也。

又云:

> 凡五閱歲而其書始成,命曰《字典》,於以昭同文之治,俾承學稽古者得以備知文字之源流,而官府吏民亦有所遵守焉。

〔註5〕詳見《大清聖祖仁(康熙)皇帝實錄》,冊二,卷七十一,頁十一。新文豐出版公司印行。

據其序文所言，《康熙字典》的編纂目的，可以從政治、學術和實用三方面來看。

1. 政治意圖

《康熙字典》編纂的政治意圖，很明顯是爲了宣揚滿清王朝保存中華民族文化的德政。對於當代政權言，因字典的完成，能「助流政教」、「昭同文之治」，以鞏固其封建統治。〔註6〕

2. 學術功能

由於「古文篆隸，隨世遞變」，《康熙字典》博采「流通當世，衣被後學」之字書、韻書，使「古今形體之辨，方言聲氣之殊，部分班列，開卷了然」，對於承學稽古者言，它可以揭示我國文字音聲之源流。

3. 實用價值

《康熙字典》對歷代字書，凡「一音一義之可採者，靡有遺逸。至諸書引證未備者，則至經史百子，以及漢晉唐宋元明以來，詩人文士所述，莫不旁羅博證，使有依據」，可說是當代一部相當完整的資料匯編，對於一般士人和官府吏民，則是研讀寫作的必備工具書。

（三）命名之由

《說文》：「典，五帝之書也。从冊在丌上，尊閣之也。」《爾雅・釋詁》：「典，常也。」〈釋言〉：「典，經也。」《廣韻》：「主也，常也，法也，經也。」故知「典」字由本義帝王之書，引伸而有「法式」、「楷模」、「典範」、「表率」之意。康熙皇帝既有感歷來字書，無一可奉爲典常而不易者，乃命儒臣旁羅博證，輯卷成帙，歷五年而成，自然是希望此書能達「善兼美具」，爲「承學稽古者」及「官府吏民」在使用字書時「奉爲典常而不易」之唯一範本，故命曰：《字典》。有清一代士人所稱之《字典》，即專指《康熙字典》。

四、編纂者之生平略傳

當時奉敕參與編纂《康熙字典》工作的儒臣，總閱官有兩位，除了〈上諭〉文所提及的「南書房侍直大學士兼吏部尚書」的陳廷敬外，領銜在前的是當時深受康熙皇帝所器重的「文華殿大學士兼吏部尚書」張玉書，列名纂修官的有凌紹雯、陳邦彥、朱啓昆等二十七人，以及纂修兼校刊官陳世侃一人，總計署名的編纂要員爲三十人。據此觀之，《康熙字典》經三十儒臣，旁羅博證，備采諸書，歷時五年（自康熙四十九年三月至五十五年三月），理應善兼美具，可垂示久遠，「奉爲典常而不

〔註6〕詳見丰逢奉〈《康熙字典》編纂理論初探〉，收錄於《辭書研究》，頁七二～八〇。一九八八年第二期，上海辭書出版社。

易」了，然事實上《康熙字典》中是存在著一些錯誤的，正如今人錢劍夫先生云：

> 當然，這部字典也是有缺點錯誤的，而且是大量的和嚴重的缺點錯誤。這主要是《字典》畢竟是清初封建統治階級的官書，所謂「大學士」陳廷敬、張玉書等人都不過是掛名差事，何況他們即令不是掛名也並沒有什麼高深的學問。實際負責的雖有三十多人，但也並不是都精於「小學」，甚至多屬一些「八股先生」。加上成書倉卒，編撰草率，所以這部字典的錯誤缺點就更嚴重。〔註7〕

錢氏之言，吾人從主其事的兩位總閱官之簡歷，便可略知一二：

張玉書（一六四二～一七一一），字素存，號潤浦，江蘇丹徒人。順治十八年（一六六一）進士，歷任編修、侍講、內閣學士、刑部、兵部、戶部尚書。曾多次視察黃河、運河工程，多所建議，為玄燁所重。「所作古文辭及制舉業，皆春容典雅，渢渢乎盛世之音。」〔註8〕《清史列傳·卷十、張玉書傳》云：

> 四十九年，玉書以疾乞休，有旨慰留。五十年五月，從上幸熱河，甫至，疾作，數遣御醫調治，不能起，未及繕遺本而卒。卒之日，賜帑金千兩，經紀喪事。又遣內務府監製棺槨帳幔，沿途撥夫役護送至京。奉上諭：「張玉書者舊老臣，久任機務，直亮清勤，倚任方殷。今忽病逝，深加軫念！應得卹典，著察例具奏。」御賜輓章，親書頒發，加贈太子太保，諡文貞。五十二年二月，奉旨：「大學士張玉書久任機務，小心恪慎，懋著勤勞，朕追念難忘。伊惟有一子張逸少，著從優陞翰林院侍讀學士，以示朕眷篤舊臣之意。〔註9〕

張玉書雖備受康熙皇帝器重，然領旨纂修《康熙字典》之時，已有疾在身，終未竟而卒。著有《文貞集》十二卷。編纂《字典》之事，繼由陳廷敬接手。

陳廷敬（一六三九～一七一二），字子端，號說嚴，山西澤州人。順治十五年（一六五八）進士。「初名敬，以是科有同姓名者，世祖加廷字別之，遂改今名。」〔註10〕官至文淵閣大學士，兼吏部尚書。生平好學，與汪琬、王士禎等切磋詩文，皆能得其深處。《清史列傳·卷九、陳廷敬傳》云：

> 四十九年十一月，以耳疾乞休，允之。五十年五月，大學士張玉書卒，

〔註7〕詳見錢劍夫《中國古代字典辭典概論》，頁七八。北京商務印書館，一九八六年一月第一版。下同。

〔註8〕詳見李元度《國朝先正事略·卷七·名臣》，頁五。臺灣中華書局。下同。

〔註9〕詳見《清史列傳·卷十·張玉書傳》，頁七〇三。中華書局。下同。

〔註10〕詳見李元度《國朝先正事略·卷六·名臣》，頁十四。

李光地疾未愈,詔廷敬入直辦事。五十一年三月,病劇,遣太醫院診視。四月,卒。命皇三子允祉率大臣奠酒,給銀一千兩治喪。令各部院滿、漢大臣各往弔,御製輓詩云「世傳詩賦重」。又云「國典玉衡平」。諭內閣及禮部曰:「陳廷敬夙侍講幄,簡任綸扉,恪慎清勤,始終一節。學問淹洽、文采優長。予告之後,朕眷注尤殷。留京修書,仍預機務。尚期長享遐齡,以承寵渥。遽爾病逝,深為軫惻!其察例議卹。」賜祭葬如典禮,加祭一次,諡曰文貞。〔註11〕

陳廷敬繼張玉書主持修書之務時,亦有疾困身,奉旨入直辦事,翌年四月以疾卒。著有《尊聞堂集》、《午亭文編》等。

由上二引文知,張玉書、陳廷敬二人專長並不在小學,只因皇帝寵信而受命,姑不論其是否真如論文所言「學問淹洽、文采優長」,以二位身任統領其事之總閱官,而相繼卒於編纂前兩年,未可親身視事,無怪乎其譌舛脫誤,層出不窮了。

第二節 《康熙字典》之編纂體例

《康熙字典》是我國現存第一部以「字典」命名的工具書〔註12〕,也是集歷代字書之大成的古代官修字典。全書收字四萬七千零三十五字〔註13〕,以子、丑、寅、卯、辰、巳、午、未、申、酉、戌、亥等地支名為十二集,每集又分上、中、下三卷,加上書前的〈凡例〉、〈等韻〉、〈總目〉、〈檢字〉、〈辨似〉及書後的〈補遺〉、〈備考〉等六卷,凡四十二卷。《康熙字典》在書前列有十八條〈凡例〉,目的在說明全書體例與編纂原則,透過對〈凡例〉的解讀與書中編排實況,可以對《康熙字典》全書有一個明晰的概念。附錄之〈等韻〉可以幫助讀者「辨四聲之微茫,曉反切之真諦」,並申明其音韻理論與處理原則。〈總目〉以十二集三十六卷中依筆畫多寡為序,羅列二百一十四部首,以收綱舉目張之效。〈檢字〉可以檢閱部首難辨或字形難別之字,〈辨似〉則是可以辨別字形相似而音義不同之字。書後另附有〈補遺〉、〈備

〔註11〕詳見《清史列傳‧卷九‧陳廷敬傳》,頁六四三。

〔註12〕我國在隋唐以前可能已有「字典」之作,惟該書未流傳於後,僅部分條目散見於唐玄應及慧琳的《一切經音義》中。詳見蘇尚耀〈我國第一本「字典」〉一文,載於《中國文字學叢談》,頁九一~九三。文史哲出版社印行。

〔註13〕據清儒陸以恬《冷廬雜識‧卷二》云:「字典十二集,二百十四部,旁及備考、補遺,合四萬七千三十五字(古文字一千九百九十五,不在此數)。」一九七六年《漢語大字典》湖北收字組核查統計,《康熙字典》收字總數實際為四萬七千零四十三字。詳見左大成〈《漢語大字典》的收字問題〉一文,載於《辭書研究》,一九八七年第一期(總第四十一期),頁二二~二六。上海辭書出版社發行。

考）。〈補遺〉收錄有音有義而冷僻未通用之字，〈備考〉則收有音無義或音義全無之字，以補《字彙》、《正字通》之未備。以下將就《康熙字典》十八條〈凡例〉中所提書中幾個重要的編纂觀念，分述闡釋如下：

一、設立部首及歸部列字的原則

《康熙字典》歸部列字之法，承自明代梅膺祚《字彙》，共立二百一十四部首。部首之序，按筆畫數多寡排列，起於一畫，終於十七畫。部中之字序，也按筆畫數多寡順序來排列。〈凡例〉提及分部列字之原則有二。其〈凡例〉之五云：

> 《說文》、《玉篇》分部最爲精密，《字彙》、《正字通》悉從今體，改併成書，總在便於檢閱。今仍依《正字通》次第分部，閒有偏旁雖似而指事各殊者，如娿字向收日部，今載火部；隸字向收隸部，今載雨部；潁、穎、穎、穎四字向收頁部，今分載水、火、禾、木四部，庶檢閱既便而義有指歸，不失古人製字之意。

其部首之部目次第，雖云「今仍依《正字通》次第分部」，實則一如《字彙》之二百一十四部，且爲求「義有指歸、不失古人製字之意」，而在少數字之歸部上稍作調整。又〈凡例〉之十四云：

> 《正字通》承《字彙》之譌，有兩部疊見者，如壁字則兩、土兼存；羆字則网、火互見，他若虍部已收虒、虓，而斤、日二部重載；舌部劣列舑、憩，而甘、心二部已收。又有一部疊見者，如酉部之酳，邑部之郪，後先矛盾，不可彈陳，今俱考校精詳，併歸一處。

《康熙字典》針對《字彙》、《正字通》二書在文字歸部時「重出互見」上提出修正〔註14〕，故知其部首觀念雖沿自《字彙》、《正字通》，惟書中又調整某些字的分部，歸併兩書中異部重出、同部互見之字，或把原屬某部的字調入更爲適宜之部首中。

二、確立音韻體系

人類文化的發展進程是先有語言，然後有文字，故康熙四十九年三月初九日〈上諭〉文云：「大抵天地之元音，發於人聲；人聲之象形，寄於點畫。」文字是記錄語言的書面資料，而隨世遞變，古韻不傳，音韻系統各異，偏而不全，故卷首〈御製序〉云：

〔註14〕《康熙字典》雖糾正《字彙》、《正字通》兩部疊見之失，然書中仍存有許多兩部疊見之例，如「靺」、「辮」、「辞」、「敔」……等字仍是兩部互見，故知該書在編纂成帙的過程中，仍有許多不周之處。詳見第五章第二節「《康熙字典》對前書部首觀念之修正」之內容。

　　　　漢許氏始有《說文》，然重義而略於音，故世謂漢儒識文字，而不識
　　子母；江左之儒識四聲，而不識七音。七音之傳，肇自西域，以三十六字
　　爲母，從爲四聲，橫爲七音，而後天下之聲，總於是焉。嘗考《管子》之
　　書，所載五方之民，其聲之清濁高下，各象其川原泉壤，淺深廣狹而生，
　　故于五音必有所偏得，則能全備七音者鮮矣。此歷代相傳取音者，所以不
　　能較若畫一也。

古籍音韻運用遞變之情形，誠是。又如〈凡例〉之二云：

　　　　古韻失傳，晉魏以降，創爲律韻行世，雖其間遞有沿革，然矩矱秩然，
　　不可紊亂。開口閉口，音切迥殊；輕脣重脣，字母各別。自《洪武正韻》
　　一書爲東冬、江陽諸韻，併合不分矣，今詳引各書音切，而悉合之等韻，
　　辨析微茫，集古今切韻之大成，合天地中和之元氣，後之言音切者，當以
　　是爲迷津寶筏也。

又〈凡例〉之四云：

　　　　音韻諸書俱用翻切，人各異見，未可強同。今一依《唐韻》、《廣韻》、
　　《集韻》、《韻會》、《正韻》爲主，同則合見，異則分載，其或此數書中
　　所無，則參以《玉篇》、《類篇》、《五音集韻》等書。又或韻書所無，而
　　經傳《史》、《漢》、《老》、《莊》諸書音釋所有者，猶爲近古，悉行采入，
　　至如《龍龕》、《心鏡》諸書音切，類多臆見，另列備考中，不入正集。

對諸韻書切語的異同，「同則合見，異則分載」，而諸字書、韻書所無者，則參之以
「經傳《史》、《漢》、《老》、《莊》諸書音釋」，避免前人雜取諸韻的弊端，以求「詳
略得中，歸於至當」。至於，《正字通》音韻上的缺失，〈凡例〉之三云：

　　　　切韻有類隔、通廣諸門，最難猝辨，《正字通》欲率用音和，然於字
　　母淵源茫然未解，致幫滂莫辨，曉匣不分，貽誤後學，爲害匪淺，今則悉
　　用古人正音，其他俗韻概置不錄。

又〈凡例〉之十一云：

　　　　《正字通》音訓每多繁冗重複，今於音義相同之字，止云註見某字，
　　不載音義，庶幾詳略得宜，不眩心目。

《康熙字典》編者認爲「《正字通》音訓每多繁冗重複」，主要在於「於字母淵源茫
然未解」，以致「貽誤後學，爲害匪淺」。因此，康熙皇帝歷經「參閱諸家、究心考
證」後，確立了以融合古今南北方音的切韻系統，作爲《康熙字典》全書音韻的處
理原則。

三、樹立切音解義的定則

　　「切音解義」是《康熙字典》全書編纂體例的重點所在，為使「部分班列，開卷了然，無一義之不詳，一音之不備」，對諸多音項、義項的安排也作了一些規定。其〈凡例〉之六云：

> 　　字兼數音，先詳考《唐韻》、《廣韻》、《集韻》、《韻會》、《正韻》之正音作某某讀，次列轉音，如正音是平聲，則上去入以次挨列。正音是上聲，則平去入以次挨列，再次列以叶音，則一字數音，庶無掛漏。

書中對一字多音的處理原則是，先列正音，次列轉音，再列叶音；對字音之四聲安排以「平」、「上」、「去」、「入」為序，使該字的音韻系統層次分明，脈絡井然。意即釋字時先音後義，在每字下先列《唐韻》〔註15〕、《廣韻》、《集韻》、《洪武正韻》、《古今韻會舉要》等韻書的反切，再分層解說字的義訓。關於義項的處理原則，〈凡例〉之七云：

> 　　字有正音，先載正義，再於一音之下，詳引經史數條，以為證據；其或音同義異，則於每音之下分列訓義；其或音異義同，則於訓義之後，又云某韻書作某切，義同，庶幾引據確切，展卷瞭然。

又〈凡例〉之八云：

> 　　正音之下，另有轉音，俱用空格，加一又字於上。轉音之後，字或通用，則云又某韻書某字通，再引書傳一條，以為證據。字或相同，則云又某韻書與某字同，亦引書傳一條以實之。其他如或作某、書作某，俱依此例。至有兩字通用，則首一條云，與某通，次一條加一又字於上，或有通至數字者，並依此例。

正音正義之後，再列這個字的別音、別義。書中對「音同義異」或「音異義同」之字，各有安排。正音之後有轉音、叶音者，則「俱用空格，加一又字於上」，作為識別之用，以匡糾歷代字書「字有數義而不詳，或音有數切而不備」的疏漏。此外，每一音義之後，引用古代典籍之語言材料以為佐證，所引書證，依時代先後為次，且多具書名、篇名，以補《字彙》、《正字通》之不足，並增強其釋義效果。各義項間亦多空格，並以「又」字來分隔。至於書證的排列原則，〈凡例〉之十二云：

> 　　引用訓義，各以次第，經之後次史，史之後次子，子之後次以雜書，而於經史之中，仍依年代先後，不致舛錯倒置，亦無層見疊出之弊。

此外，在各音項義項及書證之後，又空一格，不加「又」字，則多引用歷代字書析

〔註15〕《唐韻》早已亡佚，《康熙字典》所引《唐韻》資料，實係徐鉉校定《說文解字》（即大徐本）之反切用語。

釋字之形構，或藉形以釋義，具有補充說明的功用。

　　綜言之，「以音統義」的作法，是使《康熙字典》在解音釋義的過程，不致於舛錯倒置、雜亂無章的功臣，而它確立了義項書證的排序原則，同音之字其引用書證依經、史、子、雜書爲序，並依資料出現年代先後排列，使書中繁多義項，各有次第，開卷瞭然。其影響所及，今日海峽兩岸的字、詞典引用例證之編排還是遵循這樣的作法〔註16〕。

四、析釋形構以《說文》爲主

　　我國文字形義關係較爲密切，釋義過程中往往已分析了文字形構，或有未盡詳明者，則在各音各義完成訓解之後，又引用字書以補釋形體、或載錄別字異體。《康熙字典》析釋形構，仍是以許愼《說文》爲準則，〈凡例〉之一云：

> 六書之學，自篆籀八分以來，變爲楷法，各體雜出，今古代異，今一以《說文》爲主，參以《正韻》，不悖古法，亦復便於楷書，考證詳明，體製醇確，其或《字彙》、《正字通》中偏旁假借、點畫缺略者，悉爲釐正。

又〈凡例〉之十五云：

> 字有形體微分，訓義各別者，《佩觿》、《正譌》等書辨之詳矣，顧尚有譌以承譌，諸家蒙混者，如大部之奕、與廾部之弈，《說文》點畫迥殊，舊註不加考校，徒費推詳，今俱細爲辨析，庶指事瞭然不滋偏誤。

又〈凡例〉之十八云：

> 篆籀淵源，猝難辯證，《正字通》妄加釐正，援引不倫，累牘連篇，使讀者瞢然莫辨，今則檢其精確者錄之，其泛濫無當者亖皆刪去，不再駁辨，以滋異議。

由於文字形體古今丕變，「篆籀淵源，猝難辯證」，加之《字彙》、《正字通》「援引不倫」、「不加考校」、「偏旁假借、點畫缺略」，《康熙字典》遂提出「今一以《說文》爲主」的標準，以六書原理析釋形義，釐正《字彙》、《正字通》之謬誤。

五、說明古文的來源及編排方式

　　至於書中古文形體的來源及編排方式，其〈凡例〉之十云：

> 集內所載古文，除《說文》、《玉篇》、《廣韻》、《集韻》、《韻會》諸書外，兼采經史音釋及凡子集，字書於本字下既亖載古文，復照古文之偏旁

〔註16〕詳見拙作〈《康熙字典》解義釋例〉一文，民國八十八年四月發表於「第十屆中國文字學全國學術研討會」論文集，頁一三六。

筆畫分載各部各畫，詳註所出何書，便於考證。

字如有古體，則本字下注明古文外〔註17〕，又依古體之偏旁筆畫，分載各部各畫中，是知，古文的編排乃采用互見的方式，可供前後參照。其古文來源，大部分采自歷代字書、韻書及經史子集，除上列諸書外，尚有《類篇》、《五音集韻》、《六書正譌》、《篇韻》、《正韻》、《六書本義》、《唐韻》、《韻寶》、《金石韻府》、《字彙補》、《筆乘》、《五音篇海》、《六書統》、《同文備考》、《字義總略》、《說文長箋》、《字學三正》、《六書略》、《韻學集成》、《直音》、《韻會小補》、《韻經》、《轉注古音》、《海篇》、《宋庠‧補音》、《楊慎‧轉注古音》、《奇字韻》、《正字通》、《字林》、《佩觽集》等等，並兼及史傳注疏者，如衣部五畫「袖」字列有古文「褎」字，同部首九畫「褎」字下引「《前漢‧淮南厲王傳》：『自褎金椎椎之』，又〈佞幸傳〉『董賢嘗與上臥起，嘗晝寢，偏藉上褎，上欲起，賢未覺，不欲動賢，乃斷褎而起。』〈師古曰〉：『褎，古袖字。』」又如水部十九畫「灘」字列有古文「潬」字，同部首十二畫「潬」字下引「又《金石文》秦蜀守李冰官堰碑云：『深淘潬淺包鄢』。〈註〉：『潬，古灘字。』」又如竹部十二畫「簡」字列有古文「柬」字，木部五畫「柬」字下引「又《晉灼史記遴柬註》：『柬，古簡字，少也。』」皆屬之。

六、新增字與罕用字的處理

《康熙字典》對於《正字通》漏收之情形，也提出處理原則，其〈凡例〉之十三云：

> 《正字通》所載諸字多有未盡，今備采字書、韻書、經史子集，來歷典確者，坌行編入，分載各部、各畫之後，上加增字，以別新舊。

《正字通》漏收之字，在「備采字書、韻書、經史子集，來歷典確」後，將之收入書中，分載在各部、各畫之後，並以「增」字區別之。對於「有音義可入正集而未經增入」者，另於卷末編〈補遺〉一卷收錄之。至於「無可考據，有音無義或音義全無」之字，則收入〈備考〉中。如其〈凡例〉之十七云：

> 《字彙補》一書，考校各書，補諸家之所未載，頗稱博雅，但有《字彙》所收誤行增入者，亦有《正字通》所增仍為補綴者；其餘則專從《海篇大成》，《文房心鏡》，《五音篇海》，《龍龕手鑑》，《搜真玉鏡》等書，或字不成楷，或音義無徵，徒混心目，無當實用，今則詳考各書，入之〈備考〉，庶無以偽亂真之弊。

收入〈備考〉之字大都來自《字彙補》、《海篇大成》，《文房心鏡》，《五音篇海》，《龍

〔註17〕其本字下注明之「古文」，字體大小與本字相同，以示醒目。

龕手鑑》,《搜眞玉鏡》等書,因其「音切類多臆見」、「音義無徵」、「無當實用」,遂錄在卷末,避免以僞亂眞之弊。

七、設置按語

按語的設置,是《康熙字典》書中的一大特色〔註18〕。全書中使用的按語,共有兩千五百四十三條,其涵蓋的範圍非常廣泛,舉凡辨訛訂誤、存參備考、補充說明、引申音義、辨析形義、分辨詞性等等,無不以「按語」的形式出現。其〈凡例〉之十六云:

> 《正字通》援引諸書不載篇名,考之古本,譌舛甚多。今俱窮流溯源,備載某書某篇,根據確鑿,如《史記》則〈索隱〉、〈正義〉兼陳,《漢書》則師古、如淳竝列,他若郭象註《莊》,高誘註《呂》,悉從原本,不敢妄增。其閒字有兩音,音有兩義,則竝采無遺。如或有音無義,有義無音,則又寧缺無僞。偶有參酌,必用按字標明,古書具在,不可誣也。

「按語」的目的,是字書編纂者爲補充說明而設,《字彙》、《正字通》二書有以按字或「○」作爲標記者,或注音釋義,或析論形體,或補充說明,顯然是編纂者對該字的進一步闡述,雖二書卷首〈凡例〉未明言按語之形式,實已具有按語的作用,故《康熙字典》依循前二書之例,並於〈凡例〉中明確表示「偶有參酌,必用按字標明」,凡書中有所考辨,即附於注末,並加「○按」字來標明,正式把「按語」形式列爲全書編纂原則之一。

上舉凡七項編纂原則,乃《康熙字典》成書之大方針。正由於其編纂原則的確立,方能使全書四萬七千餘字之分部列字,井然有序,各音項義項之舉證釋義,條理分明,成爲清代以來字書編纂的典範。

第三節　後續校改之緣由與版本流傳

一、後續校定之緣由

《康熙字典》成書之後,因爲是皇帝「御定」的,只可歌頌,不准批評。除了書中〈凡例〉自誇「集古今切韻之大成,合天地中和之元氣;後之言音切者,當以是爲迷津寶筏」、「引證確切,展卷了然」、「今俱窮溯源流,備載某書某篇,根據確

〔註18〕關於《康熙字典》使用「按語」之特點、內容形態及其影響,詳見拙作《《康熙字典》「按語」釋例》一文,民國八十七年十二月發表於「第二屆國際暨第四屆全國訓詁學學術研討會」論文集,頁四〇一～四三三。

鑿」等等，標榜這部書在注音、釋義、引書各方面，都是完備無暇的。《四庫全書總目》也對這部字典嘉譽備極。其〈提要〉云：

> 無一義之不詳，無一言之不備；信乎六書之淵海，七音之準繩也。

乾隆朝大學士阿桂上議奏摺，云：

> 恭查聖祖御纂《字典》一書，參乎六書七音，考諸百家諸子，凡字之音義聲韻，形體源流，靡不考覆精詳，秩然大備。自書成以後六十年來，海宇識所據依，士林奉爲爲模楷，誠千古不刊之經典。〔註19〕

清儒周中孚《鄭堂讀書記》也稱讚它：

> 集古今小學之大成，垂昭代同文之至治，後之言聲音文字者，莫能出其範圍已。〔註20〕

以清儒評御定字書，不免曲意溢美，其譽過矣！蓋因乾隆年間王錫侯所著的《字貫》因有糾正《康熙字典》之處，且未避清帝之名諱，終致「滿門抄斬」，且自江西巡撫海成以下各官，皆罹大罪〔註21〕。這種血腥的文字獄，更使全國學者噤若寒蟬，對於這部書的缺點和錯誤，無人敢置一詞。

直到清宣宗道光七年（一八二七年）十二月王引之父子奉諭旨重新刊刻《字典》，歷經四載，至道光十一年（一八三一年）完成，另輯《考證》十二冊。全書刊刻仍交由武英殿辦理。至此之後，《康熙字典》始有校定的本子。

（一）王引之《字典考證》

《字典考證》由清儒王引之奉旨校刊。據劉盼遂輯《高郵王氏父子年譜》云：

> （道光七年丁亥八十四歲）陳煥《師友記・王念孫傳》云：丁亥再入都，猶及見先生屬校《管》《荀》書。子引之奉旨校刊《康熙字典》，先生乃先校數冊，以爲法式。以後亦經先生覆閱乃定。〔註22〕

道光七年丁亥王引之年六十二歲，是年春擢工部尚書，七月充武英殿正總裁，統領《字典》重刊事宜，而《考證》乃先經其父王念孫確定體例，並校改數冊以示範。在王引之完成全書考證工作之後，亦由王念孫審閱定稿。

王氏父子精通文字、音韻、訓詁之學，爲清代小學大家，其專業功力之深厚，

〔註19〕詳見《掌故叢編》「王錫侯《字貫》案」中之〈大學士九卿議奏摺〉，頁五〇三。故宮博物院掌故部編，北京中華書局，一九九〇年三月第一版。此案並見《十二朝東華錄・乾隆朝》，卷三十三，頁一二〇九。文海出版社發行。下同。

〔註20〕詳見周中孚《鄭堂讀書記》，下冊，補逸八。

〔註21〕詳見本章第四節「一、《字貫》文字獄之終始」。

〔註22〕詳見劉盼遂《高郵王氏父子年譜》，頁五三。文海出版社。

非原刊總閱官、纂修官能望其項背。在王氏父子指導下，重刊纂修人員工作細緻深入，辨析詞義，明判是非，與普通校書羅列異同，不可同日而語。王氏等依據文義，或綜合名物、制度、地理、文字、音韻等眾多資料，加以考辨，將原刻本中引用書名篇名淆亂、引文字句脫誤，或是刪節　句讀失當等譌舛衍脫，一一進行更正。其校改纂修之過程，由重刊完竣之呈上奏摺，可知一二。其奏云：

> 道光七年十二月，經前任總理臣穆彰阿等面奉諭旨：「《康熙字典》著交提調處先將原本校看，再行刊刻。欽此。」臣等謹將書內列聖廟諱、皇上御名敬謹缺筆在案。嗣于七年八月前任總裁臣玉麟等復面奉諭旨：「原刻《字典》內間有譌字，今重加刊刻，自應詳查，考據更正，欽此。」臣等當即督同提調及在館人員敬謹辦理。今全部校刊完竣，謹分四十冊，彙爲六函，恭呈御覽。……臣等欽遵諭旨，細檢原書，凡字句譌誤之處，皆照原文逐一校訂，共更正二千五百八十八條，謹照原書十二集，輯爲《考證》十二冊，分條註明，各附案語，總彙二函，恭繕進呈，伏候欽定。竊惟此次重刊《字典》詳校原本，修改草樣，複勘清樣，恭閱正本，逐條鬭對，簽檔紛繁，辦理倍加慎重。〔註23〕

王氏父子雖作考訂，但一開始並未在原書上直接改正，而是「謹照原書十二集，輯爲《考證》十二冊，分條註明，各附案語，總彙二函」。至於王引之訂正過的《重刊殿版康熙字典》，現在較少看見。清末及民國以來，印製的所謂影印本、石印本或銅版本等等，均是採用未經改正的「原刻殿版」。職是，王氏父子已作校改，後世刊行之《康熙字典》仍多未採用，其考訂工夫，形同白費，至爲可惜。不過，王引之父子雖是清代著名的經學、小學大師，但書中還是有些錯誤缺點沒有完全校正。關於《康熙字典》書中的舛誤，王引之與陳奐之書信中曾提及：

> 現有校刻《康熙字典》之役，錯誤太多，不可勝改，只能去其太甚者耳。〔註24〕

是知，雖校改了二千五百八十八條之多，他也明白書中錯誤之處實不止於此。

《字典考證》本有有王氏自刻本（收入《高郵王氏五種》）和道光十一年愛日堂刊本，分十二卷；光緒二年湖北崇文書局重刊爲六冊一函，十二集；光緒十四年同文書局石印本始爲十二集三十六卷，此本又有光緒二十一年上海鴻文書局石印本、

〔註23〕詳見道光十一年重刊《康熙字典》完竣呈上之奏摺。今書多附於《康熙字典考證》前。

〔註24〕詳見《高郵王氏遺書・王文簡公文集・卷四》「與陳碩甫書之八」，頁九。收輯於《羅雪堂先生全集》六編第十九冊，民國六十五年七月初版。

高郵王氏合刻本；民國四十八年十月臺灣藝文印書館發行《字典考證》單行本。此後，一九六二年北京中華書局據晚清同文書局影印本影印《康熙字典》時，附在正文卷末廣爲流傳，方便讀者查檢。《販書偶記》載有道光七年刊巾箱本《字典校字錄》（無卷數），殆爲《字典考證》原本。北京師範大學圖書館又有不分卷底稿本〔註25〕。

（二）日人渡部溫《訂正康熙字典》

日本明治十八年（即清光緒十一年），日人渡部溫氏作成《訂正康熙字典》一書，原書前有日人中村正直、豬野中行二氏爲之作序。在日本昭和十八年七月二十五日（即民國三十二年），有人摘錄其訂正之字作一小冊，名爲《康熙字典考異正誤》，以單行本問世，由井田書店刊印。其成書之經過，如董作賓先生云：

> 王引之校訂以後，過了四十八年，清光緒五年，當日本明治十二年（西曆一八七九年），日本學者渡部溫氏，以一人之力，把《康熙字典》重新加以考訂，前後經過七年，居然全部完成。在清光緒十一年，日本明治十八年十二月刊成，名曰「訂正康熙字典」。渡部氏之書，凡考異一千九百三十餘條，訂誤者四千條，工力倍於王氏。據豬野中行氏序云，渡部曾得廣東所舶載之字典，實即道光中王引之校訂改正之殿版。今據訂正本，知所校廣東字典，皆經改正過者，惜渡部氏未能據之一一細校，以致原刻殿版之錯誤，仍復存在者不少，亦一缺憾。〔註26〕

光緒年間日人渡部溫氏以七年時間，獨自完成《康熙字典》考異訂誤的工作，誠屬難得；惟渡部氏不知所謂廣東本字典者，乃經王氏改訂重刊之書，而未能參校王引之所作《考證》，以致原刻《康熙字典》殿版原有之錯誤，仍復存在於書中，殊爲可惜！民國四十五年，臺灣藝文印書館翻印其原書，成二大冊，以廣流傳。上海古籍出版社發行之《王引之校改本康熙字典》則將渡部溫氏《康熙字典考異正誤》完整附錄於書後。

（三）王力《康熙字典音讀訂誤》

近人王力先生認爲王引之訂正《康熙字典》的二千五百八十八條中，很少訂正音讀的錯誤，而他認爲《康熙字典》收字多，材料豐富，至今還是有參考價值，故花了一年的時間完成《康熙字典音讀訂誤》一書。王氏認爲其音讀上的錯誤，主要

〔註25〕詳見舒懷《高郵王氏父子學術初探》，頁十五，華中理工大學出版社出版，一九九七年第一版。然據查《販書偶記》僅載有光緒癸巳年刊《字典校錄卷首一卷》，長白英浩選。未知「道光七年刊巾箱本」之說何據。

〔註26〕詳見《校正康熙字典》書前董作賓先生所作之〈代序〉。臺灣藝文印書館印行，民國六十二年十二月校正再版。

有八種：其一，反切的錯誤，包括誤用《正韻》、《韻會》、今本《廣韻》、今本《集韻》、《字彙補》等書的錯誤反切，《康熙字典》本身的錯誤反切及不合反切原則等等；其二，直音的錯誤，包括聲母、韻部、入聲與平上去聲對應的錯誤，及不依字的一般讀法注直音；其三，同音歧為二音，二音混為一音；其四，編纂者不懂音韻，以致張冠李戴；其五，以方音亂正音，尤其是以吳音亂正音；其六，抄錯了韻書；其七，因避諱造成了錯誤；其八，叶音問題。綜觀以上八種類型的缺失，王氏以為「《康熙字典》在音讀上有那麼多的錯誤，所以非訂正不可。」因而訂正了《康熙字典》五千二百餘條音讀上的錯誤〔註27〕。

　　綜合上述三種校改《康熙字典》的本子，王力《康熙字典音讀訂誤》側重於音讀的校訂，而王引之的《康熙字典考證》與渡部溫的《康熙字典考異正誤》則針對原書引用資料之譌舛脫誤進行考校，二書各有獨到之處，故知此三部校改本子，是應該兼顧並用，不可偏廢的。

二、版本流傳

　　關於《康熙字典》的版本，茲引錄數位著名學者所言，以明其流傳。如錢劍夫先生云：

> 至於版本方面，除清初的原本以外，過去常見的有上海鴻寶齋石印本、共和書局石印本，書眉都有篆文。商務印書館的銅版本，後附有王引之的《字典考證》；中華書局的影印本，則兼有篆文和《考證》，字跡也比較清楚，一九八○年已經重印，最便檢閱。《字典考證》單行的有「愛日堂藏板」，字大清晰。〔註28〕

劉葉秋先生云：

> 《康熙字典》除清刻本外，常見的有上海鴻寶齋的石印本，書眉上附列篆體；商務印書館銅版印本，書後附王引之《字典考證》；中華書局的影印本，兼有篆文和《考證》，最便讀者。〔註29〕

胡裕樹先生云：

> 最早為康熙年間內府刊本；另有共和書局石印本、上海鴻寶齋石印本、同文書局影印本、商務印書館一九三五年銅版影印本（書後附王引之

〔註27〕詳見王力《康熙字典音讀訂誤》書前序文。北京中華書局出版，一九八八年三月第一版。

〔註28〕詳見錢劍夫《中國古代字典辭典概論》，頁八五。

〔註29〕詳見劉葉秋《中國字典史略》，頁一四七。北京中華書局出版，一九九二年二月第一版。

《字典考證》）。中華書局一九五八年影印本（一九八○年重印），書眉上
　方附列有篆體，書後附《字典考證》，最便使用。〔註30〕
近人董作賓先生則將他所見的《康熙字典》各種版本和訂正的本子之流傳，整理敘
述如下〔註31〕：

1. 西曆一七一六年，清康熙五十五年，《康熙字典》書成，有刊印之殿版行世。
（今行世的各種石印本，均屬此類。）

2. 西曆一八三一年，清道光十一年，訂正本《康熙字典》成，有殿版行世。（即
日人所稱「廣東本」）

3. 同時有王引之氏《字典考證》一書行世。刊入「王氏四種」。

4. 西曆一八八五年，清光緒十一年，日本渡部溫氏寫成《訂正康熙字典》刊行。

5. 西曆一九四三年，民國三十二年，摘錄之渡部溫氏《康熙字典考異正誤》一
冊出版（小冊子）

6. 西曆一九五六年，民國四十五年，藝文印書館翻印本渡部溫氏《訂正康熙字
典》出版（二大冊）

　　綜觀諸家說法，錢、劉、胡三氏之說近似，皆僅就近世通行之版本略加述說，
對於《康熙字典》各版本之源流、考校與刊行之情形，則以董氏之說最爲條理清晰。
諸氏所言之康熙年間內府刊本、共和書局石印本、上海鴻寶齋石印本、同文書局影
印本、商務印書館銅版影印本及中華書局影印本，率皆王引之考校前的原刊殿版，
也是目前坊間較常見的本子，對於前人校定之成果，則多採附錄於後的形式，予以
保留。

　　茲以筆者目前手中可見的《康熙字典》本子，依出版年代之先後爲序，逐一簡
介於後：

（一）影清殿本《康熙字典》，上海童福記書局

　　此書於民國二年，由上海童福記書局印行，書名署「影清殿本《康熙字典》」，
分十二冊爲兩函，線裝，版心作單魚尾，載書名、集別、部首、筆畫和該集頁碼。
書眉附有篆文。書中不錄康熙五十五年御製序，而以吳縣鄒登瀛之序文列於卷首。
其序云：

　　　　《康熙字典》部分班列，開卷了然，閱五稔而成書，凡形聲之辨別，

〔註30〕詳見胡裕樹主編《中國學術名著提要‧語言文字卷》，頁三四七。復旦大學出版社出
　　　　版，一九九二年七月第一版。
〔註31〕詳見《校正康熙字典》書前董作賓先生所作之〈代序〉。

訓詁之異同，搜羅頗廣，記載靡遺，久爲民間所習用，即同文之鄰國，亦
採用是書，視爲鴻篇鉅製者。今民國成立，革故鼎新，字典亦別有新書，
誠爲學界所歡迎，商家所適用。然數典不忘其祖，若是書之詳備，得民間
二百餘年之信用，紹流溯源，或亦不可廢也。方今尊崇法律，綱維政治，
正宜研究舊學理以溝通新名詞，然則舍字典何以爲社會教育之津梁，世界
文明之導線也夫。中華民國二年二月　吳縣鄒登瀛識、海陵袁蔚山書、上
元李節齋校。

鄒氏謂《康熙字典》「搜羅頗廣，記載靡遺，久爲民間所習用，即同文之鄰國，亦採
用是書」，且可以爲「社會教育之津梁，世界文明之導線」，故重刊此書，並爲之作
序，以廣流傳。

（二）《中華字典》，上海天寶書局

　　此書於民國三年，由上海天寶書局印行，書名署《中華字典》，分六冊，線裝，
版心作單魚尾，載書名（《中華字典》）、集別、部首、筆畫和該冊頁碼，下刻「上海
天寶書局藏版」字樣。書眉附有篆文。書中亦不錄康熙五十五年御製序，而製序文
列於卷首。字典更名之由，明載於序中。其序云：

　　　　海內學子臨文考境，仍借助於《康熙字典》，推爲閎深肅括，洵字典
　　之完璧。按是書本清初群碩彥排纂而成，命名之始，原序祇稱《字典》，
　　出版後展轉翻刻，處專制積威下，率狃讓美於上之誼，以康熙弁諸標題，
　　實於義有未安。國體既更，名物務稱其實，字典爲萬事百物統紀究國粹者，
　　尤不容數典而忘祖，爰根言論自由之義，正其名曰：「《中華字典》」。

以當時雖不乏新出字典，然士人學子仍多採《康熙字典》，故重刊此書；惟書名「康
熙」，義有未妥，故正其名曰「《中華字典》」。

（三）殿刻銅版《康熙字典》，啟明書局／世界書局

　　此書民國四十八年由啓明書局據粹芬閣所藏殿版《康熙字典》整理縮印而成。
沈淡初先生於卷首作〈康熙字典引略〉云：

　　　　粹芬閣藏《康熙字典》爲殿版桃花紙最初精印本，共四十大冊，四千
　　餘頁。本字典自原書詳愼整理，經縮印爲八百五十頁，裝成一冊，並增列
　　「檢字索引」，統一檢查頁碼，使檢查攜帶，俱感便利，前附「篆字譜」，
　　尤爲本書特色。〔註32〕

〔註32〕見殿刻銅版《康熙字典》卷首，粹芬閣藏版，臺北：啓明書局，民國48年。今收藏
　　　　於國立清華大學圖書總館。

全書內容計收《康熙字典》四十二卷，附篆字譜一卷；正文前依序有「（御製）序」、「凡例」、「總目」、「檢字」、「辨似」、「字母切韻要法」、「切字樣法」、「檢篇海部首捷法」、「等韻切音指南」及「篆字譜」。其中「正文」、「補遺」及「備考」版面分成三欄，頁眉附有集別、部首、筆畫和各集頁碼，最下方編有檢字號碼。因卷首已附篆字譜，故書眉不附篆文。

民國五十一年六月世界書局據此本增列《康熙字典考證》三十六卷重新印行，內頁署「《字典》清康熙五十五年官撰、《考證》王引之等撰」。正文編排一如前書，內容、行款與版面俱同，惟增列之《康熙字典考證》版面分成兩欄，頁眉則有集別和各集頁碼，最下方編有檢字號碼。民國六十一年十一月再版。

（四）《校正康熙字典》（渡部溫訂正，嚴一萍校正），臺灣藝文印書館

民國五十四年，臺灣藝文印書館以王引之《康熙字典》校改版為底本，參校日人渡部溫《訂正康熙字典》，再加以修訂，而成《校正康熙字典》。嚴一萍先生跋文云：

> 日本渡部溫訂正康熙字典，以一人之手，費時七載，逐條檢對，是正者數千條。其精神毅力，至可欽佩！然成書七十年間，寂然未見稱於日本讀書界；若吾國者，更無論矣。民國四十六年，余既為之影印，以廣流傳。深得 董彥堂夫子讚許，謂合王引之字典考證，而重加修訂，則將盡善而盡美。一萍心識之而有志焉，迺於民國四八年，再印字典考證原刻。繼即著手修訂，亦頗正兩氏所未及者。顧以環境叢脞，悠悠歲月，徒奮空言，未克力疾以赴。至去秋，始漸完功，而董夫子歸道山已匝歲，不及見也。今書成矣，因將夫子論此書之文弁諸首，讀之，可以知渡部溫訂正之功，王引之考證之力，亦可見此校正本之有裨讀者。而一萍不負期許，亦將以此告慰夫子在天之靈焉！民國五十四年一月秀水嚴一萍跋〔註33〕

知嚴氏自民國四十八年著手修訂，迄民國五十四年成書，歷時六載。書前有董作賓先生〈代序〉、嚴氏〈跋〉，在「《校正康熙字典》目次」後，附有日人中村正直、豬野中行二氏為渡部溫《訂正康熙字典》原書所作之序文。正文中逕用王引之之校改成果，修訂之處則直接於書眉加注說明，或補錄渡部溫氏之說，並標以「溫按」注明。該書於民國六十二年十二月校正再版。

（五）《康熙字典》，臺灣商務印書館

此書為王雲五先生「國學基本叢書四百種」之一，原分十二小冊，後又合訂為

〔註33〕見《校正康熙字典》跋文，臺北：臺灣藝文印書館，民國 54 年。

上、下兩冊，民國五十七年六月臺一版，由臺灣商務印書館發行。其書版心不作單魚尾，但仍有書名、集別、部首及筆畫，行款及內容亦與同文書局原版相同，惟版面略小，每頁行數略少，頁碼因之不同。書眉未附有篆文，且未附任何部首索引表，檢字較爲不便。

（六）影印同文版《康熙字典》，不著出版地／文化圖書公司／北京中華書局

此書十二集分三十六卷，各卷自行編碼，合六冊爲一函，線裝。版心作單魚尾，載書名、集別、部首、筆畫及單卷頁碼，下刻「同文書局石印」字樣。書眉附有篆文。不著出版地及出版年月。正文之後有「補遺」、「備考」，不附王引之《康熙字典考證》。

北京中華書局（一九五八年第一版，二〇〇二年北京第十一次印刷）、臺灣文化圖書公司（復據同文書局石印本影印），全一冊，二十五開本。書前附有「《康熙字典》部首索引」，以方便讀者檢閱。版心不作單魚尾，載有書名、集別、部首、筆畫及各集頁碼，下刻「同文書局原版」字樣，除原書各集之頁碼外，另於下方標注全書總頁碼，配合書前「索引」，以利檢字。書後附有王引之《康熙字典考證》，可供參照。此二書正文之起始頁碼不同，是以有別。將臺灣文化圖書公司版本之頁碼加數七十二，即爲北京中華書局之頁碼。此版《康熙字典》今日坊間隨取可見，流行最廣。

（七）《新修康熙字典》（高樹藩重修），啟業書局

此書爲高樹藩先生就康熙五十五年《殿版康熙字典》原書，重新編修，改易古籍刊刻的形式，以求易檢、易認、易讀、易解，而廣流傳。其成書之經過，如高樹藩〈重修者敘〉云：

> 康熙字典，以收字多、形體備、音讀詳、音義博四善，成爲當世垂典常集大成之字書，流傳既久且遠，蓋有所自。顧書出眾手，疏漏不可免；循反切讀音，難應時用；體例不善，不易檢查；未施句讀，有礙理解；遂致用者日少。余不自揣量，亟欲本其體要，就其肯綮，加以剪裁鎔鑄而新之，籌思、試稿、定版，歷時年餘，旋依正內容、訂謬誤、實音讀、增句讀、齊版面、損益附表六項進行，參與其事者，四十餘人，閱六月而成書。計議之初，心知其難，蓋製模鑄字以重新排版，非斥資千萬元以上莫能辦，乃改爲紙上組版；而汰換筆畫模糊之字，標註反切艱澀之音，分析籠統含混之義，無不費事；致所用人力、財力、時間，超出預計數二三倍，固非初慮所能及；事之艱辛，蓋有如此者。惟康熙字典果因此次整修，得以正

其謬誤，補其闕失，使其易檢、易認、易讀、易解而廣流傳，此亦出版者、
重修者之所樂其有成者也；爰述其經過，以爲讀者諸君告。〔註34〕

全書凡二冊，書前附有林尹先生、高明先生之序文，及「重修者敘」、「康熙字典原
序」、「修整例言」、「康熙字典原書凡例」、「康熙帝纂修字典諭」、「康熙字典總閱、
纂修、校刊官題名錄」、「難檢字表」等等；書後附錄「篆文纂要」，及「相似字表」、
「十三經簡介表」、「二十四史簡介表」、「先秦重要子書簡介表」、「歷代重要文集簡
介表」、「歷代重要字書簡介表」、「四聲韻目對照表」、「國語注音符號與羅馬拼音對
照表」、「重要化學用字一覽表」等九表，以符合工具書提供諮詢的效用〔註35〕。全
書由臺灣啓業書局於民國六十八年元月初版，同年十一月再版。

（八）《御定康熙字典》，景印文淵閣《四庫全書》，臺灣商務印書館

《御定康熙字典》歸在《四庫全書》經部小學類二，字書之屬，分三大冊，爲
經部二二三、二二四、二二五（隸屬第二二九冊、二三〇、二三一冊）。其書內頁署
「清張玉書、陳廷敬等奉敕纂」，開卷首錄「康熙四十九年三月初九日上諭文」，次
列「御製序文」、「製定康熙字典職名錄」、「凡例」，其後附上紀昀所作之〈提要〉。〈提
要〉之後有「總目」、「檢字」、「辨似」、「等韻」。「正文」共三十六卷，卷末附有「御
定康熙字典補遺」、「御定康熙字典備考」。就內容言，係就武英殿原版之《康熙字典》，
將原版中標示書名、篇名、人名、傳、注、疏之長方框取消，重加刊刻而成。

據《四庫全書總目》之〈提要〉云：

> 古小學存於今者，惟《說文》、《玉篇》爲最舊。《說文》體皆篆籀，
> 不便施行，《玉篇》字無次序，亦難檢閱，《類篇》以下諸書，則惟好古者
> 藏　之，世弗通用。所通用者率梅膺祚之《字彙》、張自烈之《正字通》，
> 然《字彙》疏舛，《正字通》尤爲蕪雜，均不足依據。康熙四十九年乃諭
> 大學士陳廷敬等刪繁補漏，辨疑訂譌，勒爲此書。……引證舊典，詳其始
> 末，不使一語無稽……所謂去取得中，權衡盡善者矣。御製序文謂古今形
> 體之辨，方言聲氣之殊，部分班列，開卷了然，無一義之不詳，無一音之
> 不備；信乎六書之淵海，七音之準繩也。〔註36〕

清儒對這部字典可謂推崇備至矣！

〔註34〕見高樹藩《新修康熙字典》之〈重修者敘〉，臺北：啓業書局，民國 68 年。

〔註35〕關於附錄的選用，今人陳炳迢云：「同辭書性質和宗旨不一致的附錄，應該不是辭書
的主要目的，但辭書具有讀者面廣、使用頻繁、近在案頭的特點和方便，在可能和
必要的情況下，爲讀者提供日常諮詢服務，自是常理，也提高了辭書的效用。」語
見《辭書編纂學概論》，頁 293。上海：復旦大學出版社，1991 年。

〔註36〕見《四庫全書總目》清紀昀等同撰。臺北：藝文印書館，民國 58 年。

（九）《御定大字本康熙字典》，警官教育出版社

此書由大陸「歷代工具書精品叢典」編輯委員會主編，爲十六開本，合訂《御定康熙字典》三冊爲一大冊。編輯委員會以編纂歷代重要工具書爲職志，傾聽專家學者高見，擇要擇善而從之，以應讀者之需要。編委會以《康熙字典》爲歷經演變進化並完整適用今日之工具書，故列爲此套叢典其中一部。書前附有「《康熙字典》部首檢字表」，採用《四庫全書》本爲底本，字形美觀、清晰，因附有部首檢字表，檢閱十分方便。「本書爲首次從《四庫全書》的深藏中脫穎，單行面世。〔註37〕」一九九三年八月由北京警官教育出版社出版。

（十）《王引之校改本康熙字典》（陸楓等人編），上海古籍出版社

此書內頁署「清張玉書等　編撰、王引之等　校訂」，編者以現行各種版本《康熙字典》，悉據原刊，咸未校改，因而改採王氏校改本作爲底本，其書〈前言〉云：

> 百餘年來，《字典考證》單行，世人皆知。至於《字典》是否有王引之校改過正文的本子，學者不予深究。或以爲只有《考證》，無校改本，以致不少書局印行《字典》，紛紛將《考證》附後，供參照之用。惟王引之等道光十一年奏摺云：「嗣於七年八月前任總裁臣玉麟等復面奉諭旨，原刻《字典》內間有譌字，今重加刊刻，自應詳查，考據更正，欽此。臣等當即督同提調及在館人員敬謹辦理。今全部校刊完竣，謹分四十冊，彙爲六函，恭呈御覽。……臣等欽遵諭旨，細檢原書，凡字句譌誤之處，皆照原文逐一校訂，共更正二千五百八十八條，謹照原書十二集，輯爲《考證》十二冊，分條註明，各附案語，總彙二函，恭繕進呈，伏候欽定。竊惟此次重刊《字典》詳校原本，修改草樣，複勘清樣，恭閱正本，逐條覈對，簽檔紛繁，辦理倍加愼重。」反覆推敲其文義，重刊本似曾校改。繼經調查研究，發現道光年間確曾重刊《字典考證》，有兩種本子：一種書首增有玉麟、王引之重刊原奏及重刊職名表，正文更正二千五百八十八條，與《考證》完全相符，雍正至道光諸帝名均缺筆避諱，書品頗佳，世所罕見。另一種未改正正文，諸帝名亦未缺筆避諱，與七年奏摺言帝名缺筆體例相背。書首卻有重刊原書及職名表，刻印粗劣，疑係書坊據康熙時原刊本僞托，待考。鑒於《考證》不少條目內容複雜深奧，闡述簡而不明，不易理解，因之道光校改本無疑爲廣大讀者提供極大方便，是最佳版本。〔註38〕

〔註37〕見其書前「卷首語」。北京：警官教育出版社，1993年。
〔註38〕見《王引之校改本康熙字典》之〈前言〉。上海：上海古籍出版社，1996年。

此書係據道光校改本影印而成,校改本原書線裝四十冊,正文總十二集,每集分上、中、下三冊,冊首各有子目,因影印裝訂成一巨冊,子目已失去作用,故刪去子目。而原書中縫每部所標筆畫數,本指上頁後半頁和本頁前半頁所收筆畫數。今因拼貼影印,前後四個半頁合在一頁上,故查閱當以現在中縫所標筆畫數為準。又書眉篆文,通行本所增篆文或有脫誤,且不含新附字,本書則據徐鉉校訂《說文解字》之篆文予以補足。

　　書前除附載通行本已有之〈凡例〉、〈總目〉、〈檢字〉……外,另有「道光七年重刊原奏」、「道光七年重刊職名」。正文之後附錄「王引之《字典考證》」和「渡部溫《康熙字典考異正誤》」,以供參照。書末則有新編四角號碼索引,內收正文、補遺、備考及《考證》、《考異正誤》中全部字頭,以便檢索。

(十一)《康熙字典通解》(張力偉等人重編),**共三大冊,時代文藝出版社**

　　本書以清道光七年武英殿重校刊本《康熙字典》為底本,又參校清乾隆文淵閣《四庫全書》本,對《康熙字典》進行了校勘、標點、分項、注音、釋義、注釋,改訂附錄等工作,以期縮小原書與現代讀者的距離,使其成為一部易讀、便查的合乎現代字典規範的通用工具書。如其〈前言〉云:

> 這次編纂《康熙字典通解》,我們採用的底本即為道光七年本,使得這一塵封多年的善本可公諸於世。但十分明顯的是,對於今天的一般讀者來說,即使是道光本,原樣照印,依然難以使用,這是由原書的形式和內容兩方面原因所造成的。原書以典型的古籍板刻形式印行,無斷句標點,雙行小注一貫而下,不分節,不分段,使用慣了現代字典的讀者難以檢讀。〔註39〕

因之,為彌補這方面的欠缺,使《康熙字典》在現代繼續發揮作用,編纂者在形式與內容作了修訂。不過,為保持《康熙字典》原貌,原書文字一律不作增刪。如所有校勘、解釋文字均於相應位置標注,前後添加圓括號,以明起訖。為打破傳統古籍版刻形式,顯示全書各字頭內在的敘述層次,也為了使版面顯豁清晰,查檢便捷,閱讀省力,將各字頭下解釋文字一律按現代字典形式排列,以區別其音項、義項等成分;並將原書〈補遺〉、〈備考〉之內容併入正文中。

　　對於原書卷首之內容,《康熙字典通解》則根據需要作了不同處理:

1. 《御製康熙字典序》、《康熙四十九年三月初九日上諭》、《康熙字典凡例》補以《道光七年重刊奏摺》及《道光十二年重刊完竣奏摺》予以

〔註39〕見《康熙字典通解》之〈前言〉。長春:時代文藝出版社,1997年。

標點，置於書前；

2. 《康熙字典纂修職名》照錄，並續以《道光七年重刊職名》；

3. 《康熙字典總目》即部首目錄，標注《通解》頁碼後仍置書前；

4. 《字母切韻要法》、《切字樣法》、《檢篇海部首捷法》、《等韻切音指南》等四種，已失去原有價值，刪去不錄；

5. 《檢字》實為難檢字表，因可從筆畫數查知某字所在部首，對難以確認部首的字尚堪實用，故仍予保留。作為附錄，放在書後。同時，新編《部首檢字表》，將全書字頭依分卷統一按部首，部首外筆畫數排列，加注頁碼，以便檢索。可參照使用；

6. 《辨似》一篇，辨別容易誤識的相似字，尚有一定用途，易名為《辨似字表》，置於正文後的附錄中。〔註40〕

由於此書已按照現代字典形式排列，其他版本書眉保留篆文之形式，則改編以《篆楷字形對照表》，將《說文》原有古、籀、篆文與其相應楷體對比排列，附於書後。又為方便大陸讀者使用本書，各字頭下敘述文字除涉及字形者外，一律改為簡化字；異體字也依據中共國家語言文字工作委員會頒發的《簡化字總表》（一九八六年新版）和中華人民共和國文化部、中國文字改革委員會發布的《第一批異體字整理表》一律改為規範字。這是對臺灣一般讀者使用上較為困擾的地方。

（十二）《e—康熙字典》，北京書同文數字化公司，台灣漢珍數位公司代理

　　《e—康熙字典》的問世，亦即《康熙字典》的「數位版」。《e—康熙字典》共有單機 Window 版和網路 Window 版二種版本。此電子書係根據「同文書局」出版的石印版《康熙字典》為底本製作而成，並附王引之的《字典考證》於後。全套共兩片光碟，包含《康熙字典》的全部內容四萬七千餘漢字。其中「檢索模組」為此《康熙字典》電子版中最重要的功能，它提供了「輸入」、「部首」、「音讀」、「筆順」四種查詢方式，讓使用者可透過不同的方式檢索，並搭配 BIG5、GBK 與 Unicode 各文字內碼相互對照，還可透過「瀏覽原書」的功能，直接翻閱《康熙字典》的原文圖像。此外，多數的單字皆具備「發音」的功能。

（十三）《康熙字典標點整理本》，漢語大詞典出版社

　　有鑑於近代坊間書局出版之各種本子皆源於未經重校的康熙殿本，此書係以道光本《康熙字典》為底本，參校其他版本，加以新式標點符號，並標注漢語拼音與注音符號，以符現代及海峽兩岸讀者之使用。

〔註40〕見《康熙字典通解》之〈凡例〉。

　　本書之編纂形式，有別於原書之直式編排，而仿照現代字典之橫書方式，每頁分三列，以省版面空間。該書〈前言〉述及編纂之緣由時，云：

　　　　由於「官修」之書出於眾手，加上成書比較匆忙，編寫者不可能具有現代語言學和詞典學的學術素養，《康熙字典》也存在一些缺點錯誤，特別是有些地方鑒裁不精，未足爲據。而尤爲學者詬病的，則是在引用書證時錯訛較多。爲此，王引之（一七六六～一八三四）在清政府支持下，於道光七年（一八二七）主持對該書進行了一次規模較大的校訂，並予重刊。經過校勘諸臣的認眞工作，改正原書錯誤達二千五百八十八條，由武英殿重新刊行。遺憾的是，這部經校改重刊的道光《康熙字典》定本流傳不廣，百多年來坊間印行的各種本子仍皆源自未經重校的康熙殿本。至於王引之將之校勘文字輯成的十二冊《字典考證》則單行刊印，只是近代不少書局重印《字典》時將《考證》附後，供參照之用，但讀者使用仍不方便。

　　　　近年來有的出版社已將經王引之校改的《康熙字典》定本影印行世，受到歡迎和好評。但是，當今學者在使用這一本子時仍有一些困難，主要表現在兩個方面：一是原書無斷句標點，難以檢讀；二是原書多以現代人不熟悉的反切方式注音，所標直音中又有不少生僻字，與習慣於現代工具書的讀者的需求距離較遠。爲此，我們決定以上述道光本《康熙字典》爲底本，參校別本，將全書予以標點，加注漢語拼音與注音符號，並重新排印出版，使讀者得到一部與現代字典相近而又「原汁原味」的《康熙字典》，使這一素負盛名的古老工具書煥發青春，滿足今天社會的迫切需要。〔註41〕

是知，「原書無斷句標點，難以檢讀」與「原書多以現代人不熟悉的反切方式注音，所標直音中又有不少生僻字」是該書重新整理，排印出版的主要原因。此書名爲「標點整理本」，正是以「斷句標點」及「標注漢語拼音與注音符號」爲其最大特色。其次，統整新舊字形，另列《新舊字形對照舉例表》，以便檢索；又據徐鉉校本《說文》增列篆文，於每頁書眉處標明該頁全部單字，並注明單字所屬部首及筆畫。除此之外，編者將原書正文後〈補遺〉、〈備考〉均移至相應部首正文之後，以方便讀者使用。書末另附四角號碼索引表，供讀者檢索引用。值得一提的是，本書有別於《康熙字典通解》之使用簡化字，而純以標準字體編寫，方便臺灣地

<hr>

〔註41〕見《康熙字典標點整理本》之〈前言〉，頁1~2。上海：世紀出版集團、漢語大詞典出版社。2002年。

區一般讀者來使用。本書正如其〈前言〉所云，是「一部與現代字典相近而又『原汁原味』的《康熙字典》」。

（十四）《康熙字典》，中國檔案出版社

本書係據清代光緒丁亥年（公元 1887 年）石印版影印出版。此書之出版形式與坊間通行之同文書局石印本相仿，版心部分刪去版本出處與卷集之頁碼，僅冠以全書之總頁碼。書末未附王引之《字典考證》。據書前〈出版說明〉云：

> 這本《康熙字典》將原書十二集分為上、下兩卷出版。上卷內容包括原書的子、丑、寅、卯、辰、巳、午、未、申等九集，下卷內容包括酉、戌、亥等三集和《康熙字典備考》、《康熙字典補遺》及新增的《漢語拼音注音對照表》、《筆畫檢字表》。

> 為了使這本字典兼具更高的收藏價值，我們做了兩個方面的工作：一是選好版本。清代《康熙字典》的版本有好幾種，這裏選用其中最優版本——清代光緒丁亥年（公元一八八七年）石印版影印。二是在刊印這本書時，編製了《漢語拼音注音對照表》和《筆畫檢字表》，附于書末。此外，對該書中的個別明顯錯誤作了訂正。〔註42〕

書末《漢語拼音注音對照表》和《筆畫檢字表》是本書新增附錄的部分。前者以漢語拼音為《康熙字典》所舉四萬餘字依正文之字序進行標音，純為對照之用，未再重新編排，不利檢索；後者則依筆畫多寡排列，同筆畫數內，係按「橫（一）」、「豎（｜）」、「撇（丿）」、「點（、）」、「折（乛）」之起筆順序分類編排；同筆畫數的單字數量太多時，再以第二筆之筆順為序予以編列，可利讀者檢索單字。然《漢語拼音注音對照表》和《筆畫檢字表》二者僅以原書中的正文用字為依據，其中〈備考〉與〈補遺〉之用字並未採入，是其不足處。

其次，就所據版本而言，在光緒丁亥年之前，已有其他更精良的校改本（如道光本），而本書所據之版本仍屬未經校改的康熙殿本。筆者逐頁檢視，就《康熙字典》原書內容言，此書與坊間通行之同文書局石印本，幾無二致，然其書前云「這裏選用其中最優版本——清代光緒丁亥年（公元一八八七年）石印版影印」，實不知所言何據。本書於二〇〇二年八月由北京中國檔案出版社出版發行。

（十五）《節本康熙字典》，清張玉書等編纂，張元濟節選，北京商務印書館

《節本康熙字典》係由近人張元濟所節選。張元濟，字筱齋，浙江省海鹽縣人。生於清同治五年（一八八六），卒病逝於上海（一九五九），享年九十三歲。張氏畢

〔註42〕見《康熙字典》之〈出版說明〉。北京：中國檔案出版社。2002 年。

生致力於文化提倡、啓迪民心之事業，尤重善本之蒐羅刊印，廣布流傳，實有裨於學術之研究。曾任上海文史館長等要職，於我國文物之保存流傳，其功尤著。民國三十七年三月，張氏以「主持商務印書館數十年，輯印《四部叢刊》等書，校印古本史籍，於學術有重大貢獻」，當選爲中央研究院第一屆院士，與胡適（一八九一～一九六二）、余嘉錫（一八八三～一九五五）、楊樹達（一八八五～一九五六）列名人文組中國文史學科，足見先生學養之專精，確足以爲學者典範。

　　此書於一九四九年三月首次刊行，然而當時印數不多，行銷不廣；加上出書之際時局動盪，學界未加留意，以致此書很少有人提及。書前有張元濟親自撰寫的〈小引〉，其內容云：

　　　　余自束髮受書，案頭置一《康熙字典》，遇有疑義，輒繙閱之。其於點畫之釐正，音切之辨析，足以裨益寫讀者，殊非淺鮮。後出諸書，陳義多所增益，然於形、聲二事，終不能出其範圍。且蒐羅之備，徵引之富，尤可謂集字書之大成。然求全務博，亦即其美中之憾。全書凡四萬二百餘字，益以〈備考〉、〈補遺〉，又得六千四百有奇。每檢一字，必遇有不能識亦不必識者參錯其間。耗有限之光陰，糜可貴之紙墨。時至今日，窮當思變，不揣冒昧，嘗於繙閱之際，汰去其奇詭生僻無裨實用者，凡三萬八千餘字。留者僅得十之二弱，非敢謂披沙揀金，抑聊謀藝林之樂利。原序云「部分班列、一目了然」，亦猶是此意而已。古鹽官涉園主人識。〔註43〕

文中張氏稱《康熙字典》「蒐羅之備，徵引之富，尤可謂集字書之大成」，予以肯定的評價。「然求全務博，亦即其美中之憾。」指出書中摻雜了許多「不能識亦不必識」的冷僻生字，讓讀書人在檢索時消耗「有限之光陰」，浪費「可貴之紙墨」，因此張氏憑著多年整理古籍和檢閱字典的經驗，對成書於二百多年前的《康熙字典》逐字考察，「汰去其奇詭生僻無裨實用者，凡三萬八千餘字，留者僅得十之二弱。」因而成就了一部具備研究價值和實用價值的《節本康熙字典》。

　　《節本康熙字典》書前〈凡例〉共十四條，首云：「原書過於浩博，是編旨在節要，故凡非常人日用必需之字，概不錄存。」開宗明義，說明全書節選之旨。此外，《節本》將通行版本書前本有之「康熙四十九年三月初九日上諭文」、「御製序文」、「製定康熙字典職名錄」、「凡例」、「總目」、「檢字」、「辨似」、「等韻」等，均予略去。所節選之文字，若原出於正文後之「補遺」、「備考」者，則移入本部同筆畫之末，不作附錄。

〔註43〕見《節本康熙字典》，清張玉書等編纂，張元濟節選。北京：商務印書館。1949年初版，2001年影印第一版，2004年2刷。

西元二〇〇一年，商務印書館爲紀念建館一百零五周年和張元濟先生誕辰一百三十五周年，故將被埋沒半個世紀的《節本康熙字典》重新印行。書前附有陳原先生撰〈重刊《節本康熙字典》小識〉，推闡張元濟節選原典，以廣流傳，裨益實用之功。文中並對《節本康熙字典》與日本諸橋氏的《大漢和辭典》二書做了比較，陳氏云：

> 由張元濟的《節本康熙字典》對漢字的簡約，不能不聯想到日本漢學家諸橋轍次編纂的《大漢和辭典》。在整理漢字的學術層面上，張重在實用，故求簡；諸橋重在研究，故求全。異曲同工，相映成趣，也可説是辭書編纂史上的佳話。

> 諸橋氏曾四次來華游學，由是結識張元濟，相互切磋，探討漢語漢字的奧秘。張氏訪日尋書那一年（一九二八），諸橋與大修館書店簽約，編纂《大漢和辭典》，那時諸橋年僅四十有五，到十三卷辭書完成時（一九六〇），年已七十七了。《大漢和辭典》收字四萬九千九百六十四個，略超過《康熙字典》。

> 張元濟沒能看到諸橋氏的《辭典》完成，於一九五九年辭世，享年九十三歲。二十三年後（一九八二）諸橋以九十九歲高齡仙逝。看來由於戰爭和人爲的阻隔，兩個學人晚年未能就漢字、漢學和辭書編纂交換意見，雖不無遺憾，但兩人分別留下一簡一繁各具特色的漢字工具書，給後學很多啓發，這也可認爲學人的宿願得酬了。〔註44〕

陳氏肯定張氏與諸橋氏在辭書編纂史上的貢獻，認爲「張重在實用，故求簡；諸橋重在研究，故求全。異曲同工，相映成趣」、「兩人分別留下一簡一繁各具特色的漢字工具書，給後學很多啓發」，其說允爲中的。

綜合上舉之各本《康熙字典》，就版本來源言，其一爲殿刻原版之《康熙字典》，如前列之影清殿本《康熙字典》、《中華字典》、殿刻銅版《康熙字典》、「國學基本叢書四百種」之《康熙字典》、影印同文版之《康熙字典》、《新修康熙字典》、《e－康熙字典》等，率皆以康熙五十五年刻成之原版《康熙字典》爲底本，除高樹藩先生之《新修康熙字典》曾重加考校，並改易古籍刊刻之形式外，其餘都屬未經校改之原版《康熙字典》。其二爲乾隆年間之《四庫全書》本的《御定康熙字典》，其重刊之底本仍屬殿版《康熙字典》，雖重加刊刻，卻未經詳校，故王引之校改前的錯誤仍存於書中。近年大陸「歷代工具書精品叢典」編輯委員會又據之影印發行《御定大

〔註44〕見《節本康熙字典》書前之〈重刊《節本康熙字典》小識〉。

字本康熙字典》，並附有部首檢字表，利於檢閱。其三為以道光年間王引之校改後之
《康熙字典》為底本，如前列臺灣藝文印書館之《校正康熙字典》、上海古籍出版社
之《王引之校改本康熙字典》、時代文藝出版社之《康熙字典通解》、《康熙字典標點
整理本》皆屬之，其中嚴一萍《校正康熙字典》除採王引之《考證》外，又取日人
渡部溫《訂正康熙字典》之結果，附錄於書眉，便於參閱。

再就刊刻形式言，大多數仍屬古籍刊刻的形式，即在字頭下以雙行小字夾注的
形式，一貫而下，未加標點斷句，不利今人閱讀使用，惟今人高樹藩先生之《新修
康熙字典》、漢語大詞典出版社之《康熙字典標點整理本》、長春時代文藝出版社之
《康熙字典通解》三書，打破古籍刊刻之形式，以現代字典之形式重新編排，並斷
以新式標點，符合現代人的使用需求。前二書書為正體字、後者為簡化字，各自因
應兩岸文字使用習慣之不同而發行。其中又以《康熙字典標點整理本》兼注漢語拼
音與注音符號，可供海峽兩岸之讀者使用，最能因應現代讀者的需求。

第四節　後人之評論與《康熙字典》之價值與影響

歷史上關於《康熙字典》的評價，以清政權為界，呈現兩極化的現象。清儒評
《康熙字典》多以「迷津寶筏」、「引證確切，展卷了然」、「六書之淵海，七音之準
繩」等讚頌功德、曲意溢美之辭譽之，蓋因《康熙字典》具有清廷官定字書的身分，
無人敢置言批評該書。就政治上的壓力言，又以王錫侯《字貫》文字獄影響最大。

一、《字貫》文字獄之終始

王錫侯為江西新昌縣人，乾隆十五年庚午科舉人。本一介鄉儒，家無恆產，仕
途無著，乾隆三十九年刻成《字貫》一書，原只為圖利謀生，渡過家計困阨的窘境。
據《字貫》卷首錫侯自序云：

> 字者天地之管籥，王治之舟輿，聖學之津筏；所以宣其蘊，揚其奧，
> 顯于時，而傳於後者也。故王者尊為三重之一。……欽惟聖祖仁皇帝，
> 性由天亶，學紹緝熙，命臣工纂定《字典》一書，搜千年之秘奧，垂三
> 重之典章，煌煌乎如日月之經天，有目者共屬而快之矣。然而穿貫之難
> 也，詩韻不下萬字，學者尚多末識而不知用，今《字典》所收數增四萬
> 六千有奇，學者查此遺彼，舉一漏十，每每若干終篇掩卷而仍茫然。竊
> 嘗思《爾雅》以義相比，便于學者會通。然為字太少，不足括後世之繁
> 變，亦且義有今古不相宜者，茲謹遵《字典》之音訓，擴充《爾雅》之

義例，于是部署大者有四：天文也，地理也，人事也，物類也。于四者之中，析為四十部；于每部之中又各分條件，於條件之內，又詳加鱗次；其切用者居于前，其備用者尾於後。恭奉《淵鑑彙函》、《佩文韻府》，下至《本草綱目》，群彙纂及諸經史有可證者，援引以助高深，其有重複可省者，稍節以便記閱。字猶散錢，義以貫之，貫非有加于錢，錢實不妨用貫，因名之曰《字貫》。〔註45〕

故知《字貫》是一部以天文、地理、人事、物類四大類來統攝文字的簡明字典，取意於「字猶散錢也，貫之以義耳」，並依《康熙字典》分部，列其總字，註明在本書何類，下分四十部，體例略如《爾雅》。王錫侯本意只是編訂一部供讀書人檢閱參考的工具書罷了。未料，《字貫》非但未替他帶來財富與聲譽，反而招致殺身破家的慘禍。

　　事情肇因於同族王瀧南與王錫侯本有嫌隙，在王瀧南獲赦返鄉後，即俟機復仇。乾隆三十九年清廷開始查辦禁書後，便提供了王瀧南報仇的好機會。於是，在《字貫》刊刻成書兩年以後，乾隆四十二年，王瀧南以書中「穿貫之難」、「學者查此遺彼，舉一漏十，每每若干終篇掩卷而仍茫然」等語，向江西巡撫海成告發，謂「王錫侯刪改《康熙字典》，另刻《字貫》，與叛逆無異，請究治罪」，然江西巡撫海成閱過《字貫》後，採納幕僚之議，認為該書未達「狂妄悖逆」之罪，故上奏稱：

　　　　其序文內頌揚《字典》之下轉語，果有「然而貫穿之難也」句，又有「詩韻不下萬字，學者尚未多識而不知用，今字典所收數增至四萬六千有奇，學者查此遺彼，舉一漏十，每苦於終篇掩卷而仍茫然」等句。臣伏思聖祖御製字典，集字學之大備，為千古不易之書，後人因字考典，原無用其貫穿；且所收之字，本諸經史，寧備無遺；其以偏旁點畫分部，自可查一得一，查十得十，有何遺漏之患。王錫侯本無學問，所輯《字貫》不過仿類書之式，按照字樣，各歸其類，與《字典》迥別。〔註46〕

海成僅建議將王錫侯革去舉人，並將原刻《字貫》，黏籤恭呈御覽。及乾隆親閱其書，見《字貫‧凡例》內直書清帝廟號、御名，未加諱避，即認為實大逆不法，罪不容誅，事情因而牽連擴大。乾隆四十二年十月癸丑，高宗諭軍機大臣等云：

〔註45〕詳見《字貫》卷首自序。本文引用清光緒八年（西元一八八二）日本高井思明重刊本。今北京國際文化出版社出版之《字典彙編》，其中所刊刻之《字貫》，係採清乾隆乙未年吉安府金蘭堂刻本，其自序「穿貫之難」、「學者查此遺彼，舉一漏十，每每若干終篇掩卷而仍茫然」等語已遭刪改。

〔註46〕詳見《掌故叢編》「王錫侯《字貫》案」，頁四九七～五四六。

　　海成奏，據新昌縣民王瀧南，呈首舉人王錫侯刪改《字典》，另刻《字貫》，實爲狂妄不法，請革去舉人，以便審擬等因一摺。朕初閱以爲不過尋常狂誕之徒，妄行著書立說，自有應得之罪，已批交大學士九卿議奏矣。及閱其進到之書，第一本序文後凡例，竟有一篇，將聖祖、世宗廟諱及朕御名字樣開列，深堪髮指。此實大逆不法，爲從來未有之事，罪不容誅。即應照大逆律問擬，以申國法而快人心。乃海成僅請革去舉人審擬，實大錯謬，是何言耶？海成既辦此案，豈有原書竟未寓目，率憑庸陋幕友隨意黏籤，不復親自檢閱之理。況此篇乃書前第十葉，開卷即見，海成豈雙眼無珠茫然不見邪？抑見之而毫不爲異，視爲漠然耶？所謂人臣尊君敬上之心安在？而於亂臣賊子人人得而誅之之義又安在？國家簡用督撫，厚給廉俸，豈專令其養尊處優，一切委之劣幕，並此等大案，亦漫不經意，朝廷又安藉此輩尸位持祿之人乎？海成實屬天良盡昧，負朕委任之恩，著傳旨嚴行申飭。至王錫侯身爲舉人，乃敢狂悖若此，必係久困潦倒，胸多牢騷，故吐露於筆墨，其平時所作詩文，豈不知作何訕謗。此等悖逆之徒，爲天地所不容，故使其自行敗露，不可不因此徹底嚴查，一併明正其罪。著海成即速親身馳往該犯家內，詳悉搜查，將所有不法書籍字跡，即行封固進呈，若再不詳查，或有隱飾，是與大逆同黨矣。〔註47〕

從諭文內容看，乾隆皇帝之所以大怒，主要是對江西巡撫海成而發。《字貫》的「悖逆」開卷即見，如此明顯，海成竟說它「無悖逆之詞」，乾隆皇帝怒斥他「雙眼無珠」、「天良盡昧」，毫無人臣尊君敬上之心，尸位持祿，有負朝廷委任之恩，故命他將逆犯王錫侯迅速鎮押解京，交刑部嚴審治罪。就這樣，王錫侯《字貫》案由妄行著書的一般案件一下子升級爲欽辦的特大逆案。結果是王錫侯斬決，《字貫》燬板，其子王霖等三人、孫王蘭飛等四人，先應斬監，候秋後處決，後減發黑龍江給索倫達呼爾爲奴；妻馮氏、媳三人及年未及歲之幼孫，給功臣之家爲奴，家產沒入官。連坐所及的，爲兩江總督高晉降一級留任，江西巡撫海成斬監候秋後處決，江西布政使周克開，按察使馮廷丞革職交刑部治罪。

　　這個因涉及《康熙字典》而招致慘禍的《字貫》案，株連之廣，治刑之酷，自是無人敢再輕議《字典》，故有清一代學者治經識字，肆志於《說文》之鑽研，而諱避《字典》不談。即使是道光年間王引之奉諭旨重修《字典》，亦不敢於原書體例增損一字，僅僅「細檢原書，凡字句誤之處，皆照原文逐一校訂，共更正二千五百

〔註47〕詳見《掌故叢編》「王錫侯《字貫》案」，頁四九七～五四六。

八十八條，謹照原書十二集，輯爲考證十二冊，分條說明，各附案語」而已。

二、後人對《康熙字典》之評論

　　清政權結束後，學者重新審視這部向來被視爲不可冒犯之字書，直言該書之譌舛脫誤，蓋因政治迫害學術的因素消失後，人們始敢針對此書，提出批判，故後人論列其缺失者甚多。《康熙字典》在清道光年間雖經王引之校改，仍未能糾正全書之誤，故近人林紓先生云：

　　　　古有《廣均》、《集均》，及《爾雅》、《廣雅》、《說文》、《方言》諸書，皆字書也。檢之殊難，而寒櫥中，又不能　購。於是《字典》始出，可以按部數畫而求索，然實爲官書，既名官書，則去專家之聚精殫神，畢一生之力成之，相去殊遠，但以道光字典言之，其駁正《康熙字典》，不下二千餘條，顧前清重愛祖烈，以爲書經欽定，無敢斥駁，遂留其訛謬，以病後人，何其悖也。〔註48〕

蟫魂先生則進一步針對王引之重校《字典考證》不備之處，條列舉例，作〈書康熙字典後〉一文，以正其失。茲節錄其文如下：

　　　　清道光時令王引之等重加校勘爲改正二千六百條，皆就引書字句奪誤者更定之，然而猶未悉也，引之殆由奉行詔書，未敢盡其詞耳……其最誤人者，第一爲虛造故實。……第二爲案語離奇。……第三爲鈔襲正字通而轉謬。……第四爲增改原書。……第五爲書名舛誤。……第六爲引書敓誤。……第七爲以他書之訓闌入此字。……第八爲同引一書，前後違異，使閱者迷罔也。……第九爲云同之字有實不同者。……第十爲字畫算數無一定也。……此外有本一字而誤分爲兩字者，又有義證引用之字，而正文不收，令閱者無由得其音義者。論者以謂清初小學本未大明，又以一二顯官率數十冗官以領其事，而字典之爲事，又本視其所爲，《淵鑑類函》等書獨難宜，其乖遠譌舛，莫可究詰也。茲於《字典考證》外，就其犖犖大者，刺取一二以示例，若隨條糾正，則盈紙皆是，雖勒爲專書，猶不足以盡，故質而言之，《字典》非廢之另纂不可。〔註49〕

蟫魂先生以《康熙字典》中之譌誤，「雖勒爲專書，猶不足以盡」，故應另編字典，以供士人學子之用，尤其在民國初《中華大字典》成書出版時，學者對《康熙字典》

〔註48〕詳見〈中華大字典序文‧其二〉，載《大中華雜誌》民國四年元月號，梁啓超主編，第一卷第一期，頁二○六。文海出版社出版。下同。
〔註49〕蟫魂〈書康熙字典後〉，載《大中華雜誌》民國四年五月號，第一卷第五期，頁一○八五～一○八六。

之譌誤與不足，更提出了許多看法。如民初陸費逵先生云：

> 顧《康熙字典》有四大病，爲吾人所最苦。解釋欠詳確，一也。訛
> 誤甚多，二也。世俗通用之語，多未採入，三也。體例不善，不便檢查，
> 四也。在當時固爲集大成之作，然二百餘年，未之修改，宜其不適用矣。

〔註50〕

又熊希齡先生亦云：

> 吾國字書、均書，爲類蓋夥，而搜羅較廣，條理較密，檢索較便者，
> 不能不推《康熙字典》；顧紕繆百出，不適於用，久爲世病。一義之釋，
> 類引連篇，重要之義，反多闕漏。一音之辨，反切重疊，然如『一』字而
> 音澍入聲，是欲使人明一畫之字，而轉以十餘畫之字與音切晦之，其戾於
> 教育原理者甚矣。〔註51〕

除蕈魂先生外，諸氏對《康熙字典》均只限於表面上的批評，而非實際進行考察探
索。在王引之、渡部溫之後，首位對《康熙字典》引用書證之譌舛脫衍，舉用實例，
條列述說者，當推黃雲眉先生爲代表。黃氏以「篇名與書名誤稱例」、「所引書失原
文面目」爲綱領，下統子目，前者分「篇名」與「書名」等二目；後者分「與他文
混淆」、「與注文混淆」、「注誤爲正文」、「疏誤爲注文」、「誤斷」、「誤改」、「誤節」、
「誤增」等八目，分別舉例論說。文中所舉之例「謹證《康熙字典》引書之誤，其
屬於體製形義音切者，當俟專篇。然但就本文本文所述，亦足概《字典》寡陋草率
之眞象，雖不勞全軍可耳。」〔註52〕

　　大陸學者錢劍夫先生則據王引之《字典考證》及黃雲眉〈清代纂修官書草率之
一例——康熙字典〉所訂之誤，參以自己校錄的結果，將《康熙字典》書中的錯誤
歸納成下面十七項：〔註53〕

　　第一、引書仍常不舉篇名。

　　第二、引用舊說不舉書名。

　　第三、援用舊說但據後引，不考原書。

　　第四、引用書證，不知溯源。

　　第五、所引篇名極多錯誤。

〔註50〕詳見〈中華大字典序文・其一〉，載《大中華雜誌》，第一卷第一期，頁二○五。

〔註51〕詳見〈中華大字典序文・其三〉，載《大中華雜誌》，第一卷第一期，頁二○七。

〔註52〕詳見黃雲眉〈康熙字典引書證誤〉，載《金陵學報》，一九三六年，第六卷第二期，頁
　　　　一七三～一八一。該文後又增補改寫成〈清代纂修官書草率之一例——康熙字典〉，
　　　　收入黃氏《史學雜稿訂存》一書，齊魯書社，一九八○年出版。

〔註53〕詳見錢劍夫《中國古代字典辭典概論》，頁七九～八五。

第六、引用書名錯誤，人名亦誤。

第七、書名相互混淆。大致說來這又有四種類型：

　　1. 本來是 A 書的文字，B 書似有實無，卻誤引爲 B 書。

　　2. 本來是 A 書的文字，B 書雖有實異，也誤引爲 B 書。

　　3. 本來是 A 書的文字，而且是 B 書所絕對沒有的，卻毫不思索地引爲 B 書。

　　4. 因爲篇名相同，而將 A 書誤爲 B 書。

第八、誤記年數。錯得最多的是所引《左傳》、《公羊》、《穀梁》三書。

第九、兩種全不相干的書也常相混，文字並有差異。

第十、誤以正文爲注。

第十一、誤以注爲正文。

第十二、誤以疏爲注文。

第十三、杜撰注文。

第十四、斷句錯誤。

第十五、意改原文，致違原意。

第十六、妄節原文，大失原意。

第十七、注解雜引諸書，亂添複詞，極爲繁瑣。

　　錢氏於上述各項目下，均列舉數例以證其說，考訂詳明，頗爲完備，後之論《康熙字典》缺失者，大致不脫此一範圍。〔註 54〕

　　雖《康熙字典》有上述諸多瑕疵，然諸氏尙能持平論之，誠如黃雲眉氏云：「蓋官修之書，資於眾手，迫於期限，曠整齊之責，虧讎對之功，其不能臻於完美，勢也。」〔註 55〕然而近人錢玄同卻說：

　　　　至於清聖祖愛新覺羅玄燁的《康熙字典》與《佩文韻府》兩部劣書，
　　　則瞎湊杜撰，諸惡畢備，連鈔書都不會，離不通還很遠，而不學之徒竟驚
　　　其博贍，奉爲典要，甚至拾西人之唾餘，認那兩部書爲中國辭類的寶庫，
　　　以爲今後編纂辭典，當以那兩部劣書爲主要之資料。〔註 56〕

又云：

　　　　字典一書，繆誤百出，絕不足據。此書殆是學究多人亂抄元明時種種

〔註 54〕大陸學者謝貴安先生〈古代部首分類字典的集大成之作——《康熙字典》〉羅列《康熙字典》十四項缺失，應係節引錢劍夫之說。該文收錄於《國學知識指要—古籍整理研究・古代字典與辭典》中之第三章第六節，廣西人民出版社出版。

〔註 55〕詳見黃雲眉〈康熙字典引書證誤〉，頁一七三。

〔註 56〕詳見朱起鳳《辭通》之書前序文。《辭通》全二冊，臺灣開明書店印行，民國四十九年臺一版發行。

不高明之書而成者，凡所采引，什九錯誤，且杜撰甚多，絕不足據。〔註57〕

以公允的態度言之，《康熙字典》存在某些缺失，是不容諱言的，然它也並非如錢氏所鄙視之劣書，毫無價值，不堪一讀。蓋因《康熙字典》收字極多、義項完備、書證豐富，保存許多漢字形、音、義的資料，自是功不可沒。錢氏以《康熙字典》為「劣書」之屬，「瞎湊杜撰，諸惡畢備」、「凡所采引，什九錯誤」，實未深究全書內容，以意氣言之，批駁過甚矣！以下將就《康熙字典》之價值與影響條列論述，以平議錢氏之說。

三、《康熙字典》之價值與影響

《康熙字典》是張玉書、陳廷敬等人奉敕在明代梅膺祚《字彙》和張自烈《正字通》的基礎上編成的一部大型字典。由於收字為歷代最多，資料蒐羅豐富，體例嚴明，注釋允當，而成為有清一代很有影響的重大文化工程之一：對於當代政權言，它可以「昭同文之治」；對於承學稽古者言，它可以揭示文字之源流；對於一般士人和官府吏民，則是研讀寫作的必備工具書。全書收采弘富，集歷代字、韻書之大成，通行迄今。其所制訂之體例，周詳完備，近世字、辭典，每多遵循。職是，在我國字書詞書學史上，它具有承先啟後的作用。茲將全書之價值與影響，綜合簡述如下：

（一）收字為歷代之最

我國歷代重要字書中，《說文》收字九千三百五十三字，重文一千一百六十三，合一萬零五百一十六字；今本《玉篇》收字二萬二千五百六十一字〔註58〕；《龍龕手鑑》收字兩萬六千四百三十二字；《類篇》收字三萬一千三百一十九字；《字彙》收字三萬三千一百七十九字；《正字通》收字三萬三千六百七十一字。後出之字書，收字愈多，由此可見我國文字孳乳繁衍之況。《康熙字典》收字四萬七千零三十五字，較《正字通》增收一萬三千三百六十四字，可說是我國古代收字最多的字典。民國初年號稱收字最多之《中華大字典》，也只比《康熙字典》多收千餘字，而《中文大辭典》、《漢語大字典》收字亦以《康熙字典》所收字為主要基礎。凡古代字書、韻書、經史子集中的僻字、奇字、俗字，或不見於其他字書的字，在《康熙字典》書中往往都能查得。書前列有〈檢字〉、〈辨似〉可以檢閱異形難字，辨認相似字。書後附〈補遺〉、〈備考〉，收錄冷僻字、不通用的字。這既利於讀者查考，增強了字典

〔註57〕詳見王森然〈錢玄同的一封信〉，載《光明日報》，一九八二年三月十四日第四版。

〔註58〕今日通行之本子為《大廣益會玉篇》，已非顧野王原本。此字數依胡樸安據張氏澤存堂本統計而得，較之封演《封氏聞見錄》所載「一萬六千九百一十七字」多了五千餘字，應係宋代重刊時孫強、陳彭年等人所增。

的學術性和實用性，且可保存古代漢字的形、音、義等文獻資料。

（二）注重析形注音

　　《康熙字典》對於漢字結構的分析，均以《說文》爲依據。凡《說文》收列之字，都引證《說文》，不任意分解漢字結構，並將「《字彙》、《正字通》中偏旁假借、點畫缺略者，悉爲釐正」〔註59〕，期能「指事瞭然，不滋僞誤」〔註60〕。對於注音，簡化《正字通》重複繁冗的音訓，對音義相同的字，不再注釋音義，只標明「注見某字」；又廣輯《唐韻》、《集韻》、《正韻》等韻書、字典中的反切，分異合同，充實音注資料，而且標有直音，每字的末尾引有古韻材料，這對現代大型漢語詞典中採用現代、中古、上古三段標音，具有啓示作用。

（三）義項完備、書證豐富

　　《康熙字典》對字義的說解非常詳備，除引用《說文》、《玉篇》、《廣韻》等書的解釋外，還搜羅其他字書的解釋，以至「自經史百子，以及漢晉唐宋元明以來，詩人文士所述，莫不旁羅博證，使有依據」〔註61〕，從經、史、子、集中網羅了大量材料，以充實單字之義項。此外，還蒐羅各地方言語詞，也收錄一些晚出的詞義與西域、印度等外來的語詞，蓋「各方風土不同、南北音聲各異」〔註62〕，時有古今，地有南北，各地方音用語有所不同，《康熙字典》作爲一部集古今大成之官定字書，自然要廣采博證，以臻於完備。

　　每一義項下，多舉用古代典籍爲證，其所列舉的書證，基本上，全錄書名、篇名，既補以前的字書之不足，又可便於讀者核對原文，並注明資料出現的年代。全書詳列古今字義，俾後人明瞭字義、詞義之孳乳；單字解說外，還附釋一些詞語，使釋義的內容更加豐富，具有詞典的功用；其書證資料依經、史、子、雜書爲序，並以資料出現年代先後排列的原則，使書中繁多義項，各有次第，開卷瞭然，也影響了後世字、詞典之編纂。〔註63〕

（四）運用「按語」輔助說明，訂正《字彙》、《正字通》之誤

　　《康熙字典》卷首〈凡例〉云：「偶有參酌，必用按字標明」，意謂凡書中有所考辨，即附於注末，並以「○按」字來標明。書中按語共兩千五百四十三條，細檢

〔註59〕語見書前〈凡例〉之一。
〔註60〕語見書前〈凡例〉之十五。
〔註61〕語見書前〈御製序〉文。
〔註62〕語見書前康熙四十九年三月初九日〈上諭〉文。
〔註63〕詳見拙作《康熙字典》解義釋例），頁一三四～一三六。

其辨訛訂誤的對象，又以《字彙》、《正字通》二書為主。蓋因「《字彙》失之簡略，《正字通》涉於泛濫」〔註64〕，故《康熙字典》要「增《字彙》之闕疑，刪《正字通》之繁冗」〔註65〕，歸併簡化《正字通》繁複冗雜的部分，充實增補《字彙》簡略缺漏的內容。觀察其諟正補充《字彙》、《正字通》的內容，約可分成「歸部不當」、「筆畫誤算」、「列字重出」、「字形訛謬」、「音讀舛脫」、「義訓未妥」、「引書不實」等方面〔註66〕，詳究其按語，實有助於後人檢閱字書時，取得正確的資訊。

　　《康熙字典》的按語，在字書編纂過程中，對於字形、字音、字義的補充諟正，的確產生了作用。且「按語」形式之確立，對後出字典的編纂也產生了不少的影響。如一九一四年陸費逵等人編纂之《中華大字典》、一九八七年由中共出版的《漢語大字典》均保留了「按語」的形式，適時地為字典析形、釋音、訓義提供補充的資料。

（五）書眉添列小篆，利於後人查檢篆形

　　《玉篇》是我國歷史上第一部楷書字典。自《玉篇》改用楷書後，後代字典不再以篆文為字頭，也極少附錄篆文形體的。今人錢劍夫先生云：

> 　　我國古代字典自從《玉篇》全部改用楷書以後，就再沒有篆書，也極少附錄篆書。但篆書是我國最美觀的一種書法，要想寫幾個篆文，或自刻一顆圖章，較少接觸或根本沒有翻閱《說文》的人，就很困難。《康熙字典》後出的版本，凡屬有小篆的字在書眉上都列有小篆，這樣，對於不識篆書或要查閱某字的篆文，就很方便。而且，在古代字典來說也是一個獨有的特色。不過，只有一個極小的憾事，就是凡屬避諱的字都以「敬避」兩字注明，不添列篆書，但這為數極少。〔註67〕

錢氏所言「敬避」之字，如玄部「玄」字、火部「燁」字等等。後出的《康熙字典》各種版本，凡是有小篆的字都在書眉加列小篆，可以幫助學者檢索某字篆文，亦有利於一般民眾認識古文篆體。換言之，附列篆文的好處，就是對隸變之字，可以提供辨識的作用。如《康熙字典》木部中「朱」字，原是篆文「朱」之隸變；韋部之「韓」，其篆文書作「韓」；癶部之「癶」字，其篆文書作「癶」，與「癶」（隸變作「癶」，歸又部）、「癶」（隸變作「収」，歸又部）不同等等，皆其例。

（六）部首排檢已成為後世字典的定則

　　《康熙字典》雖沿用《字彙》、《正字通》兩書二百一十四部首，但又調整某些

〔註64〕語見書前康熙四十九年三月初九日〈上諭〉文。
〔註65〕語見書前康熙四十九年三月初九日〈上諭〉文。
〔註66〕詳見拙作《康熙字典》「按語」釋例〉，頁四○三～四一二。
〔註67〕詳見錢劍夫《中國古代字典辭典概論》，頁七七。

字的分部，歸併兩書中異部兼收、同部互見的字，或把原屬某部的字調入更爲相宜的部首。加上御定之《康熙字典》對後世的巨大影響，這種分部法遂爲後來的《中華大字典》、《中文大辭典》、《辭源》、《辭海》、《漢語大字典》等沿用，也爲廣大讀者所熟悉。今日通行之字典、辭典，有些雖以「四角號碼檢字法」、「筆順檢字法」，或「音序檢字法」來作爲檢閱的工具，然正文部分仍是以筆畫數多寡順序排列的方式來編排，承襲《字彙》、《康熙字典》部首編排的傳統。

（七）後世編纂大型字典趨向於集體創作

　　時至今日，欲編纂一部內容完善、資料豐富的大型字書、辭典是一項繁瑣艱鉅的工作，因此，由個人的才力展現走向全體的集思廣義，是一種必然的趨勢。《康熙字典》之所以能收采弘富，旁搜博證，集歷代字書、韻書之大成，就是清代文人學士集體創作的產物。清儒王引之云：「惟是卷帙浩繁，成書較速，纂輯諸臣迫於限期，於引用書籍字句間有未及詳校者。」〔註68〕說明《康熙字典》書中引用書籍字句每有舛誤脫誤，蓋因卷帙浩繁，且限期完成，編纂不易所致，在在顯示了一部大型字書、辭典的編纂需耗費大量的人力及時間。如民國五十一年由國防研究院與中國文化研究院合作，成立「中文大辭典編纂委員會」，集合國內六十餘位學人專家，夙夜精勤，歷時七載，而成《中文大辭典》四十鉅冊〔註69〕，收字四萬九千八百八十八字，辭彙三十七萬一千二百三十一條，約八千萬言。又大陸當局自一九七五年以來動員大批人力、物力，編纂《漢語大字典》、《漢語大詞典》，前者分八卷，收字五萬六千餘字，後者分十二卷，收錄詞目約三十七萬條，總計五千餘萬字，二書耗時十餘年而成，堪稱我國辭典編纂史上罕見之鉅構〔註70〕。是知，大型字書、辭典的編纂不再屬於個人的名山著述，而應爲多數人的集體創作，集合團體的才思心力，才能使字書、辭典的內容臻於完備。

〔註68〕見王引之道光十一年重刊《字典》完竣奏摺文，附錄於《康熙字典考證》正文之前。
〔註69〕《中文大辭典》初以十六開本印行，分訂四十鉅冊（正文三十八冊，索引二冊），於民國六十二年十月重新修訂，印行普及本，共十冊。
〔註70〕《漢語大字典》一九八八年十二月由四川辭書出版社、湖北辭書出版社出版，原分八卷，一九九五年五月重新發行三卷本；《漢語大詞典》一九八八年三月由漢語大詞典出版社陸續出版，原分十三冊（含附錄、索引），一九九七年四月再發行縮印本，共三大冊。上海辭書出版社發行之《辭書研究》雙月刊於一九八七年第一期載有《漢語大字典》出版之相關文章，包括該書之編纂、名物釋義、特點、收字問題……等共十篇，可供參酌。

第三章 《康熙字典》處理《說文》資料之形式

第一節 《康熙字典》析形釋義之依據

　　《康熙字典》的編纂，除了前述之「政治意圖」、「學術功能」、「實用價值」等目的外〔註1〕，促成此書的完成，係康熙皇帝有感歷來字書無一可奉爲典常而不易者，誠如其書前〈御製序〉文云：

> 或所收之字，繁省失中；或所引之書，濫疏無準。或字有數義而不詳；
>
> 或音有數切而不備，曾無善兼美具，可奉爲典常而不易者。

故知，歷來字書之不備不詳，是促使《康熙字典》開始編纂的一大要因，尤其是明代以來私人纂修之《字彙》與《正字通》流行廣布，其書「又喜排斥許愼《說文》」〔註2〕，不免穿鑿附會，舛駁無當。康熙皇帝遂命朝中儒臣，輯成是書。

　　《康熙字典》在〈御製序〉文與〈凡例〉中屢言此二書之譌舛疏漏，爲了要「增《字彙》之闕遺、刪《正字通》之繁冗」，於是提出了編纂字典切音解義的依據：

> 爰命儒臣悉取舊籍，次第排纂，切音解義一本《說文》、《玉篇》，兼
>
> 用《廣韻》、《集韻》、《韻會》、《正韻》，其餘字書一音一義之可採者，靡
>
> 有遺逸。至諸書引證未備者，則至經史百子，以及漢晉唐宋元明以來，詩
>
> 人文士所述，莫不旁羅博證，使有依據。〔註3〕

蓋《說文》是我國第一部以形釋義的字書，因造字之初，文字的原始形體和本義大

〔註1〕詳見本文第二章第一節「成書之時代背景與經過」之「編纂目的」。
〔註2〕詳見《四庫全書總目・卷四三・正字通》提要。
〔註3〕見《康熙字典》書前〈御製序〉文。

部分是相關聯的，由文字的形構可探知其本義，《說文》篆文尙能不悖初形本義，故可由分析字形進而去推求音義。之後，文字的運用愈趨複雜，一再引伸或借用，其引伸、假借之義與本義愈遠，與文字的原始形體關聯就愈模糊了，復因文字形體由篆籀變而爲隸楷之後，對文字初形本義之探求是必須克服一些障礙的，故《康熙字典》在書前〈凡例〉首條便云：

> 六書之學，自篆籀八分以來，變爲楷法，各體雜出，今古代異，今一以《說文》爲主，參以《正韻》，不悖古法，亦復便於楷書，考證詳明，
>
> 體製醇確，其或《字彙》、《正字通》中偏旁假借點畫缺略者，悉爲釐正。

對於析釋文字形體，提出了「一以《說文》爲主」的取法標準，將《字彙》、《正字通》中偏旁假借點畫缺略之處，一一加以釐正。

《康熙字典》析釋文字形體既以《說文》爲主，足見《說文》一書在《康熙字典》中有舉足輕重之地位。綜觀《康熙字典》全書引用《說文》多云「徐曰」、「徐註」、「徐鉉曰」、「徐鍇曰」等，且收入徐鉉新附之字，故知其采用《說文》之版本乃以徐鉉校定本爲主，訓解字義則兼採徐鍇《說文繫傳》之說。由於《康熙字典》主要采引二徐本，吾人探究《康熙字典》引用《說文》之情形，當對徐鉉校定本《說文》與徐鍇《說文繫傳》二書有進一步的瞭解。關於《說文》二徐本之內容與學術評價，將於下節「《說文》二徐本之簡介」進行說明。

第二節　《說文》二徐本之簡介

一、二徐生平述略

今日所傳較完整、且流布最廣的《說文》本子皆爲二徐本，亦即南唐徐鍇的《說文繫傳》與北宋徐鉉的校定《說文》。前者通稱爲小徐本，後者通稱爲大徐本。徐鍇爲徐鉉之弟，二人並因校釋《說文》而聞名，世稱「二徐」。今以正史所載，將徐鉉、徐鍇之生平概述如下：

> 徐鉉，字鼎臣，世爲會稽人，父延休爲吳江都少尹，遂家廣陵，故又稱揚州廣陵人。鉉十歲能屬文，不妄游處，與韓熙載齊名，謂之「韓、徐」。鉉曾仕吳爲校書郎；又仕南唐李昇父子，試知制誥，與宰相宋齊丘不協。時有得軍中書檄者，鉉及弟鍇評其援引不當。檄乃湯悅所作，悅與齊丘誣鉉、鍇洩機事，鉉坐貶泰州司戶掾，鍇貶爲烏江尉，俄復舊官，累遷至吏部尙書。入宋，初爲太子率更令。太平興國初，李昉獨直翰林，鉉直學士院。從征太原，軍中書詔填委，鉉援筆無滯，辭理精當，時論能之。師還，

加給事中。八年，出爲右散騎常侍，遷左常侍。淳化二年，復遭陷貶靜難行軍司馬，以終其身。卒年七十六，鉉無子，由門人護喪至汴，歸葬於南昌之西山。鉉性簡淡寡欲，質直無矯飾。又精小學，好李斯小篆，臻其極，隸書亦工。嘗受詔與句中正、葛湍、王惟恭等同校《說文》。有文集三十卷，《質疑論》若干卷。所著《稽神錄》，多出于客蒯亮之手，非鉉作也。〔註4〕

徐鍇，字楚金，鉉之弟也。四歲失怙，母方教兄鉉，未暇及鍇，而自能知書。稍長，文辭與鉉齊名。昇元中，議者以文人浮薄，多用經義、法律取士。鍇恥之，杜門不求仕進。鉉與常夢錫同直門下省，出鍇文示之，夢錫賞愛不已，薦於烈祖。未及用而烈祖殂。元宗李景見其文，以爲秘書郎，爲鍇仕宦之始。又任齊王景達記室，未幾，貶烏江尉，歲餘召還，授右拾遺集賢殿直學士，累官至內史舍人，賜金紫宿直光政殿兼兵吏部選事，與兄鉉俱在近侍，時號二徐。鍇既久處集賢，書冊不去手，非暮不出。少精小學，故所讎書尤審諦，每指其家語人曰：「吾惟寓宿于此耳！」江南藏書之盛，爲天下冠，鍇力居多。後因鉉於南唐李煜時奉使入宋，憂憤得疾而卒，年五十五。贈禮部侍郎，諡曰文。生平著作甚富，著《說文解字繫傳》、《說文解字韻譜》、《方輿記》、《古今國典》、《賦苑》、《歲時廣記》、《方輿記》，及他文章凡若干卷。李穆使江南，見其兄弟文章，嘆曰：「二陸不能及也。」〔註5〕

徐鉉除善小學外，又工小篆，如宋人沈括《夢溪筆談》所云：

> 江南徐鉉善小篆，映日視之，畫之中心，有一縷濃墨正當其中，至于屈折處亦當中，無有偏側處，乃筆鋒直下不倒側，故鋒常在畫中，此用筆之法也。〔註6〕

故徐鍇依《切韻》著《說文解字韻譜》時，便由徐鉉親爲之篆，鏤板以行於世。是知二徐兄弟俱有文才，並精小學，於《說文》發展史上同享盛名。

二、《說文》傳本簡述及二徐本之內容

東漢許慎以時人好奇、俗儒穿鑿，說字解經多昧於隸書，乖戾殊甚，故作《說文解字》以正其風；惟許氏原本，早已亡佚，難得其原貌。今日所傳之《說文》，以唐寫本爲最早，目前可見者有二：一爲木部殘卷，一爲口部殘簡。關於唐寫本的內

〔註4〕改寫自《宋史・文苑三・徐鉉傳》，卷四百四十一，頁一三〇四四及《新五代史・十國春秋・徐鉉傳》，卷二十八，南唐十四，頁四。

〔註5〕改寫自《宋史・文苑三・徐鉉傳》，卷四百四十一，頁一三〇四九及《新五代史・十國春秋・徐鍇傳》，卷二十八，南唐十四，頁七。

〔註6〕詳見《夢溪筆談・書畫》，卷十七，頁一一〇。臺灣商務印書館，民國七十二年六月臺五版。

容與出處，周祖謨先生嘗云：

> 今日所見之唐寫本說文有二：一爲木部殘本，一爲口部殘簡。木部殘
> 本爲清同治二年莫友芝得自安徽黟縣令張仁法者，共六紙，存一百八十八
> 字，將近全書五十分之一。兩紙合縫處有紹興小印，卷末有米友仁鑒定跋
> 語，以篆法及内容視之，確爲唐本無疑。或疑其爲贋品，非也。莫氏得此
> 書之翌年即依原本摹寫，鋟之於木，並著《箋異》一卷，以與二徐本比較
> 同異。原物後歸端方，爾後流入日本，今爲日人内藤虎氏所得。口部殘簡
> 有二：一爲日人平子尚氏所藏，存四字，未見。一爲日人某氏藏，存六行，
> 十二字，見於日本京都《東方學報》第十冊第一分「說文展觀餘錄」中，
> 雖爲唐代日人之摹本，亦可寶也。〔註7〕

就時間上來說，唐寫本應與許慎原本較爲接近，可惜只有殘本，難窺其全貌。在唐寫本之後，較完整的本子即是二徐本。今日可見者，鍇本有景鈔宋本、鉉有宋槧本。弟徐鍇之《說文繫傳》成書在前，完成於南唐，兄徐鉉之校改《說文》刊於北宋，大徐本中屢引鍇說，故清儒鈕樹玉云：

> 二徐爲許氏功臣，信矣，而小徐發明尤多，大徐往往因之散入許說，
> 此其失也。〔註8〕

關於徐鉉校定《說文》之流傳，現存而可考知者，是以日本岩崎氏「靜嘉堂」之宋本爲最早。關於此本之流傳，周何先生云：

> 涵芬樓重印四部叢刊書錄言及靜嘉堂藏本大徐說文云，「此本舊爲汲
> 古閣祕笈，後歸王氏經訓堂」，是此本原屬毛晉珍藏，汲古閣七行大字本
> 即據以刻也。後歸青浦經訓堂王昶，再歸陸心源䀈宋樓，繼由其子經日人
> 島田翰媒介，售予日人岩崎，收入靜嘉堂文庫（見葉定侯拾經樓紬書錄），
> 此靜嘉堂本之淵源也。〔註9〕

今《四庫善本叢書》之《說文》本子，即是借「靜嘉堂」藏北宋小字本影印，又另行翦蕪補闕，爲近世之善本。本文采引之大徐本，即以之爲據。

徐鉉等人校定《說文》，除改正傳本之脫誤外，還包括了「增加注釋」、「增加新附字」、「增加反切」，以及「改易分卷」等〔註10〕，其保存《說文》全本之功，不

〔註7〕詳見周氏〈唐本說文與說文舊音〉，頁七二三，今收入《問學集》下冊，臺北河洛出版社，民國六十八年九月臺景印初版。

〔註8〕詳見鈕樹玉《說文解字校錄·敘》，江蘇書局刊本。

〔註9〕詳見〈大徐說文版本源流考〉，收錄於《慶祝高郵高仲華先生六秩誕辰論文集》，民國五十七年三月十四日。

〔註10〕詳見許師錟輝《文字學簡編·基礎篇》，頁一〇二～一〇三。萬卷樓圖書有限公司，民

可謂不大。

至於徐鍇《說文繫傳》，不若大徐本流布之廣，其傳本較少，至宋時已不多見。今本出自蘇頌所傳，本已殘缺不全，後以大徐校本補足，始粗復舊觀。今世流傳的版本有三：一為清乾隆間汪啓淑刻本，一為馬俊良刻龍威祕書本，一為清道光年間祁寯藻刻本，其中以祁寯藻刻本為最好〔註11〕。北京中華書局之《說文解字繫傳》以祁刻本為影印底本，係因「這個刻本據清顧千里所藏的影宋鈔本和汪士鐘所藏宋槧殘本校勘而成，遠勝他本，故據以影印〔註12〕」。本文采引之小徐本，即以之為據。

關於《說文繫傳》一書，宋儒王應麟曾云：

> 徐楚金《說文繫傳》，有通釋、部敘、通論、袪妄、類聚、錯綜、疑義、系述等，呂太史謂元本斷爛，每行減去數字，故尤難讀，若得精小學者，以許氏《說文》參釋，恐猶可補也。〔註13〕

此本共計四十卷，全書的內容，約可分成八部分：

1. 〈通釋〉三十卷：係遵許君原文而通釋之，音讀則採用朱翱切音，與大徐本不同；
2. 〈部敘〉二卷：推衍《說文》五百四十部首據形系聯之跡；
3. 〈通論〉三卷：充分闡釋文字形構之含義，舉天、地、仁、義、聲、響、水、火、山、谷……等百餘字，作為〈通論〉；
4. 〈袪妄〉一卷：駁斥前人說字之謬，實袪李陽冰之妄也；
5. 〈類聚〉一卷：列舉同類名物之字，如數目、語詞、六府、山川、日月、手足、鳥屬、魚屬、獸屬、禾竹之類、干支等字，以為說明其取象；
6. 〈錯綜〉一卷：即由人事推闡古人造字之意，如刑字從井、巫字從工、明從日從月等；
7. 〈疑義〉一卷：係論列《說文》所闕之字及字體與小篆不合者，如劉、志、騅、希、雀、兔、由等字，偏旁有，篆文無，《說文》所闕，以及衣、長、康、邊、言、羽、彳、肉，《說文》字體與小篆有異者，各記其疑；
8. 〈系述〉一卷：說明各篇著述之旨，即本書分目之大綱。

國八十八年三月初版。

〔註11〕詳見周祖謨〈徐鍇的說文學〉，頁八四三，今收入《問學集》下冊。

〔註12〕詳見《說文解字繫傳》書前之「出版說明」，北京中華書局。

〔註13〕詳見宋王應麟《困學紀聞》，卷八，頁一八。《中國子學名著集成》珍本初編，儒家子部。

小徐本之名為《繫傳》，係取法於《易傳》，而《繫傳》之名，又有稱《通釋》者，如徐鉉為《韻譜》作序云：

> 舍弟鍇，特善小學，因命取叔重所記，取《切韻》次之，聲韻區分，開卷可觀。鍇又集《通釋》四十篇，考先賢之微言，暢許氏之玄旨，正陽冰之新義，折流俗之異端，文字之學，善矣盡矣。

關於《繫傳》與《通釋》二名之關係，今人張翠雲說明甚詳，她說：

> 今見《說文解字繫傳》，每卷卷首先名以通釋、部敘、通論、袪妄、類聚、錯綜、疑義、系述等，次行題以繫傳，徐鍇朱翱之官銜名氏又次焉，與宋刻體例相倣。由諸事顯示，《繫傳》為全書總名無疑。至於鉉序稱以《通釋》者，猶《呂氏春秋》又名《呂覽》，援引者從簡略耳。〔註14〕

張君之說是也。

三、後人對二徐《說文》學之評價

許慎《說文》，在魏晉以來，其書未顯；入唐後漸受重視，陸德明、虞世南、歐陽詢、李善、釋玄應……等釋字解經，皆引用《說文》；惟其歷經展轉傳寫，難免謁脫，漸失其真。尤有甚者，大歷年間李陽冰重加刊定，多曲意改之，許書遂遠失其本貌。幸賴徐氏兄弟之校釋《說文》，許氏原書始得略復舊觀。二徐之功若此，實不容忽視，然時至清代，考據之風興盛，許學日顯，鑽研者眾，故學者每每對二徐本之不備予以非難，如錢大昕曾慨嘆：

> 自古文不傳於後世，士大夫所賴以考見六書之源流者，獨有許叔重《說文解字》一書，而傳寫已久多錯亂遺脫，今所存者獨徐鉉等校定之本，鉉等雖工篆書，至于形聲象形之例，不能悉通，妄以意說。……其它增入會意之訓，大半穿鑿附會，王荊公《字說》，蓋濫觴於此，夫徐氏於此書，用心勤矣，然猶未能悉通叔重之義例，後人學亦陋，心益粗，又好不知而妄作，毋惑乎小學之日廢也。〔註15〕

又云：

> 《說文》九千三百五十三文，形聲相從者十有其九，或取同部之聲，今人所云疊韻也；或取相近之聲，今人所云雙聲也。二徐校刊《說文》，既不審古文之異於今音，而於相近之聲，全然不曉，故於从某某聲之語，

〔註14〕詳見《〈說文繫傳〉板本源流考辨》，張翠雲，民國七十七年國立臺灣師範大學國研所碩士論文。頁十一。

〔註15〕詳見錢大昕〈跋說文解字〉，收入《潛研堂文集》，卷二十七，頁四一一～四一三。

往往妄有刊落。然小徐猶疑而未盡改，大徐則毅然去之，其誣妄較乃弟尤甚。今略舉數條言之：元，從一兀，小徐云：「俗本有聲字，人妄加之也。」按元、兀聲相近，兀讀若夐，瓊或作琁，是夐旋同音，兀亦與旋同也；髡從兀，或從元：軏，《論語》作軌，皆可證元爲兀聲。小徐不識古音，轉以爲俗人妄加，大徐并不載此語，則後世何知元之取兀聲乎！〔註16〕

錢氏之言係針對二徐附會妄說、私改諧聲字之失而發。又盧文弨云：

> 楚金所解大致微傷於冗，而且隨文變易，初無一定之說，牽強證引，不難改竄經典舊文以從之。如掄與楇不同也，而兩引《周禮》「掄材」，一則從手，一則改從木。……此等乍讀之，未有不疑其有所本者，而實皆憑臆空造，毫無左證，深足以疑誤後生。〔註17〕

然批評最甚者，莫過於嚴元照。嚴氏云：

> 元照初苦此書多譌脫，未嘗卒業。比因繕寫校語，乃爲覆勘一過，初意是正字畫之誤，已爾而一開卷，誤書棘目，傳刻貽誤十之三，元書之誤居其七，於是始浩歎，自宋至今，嘖嘖稱賞此書者，悉耳食之論也。……姑摘其尤者……一曰妄改經典也……二曰小學不明也……三曰援引不典也……四曰考覈失實也……五曰箋釋多謬也……六曰傳譌弗審也……七曰徵引太支也……。〔註18〕

嚴氏摘取七事，以論其非，文中所論，分辨極細。諸氏雖多言二徐之失，然仍有持平論之者，如鈕樹玉云：

> 二徐爲許氏功臣，信矣。而小徐發明尤多；大徐往往因之散入許說，此其失也。蓋說文自經李少溫刊定，輒有改易。由宋以來，藝林奉爲圭臬，唯大徐定本。〔註19〕

又陳鱣云：

> 然間爲李陽冰所亂，非徐氏鉉與其弟鍇修治之，其書寖以舛僞。今觀二本，鉉頗簡當，間失穿鑿，又附俗字；鍇加明贍，而多巧說衍文，又一文繁略有無不同，或部居移易，或說解闕佚，度後人增改傅會及傳寫遺脫，是今所傳二徐本亦非其舊矣。二徐攻是書，雖各執己學，優絀互出，加鉉書後成，其訓解多引鍇說，而鍇自引經，而鉉或誤爲許注；又諧聲讀若之

〔註16〕詳見錢大昕《十駕齋養新錄》，「二徐私改諧聲字」，卷四，頁六五。
〔註17〕詳見盧文弨〈與翁覃溪論《說文繫傳》書〉一文。
〔註18〕詳見嚴元照〈奉梁山舟先生書〉一文。
〔註19〕詳見鈕樹玉《說文解字校錄‧敘》，江蘇書局刊本。

字，鍇多于鉉，則學者當由鍇書以達形聲相生，音義相轉，用治六藝百家傳記微文奧義，而研窮其原本者矣。〔註20〕

鈕、陳二氏之說對於徐氏兄弟書所作的評論，得失俱陳，優劣並論，頗爲客觀平允，是不以瑕掩瑜，因短廢長也。誠如周祖謨先生云：

現在讀《繫傳》應當從歷史發展方面著眼，看它有哪些特點和它對後代的影響如何來評論它的得失。……總之，《繫傳》一書，有得有失，對後代的影響既有好的一面，也有壞的一面，讀者宜反復參研，辨其短長，不可都以前人所說爲準。清人的學識高於徐鍇的地方很多，因而鄙視《繫傳》，認爲一無足取，這種態度是不對的。〔註21〕

周氏雖僅就徐鍇之《說文繫傳》言，吾人對大徐之校定《說文》亦當等同視之。

第三節　《康熙字典》引用《說文》例

《康熙字典》非成於一人之手，故其徵引《說文》之用語亦呈現不同之形式，如有引「《說文》」、「《說文解字》」、「《說文註》」、「《說文徐註》」者，亦有引「《徐鉉說文註》」、「《說文徐鉉註》」、「《說文新附字》」、「《說文某字註》」……等等，不一而足。茲將《康熙字典》書中徵引《說文》之各種形式條列於後，並各舉數字爲例，進而考證其引用資料之正譌，說明於後。

一、引「《說文》」者

《康熙字典》書中引用此類者最多，隨處擷取可得，大部分皆屬引文以釋義，除此之外，亦用以說明古今字形、假借通用的關係。茲將《康熙字典》徵引《說文》之各種情形〔註22〕，分類舉例條列如下：

（一）《說文》本作某

1. 丑集上、口部五畫「咏」字（頁一一三）
　咏　《說文》本作詠，歌也。

2. 寅集中、巾部九畫「帽」字（頁二六一）
　帽　《說文》本作冃。〈徐鉉曰〉今作帽，帽名猶冠，義取蒙覆其首。本纊也。古者冠無帽，冠下有纊，以繒爲之，後世因施帽於冠，或裁纊爲帽。自乘輿宴

〔註20〕詳見《說文解字繫傳・陳敘》，頁二～三。北京中華書局。
〔註21〕詳見周氏〈徐鍇的說文學〉，頁八四四～八五一，今收入《問學集》下冊。
〔註22〕凡單引《說文》以釋義者，不在此列。

居，下至庶人，無爵者皆服之。江左時，野人已著帽，人士亦往往而見，但無項圈矣。後乃高其屋云。

3. 寅集下、广部十三畫「廩」字（頁二七九）

廩　《說文》本作靣，穀所振入，宗廟粢盛。倉黃靣而取之，故謂之靣。从入回，象屋形中有戶牖，或从广从禾。

4. 申集中、虫部九畫「蝶」字（頁一〇一九）

蝶　《說文》本作蜨，蛺蜨也，俗作蝶。

5. 酉集上、角部五畫「觚」字（頁一〇六八）

觚　《說文》鄉飲酒之爵也。一曰：觴受三升者謂之觚。……　又通作菰《說文》本作苽。

6. 戌集中、雨部五畫「雷」字（頁一三〇〇）

雷　《說文》本作靁，陰陽薄動，靁雨生物者也。从雨，畾聲。象回轉形。

7. 亥集中、魚部七畫「鮺」字（頁一三九八）

鮺　《說文》本作鮺，藏魚也，南方謂之魿，北方謂之鮺。

（二）《說文》作某

1. 辰集中、木部六畫「栗」字（頁四五〇）

栗　《說文》作㮚，从木，其實下垂，故从卤。

2. 午集中、目部四畫「眈」字（頁七三〇）

眈　《說文》視近而志遠。……　又樂也《說文》作媅，音義𡘋同。

3. 未集中、羊部十三畫增「羹」字（頁八八二）

羹　《說文》作䰞，五味和羹也，小篆从羔，从美。

4. 申集中、虫部六畫「蚚」字（頁一〇〇九）

蚚　《說文》作蚚，委鼠婦也，通作伊。

5. 酉集中、足部十二畫「蹯」字（頁一一六一）

蹯　《說文》作番，獸足也。

6. 戌集下、食部三畫「飧」字（頁一三四四）

飧　◎《說文》作餐，夕食，故从夕。

（三）《說文》某本字

1. 子集上、宀部六畫「靣」字（頁一七）

靣　《說文》廩本字，从入从回，象屋形中有戶牖防蒸熱。

2. 卯集中、戶部三畫「戼」字（頁三四三）

丣　《說文》卯本字，與丣字上畫連者有別，丣音酉。

3. 巳集上、水部十三畫「灩」字（頁五八二）

灩　《說文》港本字。

4. 午集中、矢部三畫「矤」字（頁七五一）

矤　《說文》矧本字，从矢引省聲，从矢取詞之所之如矢也。

5. 亥集上、鬯部十畫「爵」字（頁一三八六）

爵　《說文》爵本字，禮器也，象爵之形，中有鬯酒，又持之也。所以飲器象爵者，取其鳴節節足足也。

（四）《說文》古文某字

1. 子集上、丨部十一畫增「𠁁」字（頁八）

𠁁　《說文》古文龜字，註詳部首。

2. 子集上、二部五畫「亙」字（頁一五）

亙　《說文》古文恆字，註詳心部六畫。

3. 丑集上、口部十畫「𠐁」字（頁一二九）

𠐁　《說文》古文斷字，从皀。皀，古文叀字，周書𠐁𠐁倚無他技，古文作㫁，今秦誓作斷，餘詳斤部十四畫。

4. 寅集上、宀部四畫「完」字（頁二一〇）

完　《說文》全也。　又《說文》古文寬字，註詳十二畫。

5. 巳集中、爿部七畫「㽷」字（頁六二〇）

㽷　《說文》古文疾字，註疒部五畫，本从疒，疒爲疒之篆文，形雖似爿，實與爿異。《廣韻》書作㽷，註云籀文。《玉篇》、《集韻》、《類篇》書作㽷註云古文皆遵說文之舊，《說文》、《玉篇》、《類篇》俱在疒部，《字彙》仍《篇海》之失作㽷，改入爿部，非。

6. 酉集上、言部七畫「誚」字（頁一〇九一）

誚　《說文》古文譙字。

（五）《說文》籀文某字、籀文作某

1. 子集下、厂部三畫「仄」字（頁八八）

仄　《說文》籀文仄字，註見人部二畫。

2. 寅集中、巛部六畫「㿝」字（頁二五二）

㿝　《說文》籀文邕字，四方有水，自邕城池者，詳邑部邕字註。

3. 巳集中、爪部十三畫「𤔔」字（頁六一七）

　　嗣　《說文》籀文辭字。

4. 戌集中、隹部十畫「雞」字（頁一二九七）

　　雞　《說文》知時畜也。　◎《說文》籀文作鷄，互詳鳥部鷄字註。

5. 亥集上、高部十五畫「𪓐」字（頁一三八〇）

　　𪓐　《說文》本作堵，垣也。籀文作𪓐。

（六）《說文》篆文某字、某字篆文、小篆某字、篆文作某、篆文从某

1. 丑集中、土部九畫「𡎚」字（頁一六二）

　　𡎚　《說文》篆文𡎚字。

2. 寅集下、廾部八畫「廙」字（頁二八二）

　　廙　《說文》㝵字篆文。

3. 卯集上、心部四畫「　」字（頁三〇六）

　　㤅　《說文》小篆愛字。〈徐鍇曰〉㤅者，惠也，从心旡爲㤅。

4. 未集中、羽部十二畫「翼」字（頁八八七）

　　翼　《說文》作𦐖，狨也，篆文从羽。

5. 酉集上、言部十三畫「譱」字（頁一一一二）

　　譱　《說文》吉也，从誩从羊，與義美同意。　◎《說文》篆文作善。

（七）《說文》同某

1. 丑集中、土部十四畫「壐」字（頁一六九）

　　壐　《說文》同璽，壐所以主土，故从土。

2. 寅集上、宀部六畫「宋」字（頁二一三）

　　宋　《說文》同寂，無人聲也。別作誄。

3. 辰集中、木部四畫「枚」字（頁四四二）

　　枚　《說文》同柎，凡篆文寸皆作又。

4. 申集上、艸部六畫「莁」字（頁九五五）

　　莁　《說文》同蒸，純壹貌。

5. 酉集下、辵部十畫「遡」字（頁一一九一）

　　遡　《說文》同泝。

（八）《說文》或作某

1. 丑集上、口部五畫「呦」字（頁一〇九）

　　呦　《說文》鹿鳴聲也。　◎《說文》或作㹡。

2. 巳集下、犬部八畫「猒」字（頁六四一）

猒 《說文》飽也，从甘从肰。《說文》或作猒。

3. 午集中、矢部十畫「鐼」字（頁七五三）

鐼 ◎《說文》或作俟。與俟、竢𡕥同。

4. 申集中、虫部四畫「蚓」字（頁一〇〇五）

蚓 《說文》螾，或作蚓。

5. 戌集下、食部四畫「飲」字（頁一三四五）

飲 ◎《說文》或作歙，通作飲。互詳酉部酓字註。

（九）《說文》通作某

1. 午集上、玉部九畫「瑄」字（頁六六四）

瑄 《說文》璧六寸也。 又《說文》通作宣。

2. 戌集中、雨部四畫「雲」字（頁一三〇〇）

雲 ◎《說文》通作云。

3. 戌集下、頁部三畫「頒」字（頁一三二九）

頒 又《說文》鬢也。 又《說文》通作朌。

（十）《說文》與某通

1. 寅集下、弓部十八畫「彊」字（頁二八九）

彊 《說文》與彌通。

（十一）《說文》與某同

1. 辰集中、木部、八畫「棅」字（頁四五九）

棅 《說文》與柄同，柯也。

2. 未集中、耳部十畫增「聭」字（頁八九七）

聭 《說文》與媿同，慙也。

3. 申集下、衣部十三畫「襟」字（頁一〇五三）

襟 《說文》與襘同，詳襘字註。

4. 酉集上、言部八畫「�」字（頁一〇九三）

詭 《說文》與詘同，又詭詭，非常詭異也。

5. 亥集上、髟部三畫「髢」字（頁一三八〇）

髢 《說文》與鬄同，髮也。

（十二）《說文》亦作某

1. 申集上、艸部十三畫「薅」字（頁九八八）

薅　《說文》拔去田草也。　◎《說文》亦作茠。

（十三）《說文》書作某

1. 卯集上、心部五畫「恖」字（頁三〇九）

恖　《說文》怛或从心在且下爲恖，引《詩》信誓恖恖。本作怛，或書作恖，通作且。

2. 辰集下、欠部十四畫「歟」字（頁五〇一）

歟　《說文》安氣也。〈徐曰〉氣緩而安也，俗以爲語末之辭。　◎《說文》或書作欤。

3. 巳集下、牛部十五畫「犘」字（頁六三二）

犘　◎《說文》、《集韻》�書作犙。

4. 戌集上、金部十二畫「鐩」字（頁一二四九）

鐩　《說文》書作鐆，陽鐆也，火珠、火鏡之類皆是。

5. 亥集中、鳥部十二畫「鷰」字（頁一四二九）

鷰　與燕同。《說文》籋口，布翄，枝尾，象形。亦書作鷰。

綜觀《康熙字典》藉引《說文》以說明古今異體、通用假借之關係者，約有以上十三類，除說明古文、籀文、篆文之形體結構外，或云「通作某」、「或作某」、「書作某」，或云「與某同」、「與某通」……等，書中運用訓詁術語各有不同，編者則有意詳加區別，如〈凡例〉之九云：

> 一集內有或作某、書作某者，有與某字通、與某字同者，或通或同，各有分辨。或作者，顯屬二字，偶爾假借也，如禮祭法厲山氏之有天下也，則烈或作厲，左傳晉侯見鍾儀問其族曰：泠人也，則伶或作泠。書作者，形體雖異，本屬一字也，如花作華，馗作逵等類，條分縷析，各引經史音釋爲證。

是知，「書作某」者，是針對形體而言，「形體雖異」，但音義無別，故云「本屬一字也」。據查，〈凡例〉所舉之「華」與「花」應是一種古今字的關係〔註23〕。《廣雅·釋草》載「花，華也」，在魏晉之前，先秦兩漢之經傳典籍中「花」字均作「華」，魏晉之後，兩字並行一段時間，時至今日，二字分離，花草之花則專用「花」字矣，

〔註23〕「古今字」這個概念由來已久，歷來學者理解並不一致，清儒段玉裁、王筠、徐灝等人，均曾爲「古今字」加以定義。「古今字」不論是用字或造字，均與文字之形、音、義相涉，故與異體字亦有所交集。關於「古今字之辨析」，參見拙文〈淺談王筠「古今字」觀念〉，收錄於《許錟輝教授七秩祝壽論文集》，頁三三三～三六二。萬卷樓圖書有限公司，二〇〇四年九月。

故胡錦賢先生云：

> 在「花」字產生的時代，「華」與「花」是古今字，隨著時間的推移，
> 二字在一個相當長的歷史時期曾並行，人們因其形體不同，而表達相同的
> 意義，昔日的古今字在今天也可看作是一種廣義的異體字。〔註24〕

「書作某」的用語，屢見於古代之字書、韻書中，如《玉篇》、《類篇》、《廣韻》、《集韻》等，其內容都是用來標示一些「形義並同」而傳寫稍異的異體字。《康熙字典》也繼承了這一類的用法，如丑集上、口部十九畫增「嚵」字〔註25〕，「○按《說文》、《廣韻》本作嚵，《玉篇》書作嚵，《類篇》書作嚵，筆畫微異，皆爲重文。」這裡所舉即是指因傳寫而筆形微異的異體字。故知，《康熙字典》運用「書作某」的內容，包括了「古今字」與「異體字」的概念。「或作某」的用語，在漢唐古注中已大量使用，多半用來表示文字「通用假借」的情形，而其中又以聲同而通用的字（假借字）爲多，故〈凡例〉云：「或作者，顯屬二字，偶爾假借也」。除假借之外，《康熙字典》也承襲自《集韻》將異體字以「或作某」的形式來表達〔註26〕。由此可知，《康熙字典》「或作某」的用語也包含有兩種內容，一是反映通假字關係，一是表示異體字關係。據此，《康熙字典》或云「書作某」，或云「或作某」，均說明了文字古今異體與通用假借之關係，細究之將有助今人明瞭我國文字運用之概況。

二、引「《說文註》」者

《康熙字典》書中引用「《說文註》」者，僅四條，分布在丑集、巳集、申集及戌集四集中，各佔一條。茲條列如下：

1. 丑集上、口部四畫「吳」字（頁一○七）

   吳　又《說文》姓也。　又《說文》大言也。《說文註》大言，故矢口以出聲，今寫詩者改吳作吴，又音乎化切，其謬甚矣。

謹案：此條註語節引自徐鍇《說文繫傳・通釋第二十》「吳」字註。

2. 巳集中、火部十五畫「爆」字（頁六一四）

   爆　又《唐韻》蒲木切，音曝。《說文》灼也，从火暴聲。　又《廣韻》北

〔註24〕詳見〈《康熙字典》關於處理異體、通假字術語的運用〉，頁九九～一○四，載於武漢《湖北大學學報・社哲版》，一九九三年三月。

〔註25〕詳見《康熙字典》，頁一四三。

〔註26〕唐宋以來，由於方言的交匯和俗寫體的流行，異體字逐漸增多，《集韻》一書便收錄了大量的異體字與俗體字，《康熙字典》將這些資料全部接收過來，因而也受到了《集韻》的影響。詳見胡錦賢〈《康熙字典》關於處理異體、通假字術語的運用〉，頁一○一。

教切《韻會》巴校切，𠀤音豹。《說文註》徐鉉曰：本蒲木切，今俗音豹，
火裂也。

謹案：此條註語引自徐鉉校定《說文·卷十上》「爆」字註。

3. 申集上、艸部十二畫「蕭」字（頁九八七）

蕭 又斧名。〈左思·魏都賦〉蕭斧戩柯以椔刃。《說文註》蕭斧，芟艾之斧
也。

謹案：此條註語節引徐鍇《說文繫傳·通釋第二》「蕭」字註。原文作「臣鍇按：《爾
雅》『蕭萩』〈註〉即蒿也。古人言蕭斧則謂芟艾之斧也。齊斧，剪齊之斧也。」

4. 戌集上、金部二畫「釗」字（頁一一二四）

釗 《唐韻》止遙切，《集韻》《韻會》《正韻》之遙切，𠀤音招。《說文》刓
也。 又《說文註》鄭樵曰：釗或以爲弩機。

謹案：此條釋語「刓也」引自《說文》刀部，無誤；惟「《說文註》鄭樵曰：釗或以爲
弩機」之語，俱不見於二徐本。據查係引自《正字通》「釗」字註，而妄冠以《說
文註》。

三、引「《說文》……〈註〉……」者

《康熙字典》書中引用「《說文》……〈註〉……」者，共有一百一十七條，
各集分布情形如下：子集一條、丑集四條、寅集二條、卯集十四條、辰集十一條、
巳集十二條、午集一條、未集十八條、申集一條、酉集十三條、戌集十九條及亥
集二十一條。引「《說文》……〈註〉……」之形式者，又可細分爲以下幾類，茲
條列如下：

（一）遷引註釋，而不言某家說法者

1. 丑集上、口部六畫「哉」字（頁一一七）

哉 《說文》言之閒也。〈註〉論語君子哉若人是，爲閒隔之辭也。 ◎《說
文》本作𠳋。

謹案：此條註語引自徐鍇《說文繫傳·通釋第三》「哉」字註。原文作「臣鍇按：《春
秋左傳》曰『遠哉遙遙』。孔子曰：君子哉若人是哉，爲閒隔之辭也。」

2. 寅集中、山部八畫「崧」字（頁二四三）

崧 《說文》嵩，中嶽，嵩山也。〈註〉亦从松。

謹案：許慎《說文》本無崧、嵩二字，徐鉉校定《說文》新附「嵩」字。其原文作「嵩，
中岳，嵩，高山也。从山从高，亦从松。韋昭《國語·注》云『古通用崇字』。
息弓切。」故知《康熙字典》此條註語引自徐鉉校定《說文·卷九下》「嵩」字

註。

3. 卯集下、支部十二畫「整」字（頁四○三）

　　整　《說文》齊也，从支从束从正。〈註〉束之，又小擊之，使正也。

謹案：徐鉉校定《說文》釋形作「从支从束从正，正亦聲。」徐鍇《說文繫傳》釋形
　　　作「從支從束，正聲。」《康熙字典》亡其聲。此條註語引自徐鍇《說文繫傳・
　　　通釋第六》「整」字註。

4. 辰集上、日部十一畫「暮」字（頁四二七）

　　暮　本作莫。《說文》莫，日且冥也，从日在茻中。〈註〉平野中望日將落，
　　　如在草茻中也。

謹案：《說文》本無「暮」字。暮字，本作莫。此條註語引自徐鍇《說文繫傳・通釋第
　　　二》「莫」字註。原文作「臣鍇按：平野中望日且將落，如在茻中也。今俗作暮。」

5. 未集上、米部一畫「米」字（頁八三四）

　　米　《說文》粟實也，象禾實之形。〈註〉穬顆粒也，十其稃彙開而米見也；
　　　八八，米之形。

謹案：此條註語引自徐鍇《說文繫傳・通釋第十三》「米」字註。

6. 亥集上、馬部五畫「駒」字（頁一三六四）

　　駒　《說文》馬二歲曰駒。〈註〉六尺以上馬，五尺以上駒。

謹案：此條釋語「馬二歲曰駒」節引自《說文》馬部，無誤；惟「六尺以上馬，五尺
　　　以上駒」之語，不見於二徐本。據查係引自《詩・周南・漢廣》「言秣其馬」，「言
　　　秣其駒」，其〈傳〉云「六尺以上曰馬」、「五尺以上曰駒」〔註27〕。

（二）引「〈註〉徐曰……」者

1. 午集上、玉部一畫「玉」字（頁六五四）

　　玉　◎《說文》王象三王之連，｜其貫也。〈註〉徐曰：王中畫近上，王（玉）
　　　三畫均，李陽冰曰：『三畫正均如貫王（玉）也』。

謹案：此條引自徐鉉校定《說文・卷一上》「王」字註。

2. 酉集中、貝部七畫「貦」字（頁一一三七）

　　貦　《說文》物數紛貦亂也，从員云聲。〈註〉徐曰：即今紛紜字。

謹案：此條引自徐鍇《說文繫傳・通釋第十二》「貦」字註。

3. 酉集中、貝部十畫「賸」字（頁一一三九）

　　賸　《說文》物相增加也，一曰送也，副也。〈註〉徐曰：今俗謂物餘為賸，

〔註27〕詳見《詩經注疏・周南・廣漢》，頁四二～四三。

古者一國嫁女，二國往媵之，媵之言送也。副、貳也，義出於此。

謹案：此條引自徐鍇《說文繫傳・通釋第十二》「媵」字註。

　4. 酉集中、足部八畫「踔」字（頁一一五五）

　　踔　《說文》踶也。〈註〉徐曰：踶亦當蹋意。

謹案：此條引自徐鍇《說文繫傳・通釋第四》「踔」字註。

　5. 酉集中、身部、七畫「躬」字（頁一一六五）

　　躬　《說文》身也，从身从呂。〈註〉徐曰：呂，古臂字。象人垂骨之形，或从弓。

謹案：此條係承自《字彙》、《正字通》之說。《字彙》云：「古躬字。徐鉉曰：呂，背呂也。古臂字，象脊骨之形。周伯溫曰：俗作躬。非然，今時悉作躬矣。」〔註28〕惟徐鉉校定《說文》無此語。《康熙字典》又誤「脊骨」爲「垂骨」。

　6. 亥集上、骨部八畫「骿」字（頁一三七七）

　　骿　《說文》并脅也。晉文公骿脅。〈註〉徐曰：謂肋骨連合爲一也，骿胼字同，今別作胼，非。

謹案：此條合引自徐鍇《說文繫傳・通釋第八》云：「臣鍇曰：謂肋骨連合爲一也」，及徐鉉校定《說文・卷四下》云：「臣鉉等曰：骿胼字同，今別作胼，非。」

（三）引「〈註〉徐鉉曰……」者

　1. 卯集下、文部六畫「敝」字（頁四〇五）

　　敝　《說文》妙也。〈註〉徐鉉曰：从山从耑省，耑、物初生之題尚微也。

　2. 卯集下、方部四畫「舫」字（頁四〇九）

　　舫　《說文》方舟也，《禮》天子造舟，諸候維舟，大夫方舟，士特舟。〈註〉徐鉉曰：今俗別作航，非是。

　3. 巳集中、火部十二畫「燈」字（頁六一〇）

　　燈　◎《集韻》本作鐙。《說文》鐙錠也。〈註〉徐鉉曰：錠中置燭，故謂之鐙。今俗別燈，非是。

　4. 酉集中、貝部十二畫「贊」字（頁一一四〇）

　　贊　《說文》見也，从貝从兟。〈註〉徐鉉曰：兟，音詵，進也。執贄而進有司，贊相之。

　5. 戌集中、雨部六畫「需」字（頁一三〇一）

〔註28〕詳見《字彙》酉集身部七畫「躬」字註，頁四七九。上海辭書出版社。一九九一年六月第一版。

　　需　《說文》頃也，遇雨不進，止頃也。从雨而聲。《易》曰：雲上于天，需。〈註〉徐鉉曰：李陽冰據《易》「雲上于天」云：『當从天。然諸本皆从而，無从天者。』

　6. 戌集中、韋部五畫「韍」字（頁一三二一）

　　韍　《說文》本作市，韠也。篆文从韋从犮。〈註〉徐鉉曰：今俗作紱，非是。

（四）引「〈註〉臣鉉等曰……」者

　1. 未集中、糸部九畫「褓」字（頁八五九）

　　褓　《說文》小兒衣也。〈註〉臣鉉等曰：今俗作襁，非是。

　2. 未集中、网部七畫「罟」字（頁八七五）

　　罟　《說文》罟，兔罟。〈註〉臣鉉等曰：隸書作罜，詳罜字註。

　3. 未集中、羊部七畫「義」字（頁八八〇）

　　義　《說文》己之威儀也，从我羊。〈註〉臣鉉等曰：與善同意，故从羊。

　4. 未集中、羊部十三畫「羸」字（頁八八二）

　　羸　《說文》瘦也。〈註〉臣鉉等曰：羊主給膳，以瘦爲病，故从羊。

　5. 未集中、羽部四畫「翌」字（頁八八三）

　　翌　《說文》飛盛貌，從羽從日。〈註〉臣鉉等曰：犯冒而飛，是盛也。

　6. 未集中、而部一畫「而」字（頁八八九）

　　而　《說文》頰毛也。〈註〉臣鉉等曰：今俗別作髵，非是。

　7. 未集中、而部三畫「耑」字（頁八九〇）

　　耑　《說文》物初生之題也，上象生形，下象其根也。〈註〉臣鉉等曰：中一地也。

（五）引「〈註〉徐鍇曰……」者

　1. 丑集上、口部十畫「嗣」字（頁一三一）

　　嗣　《說文》諸侯嗣國也，从冊从口，司聲。〈註〉徐鍇曰：冊必於廟史，讀其冊，故从口。

　2. 巳集中、爿部一畫「爿」字（頁六一九）

　　爿　《說文》牀，从木爿聲。〈註〉徐鍇曰：爿則牀之省，象人衺身有所倚著；至於牆、壯、戕、狀之屬，並當从牀省聲。李陽冰言木右爲片，左爲爿，《說文》無爿字，故知其妄。

　3. 酉集中、足部一畫「足」字（頁一一四九）

　　足　《說文》人之足也，在下从止口。〈註〉徐鍇曰：口象股脛之形。

4. 戌集中、革部四畫「靳」字（頁一三一三）

　　靳　《說文》當膺也。〈註〉徐鍇曰：靳，固也，靳制其行也。

5. 亥集上、鬼部八畫「魁」字（頁一三九〇）

　　魁　《說文》醜也，今逐疫有顡頭。〈註〉徐鍇曰：顡頭，方相四目也。今文作魁。

6. 亥集下、齊部一畫「齊」字（頁一四五九）

　　齊　《說文》禾麥吐穗上平也。〈註〉徐鍇曰：生而齊者，莫如禾麥。

（六）引「〈註〉李陽冰曰……」者

1. 卯集下、攴部三畫「改」字（頁三九六）

　　改　《說文》更也。〈註〉李陽冰曰：己有過，攴之即改。

四、引「《說文》……〈徐曰〉……」者

　　《康熙字典》書中引用「《說文》……〈徐曰〉……」者，共有四百四十四條，各集分布情形如下：子集九十一條、丑集九條、寅集四十五條、卯集十三條、辰集七十五條、巳集八條、午集七十一條、未集三十一條、申集九條、酉集七十條、戌集十七條及亥集五條。據查《康熙字典》引「《說文》……〈徐曰〉……」之例字，除了少數為編者妄加及本為徐鉉之說外，其餘大部分皆引用徐鍇《說文繫傳》之說。茲合併舉例條列如下：

1. 子集下、力部六畫「券」字（頁七五）

　　券　《說文》勞也。〈徐曰〉今俗作倦。

謹案：此條引自徐鉉校定《說文・卷十三下》「券」字註。

2. 子集下、卩部十一畫「厀」字（頁八八）

　　厀　《說文》脛頭卩也，从卩桼聲。〈徐曰〉今俗作膝，人之節也。

謹案：此條引自徐鍇《說文繫傳・通釋第十七》「厀」字註。

3. 丑集中、土部九畫「壻」字（頁一七一）

　　壻　《說文》从士胥聲，或从女作婿，義通。〈徐曰〉胥有才智之稱，又長也。壻者女之長也。

謹案：二徐本俱無此註語。

4. 卯集上、心部一畫「心」字（頁三〇三）

　　心　《說文》人心；土藏，在身之中。象形。博士說以為火藏。〈徐曰〉心為大火，然則心屬火也。

謹案：此條引自徐鍇《說文繫傳・通釋第二十》「心」字註。

5. 辰集中、木部五畫「枏」字（頁四四七）

枏　《說文》詳里切，舂也。一曰徙土輂。齊人語也。〈徐曰〉今俗作耟。

謹案：此條引自徐鉉校定《說文・卷六上》「枏」字註。

6. 辰集下、止部二畫「此」字（頁五〇二）

此　《說文》止也，从止从匕。匕，相比次也。〈徐曰〉匕，近也，近在此也。

謹案：此條引自徐鍇《說文繫傳・通釋第三》「此」字註。

7. 午集上、玉部四畫「玤」字（頁六五六）

玤　《說文》石之次玉者，以爲系璧，讀若蚌。〈徐曰〉系璧，飾玉系也。

謹案：此條引自徐鍇《說文繫傳・通釋第一》「玤」字註。

8. 午集下、玉部十二畫「璑」字（頁六六九）

璑　《說文》三采玉也。〈徐曰〉三采，朱蒼白也。

謹案：二徐本俱無此註語。徐鍇《說文繫傳・通釋第一》僅作「三采有三色也」。

9. 午集下、示部九畫「禎」字（頁七七三）

禎　《說文》祥也，休也。〈徐曰〉禎者，貞也。貞，正也，人有善，天以符瑞正告之。

謹案：此條引自徐鍇《說文繫傳・通釋第一》「禎」字註。

10. 酉集中、貝部二畫「貞」字（頁一一三二）

貞　《說文》卜問也，从卜，貝以爲贄。〈徐曰〉《周禮》有大貞禮，謂卜人事也。

謹案：此條引自徐鍇《說文繫傳・通釋第六》「貞」字註。

11. 酉集下、酉部八畫「醋」字（頁一二一二）

醋　《說文》客酌主人也。〈徐曰〉今俗作倉故切。溷酢，非是。

謹案：此條引自徐鉉校定《說文・卷十四下》「醋」字註。

五、引「《說文徐註》」者

　　《康熙字典》書中引用「《說文徐註》」者，共十五條，各集分布情形如下：子集二條、寅集一條、午集六條、未集二條、酉集一條、戌集三條。其云「《說文徐註》」者，經逐條查核，又可細分成引徐鉉校定《說文》之說與徐鍇《說文繫傳》兩大類。茲分類舉例條列如下：

（一）引用徐鉉校定《說文》之說

1. 子集上、乙部一畫「乙」字（頁一一）

乙　《說文》玄鳥也，齊魯謂乙，取其鳴自呼。　◎《說文徐註》此與甲乙

之乙相類，其形舉首下曲，與甲乙字少異。

2. 寅集下、弓部九畫「強」字（頁二八八）

　　強　《說文徐註》同強，秦刻石文从口。

3. 午集上、田部九畫「畼」字（頁六九三）

　　畼　《說文》不生也，从田昜聲。又《說文徐註》借爲通暢之暢，今俗別作暢，非。

4. 午集中、皿部四畫「盈」字（頁七二一）

　　盈　◎《說文徐註》及、古乎切。益多之義也。古者以買物多得爲及，故从及。

5. 未集中、糸部五畫「絁」字（頁八四八）

　　絁　《說文徐註》彄，今俗別作絁，非是。

6. 戌集上、金部二畫「針」字（頁一二二四）

　　針　《說文徐註》俗鍼字，所以縫也。

7. 戌集上、門部九畫「闚」字（頁一二六六）

　　闚　◎《說文徐註》按易窺其戶闚其無人，窺、小視也；臭、大張目也。言始小視之，雖大張目，亦不見人也。義當只用臭字。

（二）引用徐鍇《說文繫傳》之說

1. 子集上、乙部二畫「也」字（頁一二）

　　也　《說文徐註》語之餘也，凡言也，則氣出口下而盡。

2. 午集上、玉部六畫「珣」字（頁六五九）

　　珣　《說文》玉名。〈徐曰〉醫無閭，幽州之鎭在遼東。　又《說文徐註》玉器。

3. 午集上、玉部十二畫「璣」字（頁六七○）

　　璣　《說文》珠不圓者。　又鏡名。《說文徐註》按符瑞圖有璣鏡，〈註〉大珠而琿有光曜，可爲鏡。

4. 午集下、禾部十畫「稽」字（頁七八六）

　　稽　又留止也。《說文徐註》禾之曲止也，尤者，異也，有所異處必稽考之，即遲留也。

5. 未集中、耒部十五畫「耰」字（頁八九二）

　　耰　《說文徐註》摩田器，布種後，以此器摩之，使土開發處復合覆種也。

6. 酉集上、言部五畫「詶」字（一○八○）

　　訧　《說文》誘也。　　又《說文徐註》按〈賈誼‧鵬賦〉「怵迫之徒兮，或趨東西」，當作此訧字，《漢書》「怵於邪說」，如淳曰：「見誘怵也。音戍，今俗猶云相謏怵。」。

7. 戌集下、飛部一畫「飛」字（頁一三四三）

　　飛　《說文徐註》上旁飞者象鳥頸。

　　《康熙字典》引用「《說文徐註》」者，除上述十四條字例外，尚有一例「理」字，雖引《說文徐註》，然俱非二徐本之語，係改寫自《字彙》、《正字通》二書，而妄稱《說文徐註》也〔註29〕。

六、引「《說文》……〈徐鉉曰〉……」者

　　《康熙字典》書中引用「《說文》……〈徐鉉曰〉……」者，共有九十一條，各集分布情形如下：子集六條、丑集八條、寅集二十四條、卯集五條、辰集八條、巳集七條、午集八條、未集三條、申集二條、酉集三條、戌集十二條及亥集五條。茲舉例條列如下：

1. 丑集下、女部五畫「委」字（頁一八七）

　　委　《說文》委隨也，從女從禾。〈徐鉉曰〉曲也，從禾垂穗委曲之貌。

2. 寅集上、宀部十一畫「察」字（頁二一八）

　　察　《說文》覆審也，從宀祭聲。〈徐鉉曰〉祭祀必質明，明、察也，故從祭。

3. 辰集中、木部三畫「杓」字（頁四三九）

　　杓　《說文》斗柄也。　　又《說文》市若切，〈徐鉉曰〉以爲桮杓之杓，所以抒挹也。

4. 巳集上、水部十畫「湮」字（頁五六九）

　　湮　《說文》幽溼也。從水，一、所以覆也，覆而有土，故溼也。　　◎俗作溼。〈徐鉉曰〉今人不知，以溼爲此字，溼乃水名，非此也。

5. 午集下、示部六畫「祥」字（頁七七〇）

　　祥　《說文》福也，一云善也。　　又凡吉凶之兆皆曰祥。〈徐鉉曰〉祥，詳也，天欲降以禍福，先以吉凶之兆詳審告悟之也。

七、引「《說文》……〈徐鉉註〉……」者

　　《康熙字典》書中引用「《說文》……〈徐鉉註〉……」者，僅二條，分布在丑集及申集中，各佔一條。茲條列如下：

〔註29〕詳見本章第六節例 7「理」字。

1. 丑集中、土部九畫「堪」字（頁一六一）

　　堪　《說文》勝也。　又《說文》地突也。〈徐鉉註〉地穴中出也，據此與龕同。

2. 申集中、虍部二畫「虎」字（頁一〇〇一）

　　虎　《說文》山獸之君，从虍从儿，虎足象人也。〈徐鉉註〉象形。

八、引「《說文》……〈徐鍇曰〉……」者

　　《康熙字典》書中引用「《說文》……〈徐鉉曰〉……」者，共有六十九條，各集分布情形如下：子集六條、丑集十四條、寅集九條、卯集十一條、辰集十一條、巳集〇條、午集五條、未集二條、申集〇條、酉集五條、戌集五條及亥集一條。茲舉例條列如下：

1. 丑集上、口部三畫「吏」字（頁一〇四）

　　吏　《說文》吏治人者也，从一从吏。〈徐鍇曰〉吏之治人心主於一，故从一。

2. 寅集上、子部四畫「孚」字（頁二〇六）

　　孚　《說文》卵孚也，一曰信也。〈徐鍇曰〉鳥之乳卵，皆如其期，不失信也。

3. 卯集中、戈部一畫「戈」字（頁三三九）

　　戈　《說文》平頭戟也。〈徐鍇曰〉戟小支上向則爲戟，平之則爲戈。一曰戟偏距爲戈。

4. 辰集中、木部一畫「木」字（頁四三七）

　　木　《說文》冒也，冒地而生。東方之行。从中，下象其根。〈徐鍇曰〉中者，木始甲坼也。萬物皆始於微，故木从中。

5. 未集中、糸部一畫「糸」字（頁八四三）

　　糸　《說文》細絲也。〈徐鍇曰〉一蠶所吐爲忽，十忽爲絲。糸，五忽也。

九、引「《說文》……〈徐鍇註〉……」者

　　《康熙字典》書中引用「〈徐鍇註〉」者，僅一條在辰集裏。茲條列如下：

1. 辰集下、殳部一畫「殳」字（頁五一二）

　　殳　《說文》以杸殊人也。〈說文序〉七曰殳書。〈徐鍇註〉殳體八觚，隨其勢而書之，故八體有殳書。

十、引「〈說文徐氏曰〉」者

　　《康熙字典》書中引用「〈說文徐氏曰〉」者，僅一條在辰集裏。茲條列如下：

1. 辰集中、木部十五畫「櫛」字（頁四八八）

櫛　《說文》梳枇之總名也。　又〈說文徐氏曰〉櫛之言積也。

謹案：二徐本「櫛」字俱作「梳比之總名也」，且《說文繫傳》云：「臣鍇按：《周禮》節作楖，楖之言積也。」《康熙字典》此條引用〈說文徐氏曰〉，當引徐鍇之語而省改之。

十一、引「《說文新附字》」者

《康熙字典》書中引用「《說文新附字》」者，共十三條，全部集中在未集裏。茲舉例條列如下：

1. 未集中、糸部八畫「緅」字（頁八五七）
緅　《說文新附字》帛青赤色也。

2. 未集中、缶部十八畫「罐」字（頁八七四）
罐　《說文新附字》器也。

3. 未集中、网部八畫「罛」字（頁八七六）
罛　《說文新附字》魚網也。

4. 未集中、羽部十二畫「翻」字（頁八八七）
翻　《說文新附字》飛也。

謹案：徐鉉新增之《說文新附字》共有四百零二字，分布在各卷集之中，而《康熙字典》中引用「說文新附字」者，僅十三條，且全部集中在未集裏，足見《康熙字典》書中各卷集引用相同書籍時，未能統一其例。引用書名之不一，隨處可見，而以此類尤為顯明。

十二、引「《唐本說文》」者

《康熙字典》書中引用「《唐本說文》」者，僅一條在亥集裏。茲條列如下：

1. 亥集上、馬部五畫「馴」字（頁一三六四）
馴　《說文》壯馬也，一曰馬蹲馴也。又《唐本說文》馴，奘馬也，奘謂為壯。

謹案：二徐本皆作「牡馬也，从馬且聲。一曰馬蹲馴也」，據段玉裁考證云：「『壯』，各本作『牡』，李善《文選・注》引皆作『壯』，戴仲達引《唐本說文》作『奘馬也』，皆可證。」〔註30〕是知，《康熙字典》雖引用二徐《說文》而另有考訂，

〔註30〕詳見《圈點段注說文解字》，十篇下，「馴」字注，頁四七二。又段氏改許慎本文為「一曰馴會也」，與二徐本、《康熙字典》異文。《文選》「馴」字，分見劉孝標〈廣絕交論〉「附馴驥之旄端」（卷五十五、頁七），左思〈魏都賦〉「冀馬填廄而馴駿」（卷六、頁十六），顏延年〈赭白馬賦〉「於時馴駿充階街兮」（卷十四、頁七）等文，率

以段氏之言，《康熙字典》引《唐本說文》者，實有所本，非編者妄造也。

十三、引「《說文解字》」者

《康熙字典》書中引用「《說文解字》」者，共十五條，一條在辰集，其餘十四條全部集中在申集裏。茲舉例條列如下：

1. 辰集中、木部九畫「楓」字（頁四六七）

楓　《說文》木也，厚葉，弱枝，善搖。一名欇。　又《說文解字》楓木漢宮殿中多植之，故稱楓宸。

2. 申集上、艸部八畫「菫」字（頁九六九）

菫　《說文解字》菫本字。

3. 申集中、虫部八畫「蚰」字（頁一○一六）

蚰　《說文解字》籀文虹字，从申。申、電也。

4. 申集中、虫部十六畫增「蟲」字（頁一○三○）

蟲　《說文解字》徐鍇曰：「唯此一字，象蟲形，不从矛，書者多誤。」

5. 申集下、血部二畫增「衁」字（頁一○三五）

衁　《說文解字》衁从血，亡省聲。

十四、引「〈許慎曰〉」者

《康熙字典》書中引用「〈許慎曰〉」者，僅一條在戌集裏。此條所引「〈許慎曰〉」之語，原為徐鍇《說文繫傳》之註文，然《康熙字典》仍獨立以長框線標示，故仍列為徵引用語之一類，茲條列如下：

1. 戌集下、食部六畫「餌」字（頁一三四七）

餌　《說文》粉餅也。〈徐鍇曰〉：「《釋名》『烝燥屑餅之曰餈』，非也。粉米烝屑皆餌也，非餈也。〈許慎曰〉『餈、稻餅』。謂炊米爛乃擣之，不為粉也。粉餈以豆為粉，糝餈上也。餌則先屑米為粉，然後溲之，餈之言滋也。餌之言堅潔若玉餌也。」　◎《說文》弻部作𪎭，重文从食耳聲作餌。

謹案：此條引自徐鍇《說文繫傳》之說，而引文或有出入。查《說文繫傳》原文作：

「𪎭，粉餅也，從弻耳聲。臣鍇按：《周禮》羞籩之實有糗餌粉餈。注云：粉稻米餅之曰餈。又劉熙《釋名》云『蒸燥屑餅之曰餈』，鍇以為非也。夫粉米蒸屑皆餌也，非餈也。許慎曰『餈、稻餅也』。臣謂炊稻米爛乃擣之如黏，然後蒸之，不為粉也。粉餈以豆為粉，以糝餈上也。餌則先屑米為粉，然後溲之，

云：「《說文》曰：『駔，壯馬也』」，段說是。

故許愼云：『餌，粉餅也。』餈之言滋也、熙也，欲其柔釋其大也。餌之言珥也，欲其堅潔而淨若玉餌然也。諸家之說，莫精於《說文》也。」又徐鉉校定《說文》云：「𩟡或从食耳聲」，《康熙字典》則列於最末以補充說明。

十五、引「〈說文杜林說〉」者

《康熙字典》書中引用「〈說文杜林說〉」者，僅一條在申集裏。茲條列如下：

1. 申集上、艸部六畫「荺」字（頁九五六）
   荺　又同茿。〈說文杜林說〉茿古从多，註詳四畫。

惟《康熙字典》中引用杜林說而不以「〈說文杜林說〉」形式出現者，尚有以下七例：

1. 寅集上、寸部八畫增「尋」字（頁二二三）
   尋　《說文》傾覆也。本作尋，从寸从臼，杜林說以爲貶損之貶。
2. 卯集下、斗部十畫「斡」字（頁四〇六）
   斡　《說文》蠡柄也，揚雄杜林說皆以軺車輪斡。
3. 辰集中、木部十畫「構」字（頁四七四）
   構　《說文》蓋也，杜林以爲椽桷字。
4. 巳集下、犬部五畫「狖」字（頁六三六）
   狖　《說文》多畏也，从犬去聲。杜林說从心作怯，互詳心部怯字註。
5. 午集中、目部十一畫「瞞」字（頁七四四）
   瞞　《說文》平目也。〈徐曰〉目瞼低也。杜林曰：目皆平貌。
6. 未集下、臼部四畫「尋」字（頁九三一）
   尋　《說文》傾覆也，从寸臼覆之，寸人手也，从巢省。杜林說以爲貶損之貶。
7. 申集上、艸部十二畫「董」字（頁九八七）
   董　又《說文》杜林曰：蕅根也。

十六、引「《徐鉉說文註》」者

《康熙字典》書中引用「《徐鉉說文註》」者，僅一條在申集裏。茲條列如下：

1. 申集上、艸部九畫「葷」字（頁九七四）
   葷　《徐鉉說文註》葷，臭菜也。通謂芸薹椿韭蔥蒜阿魏之屬，方術家所禁，謂氣不潔也。

十七、引「《說文徐鉉註》」者

　　《康熙字典》書中引用「《說文徐鉉註》」者，僅一條在申集裏。茲條列如下：

　1. 申集中、虫部九畫「蝯」字（頁一〇一九）

　　蝯　《說文徐鉉註》蝯別作猨，非。

十八、引「〈說文序〉」者

　　《康熙字典》書中引用「〈說文序〉」者，共三條，兩條在辰集，一條在未集裏。
茲條列如下：

　1. 辰集下、止部十二畫「歷」字（頁五〇五）

　　歷　《說文》過也。一曰經歷。……又爰歷書名〈說文序〉趙高作爰歷篇，
　　所謂小篆。

　2. 辰集下、殳部一畫「殳」字（頁五一二）

　　殳　《說文》以杸殊人也。　又書法名。〈說文序〉七曰殳書。〈徐鍇註〉殳
　　體八觚，隨其勢而書之，故八體有殳書。

　3. 未集中、老部一畫「考」字（頁八八八）

　　考　《說文》老也，从老省丂聲。〈說文序〉轉注者，建類一首，同意相受，
　　考老是也。

十九、引「〈許慎說文序〉」者

　　《康熙字典》書中引用「〈許慎說文序〉」者，僅一條在辰集裏。茲條列如下：

　1. 辰集上、曰部六畫「書」字（頁四三〇）

　　書　《說文》作書，著也，从聿从者，隸省作書。……〈許慎說文序〉黃帝
　　之史倉頡，初造書契，依類象形，故謂之文，其後形聲相益，即謂之字。著
　　於竹帛謂之書。書者，如也。

二十、引「《說文某字註》」者

　　《康熙字典》書中引用「《說文某字註》」者，共有四條，兩條在卯集，兩條在
戌集裏。茲條列如下：

　1. 卯集中、手部十二畫「撐」字（頁三八二）

　　撐　俗撐字。《說文樘字註》徐鉉曰：今俗別作撐，非。

謹案：《說文》無「撐」、「撑」二字，徐鉉校定《說文》「樘」字云：「衺柱也，从木堂
　　　聲。臣鉉等曰：今俗別作樘，非是。丑庚切。」《康熙字典》引文誤以「撐」為
　　　「樘」字。

　2. 卯集下、攴部九畫「敳」字（頁四〇一）

敷　又與塗通。《說文塗字註》引《書》惟其敷丹臒。○按《書‧梓材》今本
敷作塗。

謹案：《說文》「敷」字本訓「閉也」，徐鉉「塗」字引《周書》「惟其敷丹臒」，乃假敷
　　　為塗也，故《康熙字典》加按說明之。

3. 戌集上、門部四畫「閦」字（頁一二五九）

閦　與闞同。《說文闞字註》闞連結闠紛相牽也。或作閦。

謹案：《說文》無「閦」字，徐鉉校定《說文》「闞」云：「闞連結闠紛相牽也。从門燓
　　　聲。臣鉉等案：燓，今先典切，从狄聲，狄，呼還切。蓋燓亦有狄聲，故得為
　　　聲。一本从燮，《說文》無燮字。撫文切。」《說文繫傳》亦云「臣鍇曰：一作
　　　燮，音紛。此今俗書紛字。」二本「闞」字無作閦者。

4. 戌集上、門部六畫「閈」字（頁一二六三）

閈　又《集韻》與衖同。《說文衖字註》里中道也。或作鄉巷術。

謹案：《說文》無「閈」字。《康熙字典》據《集韻》之說而引《說文》「衖」字以訓其
　　　義也。

二十一、引「《徐鍇說文繫傳》」者

　　《康熙字典》書中引用「《徐鍇說文繫傳》」者，僅一條在卯集裏。茲條列如下：

1. 卯集上、心部七畫「悡」字（頁三一五）

悡　《徐鍇說文繫傳》向風而行則氣悡吃也，故从忢从口。氣壅則悡也。

謹案：《說文》無「悡」字，徐鍇《說文繫傳‧通論下》釋「忢」云：「又忢，喞也，
　　　气咽也。《詩》曰：如彼遡風，亦孔之忢。向風而行則忢。嗳，喞也，故從忢。
　　　今人氣擁則嗳也。」亦無取「悡」字也。此條係《康熙字典》據《字彙》、《正
　　　字通》之說而引也。

上舉凡二十一項，即為《康熙字典》中直接引用《說文》資料之各種形式，今均舉
例說明如上。謹將《康熙字典》徵引《說文》用語中，除了逕「引《說文》」者外，
其餘二十項之徵引條數與各集之分布情形表列於後。至於，書中不直舉《說文》之
名，而轉藉他書引出，使《說文》之形義，瞭然若揭，清楚可見者，則於本章第五
節舉例論述之。

《康熙字典》中徵引《說文》用語各集分布情形一覽表

引　用　術　語	子集	丑集	寅集	卯集	辰集	巳集	午集	未集	申集	酉集	戌集	亥集	總計
引「《說文註》」者	0	1	0	0	0	1	0	0	1	0	1	0	4
引「《說文》…〈註〉…」者	1	4	2	14	11	12	1	18	1	13	19	20	116
引「《說文》…〈徐曰〉…」者	91	9	45	13	75	8	71	31	9	70	17	5	444
引「《說文徐註》」者	2	0	1	0	0	0	6	2	0	1	3	0	15
引「《說文》…〈徐鉉曰〉…」者	6	8	24	5	8	7	8	3	2	3	12	5	91
引「《說文》…〈徐鉉註〉…」者	0	1	0	0	0	0	0	0	1	0	0	0	2
引「《說文》…〈徐鍇曰〉…」者	6	14	9	11	11	0	5	2	0	5	5	1	69
引「《說文》…〈徐鍇註〉…」者	0	0	0	0	1	0	0	0	0	0	0	0	1
引「〈說文徐氏曰〉」者	0	0	0	0	1	0	0	0	0	0	0	0	1
引「《說文新附字》」者	0	0	0	0	0	0	0	13	0	0	0	0	13
引「《唐本說文》」者	0	0	0	0	0	0	0	0	0	0	0	1	1
引「《說文解字》」者	0	0	0	0	1	0	0	0	14	0	0	0	15
引「〈許愼曰〉」者	0	0	0	0	0	0	0	0	0	0	1	0	1
引「〈說文杜林說〉」者	0	0	0	0	0	0	0	0	1	0	0	0	1
引「《徐鉉說文註》」者	0	0	0	0	0	0	0	0	1	0	0	0	1
引「《說文徐鉉註》」者	0	0	0	0	0	0	0	0	1	0	0	0	1
引「〈說文序〉」者	0	0	0	0	2	0	1	0	0	0	0	0	3
引「〈許愼說文序〉」者	0	0	0	0	1	0	0	0	0	0	0	0	1
引「《說文某字註》」者	0	1	0	1	0	0	0	0	0	0	2	0	4
引「《徐鍇說文繫傳》」者	0	0	0	1	0	0	0	0	0	0	0	0	1

第四節　《康熙字典》處理《說文》資料形式舉隅

　　《康熙字典》排纂之體例爲「以音統義」，即先列舉《唐韻》、《廣韻》、《集韻》、《古今韻會舉要》、《洪武正韻》之正音，再分層解說字之本義、他義；其次再列轉音、叶音、別義，或古音等等。其〈凡例〉之七云：「字有正音，先載正義，再於一音之下，詳引經史數條，以爲證據，其或音同義異，則於每音之下分列訓義。」是知，「義項收錄完備」是《康熙字典》的一大特點，書中對字義的說解非常詳備，幾乎每字義下均有例證，以求「旁羅博證，使有依據」。對於各音各義之排列情形，其〈御製序〉云：「次第排纂，切音解義一本《說文》、《玉篇》。」因《說文》是歷代字書之始祖，《玉篇》則爲我國第一部楷書字典，故《康熙字典》析形釋義，以《說文》、《玉篇》爲主，以示崇本之義。

　　《說文》是字書之始祖，故《康熙字典》所列之本義，原則上是以《說文》爲據，然《說文》解義若有義不顯豁或今世不用時，則另取他書爲說。綜觀《康熙字典》全書采引《說文》之內容，知其取用《說文》之版本乃以徐鉉校定本爲主，兼采徐鍇《說文繫傳》之說，然《康熙字典》引用《說文》之內容與二徐本原文偶有出入，引文上或增益減損，或逕取其義以爲說。

　　茲將《康熙字典》解義與《說文》之關係，分條敘述如下：

一、采《說文》之義爲首要義項者 〔註31〕

　　《康熙字典》解義時引用《說文》之義爲首要義項之情形頗多，茲舉例說明如下：

例1. 子集上、丿部三畫「之」字（頁一○）

　　之　《唐韻》《正韻》止而切，《集韻》《韻會》眞而切，𡘋音枝。《說文》出也。象艸過屮，枝莖益大，有所之。一者，地也。《玉篇》是也。適也。往也。《禮・檀弓》延陵季子曰，若魂氣則無不之也。

謹案：《康熙字典》之字首要義項爲「出也。象艸過屮，枝莖益大，有所之。一也」，係以《說文》之義說解之。「之」字篆文作𡳿，中一豎象草莖，兩側象其枝，屮即草之象形，屮下橫畫，用以象地，二者相合成「𡳿」，以象草生出地上之形，許愼以「出也」釋之，是誤以引伸義爲本義〔註32〕。「𡳿」字隸變作「之」，

〔註31〕本文所謂「首要義項」，指正音之下的第一個義項。至於正音下之其他義項，或他音他義，則一概歸爲「其次義項」。

〔註32〕詳見蔡師信發《說文部首類釋》，頁二○一。萬卷樓圖書有限公司，民國八十六年六月第一版。

已失其原形。後引伸通行作是也、適也、往也，本義遂不顯。《康熙字典》取《說文》之義訓釋之，兼采《玉篇》之義、並以《禮‧檀弓》爲書證，以明通行之字義。

例 2. 子集上、亠部二畫「亢」字（頁一六）

亢　《唐韻》古郎切，《集韻》《韻會》《正韻》居郎切，𠀤音岡。《說文》人頸也。《史記‧婁敬傳》搤其亢。

謹案：《康熙字典》亢字首要義項爲「人頸也」，係以《說文》之義而說解之，並以《史記‧婁敬傳》爲例證。《說文》：「亢，人頸也。从大省，象頸脈形。」〔註33〕許愼釋亢爲「人頸」，是以字之本義說解之，然其釋形則有誤，字當從弁省，几象頸形，以示頸在弁晃之下，手臂之上，所以從弁而省其收〔註34〕。《康熙字典》采用《說文》以亢字之本義來解義，並以《史記‧婁敬傳》「搤其亢」爲例證，是也。

例 3. 寅集中、工部一畫「工」字（頁二五三）

工　《唐韻》古紅切，《集韻》沽紅切，𠀤音公。《說文》巧飾也，象人有規榘也。《廣韻》巧也。《玉篇》善其事也。《詩‧小雅》工祝致告。〈傳〉善其事曰工。〈疏〉工者巧於所能。

謹案：《康熙字典》工字首要義項爲「巧飾也，象人有規榘也。」以《說文》之義來說解，兼采《廣韻》、《玉篇》義訓以輔之，並以《詩‧小雅》之傳疏爲例證，然工字考之卜辭、彝銘，本義應作「牀前橫木」，爲「杠」之初文，《說文》釋「巧飾也」應爲字之假借義〔註35〕。《康熙字典》以《說文》之假借義爲首要義項，以訓工巧、善其事之義。

二、采《說文》之義爲其次義項者

雖未采《說文》之義爲首義，但仍保留《說文》之音義者，茲舉例說明如下：

例 1. 丑集上、口部二畫「句」字（頁九九）

句　《唐韻》九遇切，《集韻》《韻會》俱遇切，𠀤音屨。《玉篇》止也，言語章句也。《類篇》詞絕也。《詩‧關雎‧疏》句古謂之言，秦漢以來，眾儒各爲訓詁，乃有句稱。句必聯字而言。句者，局也。聯字分疆所以局言者也。……

〔註33〕詳見徐鉉校定《說文》，卷十下，頁二一五。
〔註34〕詳見魯實先先生《文字析義》，頁七〇九。魯實先編輯委員會印行，民國八十二年初版。
〔註35〕詳見《說文部首類釋》，頁五八～五九。

又《唐韻》《集韻》古侯切，《韻會》《正韻》居侯切，𠀤音溝，俗作勾。《說文》曲也。《禮・月令》句者畢出。《左傳・哀十七年》越子爲左右句卒。〈註〉鉤伍相著，別爲左右屯。……

謹案：《康熙字典》句字以「音屨」爲首音，列「《玉篇》止也，言語章句也；《類篇》詞絕也」爲首要義項。《說文》之音（音溝）、義則列爲第三順位。《說文》：「句，曲也。」〈徐鉉註〉「古侯切、又九遇切」〔註36〕，句字據彝銘本義當作「帶鉤」，爲獨體象形，許慎云「曲也」，是以字之引伸義釋之〔註37〕。「句」本義「帶鉤」，引申爲「曲也」，後假借爲章句字，而以假借義通行於世。《康熙字典》以通行之音義爲主，並保留《說文》之音義。

例2. 申集上、艸部七畫「莫」字（頁九六三）

莫　《唐韻》慕各切，《集韻》《正韻》末各切，𠀤音寞。《韻會》無也，勿也，不可也。《易・繫辭》莫之與，則傷之者至矣。……　又《說文》莫故切。同暮。《易・夬卦》莫夜有戎。

謹案：《康熙字典》莫字以「音寞」爲首音，列「《韻會》無也、勿也、不可也」爲首要義項。《說文》之音（音木）、義則列爲第二順位。《說文》：「莫，日且冥也，从日在茻中。」〔註38〕徐鍇註曰：「平野中望日且莫，將落，如在茻中也。今俗作暮。莫度反。」〔註39〕字象日在茻中，爲夕陽西下之狀，故云「日且冥也」，是以字之本義釋之。「莫」本義「日且冥」，後假借爲否定義，本義漸不顯，而以假借義通行於世，故後人加日作暮字。《康熙字典》以通行之音義爲主，並保留《說文》原有之音義。

例3. 酉集上、言部七畫「誘」字（頁一〇九〇）

誘　《唐韻》與久切，《集韻》《韻會》以九切，《正韻》云九切，𠀤音酉。《爾雅・釋詁》進也，又《詩・陳風・衡門序》衡門誘僖公也。〈箋〉進也。……又《說文》相訹呼也。《玉篇》誘引也。《左傳・僖十年》郤芮曰：幣重而言甘，誘我也。《史記・越王句踐世家》吳大宰嚭貪，可誘以利。

謹案：《康熙字典》誘字以《爾雅・釋詁》「進也」爲首要義項。《說文》之義則列爲正音之第四義項。《說文》誘字本作「羑」，謂「相訹呼也，从厶从羑」。〈徐鉉

〔註36〕詳見徐鉉校定《說文》，卷三上，頁五〇。
〔註37〕見《說文部首類釋》，頁三六。
〔註38〕詳見徐鉉校定《說文》，卷一下，頁二七。
〔註39〕《說文繫傳》卷二，頁十三。

註〉「羊部有羌，羌，進善也。」〔註40〕《康熙字典》以「進也」為首義，乃取《說文》本義之衍伸，並保留《說文》之本義。

三、列《說文》於最末以補釋形義者

《康熙字典》有列《說文》之形義於最末以補釋之者，書中並以空格區分之。本文為強調此類《說文》出現的位置，特於《說文》前冠以「◎」符號，以利辨識。《康熙字典》在最末引用《說文》的情形有二：前面切音解義已用《說文》音義，最末復引用以補釋形義，此其一；前面切音解義未提《說文》音義，而於最末引用之以補釋形義，此其二。

（一）前面已用《說文》音義，最末復引用之以補釋形義

例1. 寅集上、子部五畫「孤」（頁二○七）

孤　《說文》無父也。　◎〈徐鉉曰〉于文子瓜為孤，瓜聲也，子不見父，則泣呱呱也，會意。

謹案：《說文》子部：「𤕊（孤），無父也，从子瓜聲。」徐鍇《說文繫傳·通論中·第三十四》：「少而無父曰孤，於文子瓜為孤，瓜聲也。《書》曰：……子不見父，則泣呱呱也。」（頁五）《康熙字典》誤以徐鍇為徐鉉之語補釋形義，復云「會意」，迭非，當改。

例2. 卯集中、手部四畫「抗」字（頁三五○）

抗　《說文》扞也。　◎《說文》抗或从木。〈徐鉉曰〉今俗作胡郎切，別見木部。

謹案：《說文》手部：「𢫪（抗），扞也，从手亢聲。苦浪切。　𣏓（杭），抗或从木。臣鉉等曰：今俗作胡郎切。」《康熙字典》以《說文》之重文或體補釋形構音切。

例3. 巳集上、水部十一畫「滸」字（頁五七二）

滸　《說文》水厓也。　◎《說文》本作汻，或作㳘。《玉篇》同汻。

謹案：《說文》本無「滸」字，係後起之字。《說文》水部：「𣲙（汻），水厓也，从水午聲。臣鉉等曰：今作滸，非是，呼古切。」又言部：「𧪠（許），聽也〔註41〕。从言午聲，虛呂切。」《說文》「許」字義訓與「汻」異，《康熙字典》云：「本作許」，有誤，當改；惟復云「《玉篇》同汻」，是也。

〔註40〕詳見徐鉉校定《說文》，卷九上，頁一八九。
〔註41〕徐鍇《說文繫傳》作「許，聽言」，段玉裁《說文解字注》作「許，聽言也」，俱與徐鉉校定《說文》異文。

例 4. 申集上、艸部十三畫「蔴」字（頁九八八）

蔴　《說文》拔去田草也。　◎《說文》亦作薕。

謹案：《說文》蓐部：「薅（蔴），拔去田草也〔註42〕，从蓐好省聲。　薅（薅），籀文
蔴省。　薕（薕），蔴或从休。《詩》曰：既薕荼蓼。」《康熙字典》以《說文》
之重文或體補釋之。

例 5. 酉集上、言部四畫「訝」字（頁一〇〇七）

訝　《說文》相迎也，引《周禮‧秋官》諸侯有卿訝。〈徐曰〉按周禮：「使
將至，使卿訝」，謂以言辭迎而勞之也。　◎《說文》重文从辵作迓，隸省作
迓。

謹案：「訝」字之重文「迓」，為徐鉉增篆十九文之一。《說文》言部：「訝（訝），相迎
也，从言牙聲。《周禮》曰：諸侯有卿訝發。吾駕切。　訝（迓），訝或从辵。」
《說文繫傳》云：「訝（訝），相迎也。《周禮》曰：諸侯有卿訝也，從言牙聲。
臣鍇曰：《周禮》：『使將至，使卿訝』，謂以言辭迎而勞之也。顏縮反。　訝（迓），
訝或從辵。」知《康熙字典》引〈徐曰〉為徐鍇之語。段玉裁云：「（訝）此下
鉉增迓字，云訝或从辵，為十九文之一。按迓，俗字，出於許後，衛包無識，
用以改經，不必增也。」〔註43〕《康熙字典》以二徐《說文》中之重文或體補
釋其形構。

（二）前面未提《說文》之名，而於最末引用之以補釋形義

例 1. 子集中、人部七畫「侯」字（頁三一）

侯　◎《說文》本作矦，从人从厂，象張布之狀，矢在其下。鄭司農曰：方
十尺曰矦，四尺曰鵠。

謹案：《康熙字典》以《爾雅‧釋詁》「公侯君也。又五等爵之次曰侯。」為首要義項，
其後諸多義項皆未引《說文》音義。查《說文》矢部：「矦（矦），春饗所躲矦
也，从人从厂，象張布，矢在其下。天子躲熊、虎、豹，服猛也，諸侯躲熊、
豕、虎，大夫躲麋、麋，惑也，士躲鹿、豕，為田除害也。其祝曰：母若不寧，
矦不朝于王所，故伉而躲汝也。乎溝切。」據「矦」字之形構，本義當作古代
射禮所用之射布，即箭靶也。《儀禮‧鄉射禮第五》「乃張侯下綱不及地武」下，

〔註42〕徐鍇《說文繫傳》與段玉裁《說文解字注》作「披田艸也」，段注云：「大徐作拔去田
艸，眾經音義作除田艸，《經典釋文》、《玉篇》、《五經文字》作拔田艸，惟《繫傳》
舊本作披，不誤。披者，迫地削去之也。」詳見《圈點段注說文解字》，一篇下，「蔴」
字注，頁四八。

〔註43〕詳見《圈點段注說文解字》，三篇上，「訝」字注，頁九六。

注曰：「侯謂所射布也」〔註44〕。又「射侯古作『矦』，《漢書》多作『矦』，从矢取射義」〔註45〕，知「矦」與「侯」為古今字。《康熙字典》「侯」字下不引《說文》音義，而於最末補釋之，以說明「矦」與「侯」兩者的關係。又《康熙字典》矢部四畫「矦」字下，則列《說文》之形義為首要義項，兩相比對，有詳略互見之效。

例2. 丑集下、夕部一畫「夕」字（頁一七四）

夕 ◎《說文》从月半見。〈徐曰〉月字之半。月初生則暮見西方，故半月為夕。

謹案：《康熙字典》以「晨之對，暮也」為首要義項，並引《尚書大傳》、《詩・小雅》為書證，其後諸多義項皆未引用《說文》。查徐鉉校定《說文》夕部：「𡗜（夕），莫也。从月半見。」《說文繫傳》云：「夕，暮也。臣鍇曰：月字之半也，月初生則暮見西方，故半月為夕。」段玉裁云：「莫者，日且冥也。日且冥而月且生矣，故字从月半見。旦者，日全見地上；莫者，日在茻中；夕者，月半見，皆會意象形也。」〔註46〕「莫」字，今作「暮」，大徐本作「莫也」，義訓不顯，故《康熙字典》雖以「晨之對，暮也」為首義，卻不言出自《說文》，僅於最末補釋其形體，並引徐鍇之說來補充說明。

例3. 辰集下、止部九畫「歲」字（頁五〇五）

歲 ◎《說文》「从步，戌聲。律歷書名五行為五步。」一說从步者，躔度之行，可推步也；从戌者，木星之精，生於亥，自亥至戌而周天。戌與歲亦諧聲。別作歳、𡻕，𡻕非。

謹案：《康熙字典》以《釋名》「歲、越也，越故限也」及《白虎通》「歲者，遂也」為首要義項，並引《易・繫辭》「寒暑相推而歲成」為書證，以示「年歲」義，其後諸多義項皆未引用《說文》。查徐鉉校定《說文》步部：「𢅺（歲），木星也。越歷二十八宿，宣徧陰陽，十二月一次。从步戌聲。《律歷書》名五星為五步。」以陰陽五行之說釋「歲」，義訓不顯，故《康熙字典》不采《說文》釋義，僅於最末補釋其形體「从步戌聲」，並另據《字彙》、《正字通》「从步从戌」之說來補充說明。

例4. 午集中、白部二畫「皁」字（頁七一四）

〔註44〕詳見《儀禮注疏・卷第十一・鄉射禮第五》，頁一一〇。十三經注疏，藍燈出版社。
〔註45〕詳見《康熙字典》人部七畫「侯」字下之按語。
〔註46〕詳見《圈點段注說文解字》，七篇上，「夕」字注，頁三一八。

　　皁　◎《說文》草、自保切，草斗櫟實也。一曰象斗子。从艸早聲。〈徐鉉曰〉
　　　今俗以此爲艸木之艸，別作皁字，爲黑色之皁，按櫟實可以染帛爲黑色，故
　　　曰草。通用爲草棧字，今俗書皁，或从白从十，或从白从七，皆無意義。
謹案：《康熙字典》以《博雅》「皁、隸臣也」及《類篇》「賤人也」爲首要義項，並引
　　　《左傳・昭七年》「士臣皁，皁臣輿，輿臣隸」爲書證，以示「古代士以下之差
　　　役」義。《說文》艸部「𦬞（草），草斗，櫟實也。一曰象斗子。从艸早聲。」
　　　徐鍇云：「此則今人書草木字」〔註47〕。又《說文》艸部「屮（艸），百芔也，
　　　从二屮。」因經典相承作「草」，故段玉裁云：「俗以草爲艸，乃別以皁爲草。」
　　　〔註48〕是知，因訓爲「百芔」之「艸」，多借「草斗櫟實」之「草」，故另造「皁」
　　　字以別之。《說文》本無「皁」字，《康熙字典》不采《說文》以釋義，理所應
　　　然，本無異議；惟於最末復引《說文》「草」字形義，並取徐鉉之說補充說明，
　　　俾讀者明瞭文字假借通用之緣由，允爲周備。

例5. 戌集下、風部一畫「風」字（頁一三三九）

　　風　◎《說文》風動蟲生，故蟲八日而化，从虫凡聲。〈趙古則曰〉凡物露風，
　　　則生蟲，故風从虫凡，諧聲。
謹案：《康熙字典》以「風以動萬物也」爲首要義項，並引《莊子・齊物論》、《河
　　　圖》、《元命包》、《爾雅・釋天》、《禮・樂記》、《史記・律書》、《周禮・春官・
　　　保章氏》等等爲書證，以示「空氣之流動」義。《說文》風部「𩘗（風），八風
　　　也。東方曰明庶風，東南曰清明風，南方曰景風，西南曰涼風，西方曰閶闔風，
　　　西北曰不周風，北方曰廣莫風，東北曰融風。風動蟲生，故蟲八日而化。从虫
　　　凡聲。」〔註49〕《說文》分釋八風之名，而《康熙字典》不采《說文》釋義，
　　　僅於最末補釋其形體「从虫凡聲」，並另據《字彙》、《正字通》引趙古則之說來
　　　補充說明。

四、以按語形式出現者

　　《康熙字典》引用《說文》有正文中未見，而以按語的形式出現者，或辨文字
形義點畫之別，或明聲韻方音遷變之象，茲以「《說文》本有其字」與「《說文》本
無其字」兩項，舉例說明如下：

〔註47〕詳見《說文繫傳・通釋第二》，頁二四。
〔註48〕詳見《圈點段注說文解字》，一篇下，「艸」字注，頁二二。
〔註49〕《說文》作「从虫凡聲。風動蟲生，故蟲八日而化。」段注云：「依《韻會》此十字
　　　在『从虫凡聲』之下，此說从虫之意也。」詳見《圈點段注說文解字》，十三篇下，
　　　「風」字注，頁六八四。

（一）《說文》本有其字，《康熙字典》僅以按語說明。

例 1. 寅集中、山部八畫「𡺸」字（頁二四○）

𡺸　《正字通》古文羗字。　○按《集韻》羗古作𡺿。𡺸係《說文》羗字篆文，作古文，非。

謹案：徐鉉校定《說文》羊部云：「𡺸，古文羗如此。」《康熙字典》按語云「𡺸係《說文》羗字篆文，作古文，非。」疑誤。據查《正字通》山部八畫「𡺸」字云：「古文羗，《說文》篆作𦍋，載羊部。舊本云非从山，是也，復附入山部，非。古文無深意，从羗爲正。」《康熙字典》編者誤解《正字通》之意，遂以「𡺸」爲篆文，當改！

例 2. 辰集上、月部四畫「朋」字（頁四三二）

朋　《唐韻》步崩切。《集韻》《韻會》蒲登切，𠀤音鵬。《易・坤卦》西南得朋。〈註〉與坤同道者。〈疏〉凡言朋者，非惟人爲其黨，性行相同，亦爲其黨。《書・洛誥》孺子其朋。〈傳〉少子愼其朋黨。……又叶蒲光切《陳琳・大荒賦》王父皤焉白首兮，坐清零之爽堂；塊獨處而無疇兮，願揖子以爲朋。○按《說文》古鳳字，〈註〉𠥄，古文鳳，象形，鳳飛群鳥從以萬數，故以爲朋黨字。

謹案：據查徐鉉校定《說文》鳥部：「𠥄（朋），古文鳳，象形，鳳飛群鳥從以萬數，故以爲朋黨字。」將「朋」字列爲「鳳」之重文，兩漢及後世典籍屢用「朋」字，卻無用鳳鳥義者，誠如徐灝《說文解字注箋》所云：「古文鳳下云：鳳飛群鳥從以萬數，故以爲朋黨字，說近迂曲，朋黨之名，起於漢世，固非造字時所有，且經傳朋字甚多，與鳳了不相涉，亦絕無通用者。」〔註 50〕故《康熙字典》不采《說文》以釋義，而僅以按語補充說明，俾讀者明瞭文字之古文形體，聊供參稽。

例 3. 卯集上、心部四畫「忧」字（頁三○五）

忧　《集韻》尤救切，音祐。《玉篇》心動也。○按《說文》、《集韻》皆訓不動，惟《玉篇》訓心動，从心从尤，似應《玉篇》爲是。

謹案：「忧」字見於《說文》。徐鉉校定《說文》心部：「𢗰（忧），不動也，从心尤聲。讀若祐。」《康熙字典》以忧字从心構形，當以「心動」爲訓，故未采《說文》之義，止於最末以按語補充說明，明其取捨之由。清儒段玉裁注《說文》亦作

〔註 50〕詳見徐灝《說文解字注箋》，第四上，「朋」字注，頁七八。

「心動也」，注云：「各本作不動也，今正。」〔註51〕其說是也。

例4. 亥集中、鳥部一畫「鳦」（頁一四○九）

鳦　《廣韻》於筆切。《集韻》《韻會》億姞切。《正韻》益悉切，丛音乙。《廣韻》燕也。《爾雅・釋鳥》燕燕鳦〈鄭樵註〉燕有二種，前言白脰燕，知此為紫燕也。一名鷾鴯，一名游波。《史記・秦本紀・索隱註》女脩，顓頊之裔女，吞鳦子而生大業。　又《韻會》《正韻》丛乙黠切，音軋，義同。○按《說文》本作乙。燕乙，乙，玄鳥也。齊魯謂之乙，取其鳴自呼，象形，重文作鳦。互見乙字註。

謹案：「鳦」字見於《說文》，為「乙」字之重文。查徐鉉校定《說文》乙部：「乁（乙），玄鳥也〔註52〕。齊魯謂之乙，取其鳴自呼，象形。凡乙之屬皆从乙。……居隱切。　鳦（鳦），乙或从鳥。」《說文繫傳》云：「臣鍇按：《爾雅》燕、燕乙，此與甲乙之乙相類，此音軋，其形舉首下曲，與甲乙字異也。」《康熙字典》未采《說文》以釋義，而僅以按語補充說明，說明「鳦」字本作「乙」，並言「互見乙字註」，兩相參照，俾讀者明瞭文字之古文形體。

（二）《說文》本無其字，《康熙字典》訓解時以按語補充說明。

例1. 子集中、人部五畫「佑」字（頁二六）

佑　《集韻》《韻會》丛云九切，音有，佐助也。　又《集韻》《正韻》丛與祐同，《書・湯誥》上天孚佑下民。　又叶于愧切，音位。《楚辭・天問》驚女採薇鹿何佑，北至回水萃何喜。〈註〉祐一作佑，喜叶音戲。　○按《說文》佐佑之佑，本作右，音有，今加人作佑，且音宥；而右止為左右手之右，不詳《說文》之義矣。

謹案：《說文》本無「佑」字，《康熙字典》注云「本作右」，「右」字則兩見於《說文》。查徐鉉校定《說文》又部：「叴（右），手口相助也。从又从口。臣鉉等曰：今俗別作佑。」《說文繫傳》云：「以謀以力也，會意。」又口部：「叴（右），助也。从口从又。徐鍇曰：言不足以左，復手助之。」是知，「右」字本訓「助」義，然經典屢將「右」訓「左之對」義，故俗加人旁作「佑」，專作「佐助」義。《康熙字典》此字下不采《說文》以釋義，理所應然，本無異議，而於最末以按語補充說明，俾讀者明瞭文字假借孳乳之緣由，允為周備。

〔註51〕詳見《圈點段注說文解字》，十篇下，「忧」字注，頁五一七。

〔註52〕徐鍇《說文繫傳》作「燕燕，玄鳥也」，段注本作「燕燕，乙鳥也。」注云：「玄鳥二字，淺人所增。」詳見《圈點段注說文解字》，十二篇上，「乙」字注，頁五九○。

例 2. 寅集上、寸部五畫「村」字（頁二二二）

村 《字彙》古叔字，註見又部六畫。 ○按《說文》叔或从寸从未作村，非从禾，本部後六畫有村字，註同叔，疑即村字之譌。

謹案：徐鉉校定《說文》又部：「村（叔），拾也，从又未聲。汝南名收芛爲叔。式竹切。 村（村），叔或从寸。」村字不見於《說文》，查《正字通》寸部五畫「村」字：「舊註古叔字，按《說文》叔或从寸作村，《六書統》禾部『秉』鍾鼎文作村，禾束也。从禾从又，以又持之。古从寸从又通。舊註同叔，不知村本作村，非作村也。」《康熙字典》編者據之，疑爲村字之譌。

例 3. 寅集中、山部六畫「峀」（頁二三八）

峀 《字彙》苦江切，音羌，幬帳也。《正字通》肖字之譌。○按《說文》冃部肖，篆作肖，孫愐苦江切，幬帳之象。《字彙》音訓與《說文》肖字義近，改作峀，列山部，非，互詳土部肖字註。《字彙》本註幬悵，應是幬帳之譌，今改正。

謹案：《說文》本無「峀」字，《正字通》云「肖字之譌」。查徐鉉校定《說文》冃部：「肖（肖），幬帳之象，从冃，㞢其飾也。苦江切。」此字下《康熙字典》不采《說文》以釋義，理所應然，本無異議，而於最末以按語補充說明，俾讀者明瞭文字之形體與音義，允爲周備。

例 4. 巳集中、火部五畫「炷」（頁五七九）

炷 《廣韻》之戍切，《集韻》《韻會》朱戍切，𡘋音注。《玉篇》燈炷也。《正韻》火炷爐所著者。《讀曲歌》然燈不下炷，有油那得明。 又《廣韻》之庾切。《集韻》《韻會》《正韻》腫庾切，𡘋音主，義同。 《集韻》本作主。○按《說文》主字註云：鐙中火主也。〈徐鉉曰〉今俗別作炷，非是。然炷與主分，相沿已久，今皆从火。

謹案：《說文》本無「炷」字，《康熙字典》引《集韻》云「本作主」。查徐鉉校定《說文》丶部：「丵（主），鐙中火主也。从呈象形。从丶，丶亦聲。」此字下《康熙字典》不采《說文》以釋義，理所應然，本無異議，而於最末以《集韻》「本作主」之說，補以按語說明，俾讀者明瞭文字之形義分合，允爲周備。

五、不采《說文》之說析形釋義者

《康熙字典》相當尊崇《說文》，析形釋義大致上以《說文》爲準則，然書中仍存《說文》本有其字，而《康熙字典》卻不采引《說文》之說者，茲舉例說明如下：

例 1. 子集上、丶部四畫「主」字（頁八）

主　《唐韻》之庾切。《集韻》《韻會》《正韻》腫庾切，𡘋音麈。君也。〈董仲舒・賢良策〉行高而恩厚，知明而意美，愛民而好士，可謂誼主矣。……又大夫之臣，稱其大夫曰主。《左傳・昭二十八年》成鱄對魏舒曰：主之舉也，近文德矣！　又天子女曰公主。周制，天子嫁女，諸侯不自主婚，使諸侯同姓者主之，故謂之公主。　又賓之對也。《禮・檀弓》賓為賓焉，主為主焉。……又宰也、守也、宗也。《易・繫辭》樞機之發，榮辱之主也。　又神主宗廟，立以棲神，用栗木為之。《春秋傳》虞主用桑，練主用栗。……又《禮・曲禮》居不主奧。〈疏〉主猶坐也。　又《晉語》陽子剛而主能。〈註〉上也。　又姓。隋主胄，明主問禮。又主父複姓。　又《正韻》陟慮切，同注。《荀子・宥坐篇》主量必平似法。〈註〉主，同注。

謹案：《康熙字典》主字以「君也」為首要義項，次列「大夫之臣，稱其大夫曰主」、「天子女曰公主」、「賓之對也」、「宰也、守也、宗也」、「神主宗廟，立以棲神，用栗木為之」、「主、猶坐也」、「上也」、「姓」等義，又列別音「住」，謂「同注」。《說文》有其字，而《康熙字典》不采《說文》之義。查《說文》丨部：「主，鐙中火主也。从呈象形。从丨，丨亦聲。」〔註53〕據其形構，外象鐙架，內象火炷，為丨字之異構〔註54〕，許慎云「鐙中火主也」，為字之本義；惟字之本義已不顯，後假借為主宰、君主之義，而以假借義通行於世。《康熙字典》取其通行義來解義，而火炷之本義因世已不用，故捨而不錄。

例2. 子集上、乙部一畫「乙」字（頁一一）

乙　《唐韻》於筆切。《集韻》億姞切。《韻會》《正韻》益悉切，𡘋音鳦。君也。十幹名，東方，木行也。《爾雅・釋天》太歲在乙曰旃蒙，月在乙曰橘。……又凡讀書以筆志其止處曰乙。《史記・東方朔傳》朔初上書，人主從上方讀之，止輒乙其處，讀三月，乃盡。　又唐試士式，塗幾字，乙幾字。抹去謂字曰塗，字有遺脫，句其旁而增之曰乙。　又《太乙數》有君基太乙、五福太乙諸名。　又《前漢・藝文志》有天乙三篇。〈註〉天乙謂湯，其言非殷時，皆假託也。　又姓，漢南郡太守乙世，前燕護軍乙逸，明乙瑄、乙山。　又《爾雅・釋魚》魚腸謂之乙。……又《茅亭客話》虎有威如乙字，長三寸許，在脅兩旁皮下，取得佩之，臨官而能威眾，無官佩之，無憎疾者。〈蘇軾詩〉得如虎挾乙。

〔註53〕詳見徐鉉校定《說文》，卷五下，頁一〇五。
〔註54〕詳見《說文部首類釋》，頁六三。

謹案：《康熙字典》乙字首要義項爲「十幹名，東方，木行也」，次列「古人讀書的標
記符號」、「增字符號」、「天地元氣或神名（太乙、太一）」、「文章篇名」、「姓氏」、
「魚腸」、「虎之脅骨」等義。《說文》有其字，而《康熙字典》不引《說文》之
義。《說文》乙部云：「乛（乙），象春艸木冤曲而出，会氣尙彊，其出乙乙也。」
〔註55〕許愼以陰陽五行解其義，其說不可據。乙象胸骨之形，當爲肊之初文〔註
56〕。後借爲干支字，本義遂不行。《說文》之說解，於理無據，義不顯豁，《康
熙字典》遂取其假借義來解義，故捨而不錄。

例3. 子集下、儿部二畫「元」字（頁五一）

元　《唐韻》《集韻》《韻會》𠀧愚袁切，音原。《精蘊》天地之大德，所以生
生者也。元字从二从人，仁字从人从二。在天爲元，在人爲仁，在人身則爲
體之長。《易・乾卦》元者，善之長也。　又《爾雅・釋詁》元，始也。　又
《廣韻》長也。　又大也。《前漢・哀帝紀》夫基事之元命。〈註〉師古曰更
受天之大命。　又首也。《書・益稷》元首明哉。《前漢・班固敘傳》上正元
服。〈註〉師古曰：元，首也，故謂冠爲元服。　又本也。《後漢・班固傳》
元元本本。　又百姓曰元元。《戰國策》制海內子元元。《史記・元帝本紀》
以全天夏元元之民。……又《公羊傳・隱元年》元年者何？君之始年也。……
又氣也。《公羊傳・註》變一爲元，元者，氣也。　又正月一日曰元日。《書・
堯典》月正元日。〈註〉朔日。　又《諡法》行義悅民，始建國都，主義行德，
𠀧曰元。　又姓。《韻會》左傳衛大夫元咺。又後魏孝文拓拔氏爲元氏，望出
河南。　又《韻補》叶虞雲切，音輑。〈桓譚・仙賦〉呼則出故，翕則納新，
天矯經引，積氣關元。……

謹案：《康熙字典》元字以「《精蘊》天地之大德，所以生生者也。……在天爲元，在
地爲仁，在人身則爲體之長。《易・乾卦》元者，善之長也」爲首要義項，次列
「始也」、「長也」、「大也」、「首也」、「百姓」、「帝王年號首年」、「氣也」、「朔
日」、「諡名」、「姓氏」等義，又列異讀「叶音輑」。《說文》本有其字，而《康
熙字典》未采其說，以《精蘊》爲據。查《說文》「元，始也。」〔註57〕元字甲
文作𠃑、𠃑，與篆文同體，從人上會意。以示人上爲首，而以首爲本義〔註58〕。
許愼釋「始也」，乃疊韻爲訓，是誤以引伸爲本義。《精蘊》云「人身則爲體之

〔註55〕詳見徐鉉校定《說文》，卷十四下，頁三〇八。
〔註56〕詳見《說文部首類釋》，頁一七二。
〔註57〕詳見徐鉉校定《說文》，卷一上，頁七。
〔註58〕見魯實先先生《文字析義》，頁一〇七七。

長」義指首也，其說近於本義，故《康熙字典》取為首義。

六、不采《說文》形義為首要義項之因

正如其書〈御製序〉及〈凡例〉所提「切音解義一本《說文》、《玉篇》」、「今一以《說文》為主」等語，《康熙字典》編者對《說文》之尊崇，無可疑義，然觀察全書仍存《說文》本有其字而不采《說文》之說，或列於最末補釋形義，或僅以按語形式補充說明。分析《康熙字典》未標舉《說文》之名作為首要義項之因，約可歸納出以下幾點：

（一）取成書年代早於《說文》之典籍釋義

《康熙字典·凡例》之九云：「引用訓義，各以次第，經之後次史，史之後次子，子之後次以雜書，而於經史之中，仍依年代先後，不致舛錯倒置，亦無層見疊出之弊。」引用書證訓義依成書年代之先後來排列，亦即引用「始見書」的作法，是《康熙字典》編排的原則，也是「我國字典的優良傳統」〔註59〕。因此，采引早於《說文》之典籍來釋義，以合其例，如寅集上、尸部七畫「屔」字：

> 《廣韻》《集韻》垔奴低切，音泥。《爾雅·釋丘》水潦所止，屔丘。
> 亦作泥。〈郭註〉反頂受水。　又《集韻》女夷切，音尼，山名。（頁二
> 三〇）

「屔」字引「《爾雅·釋丘》水潦所止，屔丘」為首要義項。「屔」字見於《說文》北（丘）部，其云「反頂受水北也」，《康熙字典》采《爾雅·釋丘》為首要義項，因《爾雅》成書早於《說文》也；又如午集上、玉部八畫「琛」字：

> 《集韻》《韻會》癡林切。《正韻》尹森切，垔音琛。《爾雅·釋言》
> 琛、寶也。〈疏〉美寶曰琛。《詩·魯頌》來獻其琛。〈木華海賦〉天琛水
> 怪。〈註〉天琛，自然之寶。　又《集韻》式針切，音深，義同。　又《韻
> 補》叶陟綸切，音屯。〈李尤·函谷關賦〉上羅三關，下列九門，會萬國
> 之玉帛，徠百蠻之獻琛。　《集韻》亦作琛。（頁六六二）

「琛」字引「《爾雅·釋言》『琛，寶也。』〈疏〉『美寶曰琛』」為首要義項。「琛」字為徐鉉新附之字，其云：「琛，寶也，从玉深省聲。」訓義與《爾雅·釋言》同，而《康熙字典》采後者為首要義項，因《爾雅》成書早於《說文》也。又如申集上、艸部九畫「藟」字：

> 《集韻》居顏切，音奸。《山海經》吳林之山，其間多蓲草。《吳越春

〔註59〕王力先生語。詳見王力先生〈字典問題雜談〉一文，原載《辭書研究》一九八三年第二期，又收入《王力論學新著》，今引自《王力文集·第十九卷·字典》，頁一二四。

秋》干將鑄劍，夫妻同入冶爐中。後世麻絰葌服然後敢鑄。　又山名《山海經》昆吾山又西百二十里曰葌山，葌水出焉。（頁九七二）

「葌」字引「《山海經》吳林之山，其間多葌草」為首要義項。「葌」字見於《說文》艸部，其云「艸出吳林山，從艸姦聲。」訓義與《山海經》同，而《康熙字典》采後者為首要義項，因《山海經》成書早於《說文》也。

（二）《說文》所釋之義非通行義，或析形釋義不夠顯豁

《說文》之義今世已不用，為便於世人理解，《康熙字典》遂取通行義為首要義項，而不采《說文》之義，或僅列其次義項、或於最末以補釋之。如未集下、自部一畫「自」字，僅以「按語」補充說明。其「自」字下云：

> 《唐韻》《集韻》《韻會》《正韻》疾二切，音字。《玉篇》由也，《集韻》從也。《易·需卦》自我致寇，敬慎不敗也。〈疏〉自，由也。《書·湯誥》王歸自克夏，至于亳。《詩·召南》退食自公，委蛇委蛇。〈傳〉自，從也。　又《玉篇》率也。　又《廣韻》用也。《書·皋陶謨》天秩有禮，自我五禮，有庸哉。〈傳〉自，用也。《詩·周頌》自彼成康，奄有四方，斤斤其明。〈傳〉自彼成康，用彼成安之道也。《廣韻》自彼者，近數昔日之辭。　又自然無勉強也。《世說新語》絲不如竹，竹不如肉，漸近自然。　又《集韻》巳也。《正韻》躬親也。《易·乾卦》天行健，君子以自彊不息。　又《五音集韻》古文鼻字，註詳部首。○按《說文》作鼻本字。（頁九二八）

《康熙字典》「《玉篇》由也，《集韻》從也」為首要義項，而不采《說文》「鼻也」義，蓋「自」字今已不用「鼻」義矣。又如訓為「鐙中火主也」之「主」字，《康熙字典》不采《說文》之義；訓為「日且冥也」之「莫」字，《康熙字典》僅列《說文》之音義為別音別義。

再者，《說文》之解說字義不夠顯豁，如部分以陰陽五行解之，訓義不明者，如訓為「象春艸木冤曲而出，会气尚彊，其出乙乙也」之「乙」字、訓為「荄也，十月微陽起接盛陰」之「亥」字，又如部分音訓之字，本義不明，如訓為「始也」之「元」字、訓為「職也」之「事」字，均因其訓義不顯，故《康熙字典》不舉《說文》之名。

（三）《說文》所釋非本義，或釋義有誤、不合經解者

若《說文》所釋並非本義、或者釋義有誤、不合經解者，《康熙字典》亦不以《說文》之義為首要義項，如子集中、人部五畫「佀」字云：

《廣韻》毗必切，《集韻》《韻會》薄必切，《正韻》薄密切，𠀤音弼，
有威儀也。《詩·小雅》威儀佖佖。《說文》作佖佖。○按《詩·賓筵》威
儀佖佖，〈註〉訓媟慢，承上既醉而言，謂醉無儀也。《說文》引《詩》訓
威儀，與《詩》義反，此《說文》之誤，諸韻書仍之，𠀤非。（頁二六）
《詩·小雅·賓之初筵》：「其未醉止，威儀抑抑，曰既醉止，威儀佖佖，是曰既醉，
不知其秩。」〈傳〉：「抑抑，縝密也。佖佖，媟嫚也。秩，常也。……《說文》作佖，
媟嫚也。」〔註60〕《說文》人部「佖」訓「威儀也」，疑脫「媟嫚」二字，當作「威
儀媟嫚也〔註61〕」，以合經義。《康熙字典》不采《說文》釋義，係因其與經義反；
惟其據引《廣韻》、《韻會》訓「有威儀也」，亦誤。次如卯集上、心部九畫「愉」字，
僅於「按語」提及，並不采《說文》之義。其「愉」字下云：

《唐韻》羊朱切。《集韻》《韻會》容朱切。《正韻》雲俱切，𠀤音腴。
從心俞聲。《玉篇》悅也，顏色樂也。《禮·祭義》必有愉色。《論語》愉
愉如也。〈註〉愉愉，和悅之貌。　又《爾雅·釋詁》樂也。《詩·唐風》
他人是愉。〈註〉安閒之樂也。　又《爾雅·釋詁》服也。〈註〉謂喜樂而
服從也。　又懌也。《前漢·安世房中歌》高賢愉愉民所懷。〈註〉愉愉，
懌也。《集韻》或作媮。　又與愈通。詳愈字註。　又《集韻》《韻會》𠀤
他侯切，音偷。《周禮·地官·大司徒》以俗教民，則民不愉。〈註〉愉，
音偷，謂朝不謀夕也。〈疏〉偷，苟且也。　又勇主切，音麌。《爾雅·釋
詁》勞也。〈註〉今或作瘉。〈疏〉愉，懶也。郭璞曰：勞苦者多懶愉也。
又叶員丘切，音尤。〈張衡·東京賦〉敬慎威儀，示民不偷，我有嘉賓，
其樂愉愉。○按《說文》愉訓薄，援佻為愉，皆不合經解。（頁三二二）

《康熙字典》以「《玉篇》悅也，顏色樂也」為首要義項，又列「樂也」、「服也」、「懌
也」……諸義，獨不引《說文》「薄也」義，蓋以其釋義不當，不合經解也〔註62〕。
再如酉集下、酉部八畫「醉」字，僅於最末補充說明，其云：

◎《說文》醉，卒也，卒其度量不至於亂也。一曰潰也。《正字通》：
「醉必伐德，〈喪儀〉〈酒誥〉〈賓筵〉言之甚詳，未有卒能其度量不至於
亂者，因卒立義，《說文》誤。」（頁一二一二）

《康熙字典》以「《正韻》為酒所酣曰醉」為首要義項，並引《書·酒誥》、《詩·大

〔註60〕　詳見《詩經注疏·小雅·賓之初筵》，卷十四，頁四九五。十三經注疏，藍燈出版社。
〔註61〕　詳見《圈點段注說文解字》，八篇上，「佖」字注，頁三七二。
〔註62〕　《康熙字典》此說承自《正字通》。詳見《正字通》卯集上、心部九畫，「愉」字註，
　　　　頁三七～三八。《續修四庫全書·經部·小學類》影印清畏堂刻本。

雅》爲書證，又列「心醉」、「骨醉」、「心和神全」……諸義，獨不引《說文》之義，僅於最末引《正字通》以補充說明其不采之因，蓋《說文》誤也。又如亥集下、鹿部八畫「麓」字云：

> 《唐韻》《集韻》《韻會》《正韻》垃盧古切，音祿。《釋名》山足曰麓。麓，陸也。言水流順陸燥也。《周禮·地官·林衡》掌巡麓之禁令而平其守。〈註〉平林麓之大小及所生者，竹木生平地曰林，山足曰麓。《詩·大雅》瞻彼旱麓〈傳〉旱，山名。麓，山足也。　又《說文》麓，守山林吏也。　又錄也。《書·舜典》納於大麓，烈風雷雨弗迷。〈傳〉納舜使大錄萬幾之政。〈註〉亦曰山足。……（頁一四三八）

「麓」字見於《說文》林部：「蘮（麓），守山林吏也，从林鹿聲。林屬於山爲麓。《春秋傳》曰：沙麓崩。欒（欒），古文从彔。」許慎以「守山林吏」、「林屬於山」二義訓之，皆非「麓」之本義。《詩·大雅·旱麓》「瞻彼旱麓，榛楛濟濟。〈傳〉旱，山名也。麓，山足也。濟濟，眾多也。〈箋〉云：旱山之足，林木茂盛者，得山雲雨之潤澤也。」〔註63〕又「麓」字从林鹿聲，「知者，以鹿爲獸名，彔爲刻木之形，麓與古文之欒從之爲聲，并無所取義，是即足之假借，〈毛傳〉以山足釋之，而後之釋字義者，胥遵爲定詁，斯正麓之初義矣。」〔註64〕知「麓」當以「山足」爲本義。是故，《康熙字典》不以《說文》爲首要義項，而以《釋名》「山足曰麓。麓，陸也。言水流順陸燥也」解之，並引《周禮·地官·林衡》及《詩·大雅》爲書證。《說文》「守山林吏也」，則列爲其次義項，以備一說。

（四）訓解《說文》之重文或體時，常不舉《說文》之名

　　《康熙字典》對於《說文》之重文或體字，經常不舉《說文》之名，如子集下、宀部十四畫「䆗」字下只云：

> 《正字通》古文古字。註詳口部二畫。（頁五九）

「䆗」字見於《說文》，其古部云：「古（古），故也，从十口，識前言者。凡古之屬皆从古。　關（䆗），古文古。」知「䆗」字爲「古」字之重文。《康熙字典》編者不察，逕引《正字通》之說，而不采《說文》也。次如寅集下、广部六畫「庥」字：

> 《唐韻》許尤切。《集韻》《韻會》《正韻》虛尤切，垃音休。《爾雅·釋言》庥，庇蔭也。〈註〉今俗呼樹蔭爲庥。〈疏〉依止也。　又叶匈于切，音虛。〈韓愈·郾州谿堂詩〉公在中流，左詩右書，無我斁遺，此邦是庥。

〔註63〕詳見《詩經注疏·大雅·旱麓》，卷十六，頁五五八。
〔註64〕鹿、足二字古音同屬謳攝入聲，故相通假。詳見魯實先先生《假借遡原》，頁二六四。

《集韻》或作茠。(頁二七三)

「庥」字亦未引《說文》也。「庥」字見於《說文》，其木部云：「𠤎（休），息止也，從人依木。　庥（庥），庥或從广。」「庥」為「休」字之重文。《康熙字典》以「《爾雅・釋言》庥，庇蔭也。〈註〉今俗呼樹蔭為庥。〈疏〉依止也」為首要義項，而未提及《說文》。又如戌集上、金部五畫「鉞」字下云：

> 《廣韻》《集韻》《韻會》丠王伐切，音越。《廣雅》鉞，斧也。《書・牧誓》王左丈黃鉞。《左傳・昭十五年》鉞鉞秬鬯。〈疏〉鉞大而斧小。《太公六韜》大柯斧，重八斤，一名天鉞。《釋名》鉞，豁也。所向莫敢當前，豁然破散也。　又星名《史記・天官書》東井為水事，其西曲星曰鉞。　◎《說文》本作戉，大斧；鉞，車鑾聲，呼會切。引《詩》鑾聲鉞鉞〈徐鉉曰〉「俗作鑠，以鉞作斧戉之戉，非是。」《正字通》：按徐說迂曲難通，《說文》絨、越、狘皆從戉聲，鉞從戉，讀若誨，別訓鑾聲，自相矛盾。徐謂俗作鑠，非，不知從戉無唪聲，尤非。古作戉，《司馬法》從戉，《詩》《書》《周禮》史傳丠從鉞，鉞當即戉之重文也。(頁一二三〇)

《說文》「戉」與「鉞」二字分見「戈」部、「金」部，前者訓「大斧也」，後者訓「車鑾聲也」。《康熙字典》據《正字通》之考證，以「鉞當即戉之重文」，為徐鉉誤分音義為二，故於「鉞」字下以「《廣雅》鉞，斧也」為首要義項，並以《書・牧誓》、《左傳・昭十五年》等為書證，而不引《說文》「車鑾聲也」之義，僅於最末引證加以說明。足知《康熙字典》對於《說文》之重文或體字，常不舉《說文》之名也。

（五）篆文隸定與隸變之字並存時，擇一不采《說文》之名

篆文隸變與隸定之字，各依其形體之不同，並存於各部首中，是《康熙字典》的一大特色。《康熙字典》析釋同一字之隸變字與隸定字形義時，多以詳略互見表示，如《說文》桀部「椉（乘）」字，隸定作「椉」，《康熙字典》歸在「木」部，並引《說文》之形義釋之，而隸變之「乘」字則歸在「丿」部，不采《說文》之形義為首要義項，僅於最末加以說明。又如《說文》屮部「𡴋（每）」、「𡴬（毒）」二字，隸定作「𡴋」、「𡴬」，《康熙字典》歸在「屮」部，並引《說文》之形義釋之，而隸變之「每」、「毒」二字則歸在「毋」部，不采《說文》之形義為首要義項，僅於最末加以說明。又如《說文》肉部「𦡁（膌）」，隸定作「膌」，不采《說文》之形義為首要義項，而隸變之「膌」字則采《說文》之形義為首要義項。又如《說文》幸部「𡙕（執）」、「𡙡（報）」二字，亦屬此類。

（六）沿襲《字彙》、《正字通》之釋義條目

康熙四十九年三月初九日之〈上諭〉文明言，欲「增《字彙》之闕遺、刪《正字通》之繁冗」，知《康熙字典》之編纂係以《字彙》、《正字通》二書爲底本，而加以增刪修訂而成，是故，書中釋義舉證，亦屢受影響，前二書不采引《說文》，《康熙字典》編者有循其舊例而不引者，如午集下、示部三畫「祁」字：

> 《廣韻》渠脂切。《集韻》《韻會》翹移切。《正韻》渠宜切，𠀤音岐。
> 盛也、大也。《書·君牙》冬祁寒。《詩·小雅》瞻彼中原，其祁孔有。
> 又舒遲貌。《詩·召南》彼之祁祁。又〈小雅〉興雨祁祁。　又眾多也。
> 《詩·豳風》采蘩祁祁。又〈大雅〉諸娣從之，祁祁如雲。〈註〉祁祁，
> 徐靚也。如雲眾多也。　又姓。　又通作者。《史記·五帝紀·註》堯姓
> 祁伊。《禮·郊特牲》作伊者。　又縣名，在太原。　又諡。《左傳·莊
> 六年》鄧祁侯。〈疏〉諡法：經典不易曰祁。衛有石祁子。又《史記·諡
> 法》治典不殺曰祁。〈註〉秉常不衰也。　又《廣韻》職雉切，《集韻》
> 軫視切，𠀤音旨，地名。（頁七六八）

《說文》列「祁」字於「邑」部，並以方國名「太原縣」釋之，《康熙字典》據《字彙》、《正字通》之義項，未列《說文》之名，而以「盛也、大也」爲首要義項，並以《書·君牙》、《詩·小雅》爲書證。觀其羅列「盛也、大也」、「舒遲貌」、「眾多也」、「姓」、「縣名」……諸義，悉與《字彙》、《正字通》相符。「縣名」之義，實即《說文》之義，而仍前二書之舊，不舉《說文》之名。又如午集下、立部七畫「童」字：

> 《廣韻》《正韻》徒紅切。《集韻》《韻會》徒東切。𠀤音同。獨也，
> 言童子未有室家者也。《增韻》十五以下謂之童子。《易·蒙卦》匪我求童
> 蒙。《詩·衛風》童子佩韘。《穀梁傳·昭十九年》羈貫成童。〈註〉成童，
> 八歲以上。　又《增韻》女亦稱童子。《禮記·註》女子在室亦童子也。
> 又邦君妻自稱之謙辭。《論語》夫人自稱小童。　又牛羊之無角者曰童。
> 《易·大畜》童牛之牿。《詩·大雅》倬出童羖。……（頁七九九）

據查《字彙》、《正字通》二書，前者雖引《說文》「男有罪曰奴，奴曰童」之說，然後者逕取其義，而略去《說文》之名，《康熙字典》承《正字通》之義訓條目，未舉《說文》名也，餘如人部四畫「仦」字〔註65〕、士部九畫「壻」字〔註66〕……等，皆屬之。

〔註65〕詳見《康熙字典》，頁二三
〔註66〕詳見《康熙字典》，頁一七一。

上述「取成書年代早於《說文》之典籍釋義」、「《說文》所釋之義非通行義,或析形釋義不夠顯豁」、「《說文》所釋非本義,或釋義有誤、不合經解者」、「訓解《說文》之重文或體時,常不舉《說文》之名」、「篆文隸定與隸變之字並存時,擇一不采《說文》之名」、「沿襲《字彙》、《正字通》之釋義條目」等六項是《康熙字典》未采《說文》形義爲首要義項的幾個因素。除此之外,《康熙字典》有部分字例在音項之後直接列出該字之義訓,《康熙字典》雖未標舉《說文》之名,其中有許多實爲《說文》之義訓,此爲吾人不可不知者。詳見本文附錄之字表,即可知其大略。

第五節　間接引用《說文》之形式

本章第三節所述係以《康熙字典》中直接徵引《說文》之各種用語,加以分類舉例說明,然書中尚有少數在列舉各個義項時,形義與《說文》相關,而未舉《說文》之名,轉藉其它字書典籍引出者,以明形義之通用假借,辨文字之古今異體,是爲間接引用之屬。分析《康熙字典》間接引用《說文》之情形,約可分成藉其他典籍註疏引出與藉其他字書、韻書引出者,而後者爲夥。其間接引用《說文》之例不多,茲聊舉數例說明如下:

例1. 丑集上、口部五畫「啻」字(頁一一二)

　　啻　《玉篇》同上(他豆切,音透,唾也。)《廣韻》說文本作吂,隸變作啻。
　　《集韻》或作歆、啇、哊。

謹案:徐鉉校定《說文》丷部:「啇(啻),相與語唾而不受也,從丷從否,否亦聲。
　　天口切。　　歆(歆),啻或從豆從欠。」啇字從丷從否,隸定作吂,隸變作啻。
　　《康熙字典》於「啻」字雖不引《說文》之形義,然藉由《廣韻》之說,《說文》
　　之形構,瞭然可見。

例2. 丑集中、土部三畫「靑」字(頁一五二)

　　靑　《字彙》區羊切,音羌,幬帳之象。　　又乞約切,音却,義同。　　《正
　　字通》按《說文》冃部孫恤苦江切,從冃,㞢其飾也。㞢即之字。隸作幢,
　　俗作幢。《字彙》不考,附入土部,增音却,丛非。

謹案:徐鉉校定《說文》冃部:「肯(肯),幬帳之象,從冃,㞢其飾也。苦江切。」
　　肯字從冃從㞢,隸定作肯,《字彙》省變作靑,仍取《說文》之義,且增「乞約
　　切,音却」一音。《正字通》據《說文》之形構音讀,駁《字彙》之歸部與增音
　　丛非。《康熙字典》於「靑」字雖不引《說文》之形義,然藉由《字彙》、《正字
　　通》之辨說,《說文》之形義,瞭然可見。

例 3. **丑集中、土部十二畫「壿」字**（頁一六七）

　　壿　《正字通》與樽同。按《通雅》曰：《說文》壿从士，乃許氏臆說。自監
　　本《爾雅》、王氏《詩考》、陳氏《九經考異》迖从土，唐宋人有用壿、壿者，
　　細推「壿」亦「樽」之譌，从土無謂，況从士乎？。據《通雅》，則《字彙》
　　註从土與从士不同，失考正！

謹案：《說文》有从士之「壿」字，無从土之「壿」字。徐鉉校定《說文》士部：「壿
　　　　（壿），舞也。从士尊聲。《詩》曰：壿壿舞我。慈損切。」查《字彙》土部十
　　　　二畫「壿，與樽同，酒器。」又士部十二畫「壿，七倫切，音逡，與蹲同，舞
　　　　貌。又壿壿，喜也。」二字並云「○从土與从士者不同」，據此看來，《字彙》
　　　　之說，並無不當，《正字通》有誤。《康熙字典》於从土之「壿」字雖不引《說
　　　　文》，然藉由《正字通》引《通雅》之說，《說文》之形構，清楚可見。又《康
　　　　熙字典》於士部十二畫錄有「壿」字，「《說文》舞也，引詩壿壿。○按《詩・
　　　　小雅》今作蹲。」足見其以認同《字彙》之說為是。《正字通》引《通雅》之說，
　　　　僅迖錄存參。

例 4. **巳集中、火部十畫「熏」字**（頁六○七）

　　熏　又《詩・大雅》公尸來止熏熏。〈傳〉熏熏，和悅也。〈箋〉熏熏，坐不
　　安之貌。〈釋文〉熏，說文作醺，醉也。

謹案：《康熙字典》「熏」字下首釋《說文》「火煙上出」之形義，次引《詩・大雅》「公
　　　　尸來止熏熏」以釋「坐不安貌」義，並據〈釋文〉引出「說文作醺，醉也」之
　　　　形義。查徐鉉校定《說文》酉部：「醺（醺），醉也。从酉熏聲。《詩》曰：公尸
　　　　來燕醺醺。許云切。」《詩・大雅・鳧鷖》本作「來止熏熏」，《說文》作醺醺，
　　　　「恐淺人所改〔註67〕」。《康熙字典》於「熏」字訓「坐不安貌」之義時，雖不
　　　　引《說文》之說，然藉由《詩・大雅・釋文》之說解，知《說文》所引之「醺
　　　　醺」二字，《毛詩》本作「熏熏」也，且《說文》引經異文。

例 5. **未集下、肉部九畫「膌」字**（頁九一六）

　　膌　《集韻》吐火切，音妥。牲肉謂之膌。《正字通》：「按《說文》肉部『隋，
　　裂肉也』。又《周禮・小祝》『贊隋，守祧，既祭則藏其隋。』〈註〉鄭康成曰：
　　隋尸所祭肺脊黍稷之屬，藏之以依神。以此說，膌即隋之譌。《說文》从肉从
　　隓省。隋本从肉，加肉旁作膌，非。

謹案：「膌」字不見於《說文》。徐鉉校定《說文》肉部云：「膌（隋），裂肉也，从肉

〔註67〕清儒段玉裁語。詳見《圈點段注說文解字》，十四篇下，「醺」字注，頁七五七。

從隓省。徒果切。」裂肉者，「謂尸所祭之餘﹝註68﹞」，即祭祀殘餘的牲肉，《正
字通》以《周禮》之注文，證「膌」當爲「隋」字之譌；惟《周禮‧小祝》無
「既祭則藏其隋」之語，該文實應出自《周禮‧守祧》「其廟則有司脩除之；
其祧則守祧黝堊之。既祭則藏其隋與其服﹝註69﹞」。《正字通》誤引，而《康熙
字典》不察，復轉引之。《康熙字典》於「膌」字雖不引《說文》之形義，然
藉由《正字通》之說解，《說文》之形義，瞭然可見。

例6. 申集中、虫部九畫「螾」字（頁一○一七）

螾　又螾蜓。《爾雅‧釋蟲》蜥蜴螾蜓。《揚雄‧解嘲》執螾蜓而嘲龜龍，不
亦病乎？〈註〉說文曰：在壁曰螾蜓，在草曰蜥蜴。

謹案：徐鉉校定《說文》虫部：「𧓑（螾），在壁曰螾蜓，在艸曰蜥易。从虫匽聲。」
　　　據查《文選‧楊子雲解嘲》「今子乃以鴟梟而笑鳳皇，執螾蜓而嘲龜龍，不亦病
　　　乎？〈註〉孫卿雲賦曰：『以龜龍爲螾蜓，鴟梟爲鳳皇』。說文曰：在壁曰螾蜓，
　　　在草曰蜥蜴。螾、烏典切。蜓、徒顯切。」﹝註70﹞《康熙字典》於「螾」字雖
　　　不引《說文》之義，然藉由《爾雅‧釋蟲》、《揚雄‧解嘲》之說解，《說文》之
　　　義，清楚可見。

例7. 戌集下、頁部十三畫「顩」字（頁一三三七）

顩　《唐韻》《集韻》丛魚檢切，音广。《玉篇》：「《說文》云：齻貌。倉頡云：
狹面銳頤之貌。」

謹案：徐鉉校定《說文》頁部：「𩕍（顩），齻貌，从頁僉聲。魚檢切。」又齒部：「齺
　　　（齻），齒差也，从齒兼聲。五銜切。」故知，「顩」字訓爲「齒差」，即牙齒暴
　　　露不齊之貌，《玉篇》復以「狹面銳頤之貌」補釋之。《康熙字典》於「顩」字
　　　雖不列《說文》之義，然藉由《玉篇》之說，《說文》之義，清楚可見。

例8. 戌集下、食部七畫「餑」字（頁一三四七）

餑　《字彙》古文飽字。《正字通》：「《說文》古从采作餮，亦作䭄。今《字
彙》譌作餑，非。一說賈公彥以餑餾爲泡起，即韋巨源食單之婆羅門輕高麵，
《齊書》之起膠餅，今俗籠烝饅頭，發酵浮起者是也。與餾別。」

謹案：徐鉉校定《說文》食部：「𩚏（飽），猒也，从食包聲。博巧切。　　𩛿（餮），
　　　古文飽从采。　　䭄（䭄），亦古文飽。」又爪部：「𠂠（采），古文孚从禾，禾

────────────

﹝註68﹞清儒段玉裁語。詳見《圈點段注說文解字》，四篇下，「隋」字注，頁一七四。
﹝註69﹞詳見《周禮注疏‧卷二十一‧守祧》，頁三二九。十三經注疏。藍燈出版社。
﹝註70﹞詳見《文選‧楊子雲解嘲一首》，卷四十五，頁十。藝文印書館印行，民國八十年十
　　　二月十二版。

古文保。」據此看來，《字彙》以「餐」爲古文飽字，似無不當。《正字通》謂「《字彙》譌作餐，非」，係以《說文》作「餒」不作「餐」，且以賈公彥諸說爲據，謂「餐」爲麵食，與「餒」作飽足、飽滿之義有別。《康熙字典》於「餐」雖不列《說文》之形義，然藉由《字彙》、《正字通》之辯說，《說文》之形義，瞭然可見。又《康熙字典》於食部五畫「飽」字下列古文「餒」、「饗」、「餐」等三字，足見其以《字彙》古文飽之說爲是。《正字通》引賈公彥諸說，證「餐」之麵食義，故<u>林</u>錄存參。

以上諸例，如「墫」、「熏」、「蝯」等字，即爲藉其他典籍註疏引出之屬，餘如「音」、「靑」、「腈」、「頯」、「餐」等字，則屬藉其他字書、韻書引出之例。

第六節　引用《說文》資料之探究

近人對《康熙字典》之批駁，以其引證釋義譌謬脫誤爲最〔註71〕，《康熙字典》引書之舛奪，前人多有論證〔註72〕。本節僅以《康熙字典》引用《說文》資料正譌之情形，舉例論述於後，以明其梗概。

例 1. **丑集下、大部一畫「大」字**（頁一七六）

大　《說文》天大，地大，人亦大，象人形。〈徐曰〉本古文人字，一曰他達切，經史大、太、泰通。

謹案：徐鉉校定《說文》云：「天大，地大，人亦大，象人形。古文大（他達切），凡大之屬皆从大（徒蓋切）。」《說文繫傳・通釋第二十》云：「臣鍇曰：《老子》天大，地大，王亦大也。古文亦以此爲人字也。」又查《字彙》云：「又與太同。大和大原、大王之類是也。古無點，後加點以別之〔註73〕」，疑《康熙字典》據二徐及《字彙》之語，合成「本古文人字，一曰他達切，經史大、太、泰通。」，移作〈徐曰〉之語，是其臆造也。

例 2. **寅集上、子部四畫「孛」字**（頁二〇六）

孛　《說文》寎也。从宋，艸木盛長宋宋然，別作淳，方未切。　又人色變也，从子。〈徐曰〉人色孛然壯盛，似草木之茂。引《論語》「色孛如也」，今作勃，薄沒切。

〔註71〕詳見本文第二章第四節「歷來之評論及其價值與影響」。
〔註72〕如蟬魂〈書康熙字典後〉、黃雲眉〈康熙字典引書證誤〉、錢劍夫〈中國字典的基本完成──康熙字典〉等等，多有論述。
〔註73〕詳見《字彙》丑集、大部一畫，「大」字註，頁九八。

謹案：《說文繫傳・通釋第二十八》云：「寡也。从宋，人色也，從子。《論語》「色孛如也」是此。臣鍇曰：人色勃然壯盛，似草木之茂也。子，人也。從子者，小子不能言，以色知之也，會意。蒲妹反。」據查《正字通》云：「孛，普妹切，音佩。艸木盛長也，別作浡。又孛逆，別作悖。又色變，今作勃。」〔註74〕疑《康熙字典》據此書竄入《說文》及徐鍇之說，合成釋語，引作〈徐曰〉之語。

例3. 卯集下、文部六畫「㪚」字（頁四○五）

㪚　《說文》妙也。〈註〉徐鉉曰：从山从耑省，耑、物初生之題，尚微也。

謹案：徐鉉校定《說文》：「㪚，妙也。从人从攴豈省聲。臣鉉等案：豈字从㪚省，㪚字不應从豈省，蓋傳寫之誤，疑从耑省。耑、物初生之題，尚㪚也。」鉉說詳矣；《字彙》節引鉉意，遽云：「徐鉉曰：从人从耑省，耑、物初生之題，尚㪚也。」〔註75〕《康熙字典》遂據《字彙》引文，改㪚作微，且誤「从人」爲「从山」，从山與㪚形義不合，是其謬也。

又案：「㪚」字，《康熙字典》從《字彙》、《正字通》歸入文部，係因《字彙》引《六書正譌》「文聲，舊从攴，非」而誤入。據查「㪚」之卜辭彝銘、石鼓文、小篆皆从攴構形，歸入攴部，理所應然，臺灣三民書局《大字典》、中國大陸《漢語大字典》均「㪚」字將歸入攴部，是也；惟《中華大字典》、《中文大辭典》仍沿《康熙字典》之誤，歸入文部中，當改正！

例4. 辰集中、木部十七畫「櫼」字（頁四九○）

櫼　《說文》子廉切，音尖，楔也。〈徐曰〉即今尖字。〈戴侗曰〉徐說非。櫼，古砧字。

謹案：徐鉉校定《說文》云：「櫼，楔也。從木鐵聲。子廉切」，《說文繫傳・通釋第十一》云：「櫼，楔也。從木鐵聲。臣鍇曰：謂簪也，棚也，此即今俗以小上大下爲櫼字」。《康熙字典》引〈徐曰〉「即今尖字」一語，徐鉉與徐鍇皆無此語。據查《正字通》云：「櫼，《說文》子廉切，音尖，楔也。徐鉉曰：即今尖字。戴侗曰：徐說非。櫼，古砧字。」疑《康熙字典》據此書，引作〈徐曰〉之語，是其妄也。

例5. 辰集下、止部一畫「止」字（頁五○一）

止　《說文》下基也，象艸木出有址，故以止爲足。〈徐曰〉初生根幹也。

謹案：《說文繫傳・通釋第三》云：「下也，象艸木出有址，故以止爲足。凡止之屬皆

〔註74〕《正字通》寅集上、子部四畫，「孛」字註，二八六。
〔註75〕詳見《字彙》卯集、文部六畫，「㪚」字注，頁一九二。

從止。臣鍇曰：艸木初生根幹也。」《康熙字典》所引之〈徐曰〉「初生根幹也」
為徐鍇之語，是也；惟引文脫「艸木」二字。

例 6. 巳集中、爻部七畫「爽」字（頁六一八）

爽　《說文》明也，从炎，从大。〈註〉徐鍇曰：大、其中隙縫光也。

謹案：《說文繫傳・通釋第六》云：「明也。從炎大。臣鍇曰：炎、孔歷歷然，大、其
　　　中隙縫光也。」徐鉉據之校定《說文》云：「明也，从炎，从大。徐鍇曰：大、
　　　其中隙縫光也。」知《康熙字典》雖〈註〉引徐鍇之說，實據徐鉉校定《說文》
　　　而引。

例 7. 午集上、玉部七畫「理」字（頁六六一）

理　《說文》治玉也。〈徐曰〉物之脈理，惟玉最密，故从玉。　又《說文徐
註》治玉、治民皆曰理。

謹案：二徐《說文》俱作「理，治玉也。从玉里聲。」《說文繫傳・校勘記》補云：
　　　「按《韻會》里聲下當有『臣鍇曰：物之脈理，惟玉最密，故從玉』」。《康熙字
　　　典》所引之〈徐曰〉為徐鍇之語，是也；惟又引《說文徐註》「治玉、治民皆曰
　　　理」一語，遍查《玉篇》、《集韻》、《類篇》皆無此語。據查《字彙》、《正字通》
　　　二書同云「治民、治獄皆曰理。　又治獄官亦曰理。〔註76〕」疑《康熙字典》
　　　據此二書，並改作「治玉、治民皆曰理」，移作《說文徐註》之語，是其妄也。

例 8. 午集下、示部五畫「神」字（頁七七○）

神　《說文》天神引出萬物者也。〈徐曰〉申即引也，天主降氣以感萬物，故
言引出萬物。

謹案：《說文繫傳・通釋第一》云：「天神引出萬物者也，從示申聲。臣鍇曰：申即引
　　　也，疑多聲字。天主降气以感萬物，故言引出萬物也。」《康熙字典》所引之〈徐
　　　曰〉「申即引也，天主降氣以感萬物，故言引出萬物」為徐鍇之語，是也；惟引
　　　文脫「疑多聲字」一語。

　## 例 9. 未集下、肉部十二畫「膳」字（頁九二三）

膳　《說文》具食也。〈徐曰〉言具備此食也。庖人和味必加善，故从善。

謹案：徐鉉校定《說文》「膳，具食也。从肉善聲。」《說文繫傳・通釋第八》註云：
　　　「臣鍇曰：具食者，言具備此食也。《周禮》掌王世子后之膳。……」。《康熙字
　　　典》所引之〈徐曰〉「言具備此食也」為徐鍇之語，是也；惟又續引「庖人和味

〔註76〕詳《字彙》午集、玉部七畫，「理」字註，頁二八七；《正字通》午集上、玉部七畫，
　　　「理」字註，上冊，頁一○四。

必加善，故从善」一語，查《玉篇》、《集韻》皆無此語，《類篇‧四下》云：「《說文》具食也，庖人和味必嘉善，故从善〔註77〕」。又查《字彙》云：「庖人和味必加善，故从善〔註78〕」，疑《康熙字典》據《字彙》引文，移作〈徐曰〉之語，是其妄也。

例 10. 酉集上、言部五畫「詁」字（頁一○八一）

詁　《說文》訓故言也。引《詩》「詁訓」，孔穎達〈疏〉：「詁訓傳者，註解之別名；詁者，古今異言，通之使人知也。」〈徐曰〉：按《爾雅》詁，古也，言有古今也。會意。」

謹案：《說文繫傳‧通釋第五》註云：「臣鍇按：《爾雅》謂言有古今也。會意。」《康熙字典》所引之〈徐曰〉「按《爾雅》詁，古也，言有古今也。會意」為徐鍇之語，是也；惟引文衍「詁，古也」一語。

例 11. 酉集下、酉部一畫「酉」字（頁一二○八）

酉　《說文》就也。八月黍成，可為酎酒。〈徐曰〉就，成熟也；卯為春門，萬物已出；酉為秋門，萬物已入。一，閉門象也。

謹案：《說文繫傳‧通釋第二十八》註云：「臣鍇曰：就，成熟也。《律歷志》曰：留熟於酉。」《康熙字典》所引之〈徐曰〉「卯為春門，萬物已出；酉（按：本作卯）為秋門，萬物已入。一，閉門象也。」當為許慎《說文》原文，《康熙字典》誤作徐鍇釋文。

綜合以上諸例，《康熙字典》引用《說文》之舛誤，或經注混淆，誤以《說文》原文為注文，如「酉」字是也；或引用不實、虛造釋文，如「大」字、「櫼」字、「理」字是也；或引文錯雜，摻篡他書之文，如「孛」字是也；或增文釋義，如「詁」、「膳」字是也；或脫文釋義，如「止」字、「神」字、「敓」字是也。其譌謬之夥，難以數計，究其因，蓋因古代字書引用典籍時，「節引」、「意引」之風盛行，且當時無若今日之新式標點，可予以精確斷句。再者，《康熙字典》以《字彙》、《正字通》為編纂底本，深受此二書的影響，引用資料未查核原典，自然是錯誤不免了。

〔註77〕詳見《類篇‧四下》，頁一五三。北京中華書局，一九八四年十二月第一版。
〔註78〕詳見《字彙》未集、肉部十二畫，「膳」字注，頁三八五。

第四章　《康熙字典》刪併《說文》部首之實況

第一節　前　言

　　東漢許慎作《說文》，首創五百四十部，並「據形系聯」，立一字為首，以「始一終亥」來統攝全書九千三百五十三文，使「分別部居，不相雜廁」，標以「凡某之屬皆从某」，創立了「部首」的觀念。《說文》這種「以形分部」的編排體例，影響後世字書甚鉅，成為歷代字書以「部首」為檢字方式的始祖。

　　《玉篇》是我國第一部楷書字典，除因應漢字形體變化而增刪部首外，基本上仍依循《說文》以形分部、以類相從的編排原則。唐張參《五經文字》、遼釋行均《龍龕手鑑》則省併《說文》繁多之部首，打破以類相從的部序編排，表現重出互見、便於檢索之觀念，開啟後世字書以形體部件作為部首之先聲〔註1〕，是「部首」觀念的一大轉變。迄至明代梅膺祚的《字彙》改立為二百一十四部首，並以部首的筆畫多寡作為排列先後的依據，並於書前附有難檢字索引，為明代以降字書、辭典編纂之法式〔註2〕。清初《康熙字典》仍前書之例而略有修訂，除部序之更動外，部分文字之歸部亦有所調整，冀期「檢閱既便，而義有指歸，不失古人製字之意」〔註3〕。

　　本章為探究《康熙字典》與《說文》歸部之異同，特以許慎《說文》九千三百

〔註1〕參見拙作〈析論《龍龕手鑑》對近代通用字典部首的影響〉，民國八十七年三月二十日發表於國立中央大學「第四屆近代中國學術研討會」。

〔註2〕大陸地區提倡「文字改革」，頒布「漢字簡化方案」，漢字簡化後，其所出版之字、辭典在部首的字形與數目方面，與《字彙》之二百一十四部首已有所不同。

〔註3〕詳見《康熙字典》書前〈凡例〉。

五十三字，再加徐鉉校定《說文》新附四百零二字爲對象，逐一探求諸字在《康熙字典》中歸部之情形，以明其實。本章第二節起，將以徐鉉校定《說文》五百四十部首爲序，始一終亥，分成四節〔註4〕。各部首先列「部序」，次列「部首」，最後以括號「（　）」標示該部之字數，內容則依實際查核之結果，揭示歸部之情況，敘述於後。

第二節　《說文》卷一～卷四之歸部情形

本節以徐鉉校定本《說文》卷一至卷四之所有部首及其部中之字，與《康熙字典》之歸部作一比對，將其歸部異同之實況，逐部敘述於後。所討論的部首包括卷一的一部、丄部、示部……薲部、屮部等十四部，卷二的小部、八部、釆部……龠部、冊部等三十部，卷三的䁘部、舌部、干部……爻部、焱部等五十三部，卷四的夏部、目部、䀠部……未部、角部等四十五部，凡一百四十二部。

一、卷一（部一～部十四）之歸部情形

部○○一　一部（文五）

《康熙字典》仍設一部，《說文》一部中除「元」字歸「儿」部，「天」字歸「大」部，「吏」字歸「口」部外，餘「丕」一字亦歸「一」部。

部○○二　丄（上）部（文四）

《康熙字典》無丄部，《說文》丄部之部首字併入一部，部中除「帝」字歸「巾」部，「旁」字歸「方」部外，餘「丅」一字亦歸「一」部。

部○○三　示部（文六十、新附文四）

《康熙字典》仍設示部，《說文》示部中除「齋」字歸「齊」部外，餘「祐」、「禮」等六十二字悉入「示」部。

部○○四　三部（文一）

《康熙字典》無三部，《說文》三部之部首字併入一部。原三部無隸屬字。

部○○五　王部（文三）

《康熙字典》無王部，《說文》王部之部首字以其形體近似玉字而併入玉部，

〔註4〕爲配合十四卷之次序，且平均各節部首數目，故擬以「卷一～卷四」、「卷五～卷七」、「卷八～卷十」、「卷十一～卷十四」分成四節，逐部說明。

部中「皇」字歸「自」部〔註5〕，「閏」字歸「門」部，與部首字歸部不同。

部〇〇六　玉部（文一百二十六、新附文十四）

《康熙字典》仍設玉部，《說文》玉部中「瓘」、「璵」等一百三十九字悉入「玉」部。

部〇〇七　玨部（文三）

《康熙字典》無玨部，《說文》玨部之部首字併入玉部，部中除「瑝」字歸「車」部外，餘「班」一字亦歸「玉」部。

部〇〇八　气部（文二）

《康熙字典》仍設气部，《說文》气部中「氛」字亦歸「气」部。

部〇〇九　士部（文四）

《康熙字典》仍設士部，《說文》士部中「壯」等三字悉入「士」部。

部〇一〇　丨部（文三）

《康熙字典》仍設丨部，《說文》丨部中除「𤰔」字歸「方」部外，餘「中」一字亦歸「丨」部。

部〇一一　屮部（文七）

《康熙字典》仍設屮部，《說文》屮部中「每」、「毒」、「屯」、「熏」四字依其篆文隸定之形悉入「屮」部，而今日隸變之通行字，則「每」、「毒」二字歸入「毋」部，「熏」字歸入「火」部中〔註6〕。

部〇一二　艸部（文四百四十五、新附文十三）

《康熙字典》仍設艸部，《說文》艸部中除「卉」字歸「十」部，「𢼭（折）」字歸「手」部外〔註7〕，餘「莊」、「芝」等四百五十五字悉入「艸」部。

部〇一三　蓐部（文二）

《康熙字典》無蓐部，《說文》蓐部之部首字併入艸部，部中「薅」字亦歸

〔註5〕皇字隸變省作「皇」，則歸入「白」部，亦與部首字歸部不同。

〔註6〕所謂隸定，指由篆文至隸書定體時，將曲線變爲直線，改圓轉的筆畫爲方折，把一些原先連接的筆畫截斷，未改變文字的基本結構，也不破壞六書的造字原則，多按照小篆的形體來安排文字的筆畫位置，基本上從隸書字體中仍可看出篆文原貌，可察字體演變之軌跡者，稱之。所謂隸變，指文字由篆改隸的過程中，如果字體產生了字形的簡化，合併偏旁，增加或減省某一部分形體，使文字之形體結構發生譌變，破壞六書的造字原則者，稱之。詳見拙作《漢字篆隸演變研究》，頁七三。民國八十四年國立中央大學碩士論文。

〔註7〕《康熙字典》有折字，無𢼭字。

「艸」部。

部〇一四　茻部（文四）

《康熙字典》無茻部，《說文》茻部之部首字併入艸部，部中「莫」等三字悉入「艸」部。

二、卷二（部一五～部四四）之歸部情形

部〇一五　小部（文三）

《康熙字典》仍設小部，《說文》小部中「少」等二字悉入「小」部。

部〇一六　八部（文十二）

《康熙字典》仍設八部，《說文》八部中除「分」字歸「刀」部，「曾」字歸「曰」部，「詹」字歸「言」部，「介」字歸「人」部，「必」字歸「心」部外，餘「尒」、「公」等六字悉入「八」部。

部〇一七　釆部（文五）

《康熙字典》仍設釆部，《說文》釆部中除「番」字歸「田」部，「悉」字歸「心」部，「宷（審）」字歸「宀」部外，餘「釋」一字亦歸「釆」部。

部〇一八　半部（文三）

《康熙字典》無半部，《說文》半部之部首字併入十部，部中「胖」字歸「肉」部，「叛」字歸「又」部，與部首字歸部不同。

部〇一九　牛部（文四十五、新附文二）

《康熙字典》仍設牛部，《說文》牛部中「牡」、「牝」等四十六字悉入「牛」部。

部〇二〇　犛部（文三）

《康熙字典》無犛部，《說文》犛部之部首字併入牛部，部中「氂」字歸「毛」部，「斄」字歸「攴（攵）」部，與部首字歸部不同。

部〇二一　告部（文二）

《康熙字典》無告部，《說文》告部之部首字併入口部，部中「嚳」字亦歸「口」部。

部〇二二　口部（文一百八十、新附文十）

《康熙字典》仍設口部，《說文》口部中除「局」字歸「尸」部外，餘「噭」、「吻」等一百八十八字悉入「口」部。

部〇二三　凵部（文一）

《說文》：「凵、張口也」，音坎，一字成部，無隸屬字。《說文》凵部之部首字以其形體近似凵字而併入凵部中。

部〇二四　吅部（文六）

《康熙字典》無吅部，《說文》吅部之部首字併入口部，部中除「嚴」字歸「爻」部外，餘「嚴」、「單」等四字悉入亦歸「口」部。

部〇二五　哭部（文二）

《康熙字典》無哭部，《說文》哭部之部首字併入口部，部中「喪」字亦歸「口」部。

部〇二六　走部（文八十五）

《康熙字典》仍設走部，《說文》走部中「趨」、「赴」等八十四字悉入「走」部。

部〇二七　止部（文十四）

《康熙字典》仍設止部，《說文》止部中除「辵」、「歬」字歸「辵」部外，餘「歸」、「歷」等十一字悉入「止」部。

部〇二八　癶部（文三）

《康熙字典》仍設癶部，《說文》癶部中「登」等二字悉入「癶」部。

部〇二九　步部（文二）

《康熙字典》無步部，《說文》步部之部首字併入止部，部中「歲」字亦歸「止」部。

部〇三〇　此部（文三、新附文一）

《康熙字典》無此部，《說文》此部之部首字併入止部，部中除「啙」字歸「口」部，「柴」字歸「木」部外，餘「些」一字亦歸「止」部。

部〇三一　正部（文二）

《康熙字典》無正部，《說文》正部之部首字併入止部，部中「乏」字歸「丿」部，與部首字歸部不同。

部〇三二　是部（文三）

《康熙字典》無是部，《說文》是部之部首字併入日部，部中「韙」字歸「韋」部，「尟」字歸「小」部，與部首字歸部不同。

部〇三三　辵部（文一百一十八、新附文十三）

《康熙字典》仍設辵部，《說文》辵部中「巡」、「述」等一百三十字悉入「辵」部。

部○三四　彳部（文三十七）

《康熙字典》仍設彳部，《說文》彳部中「德」、「徑」等三十六字悉入「彳」部。

部○三五　廴部（文四）

《康熙字典》仍設廴部，《說文》廴部中「建」、「廷」等三字悉入「廴」部。

部○三六　㢟部（文二）

《康熙字典》無㢟部，《說文》㢟部之部首字併入廴部，部中「延」字亦歸「廴」部。

部○三七　行部（文十二）

《康熙字典》仍設行部，《說文》行部中「術」、「街」等十二字悉入「行」部。

部○三八　齒部（文四十四、新附文一）

《康熙字典》仍設齒部，《說文》齒部中除「齵」字改作「髗」，歸入「骨」部外，餘「齡」、「齧」等四十三字悉入「齒」部。

部○三九　牙部（文三）

《康熙字典》仍設牙部，《說文》牙部中「猗」等二字悉入「牙」部。

部○四○　足部（文八十五、新附文七）

《康熙字典》仍設足部，《說文》足部中「跟」、「踝」等九十一字悉入「足」部。

部○四一　疋部（文三）

《康熙字典》仍設疋部，《說文》疋部中除「㷇」字歸「爻」部外，餘「䟽」一字亦歸入「疋」部。

部○四二　品部（文三）

《康熙字典》無品部，《說文》品部之部首字併入口部，部中「嵒」、「喿」二字亦歸「口」部。

部○四三　龠部（文五）

《康熙字典》仍設龠部，《說文》龠部中「龢」等四字悉入「龠」部。

部○四四　冊部（文三）

《康熙字典》無冊部，《說文》冊部之部首字併入冂部，部中「嗣」字歸「口」

部，「扁」字歸「戶」部，與部首字歸部不同。

三、卷三（部四五～部九七）之歸部情形

部〇四五 品部（文六）

《康熙字典》無品部，《說文》品部之部首字併入口部，部中「嵒」、「囂」、「器」
等五字悉入「口」部。

部〇四六 舌部（文三）

《康熙字典》仍設舌部，《說文》舌部中「𦧃」、「舕」二字悉入「舌」部。

部〇四七 干部（文三）

《康熙字典》仍設干部，《說文》干部中除「屰」字歸「屮」部外，餘「羊」
一字亦歸入「干」部。

部〇四八 谷部（文二）

《康熙字典》無谷部，《說文》谷部之部首字以其形體近似谷字而併入谷部，
部中「㕣」字則歸入「一」部，與部首字歸部不同。

部〇四九 只部（文二）

《康熙字典》無只部，《說文》只部之部首字併入口部，部中「䬞」字亦歸入
「口」部。

部〇五〇 㕭部（文三）

《康熙字典》無㕭部，《說文》㕭部之部首字併入口部，部中除「矞」字歸「矛」
部外，餘「商」一字亦歸入「口」部。

部〇五一 句部（文四）

《康熙字典》無句部，《說文》句部之部首字併入口部，部中「拘」字歸「手」
部，「笱」字歸「竹」部，「鉤」字歸「金」部，與部首字歸部不同。

部〇五二 丩部（文三）

《康熙字典》無丩部，《說文》丩部之部首字併入丨部，部中「糾」字歸「糸」
部，「艸」字歸「艸」部，與部首字歸部不同。

部〇五三 古部（文二）

《康熙字典》無古部，《說文》古部之部首字併入口部，部中「嘏」字亦歸入
「口」部。

部〇五四 十部（文九）

《康熙字典》仍設十部,《說文》十部中除「丈」字歸「一」部,「胐」字歸「肉」部,「廿」字歸「卅」部外,餘「千」、「博」等五字悉入「十」部。

部〇五五　卅部（文二）

《康熙字典》無卅部,《說文》卅部之部首字併入十部,部中「世」字歸「一」部,與部首字歸部不同。

部〇五六　言部（文二百四十五、新附文八）

《康熙字典》仍設言部,《說文》言部中除「信」字歸「人」部外,餘「語」、「譬」等二百五十一字悉入「言」部。

部〇五七　誩部（文四）

《康熙字典》無誩部,《說文》誩部之部首字併入言部,部中除「競」字歸「立」部外,餘「譱」、「讟」二字亦歸入「言」部。

部〇五八　音部（文六、新附文一）

《康熙字典》仍設音部,《說文》音部中除「章」、「竟」二字歸「立」部外,餘「響」、「韶」等四字悉入「音」部。

部〇五九　辛部（文三）

《康熙字典》無辛部,《說文》辛部之部首字併入立部,部中除「妾」字歸「女」部外,餘「童」一字亦歸入「立」部。

部〇六〇　丵部（文四）

《康熙字典》無丵部,《說文》丵部之部首字併入丨部,部中「業」字歸「木」部,「叢」字歸「又」部,「對」字歸「寸」部,與部首字歸部不同。

部〇六一　菐部（文三）

《康熙字典》無菐部,《說文》菐部之部首字併入艸部,部中「僕」字歸「人」部,「奰」字歸「八」部,與部首字歸部不同。

部〇六二　廾部（文十七）

《康熙字典》仍設廾部〔註8〕,《說文》廾部中除「奉」、「奐」二字歸「大」部,「兵」、「具」二字歸「八」部,「丞」字歸「一」部,「戒」字歸「戈」部,「龏」字歸「龍」部及「畀」字不見錄外,餘「弇」、「弄」等八字悉入「廾」部。

〔註 8〕《康熙字典》「⿰」字在又、廾二部中,各依其篆文隸定（収）與隸變（廾）之形體並錄互見。

部○六三　兟部（文三）

《康熙字典》無兟部〔註9〕，《說文》兟部之部首字併入又部，部中「樊」字歸「木」部，與部首字歸部不同，「變」字則不見錄於《康熙字典》中。

部○六四　共部（文二）

《康熙字典》無共部，《說文》共部之部首字併入八部，部中「龔」字歸「龍」部，與部首字歸部不同。

部○六五　異部（文二）

《康熙字典》無異部，《說文》異部之部首字併入田部，部中「戴」字歸「戈」部，與部首字歸部不同。

部○六六　舁部（文四）

《康熙字典》無舁部，《說文》舁部之部首字併入臼部，部中除「舁」字歸「廾」部外，餘「興」、「與」二字亦歸入「臼」部。

部○六七　臼部（文二）

《康熙字典》無臼部，《說文》臼部之部首字以其形體近似臼字而併入臼部，部中「臼」字不見錄，而採錄通行之「腰」字歸「肉」部，臼之古文「要」字歸「襾」部，與部首字歸部不同。

部○六八　晨（晨）部（文二）

《康熙字典》無晨部，《說文》晨部之部首字併入辰部〔註10〕，部中「農」字亦歸入「辰」部。

部○六九　爨部（文三）

《康熙字典》無爨部，《說文》爨部之部首字併入火部，部中「釁」字歸「臼」部，「釁」字歸「酉」部，與部首字歸部不同。

部○七○　革部（文五十七、新附文四）

《康熙字典》仍設革部，《說文》革部中除「勒」字歸「力」部外，餘「鞏」、「鞠」等五十九字悉入「革」部。

部○七一　鬲部（文十三）

《康熙字典》仍設鬲部，《說文》鬲部中除「融」字歸「虫」部外，餘「鬴」、

〔註9〕兟字，篆文作𦫳。徐鉉曰：「𦫳，今隸變作大」，《字彙》又部云：「𦫳、同攀」，《正字通》則詳註之（上冊、頁一五三～一五四），而《康熙字典》不引《說文》之說，逕引「《玉篇》普姦切，引也。」

〔註10〕《說文》晨字今隸變作晨，《康熙字典》歸在日部中。

「鬴」等十一字悉入「鬲」部。

部〇七二　䰜部（文十三）

《康熙字典》無䰜部，《說文》䰜部之部首字併入鬲部，部中「鬻」、「鬻」等十二字悉入「鬲」部。

部〇七三　爪部（文四）

《康熙字典》仍設爪部，《說文》爪部中除「孚」字歸「子」部外，餘「爲」等二字悉入「爪」部。

部〇七四　丮部（文八）

《康熙字典》無丮部，《說文》丮部之部首字併入丨部，部中「䞣」字歸「土」部，「䵻（孰）」字歸「子」部〔註11〕，「䬶」字歸「食」部，「巩」字歸「工」部，「谻」字歸「谷」部，「𢦒」字歸「戈」部，「厈」字歸「厂」部，與部首字歸部不同。

部〇七五　鬥部（文十、新附文一）

《康熙字典》仍設鬥部，《說文》鬥部中「鬨」等十字悉入「鬥」部。

部〇七六　又部（文二十八）

《康熙字典》仍設又部，《說文》又部中除「右」字歸「口」部，「厷」字歸「厶」部，「燮」字歸「火」部，「夬」字歸「大」部，「尹」字歸「尸」部，「秉」字歸「禾」部，「彗」字歸「彐」部，「度」字歸「广」部，以及「父」字另設爲部首外，餘「叔」、「取」等十八字悉入「又」部。

部〇七七　𠂇部（文二）

《康熙字典》無𠂇部，《說文》𠂇部之部首字併入丿部，部中「卑」字歸「十」部，與部首字歸部不同。

部〇七八　史部（文二）

《康熙字典》無史部，《說文》史部之部首字併入口部，部中「事」字歸「亅」部，與部首字歸部不同。

部〇七九　支部（文二）

《康熙字典》仍設支部，《說文》支部中「攲」字亦歸入「支」部。

部〇八〇　聿部（文三）

《康熙字典》無聿部，《說文》聿部之部首字以其形體近似聿字而併入聿部，

〔註11〕《康熙字典》有孰字，無䵻字。

部中「𦘒」字不見錄，而採錄通行之「聿」字，與「肅」字同歸「聿」部。

部○八一　聿部（文四）

《康熙字典》仍設聿部，《說文》聿部中除「筆」字歸「竹」部，「書」字歸「曰」部外，餘「𦘒」一字亦歸入「聿」部。

部○八二　畫部（文二）

《康熙字典》無畫部，《說文》畫部之部首字併入田部，部中「晝」字歸「曰」部，與部首字歸部不同。

部○八三　隶部（文三）

《康熙字典》仍設隶部，《說文》隶部中「隸」等二字悉入「隶」部。

部○八四　臤部（文四）

《康熙字典》無臤部，《說文》臤部之部首字併入臣部，部中「緊」字歸「糸」部，「堅」字歸「土」部，「豎」字歸「豆」部，與部首字歸部不同。

部○八五　臣部（文三）

《康熙字典》仍設臣部，《說文》臣部中「𡘊」、「臧」二字悉入「臣」部。

部○八六　殳部（文二十）

《康熙字典》仍設殳部，《說文》殳部中除「役」字歸「彳」部，「祋」字歸「示」部，「毅」字歸「豕」部外，餘「殿」、「段」等十六字悉入「殳」部。

部○八七　殺部（文二）

《康熙字典》無殺部，《說文》殺部之部首字併入殳部，部中「弒」字歸「弋」部，與部首字歸部不同。

部○八八　乞部（文三）

《康熙字典》無乞部，《說文》乞部之部首字以其形體近似几字而併入几部，部中「参」字歸「彡」部，「鳧」字歸「鳥」部，與部首字歸部不同。

部○八九　寸部（文七）

《康熙字典》仍設寸部，《說文》寸部中除「尋」字歸「彡」部外，餘「寺」、「將」等五字悉入「寸」部。

部○九○　皮部（文三、新附文二）

《康熙字典》仍設皮部，《說文》皮部中「皰」、「鞁」等四字悉入「皮」部。

部○九一　㲋部（文二）

《康熙字典》無㲋部，《說文》㲋部之部首字依其隸定之形體併入瓦部，部中

「瓾」字亦歸入「瓦」部。

部○九二　攴（攵）部（文七十七）

《康熙字典》仍設攴（攵）部，《說文》攴（攵）部中除「牧」字歸「牛」部，「取」字歸「耳」部，「啓」字歸「口」部，「畋」字歸「田」部，「孜」字歸「子」部，「赦」字歸「赤」部，「寇」字歸「宀」部，「敊」字歸「厂」部，「釘」字歸「金」部，「鼓」字歸「鼓」部，「敯」字歸「日」部，「肇」字歸「聿」部，「徹」字歸「彳」部，「漱」字歸「水」部外，餘「敏」、「整」等六十二字悉入「攴（攵）」部。

部○九三　教部（文二）

《康熙字典》無教部，《說文》教部之部首字併入攴（攵）部，部中「斅」字亦歸入「攴（攵）」部。

部○九四　卜部（文八）

《康熙字典》仍設卜部，《說文》卜部中除「貞」字歸「貝」部外，餘「卦」、「占」等六字悉入「卜」部。

部○九五　用部（文五）

《康熙字典》仍設用部，《說文》用部中除「庸」字歸「广」部外，餘「甫」、「甯」等三字悉入「用」部。

部○九六　爻部（文二）

《康熙字典》仍設爻部，《說文》爻部中「棥」字歸「木」部，與部首字歸部不同。

部○九七　燊部（文三）

《康熙字典》無燊部，《說文》燊部之部首字併入爻部，部中「爾」、「爽」二字亦歸入「爻」部。

四、卷四（部九八～部一四二）之歸部情形

部○九八　夏部（文四）

《康熙字典》無夏部，《說文》夏部之部首字併入目部，部中除「夐」字歸「夊」部，「閿」字歸「門」部外，餘「夏」一字亦歸入「目」部。

部○九九　目部（文百十三、新附文六）

《康熙字典》仍設目部，《說文》目部中除「瞀」字歸「穴」部，「瞗」字歸

「叏」部外，餘「眼」、「眩」等一百一十七字悉入「目」部。

部一○○　䀠部（文三）

《康熙字典》無䀠部，《說文》䀠部之部首字併入目部，部中「奭」、「瞿」二字亦歸入「目」部。

部一○一　眉部（文二）

《康熙字典》無眉部，《說文》眉部之部首字併入目部，部中「省」字亦歸入「目」部。

部一○二　盾部（文三）

《康熙字典》無盾部，《說文》盾部之部首字併入目部，部中除「瞚」字歸「土」部外，餘「瞂」一字亦歸入「目」部。

部一○三　自部（文二）

《康熙字典》仍設自部，《說文》自部中「臭」字亦歸入「自」部。

部一○四　白部（文七）

《說文》云：「此亦自字也」，隸定與「西方色也」之白相同，《康熙字典》依《玉篇》併入白部中，《說文》白部中除「魯」字歸「魚」部，「箟」字歸「矢」部，「者」字歸「老」部外，餘「皆」、「百」等三字悉入「白」部。

部一○五　鼻部（文五）

《康熙字典》仍設鼻部，《說文》鼻部中「鼾」等四字悉入「鼻」部。

部一○六　皕部（文二）

《康熙字典》無皕部，《說文》皕部之部首字併入白部，部中「奭」字歸「大」部，與部首字歸部不同。

部一○七　習部（文二）

《康熙字典》無習部，《說文》習部之部首字併入羽部，部中「翫」字亦歸入「羽」部。

部一○八　羽部（文三十四、新附文三）

《康熙字典》仍設羽部，《說文》羽部中「翟」、「翰」等三十六字悉入「羽」部。

部一○九　隹部（文三十九）

《康熙字典》仍設隹部，《說文》隹部中除「雄」字歸「犬」部，「瞿」字歸「网」部，「闗」字歸「門」部外，餘「雅」、「隹」等三十五字悉入「隹」部。

部一一〇　奞部（文三）

《康熙字典》無奞部，《說文》奞部之部首字併入大部，部中「奪」、「奮」二字亦歸入「大」部。

部一一一　萑部（文四）

《說文》云：「萑、鴟屬，从隹从丫。」隸定與「草多也」之萑近似，《康熙字典》併入艸部中〔註12〕，《說文》萑部中除「舊」字歸「臼」部，「蕉」字歸「隹」部，餘「蒦」一字亦歸入「艸」部。

部一一二　丫部（文三）

《康熙字典》無丫部，《說文》丫部之部首字併入艸部，部中除「芇（乖）」字歸「丿」部外〔註13〕，餘「芇」一字亦歸入「艸」部。

部一一三　苜部（文四）

《康熙字典》無苜部，《說文》苜部之部首字併入目部，部中除「莫」字歸「火」部，「蔑」字歸「艸」部外，餘「瞢」一字亦歸入「目」部。

部一一四　羊部（文二十六）

《康熙字典》仍設羊部，《說文》羊部中除「羋」字歸「丬」部外，餘「羔」、「羸」等二十四字悉入「羊」部。

部一一五　羴部（文二）

《康熙字典》無羴部，《說文》羴部之部首字併入羊部，部中「羼」字亦歸入「羊」部。

部一一六　瞿部（文二）

《康熙字典》無瞿部，《說文》瞿部之部首字併入目部，部中「矍」字亦歸入「目」部。

部一一七　雔部（文三）

《康熙字典》無雔部，《說文》雔部之部首字併入隹部，部中除「靃」字歸「雨」部外，餘「雙」一字亦歸入「隹」部。

〔註12〕《康熙字典》艸部八畫「萑」末云：「又鳥名。鴟屬，字从丫，詳隹部。」實則隹部中未列該字。《字彙》只云：「省合爲一字」，《正字通》對二字之分合有較詳細的說明，然雖言二字宜分，惟隹部又不見萑字。

〔註13〕《康熙字典》有乖字，無芇字。其「乖」字下云：「背呂也，象脅肋形。」是誤信《玉篇》「坐、今作乖」也。《集韻》、《類篇》、《字彙》、《正字通》俱引《說文》「乖、戾也」，尤以《正字通》說解最詳明，《康熙字典》獨據《玉篇》爲說，當改。

部一一八　雥部（文三）

　　《康熙字典》無雥部，《說文》雥部之部首字併入隹部，部中「𪅓」等二字亦
　　歸入「隹」部。

部一一九　鳥部（文百十六、新附文四）

　　《康熙字典》仍設鳥部，《說文》鳥部中「鸞」、「鳩」等一百一十九字悉入「鳥」
　　部。

部一二〇　烏部（文三）

　　《康熙字典》無烏部，《說文》烏部之部首字併入火部，部中除「舄」字歸「臼」
　　部外，餘「焉」一字亦歸入「火」部。

部一二一　華部（文四）

　　《康熙字典》無華部，《說文》華部之部首字併入十部，部中「畢」字歸「田」
　　部，「㪅（糞）」字歸「米」部，「棄（棄）」字歸「木」部，與部首字歸部不同。

部一二二　冓部（文三）

　　《康熙字典》無冓部，《說文》冓部之部首字併入冂部，部中除「爯」字歸「爪」
　　部外，餘「再」一字亦歸入「冂」部。

部一二三　幺部（文二、新附文一）

　　《康熙字典》仍設幺部，《說文》幺部中除「麼」字歸「麻」部外，餘「幼」
　　一字亦歸入「幺」部。

部一二四　丝部（文三）

　　《康熙字典》無丝部，《說文》丝部之部首字併入幺部，部中「幽」、「幾」二
　　字亦歸入「幺」部。

部一二五　叀部（文三）

　　《康熙字典》無叀部，《說文》叀部之部首字併入厶部，部中「惠」字歸「心」
　　部，「疐」字歸「疋」部，與部首字歸部不同。

部一二六　玄部（文二、新附文一）

　　《康熙字典》仍設玄部，《說文》玄部中「茲」、「玈」二字悉入「玄」部。

部一二七　予部（文三）

　　《康熙字典》無予部，《說文》予部之部首字併入亅部，部中除「舒」字歸「舌」
　　部外，餘「𢆶」一字亦歸入「亅」部〔註14〕。

────────────────

〔註14〕「𢆶」字隸變作「幻」，《康熙字典》歸入「幺」部中。

部一二八　放部（文三）

《康熙字典》無放部，《說文》放部之部首字併入支（攵）部，部中「敖」、「敫」二字亦歸入「支（攵）」部。

部一二九　𠬪部（文九）

《康熙字典》無𠬪部，《說文》𠬪部之部首字併入又部，部中除「爰」、「爭」、「𤔔」、「𤔲」、「𤔣」五字歸「爪」部，「寽」字歸「寸」部外，餘「受」、「𠭥」二字亦歸入「又」部。

部一三〇　𣦼部（文五）

《康熙字典》無𣦼部，《說文》𣦼部之部首字併入歹部，部中「叡」、「叡」、「𣦿」三字歸「又」部，「䝼」字歸「貝」部，與部首字歸部不同。

部一三一　𣦵（歹）部（文三十二）

𣦵隸作歹，《康熙字典》仍設歹部，《說文》歹部中「殂」、「殃」等三十一字悉入「歹」部。

部一三二　死部（文四）

《康熙字典》無死部，《說文》死部之部首字併入歹部，部中除「薨」、「薧」二字歸「艸」部外，餘「𣦸」一字亦歸入「歹」部。

部一三三　冎部（文三）

《康熙字典》無冎部，《說文》冎部之部首字併入冂部，部中「別（𠛁）」字歸「刀」部，「𠾅（𠾅）」歸「口」部，與部首字歸部不同。

部一三四　骨部（文二十五）

《康熙字典》仍設骨部，《說文》骨部中「髀」、「骸」二字悉入「骨」部。

部一三五　肉部（文一百四十、新附文五）

《康熙字典》仍設肉部，《說文》肉部中除「㪔（散）」字歸「支（攵）」部及「𦙶」字不見錄外〔註15〕，餘「胎」、「背」等一百四十二字悉入「肉」部。

部一三六　筋部（文三）

《康熙字典》無筋部，《說文》筋部之部首字併入竹部，部中「笏」、「𥰡」二字亦歸入「竹」部。

部一三七　刀部（文六十二、新附文四）

《康熙字典》仍設刀部，《說文》刀部中除「釗」字歸「金」部，「劍」字歸

〔註15〕《康熙字典》肉部不錄「𦙶」字，而採錄其从朩之或體字「胏」。

「魚」部,「罰」字歸「网」部外,餘「制」、「削」等六十二字悉入「刀」部。

部一三八 刃部（文三）

《康熙字典》無刃部,《說文》刃部之部首字併入刀部,部中「刅」、「劒」（逕取籀文从刀之劍）二字亦歸入「刀」部。

部一三九 韧部（文三）

《康熙字典》無韧部,《說文》韧部之部首字併入刀部,部中除「栔」字歸「木」部外,餘「契」一字亦歸入「刀」部。

部一四〇 丰部（文二）

《康熙字典》無丰部,《說文》丰部之部首字併入丨部,部中「𡴀」字歸「口」部,與部首字歸部不同。

部一四一 耒部（文七）

《康熙字典》仍設耒部,《說文》耒部中「耦」、「耕」等六字悉入「耒」部。

部一四二 角部（文三十九）

《康熙字典》仍設角部,《說文》角部中除「衡」字歸「行」部外,餘「解」、「觭」等三十七字悉入「角」部。

第三節 《說文》卷五～卷七之歸部情形

本節以徐鉉校定本《說文》卷五至卷七之所有部首及其部中之字,與《康熙字典》之歸部作一比對,將其歸部異同之實況,逐部敘述於後。所討論的部首包括卷五的竹部、箕部、丌部……久部、桀部等六十三部,卷六的木部、東部、林部……邑部、𨟡部等二十五部,卷七的日部、旦部、倝部……𣎳部、黹部等五十六部,凡一百四十四部。

一、卷五（部一四三～部二〇五）之歸部情形

部一四三 竹部（文百四十四、新附文五）

《康熙字典》仍設竹部,《說文》竹部中「箭」、「箸」等一百四十八字悉入「竹」部。

部一四四 箕部（文二）

《康熙字典》無箕部,《說文》箕部之部首字併入竹部,部中「簸」字亦歸入「竹」部。

部一四五　丌部（文七）

　　《康熙字典》無丌部，《說文》丌部之部首字併入一部，部中「迁」字歸「辵」部，「典」字歸「八」部，「巽」字歸「頁」部，「畀（巽）」字歸「巳」部，「奠」字歸「大」部，「畀」字歸「田」部，與部首字歸部不同。

部一四六　左部（文二）

　　《康熙字典》無左部，《說文》左部之部首字併入工部，部中「差」字亦歸入「工」部。

部一四七　工部（文四）

　　《康熙字典》仍設工部，《說文》工部中除「式」字歸入「弋」部外，餘「巧」、「巨」二字亦歸入「工」部。

部一四八　㠃部（文二）

　　《康熙字典》無㠃部，《說文》㠃部之部首字併入工部，部中「寡」字隸變作「寡」歸「宀」部，與部首字歸部不同。

部一四九　巫部（文二）

　　《康熙字典》無巫部，《說文》巫部之部首字併入工部，部中「覡」字歸「見」部，與部首字歸部不同。

部一五〇　甘部（文五）

　　《康熙字典》仍設甘部，《說文》甘部中除「猒」字歸「犬」部外，餘「甚」、「甜」等三字悉入「甘」部。

部一五一　曰部（文七）

　　《康熙字典》仍設曰部，《說文》曰部中除「沓」字歸「水」部外，餘「曷」、「曹」等三字悉入「曰」部。

部一五二　乃部（文三）

　　《康熙字典》無乃部，《說文》乃部之部首字併入丿部，部中「卤」、「卥」二字歸「卜」部，與部首字歸部不同。

部一五三　丂部（文四）

　　《康熙字典》無丂部，《說文》丂部之部首字併入一部，部中除「粤」字歸「田」部，「寧」字歸「宀」部外，餘「己」一字亦歸入「一」部。

部一五四　可部（文四、新附文一）

　　《康熙字典》無可部，《說文》可部之部首字併入口部，部中除「奇」字歸「大」

部外，餘「哥」、「哿」等三字亦歸入「口」部。

部一五五　兮部（文四）

《康熙字典》無兮部，《說文》兮部之部首字併入八部，部中「孴」字歸「勹」部，「羲」字歸「羊」部，「乎」字歸「丿」部，與部首字歸部不同。

部一五六　号部（文二）

《康熙字典》無号部，《說文》号部之部首字併入口部，部中「號」字歸「虍」部，與部首字歸部不同。

部一五七　亐（于）部（文五）

《康熙字典》無亐（于）部，《說文》亐部之部首字併入二部，部中「平」字歸「干」部，「吁」字歸「口」部，「粤」字歸「米」部，「虧」字歸「虍」部，與部首字歸部不同。

部一五八　旨部（文二）

《康熙字典》無旨部，《說文》旨部之部首字併入日部，部中「嘗」字歸「口」部，與部首字歸部不同。

部一五九　喜部（文三）

《康熙字典》無喜部，《說文》喜部之部首字併入口部，部中除「憙」字歸「心」部外，餘「嚭」一字亦歸入「口」部。

部一六〇　壴（㐄）部（文五）

《康熙字典》無壴（㐄）部，《說文》壴（㐄）部之部首字依其隸定與隸變之形併入豆部與士部，部中「尌」字歸「寸」部，「彭」字歸「彡」部，「嘉」字歸「口」部，「虪」字歸「虫」部，與部首字歸部不同。

部一六一　鼓部（文十）

《康熙字典》仍設鼓部，《說文》鼓部中「鼕」、「鼜」等九字悉入「鼓」部。

部一六二　豈部（文三）

《康熙字典》無豈部，《說文》豈部之部首字併入豆部，部中除「愷」字歸「心」部外，餘「譏」一字亦歸入「豆」部。

部一六三　豆部（文六）

《康熙字典》仍設豆部，《說文》豆部中除「桓」字歸「木」部外，餘「登」、「薹」等四字悉入「豆」部。

部一六四　豊部（文二）

《康熙字典》無豐部,《說文》豐部之部首字併入豆部,部中「豔」字亦歸入「豆」部。

部一六五　豐部（文二）

《康熙字典》無豐部,《說文》豐部之部首字併入豆部,部中「豔」字亦歸入「豆」部。

部一六六　盧部（文三）

《康熙字典》無盧部,《說文》盧部之部首字併入虍部,部中「號」、「盧」二字亦歸入「虍」部。

部一六七　虍部（文九）

《康熙字典》仍設虍部,《說文》虍部中「虐」、「虖」等八字悉入「虍」部。

部一六八　虎部（文十五、新附文二）

《康熙字典》無虎部,《說文》虎部之部首字併入虍部,部中除「彪」字歸「彡」部外,餘「虎」、「號」、「號」等十五字亦歸入「虍」部。

部一六九　虤部（文三）

《康熙字典》無虤部,《說文》虤部之部首字併入虍部,部中除「贙」字歸「貝」部外,餘「虤」一字亦歸入「虍」部。

部一七○　皿部（文二十五、新附文一）

《康熙字典》仍設皿部,《說文》皿部中除「醢」字歸「酉」部,「齍」字歸「齊」部外,餘「盛」、「盅」等二十三字悉入「皿」部。

部一七一　凵部（文一）

《康熙字典》仍設凵部,《說文》凵部中無隸屬字,凵（音坎）部以其形體近似凵字而併入此部中。

部一七二　去部（文三）

《康熙字典》無去部,《說文》去部之部首字併入厶部,部中「朅」字歸「曰」部,「朆」字歸「夊」部,與部首字歸部不同。

部一七三　血部（文十五）

《康熙字典》仍設血部,《說文》血部中除「盍（盇）」字歸「皿」部外,餘「衋」、「衊」等十三字悉入「血」部。

部一七四　丶部（文三）

《康熙字典》仍設丶部,《說文》丶部中除「音」字歸「口」部外,餘「主」

一字亦歸入「丨」部。

部一七五　丹部（文三）

《康熙字典》無丹部，《說文》丹部之部首字併入丶部，部中「彤」字歸「彡」部，「雘」字歸「隹」部，與部首字歸部不同。

部一七六　青部（文二）

《康熙字典》仍設青部，《說文》青部中「靜」字亦歸入「青」部。

部一七七　井部（文五）

《康熙字典》無井部，《說文》井部之部首字併入二部，部中「刱」、「㓝」二字歸「刀」部，「阱」字歸「阜」部，「𤆈」字歸「火」部，與部首字歸部不同。

部一七八　皀部（文四）

《康熙字典》無皀部，《說文》皀部之部首字併入白部，部中「即」字歸「卩」部，「既」字歸「无」部，「冟」字歸「冖」部，與部首字歸部不同。

部一七九　鬯部（文五）

《康熙字典》仍設鬯部，《說文》鬯部中除「𣝣」字歸「木」部外〔註16〕，餘「鬱」、「䨼」等三字悉入「鬯」部。

部一八〇　食部（文六十二、新附文二）

《康熙字典》仍設食部，《說文》食部中「飽」、「飴」等六十三字悉入「食」部。

部一八一　亼部（文六）

《康熙字典》無亼部，《說文》亼部之部首字併入人部，部中除「合」字歸「口」部，「舍」字歸「舌」部外，餘「僉」、「侖」、「今」三字亦歸入「人」部。

部一八二　會部（文三）

《康熙字典》無會部，《說文》會部之部首字併入曰部，部中除「朇」字歸「辰」部外，餘「䁐」一字亦歸入「曰」部。

部一八三　倉部（文二）

《康熙字典》無倉部，《說文》倉部之部首字併入人部，部中「牄」字歸「爿」部，與部首字歸部不同。

部一八四　入部（文六）

〔註16〕「𣝣」字隸變作「爵」歸「爪」部。

《康熙字典》仍設入部,《說文》入部中除「夨」字歸「山」部,「糴」字歸「米」部外,餘「內」、「仝」等三字悉入「入」部。

部一八五　缶部（文二十一、新附文一）

《康熙字典》仍設缶部,《說文》缶部中除「匋」字歸「勹」部外,餘「缸」、「缾」等二十字悉入「缶」部。

部一八六　矢部（文十、新附文一）

《康熙字典》仍設矢部,《說文》矢部中「躲」、「短」等十字悉入「矢」部。

部一八七　高部（文四）

《康熙字典》仍設高部,《說文》高部中除「亭」、「亳」二字歸「亠」部外,餘「髙」一字亦歸入「高」部。

部一八八　冂部（文五）

《康熙字典》仍設冂部,《說文》冂部中「市」字歸「巾」部,「冘」字歸「冖」部,「央」字歸「大」部,「隺」字歸「隹」部,與部首字歸部不同。

部一八九　亯部（文二）

《康熙字典》無亯部,《說文》亯部之部首字併入高部,部中「𩫖」字亦歸入「高」部。

部一九〇　京部（文二）

《康熙字典》無京部,《說文》京部之部首字併入亠部,部中「就」字歸「尢」部,與部首字歸部不同。

部一九一　亭部（文四）

《康熙字典》無亭部,《說文》亭部之部首字併入亠部,部中「臺」字歸「羊」部,「𥱌」字歸「竹」部,「𤱿」字歸「自」部,與部首字歸部不同。

部一九二　𡎊部（文三）

《康熙字典》無𡎊部,《說文》𡎊部之部首字不見錄,部中「𡑈」字歸「鹵」部〔註17〕、「厚」字歸「厂」部,歸部各不相同。

部一九三　畐部（文二）

《康熙字典》無畐部,《說文》畐部之部首字隸變作「畐」併入田部,部中「良」字歸入「艮」部,與部首字歸部不同。

部一九四　靣部（文四）

〔註17〕「𡑈」字隸變作「覃」,《康熙字典》則歸入「襾」部。

《康熙字典》無㐭部，《說文》㐭部之部首字併入亠部，部中除「稟」字歸「禾」部，「啚」字歸「口」部外，餘「亶」一字亦歸入「亠」部。

部一九五 嗇部（文二）

《康熙字典》無嗇部，《說文》嗇部之部首字併入口部，部中「牆」字歸入「爿」部，與部首字歸部不同。

部一九六 來部（文二）

《康熙字典》無來部，《說文》來部之部首字併入人部，部中「㦻」字歸「矢」部，與部首字歸部不同。

部一九七 麥部（文十三）

《康熙字典》仍設麥部，《說文》麥部中「麬」、「麵」等十二字悉入「麥」部。

部一九八 夊部（文十五、新附文一）

《康熙字典》仍設夊部，《說文》夊部中除「屍」字歸「尸」部，「致」字歸「至」部，「畟」字歸「田」部，「愛」、「憂」二字歸「心」部，「竷」字歸「立」部外，餘「夏」、「夌」等九字悉入「夊」部。

部一九九 舛部（文三）

《康熙字典》仍設舛部，《說文》舛部中「舞」、「䑞」二字悉入「舛」部。

部二〇〇 舜部（文二）

《康熙字典》無舜部，《說文》舜部之部首字併入舛部，部中「䑣」字依其隸定與隸變之字形歸入「舛」部與「生」部，其隸變之字與部首字歸部不同。

部二〇一 韋部（文十六、新附文一）

《康熙字典》仍設韋部，《說文》韋部中「韜」、「韌」等十六字悉入「韋」部。

部二〇二 弟部（文二）

《康熙字典》無弟部，《說文》弟部之部首字併入弓部，部中「羃」字歸「目」部，與部首字歸部不同。

部二〇三 夊部（文六）

《康熙字典》仍設夊部，《說文》夊部中「夆」、「夅」等五字悉入「夊」部。

部二〇四 久部（文一）

《康熙字典》無久部，《說文》久部之部首字併入丿部。原久部無隸屬字。

部二〇五 桀部（文三）

《康熙字典》無桀部，《說文》桀部之部首字併入木部，部中除「磔」字歸「石」

部外，餘「桼」一字亦歸入「木」部〔註18〕。

二、卷六（部二○六～部二三○）之歸部情形

部二○六　木部（文四百二十一、新附文十一）

《康熙字典》仍設木部，《說文》木部中除「休」字歸「人」部，「牀」字歸「爿」部，「驫」字歸「馬」部，「藥」字歸「艸」部，「築」字歸「竹」部，「臬」字歸「自」部，「采」字歸「采」部外，餘「朵」、「末」等四百二十四字悉入「木」部。

部二○七　東部（文二）

《康熙字典》無東部，《說文》東部之部首字併入木部，部中「棘」字亦歸入「木」部。

部二○八　林部（文九、新附文一）

《康熙字典》無林部，《說文》林部之部首字併入木部，部中除「鬱」字歸「鬯」部，「麓」字歸「鹿」部外，餘「楚」、「楙」、「棽」等七字亦歸入「木」部。

部二○九　才部（文一）

《康熙字典》無才部，《說文》才部之部首字與「手」字隸變在左偏旁之「扌」形體近似而併入手部。原才部無隸屬字。

部二一○　叒部（文二）

《康熙字典》無叒部，《說文》叒部之部首字併入又部，部中「桑」字歸「木」部，與部首字歸部不同。

部二一一　之部（文二）

《康熙字典》無之部，《說文》之部之部首字併入丿部，部中「坐」字歸「土」部，與部首字歸部不同。

部二一二　帀部（文二）

《康熙字典》無帀部，《說文》帀部之部首字併入巾部，部中「師」字亦歸入「巾」部。

部二一三　出部（文五）

《康熙字典》無出部，《說文》出部之部首字併入凵部，部中「敖」字歸「攴（攵）」部，「賣」字歸「貝」部，「糶」字歸「米」部，「䢤」字歸「自」部，

〔註18〕「桼」字隸變作「桼」，《康熙字典》則歸「丿」部，與部首字歸部不同。

與部首字歸部不同。

部二一四　𣏟（朩、𣎳）部（文六）

《康熙字典》無𣏟（朩、𣎳）部，《說文》𣏟（朩、𣎳）部之部首字依其篆文形體似木而併入木部，部中「𠬞」字歸「廾」部，「索」字歸「糸」部，「孛」字歸「子」部，「𣎵」字歸「丿」部，「南」字歸「十」部，與部首字歸部不同。

部二一五　生部（文六）

《康熙字典》仍設生部，《說文》生部中除「丰」字歸「丨」部外，餘「產」、「甡」等四字悉入「生」部。

部二一六　乇部（文一）

《康熙字典》無乇部，《說文》乇部之部首字併入丿部。原乇部無隸屬字。

部二一七　𠂹部（文一）

《康熙字典》無𠂹部，《說文》𠂹部之部首字併入丿部（𠂹字今通行作「垂」，則歸入土部。）原𠂹部無隸屬字。

部二一八　𠌶部（文二）

《康熙字典》無𠌶部，《說文》𠌶部之部首字併入人部，部中「韡」字歸「韋」部，與部首字歸部不同。

部二一九　華部（文二）

《康熙字典》無華部，《說文》華部之部首字併入艸部，部中「皣」字歸「白」部，與部首字歸部不同。

部二二〇　禾部（文三）

《康熙字典》無禾部，《說文》禾部之部首字以形體近似禾而併入禾部，部中「積」、「𥞛」二字亦歸入「禾」部。

部二二一　稽部（文三）

《康熙字典》無稽部，《說文》稽部之部首字併入禾部，部中「穜」、「𥣬」二字亦歸入「禾」部。

部二二二　巢部（文二）

《康熙字典》無巢部，《說文》巢部之部首字併入巛部，部中「㽕」字歸「寸」部，與部首字歸部不同。

部二二三　桼部（文三）

《康熙字典》無桼部，《說文》桼部之部首字併入木部，部中除「髤」字歸「髟」

部外，餘「麴」一字亦歸入「木」部。

部二二四　束部（文四）

《康熙字典》無束部，《說文》束部之部首字併入木部，部中除「剌」字歸「刀」部，「棘」字歸「干」部外，餘「柬」一字亦歸入「木」部。

部二二五　橐部（文五）

《康熙字典》無橐部，《說文》橐部之部首字併入木部，部中除「囊」字歸「口」部外，餘「橐」、「𣎤」、「橐」三字亦歸入「木」部。

部二二六　口部（文二十六）

《康熙字典》仍設口部，《說文》口部中「圜」、「團」二十五字悉入「口」部。

部二二七　員部（文二）

《康熙字典》無員部，《說文》員部之部首字併入口部，部中「䪏」字歸「貝」部，與部首字歸部不同。

部二二八　貝部（文五十九、新附文九）

《康熙字典》仍設貝部，《說文》貝部中「賄」、「財」等六十七字悉入「貝」部。

部二二九　邑部（文一百八十四）

《康熙字典》仍設邑部，《說文》邑部中除「扈」字歸「戶」部，「祁」字歸「示」部，「竀」字歸「穴」部，以及「邑」字不見錄外，餘「郡」、「都」等一百七十九字悉入「邑」部。

部二三〇　䢼（邟）部（文三）

《康熙字典》無䢼（邟）部，《說文》䢼（邟）部之部首字不見錄，部中「鄉」、「𨞖」二字則歸入「邑」部〔註19〕。

三、卷七（部二三一～部二八六）之歸部情形

部二三一　日部（文七十、新附文十六）

《康熙字典》仍設日部，《說文》日部中「旻」、「時」等八十五字悉入「日」部。

部二三二　旦部（文二）

《康熙字典》無旦部，《說文》旦部之部首字併入日部，部中「暨」字亦歸入

〔註19〕「𨞖」字另錄有篆文隸定之形「巷」，《康熙字典》則歸入己部。

「日」部。

部二三三 𠂤部（文三）

《康熙字典》無𠂤部，《說文》𠂤部之部首字併入人部，部中「𩵋」字未見錄，而「𦨶」字歸「舟」部〔註20〕，與部首字歸部不同。

部二三四 㫃部（文二十三）

《康熙字典》無㫃部，《說文》㫃部之部首字併入方部，部中除「游」字歸「水」部外，餘「旗」、「旌」等二十一字亦歸入「方」部。

部二三五 冥部（文二）

《康熙字典》無冥部，《說文》冥部之部首字併入冖部，部中「鼆」字歸「黽」部，與部首字歸部不同。

部二三六 晶部（文五）

《康熙字典》無晶部，《說文》晶部之部首字併入日部，部中「曡」、「曑」、「曟」、「疊」四字亦歸入「日」部。

部二三七 月部（文八、新附文二）

《康熙字典》仍設月部，《說文》月部中除「霸」字歸「雨」部外，餘「朔」、「期」等八字悉入「月」部。

部二三八 有部（文三）

《康熙字典》無有部，《說文》有部之部首字併入月部，部中「龓」字歸「龍」部、「䘒」字歸「戈」部，與部首字歸部不同。

部二三九 朙（明）部（文二）

《康熙字典》無朙部，《說文》朙部之部首字併入月部〔註21〕，部中「䀠」字，隸變作崩，亦歸入「月」部。

部二四〇 囧部（文二）

《康熙字典》無囧部，《說文》囧部之部首字併入口部，部中「盟」字及其篆文「盟」歸入「血」部〔註22〕，與部首字歸部不同。

部二四一 夕部（文九）

《康熙字典》仍設夕部，《說文》夕部中「夜」、「夢」等八字悉入「夕」部。

〔註20〕段玉裁注「𩵋」字云：「按此蓋𠂤籀文也」；「𦨶」字隸變作「朝」，《康熙字典》歸入「月」部。
〔註21〕「朙」字隸變作「明」，《康熙字典》歸入日部中。
〔註22〕「盟」、「盟」二字，又从皿作「盟」、「盟」，《康熙字典》則歸入皿部中。

部二四二　多部（文四）

《康熙字典》無多部，《說文》多部之部首字併入夕部，部中除「𡖊」字歸「土」部，「夣」字歸「口」部外，餘「夥」一字亦歸入「夕」部。

部二四三　毌部（文三）

《康熙字典》無毌部，《說文》毌部之部首字以其形體近似毋字而併入毋部，部中「貫」字歸「貝」部，「虜」字歸「虍」部，與部首字歸部不同。

部二四四　ㄢ部（文五）

《康熙字典》無ㄢ部，《說文》ㄢ部之部首字併入弓部，部中除「函」字歸「口」部，「甹」字歸「田」部，「甬」字歸「用」部外，餘「弜」一字亦歸入「弓」部。

部二四五　東部（文二）

《康熙字典》無東部，《說文》東部之部首字併入木部，部中「橐」字歸「韋」部，與部首字歸部不同。

部二四六　卤部（文三）

《康熙字典》無卤部，《說文》卤部之部首字併入卜部，部中「槖」字歸「木」部，「粟」字歸「米」部，與部首字歸部不同。

部二四七　齊部（文二）

《康熙字典》仍設齊部，《說文》齊部中「韲」字亦歸入「齊」部。

部二四八　束部（文三）

《康熙字典》無束部，《說文》束部之部首字併入木部，部中「棗」、「棘」二字亦歸入「木」部。

部二四九　片部（文八）

《康熙字典》仍設片部，《說文》片部中「版」、「牘」等七字悉入「片」部。

部二五〇　鼎部（文四）

《康熙字典》仍設鼎部，《說文》鼎部中「鼐」、「鼏」等三字悉入「鼎」部。

部二五一　克部（文一）

《康熙字典》無克部，《說文》克部之部首字併入儿部。原克部無隸屬字。

部二五二　彔部（文一）

《康熙字典》無彔部，《說文》彔部之部首字併入彐（彑）部。原彔部無隸屬字。

部二五三　禾部（文八十七、新附文二）

《康熙字典》仍設禾部，《說文》禾部中除「齋」字歸「齊」部外，餘「秀」、「稼」等八十七字悉入「禾」部。

部二五四　秝部（文二）

《康熙字典》無秝部，《說文》秝部之部首字併入禾部，部中「兼」字歸「八」部，與部首字歸部不同。

部二五五　黍部（文八）

《康熙字典》仍設黍部，《說文》黍部中除「黀」字歸「麻」部外，餘「黏」等六字悉入「黍」部。

部二五六　香部（文二、新附文一）

《康熙字典》仍設香部，《說文》香部中「馨」、「馥」二字悉入「香」部。

部二五七　米部（文三十六、新附文六）

《康熙字典》仍設米部，《說文》米部中除「氣」字歸「气」部，「籟」字歸「竹」部、「竊」字歸「穴」部外，餘「粱」、「粲」等三十八字悉入「米」部。

部二五八　毇部（文二）

《康熙字典》無毇部，《說文》毇部之部首字併入殳部，部中「糳」字歸「米」部，與部首字歸部不同。

部二五九　臼部（文六）

《康熙字典》仍設臼部，《說文》骨部中「舂」、「舀」等五字悉入「臼」部。

部二六〇　凶部（文二）

《康熙字典》無凶部，《說文》凶部之部首字併入凵部，部中「兇」字歸「儿」部，與部首字歸部不同。

部二六一　朮部（文二）

《康熙字典》無朮部，《說文》朮部之部首字以其形體近似木字而併入木部，部中「枲」字亦歸入「木」部。

部二六二　林部（文三）

《康熙字典》無林部，《說文》林部之部首字併入木部，部中除「楙」字歸「攴」部外，餘「棼」一字亦歸入「木」部。

部二六三　麻部（文四）

《康熙字典》仍設麻部，《說文》麻部中「黀」等三字悉入「麻」部。

部二六四　卡部（文二）

　　《康熙字典》無卡部，《說文》卡部之部首字併入小部，部中「𢾭」字歸「支」部，與部首字歸部不同。

部二六五　耑部（文一）

　　《康熙字典》無耑部，《說文》耑部之部首字併入而部。原耑部無隸屬字。

部二六六　韭部（文六）

　　《康熙字典》仍設韭部，《說文》韭部中「𤋱」、「韰」等五字悉入「韭」部。

部二六七　瓜部（文七）

　　《康熙字典》仍設瓜部，《說文》瓜部中「𤓰」、「瓣」等六字悉入「瓜」部。

部二六八　瓠部（文二）

　　《康熙字典》無瓠部，《說文》瓠部之部首字併入瓜部，部中「瓢」字亦歸入「瓜」部。

部二六九　宀部（文七十一、新附文三）

　　《康熙字典》仍設宀部，《說文》宀部中除「向」字歸「口」部，「奧」字歸「大」部外，餘「家」、「宅」等七十一字悉入「宀」部。

部二七〇　宮部（文二）

　　《康熙字典》無宮部，《說文》宮部之部首字併入宀部，部中「營」字歸「火」部，與部首字歸部不同。

部二七一　呂部（文二）

　　《康熙字典》無呂部，《說文》呂部之部首字併入口部，部中「躳」字歸「身」部，與部首字歸部不同。

部二七二　穴部（文五十一）

　　《康熙字典》仍設穴部，《說文》穴部中除「邃」字歸「辵」部外，餘「窯」、「穿」等四十九字悉入「穴」部。

部二七三　寢部（文十）

　　《康熙字典》無寢部，《說文》寢部之部首字併入宀部，部中「寤」、「寐」等九字亦歸入「宀」部。

部二七四　广部（文一百二）

　　《康熙字典》仍設广部，《說文》广部中「疾」、「痛」等一百零一字悉入「广」部。

部二七五　冖部（文四）

《康熙字典》仍設冖部，《說文》冖部中「冠」等三字悉入「冖」部。

部二七六　冃部（文四）

《康熙字典》無冃部，《說文》冃部之部首字併入冂部，部中「冃」字歸「口」部，「冑」字歸「土」部，「冢」字歸「冖」部，與部首字歸部不同。

部二七七　冃部（文五）

《康熙字典》無冃部，《說文》冃部之部首字併入冂部，部中除「最」字歸「日」部外，餘「冕」、「冒」、「冑」三字亦歸入「冂」部。

部二七八　网部（文三）

《康熙字典》無网部，《說文》网部之部首字併入入部，部中除「㒼」字歸「冂」部外，餘「兩」一字亦歸入「入」部。

部二七九　网部（文三十四、新附文三）

《康熙字典》仍設网部，《說文》网部中除「詈」字歸「言」部外，餘「罪」、「罟」等三十五字悉入「网」部。

部二八〇　襾部（文四）

《康熙字典》仍設襾部，《說文》襾部中「覆」、「覈」等三字悉入「襾」部。

部二八一　巾部（文六十二、新附文九）

《康熙字典》仍設巾部，《說文》巾部中除「飾」字歸「食」部外，餘「帥」、「帔」等六十九字悉入「巾」部。

部二八二　市部（文二）

《康熙字典》無市部，《說文》市部之部首字併入巾部，部中「袷」字亦歸入「巾」部。

部二八三　帛部（文二）

《康熙字典》無帛部，《說文》帛部之部首字併入巾部，部中「錦」字歸「金」部，與部首字歸部不同。

部二八四　白部（文十一）

《康熙字典》仍設白部，《說文》白部中除「㿟」字歸「小」部外，餘「皎」、「晳」等六十二字悉入「白」部。

部二八五　㡀部（文二）

《康熙字典》無㡀部，《說文》㡀部之部首字併入巾部，部中「敝」字歸「攵

（攴）」部，與部首字歸部不同。

部二八六　辦部（文六）

《康熙字典》仍設辦部，《說文》辦部中「龐」、「斂」等五字悉入「辦」部。

第四節　《說文》卷八～卷十之歸部情形

本節以徐鉉校定本《說文》卷八至卷十之所有部首及其部中之字，與《康熙字典》之歸部作一比對，將其歸部異同之實況，逐部敘述於後。所討論的部首包括卷八的人部、匕部、匕部……次部、旡部等三十七部，卷九的頁部、百部、面部……易部、象部等四十六部，卷十的馬部、廌部、鹿部……心部、惢部等四十部，凡一百二十三部。

一、卷八（部二八七～部三二三）之歸部情形

部二八七　人部（文二百四十五、新附文十八）

《康熙字典》仍設人部，《說文》人部中除「弔」字歸「弓」部、「敍」字歸「文」部、「咎」字歸「口」部外，餘「僮」、「保」等二百五十九字悉入「人」部。

部二八八　匕部（文四）

《康熙字典》無匕（音化）部，《說文》匕部之部首字以其形體近似匕字而併入匕部，部中除「眞」字歸「目」部外，餘「化」、「𠤎」二字亦歸入「匕」部。

部二八九　匕部（文九）

《康熙字典》仍設匕（音比）部，《說文》匕部中除「卬」字歸「卩（㔾）」部，「𠖷」字歸「支」部，「頃」字歸「頁」部，以及「艮」字另立為部首外，餘「匙」、「𠤕」、「𠤪」、「𠦞」四字悉入「匕」部。

部二九〇　从部（文三）

《康熙字典》無从部，《說文》从部之部首字併入人部，部中「從」字歸「彳」部，「并」字歸「干」部，與部首字歸部不同。

部二九一　比部（文二）

《康熙字典》仍設比部，《說文》比部中「毖」一字悉入「比」部。

部二九二　北部（文二）

《康熙字典》無北部，《說文》北部之部首字併入匕部，部中「冀」字歸「八」

部，與部首字歸部不同。

部二九三 丘部（文三）

　　《康熙字典》無丘部，《說文》丘部之部首字併入一部，部中「虛」字歸「虍」部，「㘸」字歸「尸」部，與部首字歸部不同。

部二九四 众部（文四）

　　《康熙字典》無众部，《說文》众部之部首字併入人部，部中「眾」字歸「目」部，「聚」字歸「耳」部，「臮」字歸「自」部，與部首字歸部不同。

部二九五 壬部（文四）

　　《康熙字典》無壬部，《說文》壬部之部首字併入土部，部中「徵」字歸「彳」部，「望」字歸「月」部，「至」字歸「爪」部，與部首字歸部不同。

部二九六 重部（文二）

　　《康熙字典》無重部，《說文》重部之部首字併入里部，部中「量」字亦歸入「里」部。

部二九七 臥部（文四）

　　《康熙字典》無臥部，《說文》臥部之部首字併入臣部，部中除「監」字歸「皿」部，「䭉」字歸「食」部外，餘「臨」一字亦歸入「臣」部。

部二九八 身部（文二）

　　《康熙字典》仍設身部，《說文》身部中「軀」字悉入「身」部。

部二九九 㐆部（文二）

　　《康熙字典》無㐆部，《說文》㐆部之部首字併入丿部，部中「殷」字歸「殳」部，與部首字歸部不同。

部三〇〇 衣部（文百一十六、新附文三）

　　《康熙字典》仍設衣部，《說文》衣部中除「襍」字歸「隹」部外，餘「裏」、「衽」、「卒」〔註23〕等一百一十七字悉入「衣」部。

部三〇一 裘部（文二）

　　《康熙字典》無裘部，《說文》裘部之部首字併入衣部，部中「鬷」字歸「鬲」部，與部首字歸部不同。

部三〇二 老部（文十）

　　《康熙字典》仍設老部，《說文》老部中除「壽」字歸「士」部，「孝」字歸

〔註23〕「卒」字隸變作「卒」，《康熙字典》則歸入「十」部中。

「子」部外，餘「考」、「耆」等七悉入「老」部。

部三〇三　毛部（文六、新附文七）

　　《康熙字典》仍設毛部，《說文》毛部中「毿」、「氈」等十二字悉入「毛」部。

部三〇四　毳部（文二）

　　《康熙字典》無毳部，《說文》毳部之部首字併入毛部，部中「氋」字歸「非」部，與部首字歸部不同。

部三〇五　尸部（文二十三、新附文一）

　　《康熙字典》仍設尸部，《說文》尸部中「尼」、「屈」等二十三字悉入「尸」部。

部三〇六　尺部（文二）

　　《康熙字典》無尺部，《說文》尺部之部首字併入尸部，部中「咫」字歸「口」部，與部首字歸部不同。

部三〇七　尾部（文四）

　　《康熙字典》無尾部，《說文》尾部之部首字併入尸部，部中「屬」、「屈」、「尿」三字亦歸入「尸」部。

部三〇八　履部（文六）

　　《康熙字典》無履部，《說文》履部之部首字併入尸部，部中「屨」、「屬」、「屐」等五字亦歸入「尸」部。

部三〇九　舟部（文十二、新附文四）

　　《康熙字典》仍設舟部，《說文》舟部中除「俞」字歸「入」部外〔註24〕，餘「舫」、「艫」、「般」、「艅」、「服」等十四字悉入「舟」部〔註25〕。

部三一〇　方部（文二）

　　《康熙字典》仍設方部，《說文》方部中「航」字亦歸入「方」部。

部三一一　儿部（文六）

　　《康熙字典》仍設儿部，《說文》儿部中「兀」、「兒」等五字悉入「儿」部。

部三一二　兄部（文二）

　　《康熙字典》無兄部，《說文》兄部之部首字併入儿部，部中「競（兢）」字亦歸入「儿」部。

〔註24〕「俞」字又作「俞」，《康熙字典》則歸入人部中。

〔註25〕「艅」、「服」二字隸變作「朕」、「服」，二字歸入「月」部中。

部三一三　先部（文二）

　　《康熙字典》無先部，《說文》先部之部首字併入儿部，部中「兟」字亦歸入「儿」部。

部三一四　皃部（文二）

　　《康熙字典》無皃部，《說文》皃部之部首字併入白部，部中「覍」字歸「小」部，與部首字歸部不同。

部三一五　兂部（文二）

　　《康熙字典》無兂部，《說文》兂部之部首字併入儿部，部中「兓」字亦歸入「儿」部。

部三一六　先部（文二）

　　《康熙字典》無先部，《說文》先部之部首字併入儿部，部中「兟」字亦歸入「儿」部。

部三一七　秃部（文二）

　　《康熙字典》無秃部，《說文》秃部之部首字併入禾部，部中「穨」字亦歸入「禾」部。

部三一八　見部（文四十五、新附文一）

　　《康熙字典》仍設見部，《說文》見部中「視」、「覘」、「覬」等四十五字悉入「見」部。

部三一九　覞部（文三）

　　《康熙字典》無覞部，《說文》覞部之部首字併入見部，部中除「靚」字歸「雨」部外，餘「覿」一字亦歸入「見」部。

部三二〇　欠部（文六十五、新附文一）

　　《康熙字典》仍設欠部，《說文》欠部中除「吹」字歸「口」部，「弞」字歸「弓」部，「歇」字歸「骨」部，「㵎」字歸「水」部，「欒」字歸「糸」部外，餘「欲」、「款」等六十一字悉入「欠」部。

部三二一　㱃部（文二）

　　《康熙字典》無㱃部，《說文》㱃部之部首字併入欠部，部中「歠」字亦歸入「欠」部。

部三二二　次部（文四）

　　《康熙字典》無次部，《說文》次部之部首字併入水部，部中「羨」字歸「羊」

部，「盜」字歸「皿」部，「庂」字歸「厂」部，與部首字歸部不同。

部三二三　旡部（文三）

《康熙字典》無旡部，《說文》旡部之部首字以其形體近似无字而併入无部，部中「㱖」、「㱇」二字亦歸入「无」部。

二、卷九（部三二四～部三六九）之歸部情形

部三二四　頁部（文九十三、新附文一）

《康熙字典》仍設頁部，《說文》頁部中除「煩」字歸「火」部，「碩」字歸「石」部，「籲」字歸「竹」部外，餘「頭」、「顏」等九十字悉入「頁」部。

部三二五　百部（文二）

《康熙字典》無百部，《說文》百部之部首字併入自部，部中「䩱」字歸「肉」部，與部首字歸部不同。

部三二六　面部（文四、新附文一）

《康熙字典》仍設面部，《說文》面部中「䩖」、「靨」等四字悉入「面」部。

部三二七　丏部（文一）

《康熙字典》無丏部，《說文》丏部之部首字併入一部。原丏部無隸屬字。

部三二八　𩠐（首）部（文三）

《康熙字典》仍設首部，《說文》首部中「䐛」、「䰇」二字悉入「首」部。

部三二九　㬎（景）部（文二）

《康熙字典》無㬎部，《說文》㬎部之部首字併入目部，部中「縣」字歸「糸」部，與部首字歸部不同。

部三三〇　須部（文五）

《康熙字典》無須部，《說文》須部之部首字併入頁部，部中「頮」、「顂」、「顃」、「頦」四字亦歸入「頁」部。

部三三一　彡部（文九、新附文一）

《康熙字典》仍設彡部，《說文》彡部中除「參」、「修」二字歸「人」部，「彭」字歸「青」部，「弱」字歸「弓」部外，餘「彰」、「形」等五字悉入「彡」部。

部三三二　彣部（文二）

《康熙字典》無彣部，《說文》彣部之部首字併入彡部，部中「彥」字亦歸入「彡」部。

部三三三 文部（文四）

《康熙字典》仍設文部，《說文》文部中除「辬」字歸「辛」部外，餘「斐」、「嫠」二字悉入「文」部。

部三三四 髟部（文三十八、新附文四）

《康熙字典》仍設髟部，《說文》髟部中「髮」、「鬢」等四十一字悉入「髟」部。

部三三五 后部（文二）

《康熙字典》無后部，《說文》后部之部首字併入口部，部中「詬」字亦歸入「口」部。

部三三六 司部（文二）

《康熙字典》無司部，《說文》司部之部首字併入口部，部中「詞」字歸「言」部，與部首字歸部不同。

部三三七 卮部（文三）

《康熙字典》無卮部，《說文》卮部之部首字併入卩（卩）部〔註26〕，部中「𢉖」字歸「寸」部，「𦉢」字歸「而」部，與部首字歸部不同。

部三三八 卩（卩）部（文十三）

《康熙字典》仍設卩（卩）部，《說文》卩（卩）部中除「厄」字歸「厂」部，「令」字歸「人」部外，餘「卲」、「卷」等十字悉入「卩（卩）」部。

部三三九 印部（文二）

《康熙字典》無印部，《說文》印部之部首字併入卩部，部中「𠨬」字亦歸入「卩」部。

部三四〇 色部（文三）

《康熙字典》仍設色部，《說文》色部中「艴」、「𢑒」二字悉入「色」部。

部三四一 𠨍（卯）部（文二）

《康熙字典》無卯部，《說文》卯部之部首字併入卩部，部中「卿」字亦歸入「卩」部。

部三四二 辟部（文三）

《康熙字典》無辟部，《說文》辟部之部首字併入辛部，部中「𨐓」、「嬖」二字亦歸入「辛」部。

部三四三 勹部（文十五）

〔註26〕「卮」字又作「卮」，《康熙字典》則歸入「己」部中。

《康熙字典》仍設勹部，《說文》勹部中除「旬」字歸「日」部，「冢」字歸「冖」部外，餘「匍」、「匊」等十二字悉入「勹」部。

部三四四　包部（文三）

《康熙字典》無包部，《說文》包部之部首字併入勹部，部中除「胞」字歸「肉」部外，餘「匏」一字亦歸入「勹」部。

部三四五　苟部（文二）

《康熙字典》無苟部，《說文》苟部之部首字併入艸部，部中「敬」字歸「攵」部，與部首字歸部不同。

部三四六　鬼部（文十七、新附文三）

《康熙字典》仍設鬼部，《說文》鬼部中除「醜」字歸「酉」部外，餘「魂」、「魄」等十八字悉入「鬼」部。

部三四七　甶（甶）部（文三）

《康熙字典》無甶部，《說文》甶（甶）部之部首字以其形體近似田字而併入田部，部中除「禺」字歸「內」部外，餘「畏」一字亦歸入「田」部。

部三四八　厶部（文三）

《康熙字典》仍設厶部，《說文》厶部中除「篡」字歸「竹」部外，餘「羑」一字亦歸入「厶」部。

部三四九　嵬部（文二）

《康熙字典》無嵬部，《說文》嵬部之部首字併入山部，部中「巍」字亦歸入「山」部。

部三五〇　山部（文五十三、新附文十二）

《康熙字典》仍設山部，《說文》山部中除「密」字歸「宀」部外，餘「岱」、「岫」等六十三字悉入「山」部。

部三五一　屾部（文二）

《康熙字典》無屾部，《說文》屾部之部首字併入山部，部中「盇」字亦歸入「山」部。

部三五二　屵部（文六）

《康熙字典》無屵部，《說文》屵部之部首字併入山部，部中「岸」、「崖」、「崔」等五字亦歸入「山」部。

部三五三　广部（文四十九、新附文六）

《康熙字典》仍設广部,《說文》广部中除「龐」字歸「龍」部外,餘「庶」、「廉」等五十三字悉入「广」部。

部三五四　厂部（文二十七）

《康熙字典》仍設厂部,《說文》厂部中除「仄」字歸「人」部外,餘「厲」、「厝」等二十五字悉入「厂」部。

部三五五　丸部（文四）

《康熙字典》無丸部,《說文》丸部之部首字併入丶部,部中「㶳」字歸「口」部,「㡇」字歸「而」部,「㚻」字歸「女」部,與部首字歸部不同。

部三五六　危部（文二）

《康熙字典》無危部,《說文》危部之部首字併入卩部,部中「䃾」字歸「支」部,與部首字歸部不同。

部三五七　石部（文四十九、新附文九）

《康熙字典》仍設石部,《說文》石部中「砌」、「砭」等五十七字悉入「石」部。

部三五八　長部（文四）

《康熙字典》仍設長部,《說文》長部中除「隸」字歸「隶」部外,餘「镻」、「肆」二字悉入「長」部。

部三五九　勿部（文二）

《康熙字典》無勿部,《說文》勿部之部首字併入勹部,部中「昜」字歸「日」部,與部首字歸部不同。

部三六○　冄部（文一）

《康熙字典》無冄部,《說文》冄部之部首字併入冂部。原冄部無隸屬字。

部三六一　而部（文二）

《康熙字典》仍設而部,《說文》而部中「耐」字亦歸入「而」部。

部三六二　豕部（文二十二）

《康熙字典》仍設豕部,《說文》豕部中「豬」、「豢」等二十一字悉入「豕」部。

部三六三　帚部（文五）

《康熙字典》無帚部,《說文》帚部之部首字併入彐部,部中除「帟」字歸「高」部外,餘「絭」等三字亦歸入「彐」部。

部三六四　彑（彐）部（文五）

《康熙字典》仍設彑（彐）部，《說文》彑（彐）部中「彘」、「彖」等四字悉入「彑（彐）」部。

部三六五　豚部（文二）

《康熙字典》無豚部，《說文》豚部之部首字併入豕部，部中「䝈」字亦歸入「豕」部。

部三六六　豸部（文二十、新附文一）

《康熙字典》仍設豸部，《說文》豸部中「豹」、「貘」等二十字悉入「豸」部。

部三六七　𤉡部（文一）

《康熙字典》無𤉡部，《說文》𤉡部之部首字併入豕部。原𤉡部無隸屬字。

部三六八　昜部（文一）

《康熙字典》無昜部，《說文》昜部之部首字併入日部。原昜部無隸屬字。

部三六九　象部（文二）

《康熙字典》無象部，《說文》象部之部首字併入豕部，部中「豫」字亦歸入「豕」部。

三、卷十（部三七〇～部四〇九）之歸部情形

部三七〇　馬部（文一百一十五、新附文五）

《康熙字典》仍設馬部，《說文》馬部中除「篤」字歸「竹」部，「颿」字歸「風」部外，餘「騮」、「駱」等一百一十七字悉入「馬」部。

部三七一　廌部（文四）

《康熙字典》無廌部，《說文》廌部之部首字併入广部，部中「孨」字歸「子」部，「薦」字歸「艸」部，「灋」字歸「水」部，與部首字歸部不同。

部三七二　鹿部（文二十六）

《康熙字典》仍設鹿部，《說文》鹿部中「麋」、「麗」等二十五字悉入「鹿」部。

部三七三　麤部（文二）

《康熙字典》無麤部，《說文》麤部之部首字併入鹿部，部中「𪋻」字亦歸入「鹿」部。

部三七四　㲋部（文四）

《康熙字典》無㲋部，《說文》㲋部之部首字併入比部，部中「毚」、「㲜」、「㕙」

三字亦歸入「比」部。

部三七五 兔部（文五、新附文一）

《康熙字典》無兔部，《說文》兔部之部首字併入儿部，部中除「逸」字歸「辵」部，「冤」字歸「宀」部，「娩」字歸「女」部，「毚」字歸「厶」部外，餘「毚」一字亦歸入「儿」部。

部三七六 莧部（文一）

《康熙字典》無莧部，《說文》莧部之部首字併入艸部。原莧部無隸屬字。

部三七七 犬部（文八十三、新附文四）

《康熙字典》仍設犬部，《說文》犬部中除「戾」字歸「戶」部，「臭」字歸「自」部，「默」字歸「黑」部，「類」字歸「頁」部，「倏」字歸「人」部外，餘「狗」、「狡」等八十一字悉入「犬」部。

部三七八 狀部（文三）

《康熙字典》無狀部，《說文》狀部之部首字併入犬部，部中「獄」等二字亦歸入「犬」部。

部三七九 鼠部（文二十）

《康熙字典》仍設鼠部，《說文》鼠部中「鼨」、「鼶」等十九字悉入「鼠」部。

部三八○ 能部（文一）

《康熙字典》無能部，《說文》能部之部首字併入肉部。原能部無隸屬字。

部三八一 熊部（文二）

《康熙字典》無熊部，《說文》熊部之部首字併入火部，部中「羆」字歸「网」部，與部首字歸部不同。

部三八二 火部（文一百一十二、新附文六）

《康熙字典》仍設火部，《說文》火部中除「黿」字歸「龜」部，「齋」字歸「齊」部外，餘「炟」、「灮（光）」等一百一十五字悉入「火」部〔註27〕。

部三八三 炎部（文八）

《康熙字典》無炎部，《說文》炎部之部首字併入火部，部中除「燅」字歸「舌」部外，餘「燄」、「燮」、「粦」等六字亦歸入「火」部〔註28〕。

〔註27〕灮字隸定作「炗」，仍列在「火」部中；隸變作「光」，《康熙字典》則錄於「儿」部中。
〔註28〕「粦」字隸變作「舛」，《康熙字典》則歸入「米」部中。

部三八四　黑部（文三十七）

　　《康熙字典》仍設黑部，《說文》黑部中除「儵」字歸「人」部外，餘「點」、「黝」等三十五字悉入「黑」部。

部三八五　囪部（文二）

　　《康熙字典》無囪部，《說文》囪部之部首字併入囗部，部中「悤」字歸「心」部，與部首字歸部不同。

部三八六　焱部（文三）

　　《康熙字典》無焱部，《說文》焱部之部首字併入火部，部中「熒」、「桑」二字亦歸入「火」部。

部三八七　炙部（文三）

　　《康熙字典》無炙部，《說文》炙部之部首字併入火部，部中「繙」、「燎」二字亦歸入「火」部。

部三八八　赤部（文八、新附文二）

　　《康熙字典》仍設赤部，《說文》赤部中除「浾」字歸「水」部外，餘「赧」、「赫」等八字悉入「赤」部。

部三八九　大部（文十八）

　　《康熙字典》仍設大部，《說文》大部中「奎」、「夾」等十七字悉入「大」部。

部三九○　亦部（文二）

　　《康熙字典》無亦部，《說文》亦部之部首字併入亠部，部中「夾」字歸「大」部，與部首字歸部不同。

部三九一　矢部（文四）

　　《康熙字典》無矢部，《說文》矢部之部首字併入大部，部中除「奨」字歸「士」部，「吳」字歸「口」部外，餘「夨」一字亦歸入「大」部。

部三九二　夭部（文四）

　　《康熙字典》無夭部，《說文》夭部之部首字併入大部，部中除「喬」字歸「口」部，「夵」字歸「屮」部外〔註29〕，餘「奔」一字亦歸入「大」部。

部三九三　交部（文三）

　　《康熙字典》無交部，《說文》交部之部首字併入亠部，部中「㚣」字不見錄及「絞」字歸「糸」部，與部首字歸部不同。

〔註29〕「夵」字隸變作「幸」，《康熙字典》則歸入「干」部中。

部三九四　尢部（文十二）

《康熙字典》仍設尢部，《說文》尢部中「尬」、「尪」等十一字悉入「尢」部。

部三九五　壺部（文二）

《康熙字典》無壺部，《說文》壺部之部首字併入士部，部中「壹」字亦歸入「士」部。

部三九六　壹部（文二）

《康熙字典》無壹部，《說文》壹部之部首字併入士部，部中「懿」字歸「心」部，與部首字歸部不同。

部三九七　䇂部（文七）

《康熙字典》無䇂部，《說文》䇂部之部首字併入大部，部中「執」、「報」二字歸「土」部，「圉」字歸「囗」部，「睪」字歸「目」部，「盩」字歸「皿」部，「簐」字歸「竹」部，與部首字歸部不同。

部三九八　奢部（文二）

《康熙字典》無奢部，《說文》奢部之部首字併入大部，部中「奲」字亦歸入「大」部。

部三九九　亢部（文二）

《康熙字典》無亢部，《說文》亢部之部首字併入亠部，部中「𡴚」字歸「夂」部，與部首字歸部不同。

部四〇〇　本部（文六）

《康熙字典》無本部，《說文》本部之部首字併入大部，部中除「桒」字歸「十」部，「暴」字歸「日」部，「軜」字歸「屮」部，「皋」字歸「白」部外，餘「奏」一字亦歸入「大」部。

部四〇一　夰部（文五）

《康熙字典》無夰部，《說文》夰部之部首字以其形體近似大字而併入大部，部中除「昦（昊）」字歸「日」部，「界」字歸「目」部，「㞢」字歸「臣」部外，餘「界」一字亦歸入「大」部。

部四〇二　亣部（文八）

《康熙字典》無亣部，《說文》亣部之部首字併入亠部，部中除「奭」字歸「而」部外，餘「奕」、「奘」等六字皆以其隸變形體近似大字而歸入大部，與部首字歸部不同。

部四○三　夫部（文三）

　　《康熙字典》無夫部，《說文》夫部之部首字併入大部，部中除「規」字歸「見」
部外，餘「扶」一字亦歸入「大」部。

部四○四　立部（文十九）

　　《康熙字典》仍設立部，《說文》立部中除「靖」字歸「青」部外，餘「竣」、
「端」等十七字悉入「立」部。

部四○五　竝部（文二）

　　《康熙字典》無竝部，《說文》竝部之部首字併入立部，部中「暜」字歸「白」
部，與部首字歸部不同。

部四○六　囟部（文三）

　　《康熙字典》無囟部，《說文》囟部之部首字併入口部，部中「𤰞」字歸「巛」
部，「毗」字歸「比」部，與部首字歸部不同。

部四○七　思部（文二）

　　《康熙字典》無思部，《說文》思部之部首字併入心部，部中「慮」字亦歸入
「心」部。

部四○八　心部（文二百六十三、新附文十三）

　　《康熙字典》仍設心部，《說文》心部中除「癭」字歸「疒」部，「簋」、「簡」
二字歸「竹」部外，餘「息」、「情」等二百七十二字悉入「心」部。

部四○九　惢部（文二）

　　《康熙字典》無惢部，《說文》惢部之部首字併入心部，「繠」字歸「糸」部，
與部首字歸部不同。

第五節　《說文》卷十一～卷十四之歸部情形

　　本節以徐鉉校定本《說文》卷十一至卷十四之所有部首及其部中之字，與《康熙
字典》之歸部作一比對，將其歸部異同之實況，逐部敘述於後。所討論的部首包括卷
十一的水部、沝部、瀕部……非部、卂部等二十一部，卷十二的乙部、不部、至部……
弦部、系部等三十六部，卷十三的糸部、素部、絲部……力部、劦部等二十三部，卷
十四的金部、开部、勺部……戌部、亥部等五十一部，凡一百三十一部。

一、卷十一（部四一○～部四三○）之歸部情形

部四一〇 水部（文四百六十八、新附文二十三）

《康熙字典》仍設水部，《說文》水部中除「砅」字歸「石」部，「衍」字歸「行」部，「染」字歸「木」部，「滌」字歸「爿」部〔註 30〕，及「萍」、「蕩」二字歸「艸」部外，餘「江」、「河」等四百八十四字悉入「水」部。

部四一一 林部（文三）

《康熙字典》無林部，《說文》林部之部首字併入水部，部中「㴇」、「㶓」二字亦歸入「水」部。

部四一二 瀕部（文二）

《康熙字典》無瀕部，《說文》瀕部之部首字併入水部，部中「顰」字歸「頁」部，與部首字歸部不同。

部四一三 く部（文一）

《康熙字典》無く部，《說文》く部之部首字併入巛部。原く部無隸屬字。

部四一四 巜部（文二）

《康熙字典》無巜部，《說文》巜部之部首字併入巛部，部中「粼」字歸「米」部，與部首字歸部不同。

部四一五 巛部（文十）

《康熙字典》仍設巛部，《說文》巛部中除「侃」字歸「人」部，「邕」字歸「邑」部外，餘「巠」、「巟」等七字悉入「巛」部。

部四一六 泉部（文二）

《康熙字典》無泉部，《說文》泉部之部首字併入水部，部中「灥」字亦歸入「水」部。

部四一七 灥部（文二）

《康熙字典》無灥部，《說文》灥部之部首字併入水部，部中「厵」字歸「厂」部，與部首字歸部不同。

部四一八 永部（文二）

《康熙字典》無永部，《說文》永部之部首字併入水部，部中「羕」字歸「羊」部，與部首字歸部不同。

部四一九 𠂢部（文三）

《康熙字典》無𠂢部，《說文》𠂢部之部首字併入丿部，部中「衇」字歸「血」

〔註 30〕「滌」字又書作「漿」，《康熙字典》則歸入「水」部中。

部,「覞」字歸「見」部,與部首字歸部不同。

部四二〇　谷部（文八）

《康熙字典》仍設谷部,《說文》谷部中「谿」、「豅」等七字悉入「谷」部。

部四二一　仌（冫）部（文十七）

篆文「仌」隸變作「冫」,《康熙字典》有冫部無仌部,《說文》仌部之篆文部首字併入人部,部中「冰」、「凍」等十六字悉入「冫」部。

部四二二　雨部（文四十七、新附文五）

《康熙字典》仍設雨部,《說文》雨部中除「屚」字歸「尸」部外,餘「靁」、「霆」等五十字悉入「雨」部。

部四二三　雲部（文二）

《康熙字典》無雲部,《說文》雲部之部首字併入雨部,部中「霧」字亦歸入「雨」部。

部四二四　魚部（文一百三、新附文三）

《康熙字典》仍設魚部,《說文》魚部中「鱸」、「鮪」等一百零五字悉入「魚」部。

部四二五　鱟部（文二）

《康熙字典》無鱟部,《說文》鱟部之部首字併入魚部,部中「瀺」字亦歸入「魚」部。

部四二六　燕部（文一）

《康熙字典》無燕部,《說文》燕部之部首字併入火部。原燕部無隸屬字。

部四二七　龍部（文五）

《康熙字典》仍設龍部,《說文》龍部中「龗」、「龗」等四字悉入「龍」部。

部四二八　飛部（文二）

《康熙字典》仍設飛部,《說文》飛部中「翼」字亦歸入「飛」部。

部四二九　非部（文五）

《康熙字典》仍設非部,《說文》非部中除「陸」字歸「阜」部外,餘「靡」、「靠」等三字悉入「非」部。

部四三〇　卂部（文二）

《康熙字典》無卂部,《說文》卂部之部首字併入十部,部中「燊」字歸「火」部,與部首字歸部不同。

二、卷十二（部四三一～部四六六）之歸部情形

部四三一　乚部（文三）

《康熙字典》無乚部，《說文》乚部之部首字以其形體近似乙字而併入乙部，部中除「孔」字歸「子」部外，餘「乳」一字亦歸入「乙」部。

部四三二　不部（文二）

《康熙字典》無不部，《說文》不部之部首字併入一部，部中「否」字歸「口」部，與部首字歸部不同。

部四三三　至部（文六）

《康熙字典》仍設至部，《說文》至部中除「到」字歸「刀」部外，餘「臺」、「臻」等四字悉入「至」部。

部四三四　𠧪（西）部（文二）

《康熙字典》無𠧪部，《說文》𠧪部之部首字併入弓部，其隸變作西，《康熙字典》併入襾部，部中「翼」字亦歸入「襾」部。

部四三五　鹵部（文三）

《康熙字典》仍設鹵部，《說文》鹵部中「鹺」、「鹹」二字悉入「鹵」部。

部四三六　鹽部（文三）

《康熙字典》無鹽部，《說文》鹽部之部首字併入鹵部，部中除「鹽」字歸「皿」部外，餘「鹼」一字亦歸入「鹵」部。

部四三七　戶部（文十）

《康熙字典》仍設戶部，《說文》戶部中除「扉」字歸「聿」部外，餘「扉」、「房」等八字悉入「戶」部。

部四三八　門部（文五十七、新附文五）

《康熙字典》仍設門部，《說文》門部中「閶」、「閣」等六十一字悉入「門」部。

部四三九　耳部（文三十二、新附文一）

《康熙字典》仍設耳部，《說文》耳部中「耽」、「耿」等三十二字悉入「耳」部。

部四四〇　臣部（文二）

《康熙字典》無臣部，《說文》臣部之部首字以其形體近似臣字而併入臣部，部中「配」字歸「己」部，與部首字歸部不同。

部四四一　手部（文二百六十五、新附文十三）

　　《康熙字典》仍設手部，《說文》手部中除「擝」字歸「疒」部，「籀」字歸「竹」部外，餘「掌」、「拇」等二百七十五字悉入「手」部。

部四四二　傘部（文二）

　　《康熙字典》無傘部，《說文》傘部之部首字併入十部，部中「脊」字歸「肉」部，與部首字歸部不同。

部四四三　女部（文二百三十八、新附文七）

　　《康熙字典》仍設女部，《說文》女部中除「佞」字歸「人」部，「齌」字歸「齊」部外，餘「姓」、「姜」等二百四十二字悉入「女」部。

部四四四　毋部（文二）

　　《康熙字典》仍設毋部，《說文》毋部中「毒」字亦歸入「毋」部。

部四四五　民部（文二）

　　《康熙字典》無民部，《說文》民部之部首字併入氏部，部中「氓」字亦歸入「氏」部。

部四四六　丿部（文四）

　　《康熙字典》仍設丿部，《說文》丿部中除「弗」字歸「弓」部外，餘「乂」、「乁」二字悉入「丿」部。

部四四七　厂部（文二）

　　《康熙字典》無厂部，《說文》厂部之部首字併入丿部，部中「弋」字則另立為部首，與部首字歸部不同。

部四四八　乁部（文二）

　　《康熙字典》無乁部，《說文》乁部之部首字併入丿部，部中「也」字歸「乙」部，與部首字歸部不同。

部四四九　氏部（文二）

　　《康熙字典》仍設氏部，《說文》氏部中「𧘌」字亦歸入「氏」部。

部四五〇　氐部（文四）

　　《康熙字典》無氐部，《說文》氐部之部首字併入氏部，部中「𭏇」、「䟗」、「𦥑」三字亦歸入「氏」部。

部四五一　戈部（文二十六）

　　《康熙字典》仍設戈部，《說文》戈部中除「賊」字歸「貝」部，「肇」字歸

「聿」部外，餘「戲」、「戰」等二十三字悉入「戈」部。

部四五二　戉部（文二）

《康熙字典》無戉部，《說文》戉部之部首字併入戈部，部中「戚」字亦歸入「戈」部。

部四五三　我部（文二）

《康熙字典》無我部，《說文》我部之部首字併入戈部，部中「義」字歸「羊」部，與部首字歸部不同。

部四五四　亅部（文二）

《康熙字典》仍設亅部，《說文》亅部中「乚」字亦歸入「亅」部。

部四五五　珡（琴）部（文二、新附文二）

《康熙字典》無珡部，《說文》珡部之部首字併入玉部，部中「瑟」、「琵」、「琶」三字亦歸入「玉」部。

部四五六　乚（隱）部（文二）

《康熙字典》無乚部，《說文》乚部之部首字併入乙部，部中「直」字歸「目」部，與部首字歸部不同。

部四五七　亡部（文五）

《康熙字典》無亡部，《說文》亡部之部首字併入亠部，部中「乍」字歸「丿」部，「望」字歸「月」部，「無（橆）」字歸「火」部〔註31〕、「匃（匄）」字歸「勹」部，與部首字歸部不同。

部四五八　乚部（文七）

《康熙字典》仍設乚部，《說文》乚部中「匹」、「匿」等六字悉入「乚」部。

部四五九　匚部（文十九）

《康熙字典》仍設匚部，《說文》匚部中除「柩」字歸「木」部外，餘「匠」、「匡」等十七字悉入「匚」部。

部四六〇　曲部（文三）

《康熙字典》無曲部，《說文》曲部之部首字併入曰部，部中「匩」字歸「匚」部，「𠚍」字歸「凵」部，與部首字歸部不同。

部四六一　甾（畱）部（文五）

《康熙字典》無甾部，《說文》甾部之部首字依其隸定（甾）與隸變（畱）之

〔註31〕無字篆文作橆，隸定作橆，《康熙字典》僅錄隸變之「無」字，歸入「火」部中。

形分別併入凵部與田部中，部中除「𠁥」字歸「虍」部外，餘「𤰞」、「畚」、「䎷」三字悉入「田」部。

部四六二　瓦部（文二十五、新附文二）

《康熙字典》仍設瓦部，《說文》瓦部中「甄」、「甑」等二十六字悉入「瓦」部。

部四六三　弓部（文二十七）

《康熙字典》仍設弓部，《說文》弓部中除「發」字歸「癶」部外，餘「弭」、「弧」等二十五字悉入「弓」部。

部四六四　弜部（文二）

《康熙字典》無弜部，《說文》弜部之部首字併入弓部，部中「弼」字亦歸入「弓」部。

部四六五　弦部（文四）

《康熙字典》無弦部，《說文》弦部之部首字併入弓部，部中「盭」字歸「皿」部及「玅」、「竭」二字歸「幺」部〔註 32〕，與部首字歸部不同。

部四六六　系部（文四）

《康熙字典》無系部，《說文》系部之部首字併入糸部，部中除「孫」字歸「子」部外，餘「緜」、「繇」二字亦歸入「糸」部。

三、卷十三（部四六七～部四八九）之歸部情形

部四六七　糸部（文二百四十八、新附文八）

《康熙字典》仍設糸部，《說文》糸部中除「徽」字歸「彳」部，「彝」字歸「彑」部外，餘「繭」、「繹」等二百五十三字悉入「糸」部。

部四六八　素部（文六）

《康熙字典》無素部，《說文》素部之部首字併入糸部，部中「素勺」、「素卓」、「緩」等五字悉入「糸」部。

部四六九　絲部（文三）

《康熙字典》無絲部，《說文》絲部之部首字併入糸部，部中「轡」字歸「車」部，「𢇁」字歸「幺」部，與部首字歸部不同。

部四七〇　率部（文一）

〔註 32〕「玅」、「竭」二字又作「玅」、「竭」，《康熙字典》則歸入「玄」部中。

《康熙字典》無率部，《說文》率部之部首字併入玄部。原率部無隸屬字。

部四七一　虫部（文一百五十三、新附文七）

《康熙字典》仍設虫部，《說文》虫部中除「強」字歸「弓」部，「閩」字歸「門」部，「雖」字歸「隹」部外，餘「蜀」、「蜥」等一百五十六字悉入「虫」部。

部四七二　蚰部（文二十五）

《康熙字典》無蚰部，《說文》蚰部之部首字併入虫部，部中「蠶」、「蟲」等二十四字悉入「虫」部。

部四七三　蟲部（文六）

《康熙字典》無蟲部，《說文》蟲部之部首字併入虫部，部中「蠱」、「蟊」等五字悉入「虫」部。

部四七四　風部（文十三、新附文三）

《康熙字典》仍設風部，《說文》風部中「飄」、「颶」等十五字悉入「風」部。

部四七五　它部（文一）

《康熙字典》無它部，《說文》它部之部首字併入宀部。原它部無隸屬字。

部四七六　龜部（文三）

《康熙字典》仍設龜部，《說文》龜部中「鼈」等二字悉入「龜」部。

部四七七　黽部（文十三、新附文一）

《康熙字典》仍設黽部，《說文》黽部中除「蠅」字歸「虫」部外，餘「黿」、「鼂」等十二字悉入「黽」部。

部四七八　卵部（文二）

《康熙字典》無卵部，《說文》卵部之部首字併入卩部，部中「毈」字歸「殳」部，與部首字歸部不同。

部四七九　二部（文六）

《康熙字典》仍設二部，《說文》二部中除「恒」字歸「心」部，「竺」字歸「竹」部，「凡」字歸「几」部外，餘「亟」、「亘」二字悉入「二」部。

部四八〇　土部（文一百三十一、新附文十三）

《康熙字典》仍設土部，《說文》土部中除「封」字歸「寸」部，「毀」字歸「殳」部，「壓」字歸「广」部外，餘「地」、「坤」、「垙」等一百四十字悉入

「土」部〔註33〕。

部四八一　垚部（文二）

《康熙字典》無垚部，《說文》垚部之部首字併入土部，部中「堯」字亦歸入「土」部。

部四八二　堇部（文二）

《康熙字典》無堇部，《說文》堇部之部首字併入土部，部中「艱」字歸「艮」部，與部首字歸部不同。

部四八三　里部（文三）

《康熙字典》仍設里部，《說文》里部中「釐」、「野」二字悉入「里」部。

部四八四　田部（文二十九）

《康熙字典》仍設田部，《說文》田部中「甸」、「畛」等二十八字悉入「田」部。

部四八五　畕部（文二）

《康熙字典》無畕部，《說文》畕部之部首字併入田部，部中「畺」字亦歸入「田」部。

部四八六　黃部（文六）

《康熙字典》仍設黃部，《說文》黃部中「黇」、「黂」、「黊」等五字悉入「黃」部。

部四八七　男部（文三）

《康熙字典》無男部，《說文》男部之部首字併入田部，部中「甥」字歸「生」部，「舅」字歸「臼」部，與部首字歸部不同。

部四八八　力部（文四十、新附文四）

《康熙字典》仍設力部，《說文》力部中除「飭」字歸「食」部，「辦」字歸「辛」部外，餘「勳」、「功」等四十一字悉入「力」部。

部四八九　劦部（文四）

《康熙字典》無劦部，《說文》劦部之部首字併入力部，部中除「協」字歸「十」部，「恊」字歸「心」部外，餘「勰」一字亦歸入「力」部。

四、卷十四（部四九〇～部五四〇）之歸部情形

〔註33〕「扗」字又作「扗」，《康熙字典》則歸入「手」部中。

部四九〇 金部（文一百九十七、新附文七）

《康熙字典》仍設金部，《說文》金部中「銀」、「錫」等二百零三字悉入「金」部。

部四九一 开部（文一）

《康熙字典》無开部，《說文》开部之部首字併入干部。原开部無隸屬字。

部四九二 勺部（文二）

《康熙字典》無勺部，《說文》勺部之部首字併入勹部，部中「与」字歸「一」部，與部首字歸部不同。

部四九三 几部（文四）

《康熙字典》仍設几部，《說文》几部中「処」、「凥」二字悉入「几」部。

部四九四 且部（文三）

《康熙字典》無且部，《說文》且部之部首字併入一部，部中「俎」字歸「人」部，「覷」字歸「虍」部，與部首字歸部不同。

部四九五 斤部（文十五）

《康熙字典》仍設斤部，《說文》斤部中除「釿」字歸「金」部，「所」字歸「戶」部外，餘「斧」、「斲」等十二字悉入「斤」部。

部四九六 斗部（文十七）

《康熙字典》仍設斗部，《說文》斗部中除「魁」字歸「鬼」部、「升」字歸「十」部外，餘「斜」、「料」等十四字悉入「斗」部。

部四九七 矛部（文六）

《康熙字典》仍設矛部，《說文》矛部中「矜」、「稍」等五字悉入「矛」部。

部四九八 車部（文九十九、新附文三）

《康熙字典》仍設車部，《說文》車部中除「斬」字歸「斤」部，「範」字歸「竹」部外，餘「軒」、「輻」等九十九字悉入「車」部。

部四九九 自部（文三）

《康熙字典》無自部，《說文》自部之部首字併入丿部，部中「岜」字歸「山」部，「官」字歸「宀」部，與部首字歸部不同。

部五〇〇 𨸏部（文九十二、新附文二）

𨸏字隸變做作阝（阜），《康熙字典》仍設阜部，《說文》𨸏部之部首字併入阜部，部中「陵」、「防」等九十三字亦歸入「阜」部。

部五〇一　𨸏部（文四）

《康熙字典》無𨸏部，《說文》𨸏部之部首字併入阜部，部中「䧃」、「𨺅」等三字亦歸入「阜」部。

部五〇二　厽部（文三）

《康熙字典》無厽部，《說文》厽部之部首字併入厶部，部中「絫」字歸「糸」部，「垒」字歸「土」部，與部首字歸部不同。

部五〇三　四部（文一）

《康熙字典》無四部，《說文》四部之部首字併入囗部。原四部無隸屬字。

部五〇四　宁部（文二）

《康熙字典》無宁部，《說文》宁部之部首字併入宀部，部中「㫁」字歸「田」部，與部首字歸部不同。

部五〇五　叕部（文二）

《康熙字典》無叕部，《說文》叕部之部首字併入又部，部中「綴」字歸「糸」部，與部首字歸部不同。

部五〇六　亞部（文二）

《康熙字典》無亞部，《說文》亞部之部首字併入二部，部中「𢁥」字未見錄。

部五〇七　五部（文一）

《康熙字典》無五部，《說文》五部之部首字併入二部。原五部無隸屬字。

部五〇八　六部（文一）

《康熙字典》無六部，《說文》六部之部首字併入八部。原六部無隸屬字。

部五〇九　七部（文一）

《康熙字典》無七部，《說文》七部之部首字併入一部。原七部無隸屬字。

部五一〇　九部（文二）

《康熙字典》無九部，《說文》九部之部首字併入乙部，部中「馗」字歸「首」部，與部首字歸部不同。

部五一一　禸部（文七）

《康熙字典》仍設禸部，《說文》禸部中除「萬」字歸「艸」部外，餘「禽」、「离」等五字悉入「禸」部。

部五一二　嘼部（文二）

《康熙字典》無嘼部，《說文》嘼部之部首字併入口部，部中「獸」字歸「犬」

部，與部首字歸部不同。

部五一三 甲部（文一）

《康熙字典》無甲部，《說文》甲部之部首字併入田部。原甲部無隸屬字。

部五一四 乙部（文四）

《康熙字典》仍設乙部，《說文》乙部中除「尤」字歸「尢」部外，餘「乾」、「亂」二字悉入「乙」部。

部五一五 丙部（文一）

《康熙字典》無丙部，《說文》丙部之部首字併入一部。原丙部無隸屬字。

部五一六 丁部（文一）

《康熙字典》無丁部，《說文》丁部之部首字併入一部。原丁部無隸屬字。

部五一七 戊部（文二）

《康熙字典》無戊部，《說文》戊部之部首字併入戈部，部中「成」字亦歸入「戈」部。

部五一八 己部（文三）

《康熙字典》仍設己部，《說文》己部中「弖」、「髸」二字悉入「己」部。

部五一九 巴部（文二）

《康熙字典》無巴部，《說文》巴部之部首字併入己部，部中「祀」字歸「巾」部，與部首字歸部不同。

部五二〇 庚部（文一）

《康熙字典》無庚部，《說文》庚部之部首字併入广部。原庚部無隸屬字。

部五二一 辛部（文六）

《康熙字典》仍設辛部，《說文》辛部中「辜」、「辤」等五字悉入「辛」部。

部五二二 辡部（文二）

《康熙字典》無辡部，《說文》辡部之部首字併入辛部，部中「辯」字亦歸入「辛」部。

部五二三 壬部（文一）

《康熙字典》無壬部，《說文》壬部之部首字併入士部。原壬部無隸屬字。

部五二四 癸部（文一）

《康熙字典》無癸部，《說文》癸部之部首字併入癶部。原癸部無隸屬字。

部五二五 子部（文十五）

《康熙字典》仍設子部，《說文》子部中除「疑」字歸「疋」部外，餘「孕」、「孺」等十三字悉入「子」部。

部五二六　了部（文三）

《康熙字典》無了部，《說文》了部之部首字併入亅部，部中「子」、「孓」二字歸「子」部，與部首字歸部不同。

部五二七　孨部（文三）

《康熙字典》無孨部，《說文》孨部之部首字併入子部，部中「孱」等二字亦歸入「子」部。

部五二八　厺部（文三）

《康熙字典》無厺部，《說文》厺部之部首字併入厶部，部中「育」字歸「肉」部，「疏」字歸「疋」部，與部首字歸部不同。

部五二九　丑部（文三）

《康熙字典》無丑部，《說文》丑部之部首字併入一部，部中「胚」字歸「肉」部，「羞」字歸「羊」部，與部首字歸部不同。

部五三〇　寅部（文一）

《康熙字典》無寅部，《說文》寅部之部首字併入宀部。原寅部無隸屬字。

部五三一　卯部（文一）

《康熙字典》無卯部，《說文》卯部之部首字併入卩部。原卯部無隸屬字。

部五三二　辰部（文二）

《康熙字典》仍設辰部，《說文》辰部中「辱」字亦歸入「辰」部。

部五三三　巳部（文二）

《康熙字典》無巳部，《說文》巳部之部首字以其形體近似己字而併入己部，部中「㠯」字亦歸入「己」部。

部五三四　午部（文二）

《康熙字典》無午部，《說文》午部之部首字併入十部，部中「啎」字歸「口」部，與部首字歸部不同。

部五三五　未部（文一）

《康熙字典》無未部，《說文》未部之部首字併入木部。原未部無隸屬字。

部五三六　申部（文四）

《康熙字典》無申部，《說文》申部之部首字併入田部，部中「𢑝」、「曳」二

字歸「曰」部,「舁」字歸「臼」部,與部首字歸部不同。

部五三七　酉部（文六十七、新附文六）

《康熙字典》仍設酉部,《說文》酉部中除「茜」字歸「艸」部外,餘「酒」、「釀」等七十一字悉入「酉」部。

部五三八　酋部（文二）

《康熙字典》無酋部,《說文》酋部之部首字併入酉部,部中「尊」字歸「廾」部〔註34〕,與部首字歸部不同。

部五三九　戌部（文一）

《康熙字典》無戌部,《說文》戌部之部首字併入戈部。原戌部無隸屬字。

部五四〇　亥部（文一）

《康熙字典》無亥部,《說文》亥部之部首字併入亠部。原亥部無隸屬字。

上舉《說文》部首凡五百四十部,九千餘字,各部各字歸入二百一十四部首之實況如前。至於部首及部中隸屬字歸併之類型與原則等相關問題,則留待本文第五章「《康熙字典》刪併《說文》部首之探究」再行說明。

〔註34〕「尊」字隸變作「尊」字,《康熙字典》歸入「寸」部中,亦與部首字歸部不同。

第五章 《康熙字典》刪併《說文》
部首之探究

第一節 字書部首觀念及部目部序之流衍

　　字書的編纂，與語言文字的學習研究有密切的關係。我國是個文明古國，早在先秦時期，就已出現文化繁榮，百家爭鳴的局面。由於知識的廣布流傳，使當時的童蒙識字課本也應運而生。在周宣王時代，太史籀作《大篆》十五篇，是我國第一部教導兒童識字的教科書，史稱《史籀篇》。入秦之後，有李斯《倉頡篇》、趙高《爰歷篇》、胡毋敬《博學篇》。到了西漢，又有司馬相如《凡將篇》、史游《急就篇》、李長《元尚篇》、揚雄《訓纂篇》。漢和帝時，賈魴又有《滂喜篇》。上舉諸書，除《急就篇》流傳下來、《蒼頡篇》還有殘簡外，餘書皆不傳。

　　今據《急就篇》內容來看，主要以七言為句，內容兼收人名、地名、雜物、語詞、醫藥、官職、律法等詞。其開卷數句曰：「急就奇觚與眾異，羅列諸物名姓字，分別部居不雜廁，用日約少誠快意，勉力務之必有喜。」是知，此書乃當時學童之識字讀本，書中分類編排，目的在於方便學童識字，而七言為句，則易於誦讀，俾利記憶。其次，就所見《蒼頡篇》殘簡中，有「蒼頡作書，以教後嗣，幼子承詔，謹慎敬戒」數語〔註1〕，知《蒼頡篇》內容應近於現存之《急就篇》，以四字為句，亦為識字讀本。不過，這些童蒙識字讀本，蒐羅許多常用字，匯聚意義相關之字於一處，「羅列諸物名姓字，分別部居不雜廁」。其分類編排的方式，應當影響了後來許慎撰《說文解字》的分部編排，形成「分別部居，不相雜廁」、「方以類聚，物以群

〔註1〕見胡平生、韓自強撰〈蒼頡篇的初步研究〉，載《文物》，1983年第二期，頁35～40。

分，同條牽屬，共理相貫」的觀念。

東漢許慎因應中國文字的特性，創立了「凡某之屬皆从某」的「部首」觀念，後代字書每多承襲之。此種以部首統字的觀念，遂成為後代字書主要的編纂體例。然由繁多的五百四十部首演變成今日通行的二百一十四部首，是經歷許多省併增刪的過程。

首先，南朝蕭梁顧野王的《玉篇》，是文字隸變之後仍承襲《說文》據形系聯的方式來編纂的一部楷書字典〔註2〕，其部目與次序多沿襲《說文》而略有出入，包括刪去哭、延、教、眉……等十一部，及因應楷書形體或後出字群而設立之部首，如父、云、臬、弋……等十三部，然全書部首數目仍多達五百四十二部。

其次，唐代張參《五經文字》收字三千二百三十五字，共分上、中、下三卷，凡一百六十部。此書係為辨正經籍中俗訛異體而作，收字不多，難為歷代重要字書之代表，然觀其設立「爿、弋、廿、酉、羸」等部首，已開以形體偏旁或部件作為部首之先例。

繼之，遼僧釋行均《龍龕手鑑》大舉歸併《說文》部首，並以形體部件作為部首，較《說文》增設爿、宀、纞、殸、无……等五十一部首，共立二百四十二部，部序則依平、上、去、入四聲為次，計平聲九十七部，上聲六十部，去聲二十六部，入聲五十九部。

時至明代，梅膺祚《字彙》則融合歷代字書對《說文》部首之省併增刪，共有二百零八部之部目承自《說文》，有六部為《說文》所無〔註3〕，其中包括了《玉篇》已立的「父」、「弋」二部、《五經文字》已立的「爿」部、《龍龕手鑑》已立的「宀」、「无」二部，以及新增之「艮」部，總結為二百一十四部，其部序的安排，是以部首的筆畫多寡作為排列先後的依據，筆畫少者居先，多者居後。《康熙字典》的編纂，在部目上完全承襲《字彙》二百一十四部，而部序稍異，僅在五畫的部首中「玄」置於「玉」之前，餘皆相同〔註4〕。

〔註2〕自《說文》後，尚有呂忱《字林》、陽承慶《字統》、江式《古今文字》等書，以部首編次文字，惟諸書不傳，故略而不論。

〔註3〕《字彙》、《康熙字典》較《說文》增立之部首，包括了「宀」部（《說文》原無宀字及部首）、「弋」部（《說文》原無弋部，本隸在厂部）、「无」部（《說文》原無无字及部首）、「父」部（《說文》原無父部，本隸在又部）、「爿」部（《說文》原無爿字及部首）、「艮」部（《說文》原無艮部，本隸在七部）。

〔註4〕雖《字彙》以筆畫多寡作為部序先後的依據，然其同筆畫部首的排列次第，無所依據，故《康熙字典》在五畫中將「玄」部提前為五畫之首，蓋因「玄」為康熙名諱之故。又《字彙·目錄》四畫中「气」部先於「氏」部，應為傳刻之誤，內文仍「氏」部先於「气」部，《正字通》、《康熙字典》承之，並無更動。

　　以部首編纂的字典，淵源於《說文》五百四十部，而後代二百一十四部首創建之功，則始自明代《字彙》，其後《正字通》承之；惟《字彙》、《正字通》二書的價值，在我國辭書史上並未彰顯。清儒朱彝尊嘗於〈汗簡跋〉貶斥曰：

　　　　小學之不講，俗書繁興，三家村夫子，挾梅膺祚之《字彙》、張自烈

　　　之《正字通》，以爲兔園冊，問奇字者歸焉，可爲冷齒目張也。〔註5〕

又於〈重刊玉篇序〉中說：

　　　　今之塾師，《說文》、《玉篇》皆置不問，兔園冊子專考稽於梅氏《字

　　　彙》、張氏《正字通》，所立部屬，分其所不當分，合其所必不可合，而小

　　　學放絕焉。是豈形聲文字之末與，推而至于天地人之故，或窒礙而不能通，

　　　是學者之所深憂也。〔註6〕

其中所云「所立部屬，分其所不當分，合其所必不可合」，更是針對梅氏以字形部件來分部，破壞部分文字形體的完整性，亡失古人製字本意而言。朱彝尊生處聖祖之世，卒於康熙四十八年（西元一七○九年），其時尚無編纂《康熙字典》之議，故朱氏敢直言批駁其分部觀念。是知，清初儒者仍蔑視《字彙》、《正字通》分部列字之作法，以爲無足可取，了無價值。迄《康熙字典》出，因係皇帝頒行天下，爲欽定字書，無人敢置言批評，且《四庫全書總目》譽曰：「無一義之不詳，無一言之不備；信乎六書之淵海，七音之準繩也。」其聲名與流傳遠在《字彙》、《正字通》之上，更加奠定二百一十四部首在後世字書、辭典編纂史上的地位〔註7〕。

　　關於《說文》五百四十部首演變至《字彙》、《康熙字典》的二百一十四部首，後人以其刪併之三百餘部觀之，認爲梅膺祚爲省併繁多的五百四十部首，遂將只列部首字或隸屬字較少之部首歸入他部中。此說乃將梅氏歸併部首之舉，倒果爲因，忽略梅氏省併部首的原則及其部首觀念。茲將《說文》五百四十部首中部中隸屬字少於十字者，依「已歸併之部首」及「仍保留之部首」兩類，分成兩欄，表列於後，以明其實。

─────────────────

〔註5〕見朱彝尊《曝書亭集·卷四十三·跋二》〈汗簡跋〉，中冊，頁524，世界書局出版。

〔註6〕見同上《曝書亭集·卷三十四·序一》〈重刊玉篇序〉中冊，頁428～429。

〔註7〕民初學者林語堂先生曾對《字彙》、《康熙字典》之二百一十四部首提出批駁，林氏
　　　云：「把《說文》五百四十部歸併爲二百十四部，這樣翻檢自然比五百四十部方便，
　　　但是《說文》的部首，給他弄得支離破碎。因爲有這兩種不容易調合的目標，檢字
　　　方便和研究本原，所以走到雜亂無章，無可如何的境地，既不簡便，又不合《說文》。」
　　　（見林氏〈論部首的改良〉，刊載於《中央日報》民國55年3月7日第六版）進而
　　　主張徹底廢去部首（如採王雲五四角號碼辦法）。然而今日兩岸字書、辭典之編纂，
　　　雖於部目與部首數略有增刪，但基本上仍是依循二百一十四部首的系統，以「部首
　　　檢索」作爲主要檢字法。

《說文》五百四十部中字數少於十字之部首一覽表

字數	已歸併之部首（總數 332 部）		仍保留之部首（總數 208 部）	
	部　首	部數	部　首	部數
文一	三部、凵部、久部、才部、乇部、巫部、克部、彖部、耑部、丏部、弔部、聚部、易部、覓部、能部、〵部、燕部、率部、它部、开部、四部、五部、六部、七部、甲部、丙部、丁部、庚部、壬部、癸部、寅部、卯部、未部、戌部、亥部。	35	凵部〔註 8〕。	1
文二	蓐部、告部、哭部、步部、正部、延部、谷部、只部、古部、卅部、共部、異部、臼部、晨部、左部、史部、畫部、殺部、甍部、教部、眉部、䀏部、習部、蟲部、瞿部、丰部、箕部、左部、珡部、巫部、号部、旨部、倉部、豊部、豐部、覃部、京部、富部、嗇部、來部、舞部、弟部、東部、㸚部、之部、	139	气部、支部、爻部、自部、青部、齊部、比部、身部、方部、而部、飛部、毋部、氏部、亅部、辰部。	15
	帀部、岑部、華部、巢部、員部、且部、冥部、䎬部、囨部、棗部、秝部、縠部、凶部、朮部、朿部、瓠部、宮部、呂部、市部、帛部、㡀部、北部、重部、臮部、裘部、毳部、尺部、兄部、先部、兒部、兆部、先部、禿部、欮部、百部、景部、㐱部、后部、司部、印部、瓜部、苟部、嵬部、屾部、危部、勿部、豚部、象部、龜部、熊部、囪部、亦部、壺部、壹部、奢部、亢部、竝部、思部、惢部、瀕部、巜部、泉部、蟲部、永部、雲部、鱻部、卂部、不部、矞部、臣部、窂部、民部、厂部、乁部、戉部、我部、乚部、弜部、卵部、垚部、堇部、畕部、勺部、宁部、叕部、亞部、九部、曲部、戊部、巴部、辡部、巳部、午部、酋部。			

〔註 8〕《說文》凵（音坎）與凵（音區）二部，均屬一字成部，無其他隸屬字，《字彙》、《康熙字典》已合爲一部。據二書凵部之列字，乃以凵（音坎）字爲首，而將《說文》凵（音區）部併入。

文三〔註9〕	王部、玨部、半部、犛部、是部、品部、冊部、冏部、丩部、辛部、羴部、㕚部、龖部、聿部、乙部、焱部、眣部、盾部、奞部、丫部、雔部、矗部、烏部、菁部、絲部、叀部、予部、放部、冎部、筋部、刃部、韧部、乃部、喜部、豈部、虍部、麤部、去部、丹部、會部、㫗部、桀部、禾部、稽部、黍部、龤部、軋部、有部、毌部、鹵部、束部、林部、网部、从部、丘部、覞部、旡部、厄部、辟部、包部、由部、狀部、焱部、炙部、交部、夫部、囟部、林部、辰部、乚部、鹽部、曲部、絲部、男部、且部、自部、厽部、了部、孨部、厽部、丑部。	81	丨部、小部、㕚部、牙部、疋部、舌部、干部、隶部、臣部、幺部、玄部、丩部、舛部、香部、首部、色部、厶部、鹵部、龜部、里部、己部。	21
文四	丄部、茻部、此部、句部、誩部、羋部、舁部、臤部、夏部、隺部、酋部、華部、死部、丂部、兮部、皀部、言部、囪部、柬部、多部、冄部、匕部、众部、壬部、臥部、尾部、次部、丸部、廌部、兔部、矢部、夭部、氐部、琴部、弦部、系部、劦部、館部、申部。	39	士部、又部、爪部、聿部、工部、高部、鼎部、麻部、冖部、襾部、文部、長部、丿部、几部、乙部。	15
文五	奴部、可部、亏部、壹部、井部、出部、橐部、晶部、弓部、冃部、須部、希部、夰部、亡部、凵部。	15	一部、釆部、龠部、皮部、用部、鼻部、甘部、𢆡部、門部、面部、鬥部、龍部、非部。	13
文六	吅部、品部、亼部、沝部、兔部、本部、素部、蟲部、尸部、履部。	10	豆部、入部、夊部、生部、臼部、韭部、龷部、儿部、至部、二部、黃部、矛部、辛部。	13
文七	白部、丌部、卒部。	3	中部、音部、寸部、耒部、臼部、瓜部、乞部、内部。	8
文八	刉部、炎部、穴部。	3	卜部、片部、黍部、谷部。	4
文九	妥部。	1	十部、虍部、夕部、匕部。	4
文十	癶部、林部。	2	鼓部、月部、老部、彡部、赤部、巛部、戶部。	7
總計	三百二十八部		一百零一部	

〔註9〕此部首字數包括《說文》「文二、新附文一」之屬，如幺部。下同，不另說明。

　　據上表左欄的統計資料來看，五百四十部首演變至二百一十四部首時，其所歸併的三百三十二部首中〔註10〕，只列部首字或僅隸一至三字的部首（即上表之「文一」、「文二」、「文三」、「文四」之部），就多達二百九十四部，佔全部歸併部首之比例為 88.55％。又部中隸屬字少於十字者（即上表之總計部數），佔全部歸併部首之比例則高達 98.80％〔註11〕。再如上表右欄所列《說文》原部首於二百一十四部首仍然保留者，其中有一百零一個部首其部中隸屬字亦少於十字，佔全部保留部首之比例為 48.56％，近達半數。是知，部中隸屬之字較少並非是歸併部首的必然條件。

　　梅膺祚在歸併部首時，為省便求簡，必須打破許慎「凡某之屬皆从某」之例，再加上其「論其形，不論其義」的部首觀念，許多隸屬字較少的部首，其字形偏旁或部件若可與他部併合者，自然會是被省併的對象之一。

　　關於《說文》五百四十部首演變至《字彙》、《康熙字典》二百一十四部首，各部之去取刪併，業師蔡信發教授曾撰文表列之〔註12〕，茲就表中所見，以其併部類別歸納舉例，簡述於後：

一、重形之部歸併於單一形體之部首

　　為簡化部首，將重複形體之部歸併於單一形體之部首，是必然要進行的作法之一，如珏部併入玉部、雦部併入隹部、䇂部併入辛部……等，其中也含正反形體左右相對之䏽部併入𠂤（阜）部、䢔部併入邑部、卯部併入卩部等，皆屬之。

二、因形體近似而合併為一

　　篆文詰曲，隸定後產生渾同現象，故將形體相近的部首合併為一，如亼部併入谷部、禾部併入禾部、㽞部併入田部、从丫之部（苟部、茍部）併入艸部中……等，屬之。

三、義類相關之部合併

　　打破「凡有从之構形之字，即立為部首」的原則，將義類相關之部合併，省併收字較少之部首，如系部與素部併入糸部中、告部與哭部併入口部中、筋部與箕部併入竹部中、〈部與〈〈部併入巛部中……等，屬之。

〔註10〕《說文》的五百四十部首，保留二百零八部，歸併了三百三十二部，又增列「宀」、「弋」、「无」、「父」、「爿」部、「艮」等六部，而成二百一十四部首。

〔註11〕其餘只剩彌部（文十三）、虎部（文十五、新附文二）、肷部（文二十三）、蚰部（文二十五）等四個部中隸屬字稍多的部首。

〔註12〕由《說文》五百四十部至《字彙》、《康熙字典》二百一十四部首歸併之情形，參見蔡師信發《兩岸字典部首、字序之比較研究》，頁二五～八一。八十三年國科會專題研究成果報告。

四、以共同偏旁來歸併

擴大《說文》「以類相從」的定義，除義類相近之部合併外，更擴及「形類」相近就予以歸併，不論其是否爲意義相關之形符，或者僅是篆文隸變後的一個偏旁形體，均以其共同偏旁來併部，如崙部併入而部、能部併入月部、易部併入日部、景部併入目部、壴部併入士部……等，屬之。

五、割裂字形，以相同筆畫（部件）來歸併

梅氏爲省併《說文》繁多的五百四十部，更不惜摒棄古人造字之旨，割裂文字形體，而以共同筆畫（部件）來歸部，如將「丄、三、丌、丂、不、且、七、丙、丁、丑、丘、丏」等部首併入一部、將「亶、京、高、亩、亦、交、亢、亡、亥」等部首併入亠部、將「半、茻、丮、罕、午」等部首併入十部……等，屬之。此一類型的歸部完全罔顧文字學理，純以檢閱便捷的實用性作爲考量。

上列「重形之部歸併於單一形體之部首」、「因形體近似而合併爲一」、「義類相關之部合併」、「以共同偏旁來歸併」、「割裂字形，以相同筆畫（部件）來歸併」等五類，是梅氏歸併部首的大原則。據之來檢視《說文》部首，其部中隸屬較少之部首有許多是符合歸併之列的，因而造成歸併的三百餘部中絕大多數爲隸屬較少之部首。職是，梅氏歸併部首時，「字形義類」的考量遠勝於「部中字數多寡」，此爲吾人探究《說文》部首歸併時，所不可不知者。

第二節　《康熙字典》對前代字書部首觀念之修正

《康熙字典》在書前列有十八條〈凡例〉，說明全書體例與編纂原則，其中提及分部列字之原則有二。〈凡例〉之五載云：

> 《說文》、《玉篇》分部最爲精密，《字彙》、《正字通》悉從今體，改併成書，總在便於檢閱。今仍依《正字通》次第分部，閒有偏旁雖似而指事各殊者，如昊字向收日部，今載火部；靆字向收隸部，今載雨部；潁、穎、頴、穎四字向收頁部，今分載水、火、禾、木四部（筆者案：當改作「火、水、禾、木四部」），庶檢閱既便而義有指歸，不失古人製字之意。

其部首之部目次第，雖云「今仍依《正字通》次第分部」，實則一如《字彙》之二百一十四部，且爲求「義有指歸、不失古人製字之意」，而在少數字之歸部上稍作調整。

又〈凡例〉之十四載云：

> 《正字通》承《字彙》之譌，有兩部疊見者，如垔字則兩、土兼存；

羆字則网、火互見，他若虍部已收虒、虎，而斤、日二部重載（筆者案：
當改作「日、斤二部」）；舌部亦列舌、憩，而甘、心二部已收。又有一部
疊見者，如酉部之醻，邑部之鄭，後先矛盾，不可殫陳，今俱考校精詳，
併歸一處。

此條係針對《字彙》、《正字通》二書在文字歸部時「重出疊見」之情形提出修正。
前面所述之修正皆就書前〈凡例〉之體例而言。

除凡例之外，《康熙字典》按語中也多次對《字彙》、《正字通》列字重出或歸部
之誤加以駁正，如西部三畫之要字「〇按《正字通》要字下尚有垔字，垔本從土，
應入土部，《正字通》承《字彙》之譌，西、土兩部亦收，非。今刪此存彼。」〔註
13〕勹部七畫之匍字「〇按此字下《正字通》尚有訇字，已入言部，重出，今刪。」
〔註14〕已部四畫之㠯字「〇按《正字通》此字下尚有弨字，已入卩部，此復重出，
今刪。」〔註15〕，皆駁斥列字重出之例。又如一部十五畫之壼字「〇按《正字通》
收士部，今改入。」〔註16〕水部十一畫之潁字「〇按《正字通》入頁部，今依《說
文》凡頴、潁、穎、熲俱改入火、禾、木、水等部。」〔註17〕雨部十二畫之霾字「〇
按字從雲，《正字通》誤入隶部，今改正。」〔註18〕，即明指其歸部之誤。

不過，正因《康熙字典》為眾人合力之作，不免有自亂其例之情事，書中於〈凡
例〉及「按語」中糾正《字彙》、《正字通》歸部之不當，但仍有循其舊例者，如頁
部七畫「頴」字下載：「《正字通》俗穎字。〇按《字彙》、《正字通》頁部穎字外，
尚有頴、潁、熲三字，今遵《說文》穎歸禾部，潁歸水部，熲歸火部，頴字雖《說
文》所無，今亦改歸木部。」〔註19〕「頴」與「穎」二字均為「穎」之俗譌字〔註
20〕，俱《說文》所無，卻一字歸頁部，一字歸木部，足見其歸部標準之不一。

《康熙字典》又於〈凡例〉及「按語」中糾正《字彙》、《正字通》兩部疊見之
失，而其書中卻也存有許多兩部疊見之例，如「秿」字於「禾」、「革」兩部互見；「辮」
字於「辛」、「糸」兩部互見；「辝」字於「舌」、「辛」兩部互見；「敔」字於「舌」、
「攴」兩部互見……等，是知該書在編纂成帙的過程中，仍有許多不周之處〔註21〕。

〔註13〕見《康熙字典》，頁一〇五六，文化圖書公司印行。下同。
〔註14〕見頁七九。
〔註15〕見頁二五五。
〔註16〕見頁六。
〔註17〕見頁五七六。
〔註18〕見頁一三〇六。
〔註19〕見頁一三三三。
〔註20〕《正字通》：「頴、穎字譌省。」
〔註21〕客觀說來，兩部「重出互見」在字書檢閱便捷的立場是有其存在的價值。編纂字書

　　茲將《康熙字典》按語中有關歸部與列字重出之字例，以書中頁碼之先後爲序，條列說明如下，藉此可以了解《康熙字典》全書對於歸部列字、重出疊見的處理原則，以及修正《字彙》、《正字通》之運用實況。

一、《康熙字典》歸部之按語內容

　1. 子集上、一部十五畫「壼」字（頁六）
　　　○按《正字通》收士部，今改入。
謹案：《字彙》「壼」字亦列入士部；惟該字之偏旁部件無從「士」者，故《康熙字典》
　　　改入一部。
　2. 子集中、人部二畫「夊」字（頁二〇）
　　　○按《說文》夊自爲部，今依《正字通》列人部。
謹案：《說文》「夊」部已被歸併，《字彙》以其隸楷字形附入人部。《正字通》、《康熙
　　　字典》皆從之。
　3. 子集中、人部八畫「倝」字（頁三六）
　　　○按《說文》倝獨爲部，《集韻》從卓從人，今《字彙》附入人部，非。
謹案：《說文》「倝」部已被歸併，《字彙》以其隸楷字形附入人部。《康熙字典》以學
　　　理言其非，然應用仍從之歸入人部。
　4. 子集下、又部三畫「犮」字（頁九三）
　　　○按犮从犬加丿，《說文》「走犬貌，从犬而丿之，曳其足，則剌犮也」。凡被茇
　　　狓拔泼跋等字皆从此，無作犮者，《字彙》犮上皆丿，入又部，誤。
謹案：《正字通》謂「犮」爲「犮字之譌」，《康熙字典》以學理言《字彙》形構歸部之
　　　非，然應用仍錄此字，且從之歸入又部。
　5. 丑集中、土部一畫「壬」字（頁一五一）
　　　○按《說文》別立壬部，《字彙》、《正字通》從其後說：象物出地挺生。及徐氏
　　　與《六書正譌》俱收入土部，因之。
謹案：《說文》「壬」字有「善也」、「象物出地挺生也」二義，且立爲部首之一。許愼
　　　釋其形爲「从人士」，誤矣，徐鉉曰：「人在土上，壬然而立也。」知「壬」非
　　　从士構形。《字彙》、《正字通》、《康熙字典》俱歸入土部中。
　6. 寅集下、弓部六畫「巽」字（頁二八六）

_____

的目的在於使人檢閱以知字之音義，故如何檢得該字爲首要之務。近來研究辭書部
首編纂之學者，如蔡師信發、洪固、曾榮汾等教授，多能認同「兩部互見」在檢閱
方便上的功用。

　　○按《說文》異从�，�、二卪也，《廣韻》因篆文从二弓，遂書作弜，《字彙》
　　　又誤入弓部，非。

謹案：《康熙字典》以學理言《字彙》形構歸部之非，然應用上仍錄此字，且从之歸入
　　　弓部。

　7. 寅集下、弓部十三畫「弼」（頁二八九）
　　　○按《說文》作鬻，《字彙》已載鬲部，又訛作弼，入弓部，非。

謹案：《字彙》鬲部已載鬻字，而弓部又錄鬻字之訛文「弼」，《康熙字典》以學理言《字
　　　彙》形構歸部之非，然應用仍錄此字，且从之歸入弓部。

　8. 卯集上、心部十一畫「慮」字（頁三二七）
　　　○按本从思，《說文》、《玉篇》都入思部，《字彙》并入心部，取其便考。

謹案：《康熙字典》「慮」字從《字彙》歸入心部，並說明《字彙》歸併部首之由，在
　　　於「取其便考」，足見《康熙字典》也認同檢文索字時「實用性」的重要。

　9. 卯集下、攴部七畫「敘」字（頁三九八）
　　　○按《說文》敘从攴从余，《五經文字》作叙入又部，非。《正字通》因周伯琦說
　　　　从攵从余，今遵《說文》改正。

謹案：《康熙字典》據《說文》而駁《五經文字》形構歸部之非，然其又部七畫中仍錄
　　　有「叙」字。按語中並改正《正字通》从攵从余作「敘」之異體。

　10. 卯集下、攴部十六畫「斅」字（頁四〇四）
　　　○按……《說文》在教部，今併入。

謹案：自此例以下〔註22〕，為《康熙字典》概述部首歸併之情形。其中《康熙字典》
　　　雖或云「併入」，或云「誤入」，而率皆從《字彙》、《正字通》之歸部。據按語
　　　內容所陳，吾人可探知我國字典部首歸併之軌跡。

　11. 卯集下、方部四畫「㫄」字（頁四〇九）
　　　○按二即上字，《說文》在上部，今併入，經典相承作旁，詳旁字註。

　12. 卯集下、无部八畫「𣨏」字（頁四一三）
　　　○按《說文》在兂部，今併入。《字彙》凡从兂字皆依變隸作旡，獨此字从兂，
　　　　今改正。

　13. 辰集中、木部四畫「東」字（頁四四一）
　　　○按《說文》東自為部，今併入。

　14. 辰集中、木部四畫「林」字（頁四四四）

〔註22〕指例（10）～例（31）、例（34）～例（35）、例（40）～例（72）、例（78），皆屬
　　　此類，不另贅述。

　　○按《說文》林自爲部，檾、樧二文从之，今誤入。

15. 辰集中、木部四畫「林」字（頁四四四）

　　○按《說文》林自爲部，棼、楚等字从之，今併入。

16. 辰集中、木部五畫「枲」字（頁四四五）

　　○又按《說文》枲从朮，不从木，今誤入。

17. 辰集中、木部五畫「染」字（頁四四七）

　　○按《說文》收水部，今誤入。

18. 辰集中、木部五畫「柬」字（頁四四八）

　　○按《說文》收束部，今誤入。

19. 辰集中、木部六畫「栗」字（頁四五〇）

　　○按《說文》收卥部，今併入。

20. 辰集中、木部七畫「棠」字（頁四五七）

　　○按《說文》从此束聲，誤入。

21. 辰集中、木部八畫「棗」字（頁四六〇）

　　○按棗、棘字《說文》別立朿部，今併入。

22. 辰集中、木部八畫「棥」字（頁四六一）

　　○按《說文》入爻部，今併入。

23. 辰集中、木部八畫「棄」字（頁四六二）

　　○按棄《說文》入宀部，今誤入。

24. 辰集中、木部九畫「業」字（頁四六九）

　　○按《說文》从丵从巾，巾象版，不从木，收丵部，今誤入。

25. 辰集中、木部十一畫「樊」字（頁四七七）

　　○按《說文》廾部收樊，下不从大，今誤入。

26. 辰集中、木部十一畫「蔖」字（頁四七七）

　　○按《說文》無棥，《玉篇》棥附林部，今併入。

27. 辰集中、木部十二畫「橐」字（頁四八一）

　　○按《說文》別立橐部，今併入。

28. 辰集中、木部十二畫「麓」字（頁四八二）

　　○按《說文》麓、繁二文丛收林部，今从林者皆歸木部，麓字別見鹿部，非。

29. 辰集中、木部十二畫「麭」字（頁四八三）

　　○按《說文》另立桼部，今併入。

30. 辰集中、木部十三畫「橐」字（頁四八五）

○按《說文》別立橐部，今併入。

31. 辰集中、木部十四畫「橐」字（頁四八七）

　　○按《說文》自立橐部，橐、櫜等字從之，今併入。

32. 巳集上、水部七畫「茳」字（頁五五五）

　　○按《字彙》書作茳，附艸部。

謹案：《康熙字典》艸部六畫仍錄有「茳」字，音義並同。是知，《康熙字典》對部首
　　　的認定會因文字偏旁書寫位置不同而異，如「霽」字歸爿部、「漿」字歸水部一
　　　般。

33. 巳集上、水部十一畫「潁」字（頁五九五）

　　○按《正字通》入頁部，今依《說文》凡頴、穎、潁、穎俱改入火、禾、木、
　　　水等部。

謹案：此字〈凡例〉已有說明。據查《字彙》「潁」字亦入頁部。

34. 巳集中、火部四畫「炎」字（頁五九九）

　　○按《說文》、《玉篇》、《類篇》炎字俱自爲部。

35. 巳集中、火部七畫「烹」字（頁五九九）

　　○按《說文》、《玉篇》、《類篇》亯字俱自爲部，《說文》、《玉篇》無烹字，《類
　　　篇》火部內始收烹字，經傳本作亨，今俗用皆作烹矣。

36. 巳集中、火部八畫增「㶿」字（頁六○三）

　　○按㶿爲火光。《字彙》、《正字通》誤收入日部。《字彙》云「於驚切，音英。」，
　　　《正字通》云「譌字」，俱非。

謹案：此字〈凡例〉已有說明。據查《說文》無此字；惟《康熙字典》以「㶿」訓爲
　　　火光，當依義類改入火部。

37. 巳集中、火部十一畫「熲」字（頁六○九）

　　○按熲字《說文》、《玉篇》、《篇海》俱在火部，訓作火光。《字彙》、《正字通》
　　　收入頁部，非，今特改正。

謹案：此字〈凡例〉已有說明。據查《字彙》「熲」字亦入頁部。

38. 午集下、禾部一畫「禾」字（頁七七六）

　　○按禾、禾二字，眞書易混，《說文》禾自爲部，稽旁從禾，又自爲部，今分見
　　　本部各畫之中；禾頭左出而𥝌，禾頭右出而平，宜分別觀之。

謹案：《康熙字典》說明禾、禾二字形體有別，本爲二部，後因形體相近併爲一部。

39. 午集下、禾部十一畫「穎」字（頁七八七）

　　○按穎當依《說文》隸禾部，《字彙》、《正字通》譌入頁部，今改正。

謹案：此字〈凡例〉已有說明，乃依《說文》之例將頰、穎、穎、穎俱改入火、禾、
　　　木、水等部。

40. 未集中、糸部一畫「糸」字（頁八四三）
　　　○按《說文》系自爲部，今併入。

41. 未集中、糸部二畫「糾」字（頁八四三）
　　　○按《說文》糾在丩部，今併入。

42. 未集中、糸部四畫「素」字（頁八四六）
　　　○按《說文》絫自爲部，今併入。

43. 未集中、糸部四畫「索」字（頁八四六）
　　　○按《說文》在木部，今併附入。

44. 未集中、糸部六畫「絲」字（頁八五二）
　　　○按《說文》絲自爲部，今併入。

45. 未集中、糸部七畫「綔」字（頁八五四）
　　　○按《類篇》在系部，今併入。

46. 未集中、糸部七畫「綟」字（頁八五四）
　　　○按《說文》在絫（素）部，今併入。

47. 未集中、糸部八畫「緊」字（頁八五七）
　　　○按《說文》在臤部，今併入。

48. 未集中、糸部九畫「縣」字（頁八五八）
　　　○按《說文》在系部，今併入。

49. 未集中、糸部十畫「縃」字（頁八六一）
　　　○按《類篇》在素部，今併入。

50. 未集中、糸部十畫「縣」字（頁八六二）
　　　○按《說文》在景部，今併入。

51. 未集中、糸部十一畫「繇」字（頁八六五）
　　　○按繇、䌛經典皆通用，《說文》在系部，今併入。

52. 未集中、糸部十二畫「縿」字（頁八六七）
　　　○按《說文》在素部，今併入。

53. 未集中、糸部十三畫「繸」字（頁八六八）
　　　○按《說文》在素部，今併入。

54. 未集中、糸部十三畫「繛」字（頁八六八）
　　　○按《說文》在素部，今併入。

55. 未集中、糸部十五畫「䌖」字（頁八七〇）

〇按《玉篇》在索部，今併入。

56. 未集中、网部九畫「罰」字（頁八七六）

〇按《說文》在刀部，今併入。

57. 未集中、羊部四畫「羕」字（頁八七九）

〇按今《詩》作永，《說文》在永部，今從《正字通》併入。

58. 未集中、羊部五畫「羛」字（頁八七九）

〇按《說文》在我部，今併入。

59. 未集中、羊部五畫「羞」字（頁八八〇）

〇按《說文》在丑部，今从《正字通》併入。

60. 未集中、羊部十一畫「羲」字（頁八八一）

〇按《說文》在兮部，今從《正字通》併入。

61. 未集中、羊部十二畫「羴」字（頁八八二）

〇按《說文》羴字自為部，今從《正字通》併入。

62. 未集中、羽部五畫「習」字（頁八八四）

〇按《說文》習自為部，今從《正字通》併入，字从羽从白，俗作習，非。

63. 未集中、羽部九畫「翫」字（頁八八六）

〇按《說文》在習部，今從《正字通》併入。

64. 未集中、老部四畫「者」字（頁八八九）

〇按《說文》在白部，今从《正字通》併入。

65. 未集中、而部三畫「姉」字（頁八八九）

〇按《玉篇》、《類篇》俱在女部，今從《正字通》併入。

66. 未集中、而部三畫「耑」字（頁八九〇）

〇按《說文》耑自為部，今從《正字通》併入。《玉篇》古文端字，註見立部九畫。

67. 未集中、而部四畫「烦」字（頁八九〇）

〇按《玉篇》、《類篇》俱在火部，今從《正字通》併入。

68. 未集中、而部五畫「㼐」字（頁八九〇）

〇按《類篇》、《篇海》在瓦部，今從《正字通》併入。

69. 未集中、而部十畫增「耦」字（頁八九〇）

〇按《說文》在厄部，今從《正字通》併入。

70. 未集中、而部三畫「𦓧」字（頁八九〇）

○按《說文》在丸部，今从《正字通》併入。

71. 申集中、虍部一畫「虍」字（頁一○○一）

○按《說文》、《玉篇》、《類篇》等書虍、虎、甝分作三部，今从《字彙》、《正字通》併入。

72. 申集中、虫部一畫「虫」字（頁一○○四）

○按《說文》、《玉篇》、《類篇》等書虫、蚰、蟲皆分作三部。虫、吁鬼切；蚰、古魂切；蟲、持中切，截然三音，義亦各別，《字彙》、《正字通》合蚰、蟲二部併入虫部，雖失古人分部之意，而披覽者易于查考，故姑仍其舊，若《六書正譌》以爲虫即蟲省文，則大謬也。

73. 申集下、血部十畫「盍」字（頁一○三六）

○按《玉篇》、《類篇》本作盍，从茲从血。《字彙》譌省作盍，入九畫內，《正字通》遂謂宜歸皿部，非。今改入十畫。

謹案：據查《字彙》、《正字通》「盍」字俱列在血部中。《正字通》雖謂宜歸皿部，然皿部中卻未列此字。

74. 申集下、衣部十二畫「襌」字（頁一○五三）

○按諸字書俱从示，《說文》襌、除服祭名，从示覃聲。《正字通》收入衣部，非，宜从《字彙》歸示部。

謹案：《康熙字典》據《說文》義訓，謂《正字通》从衣作「襌」之非，然書中仍錄此字，且从之歸入衣部。

75. 申集下、襾部一畫「西」字（頁一○五六）

○按《玉篇》等書西字另一部，今从《字彙》、《正字通》附入襾部。

謹案：「西」字篆作「圅」，《說文》圅自爲部，文字隸變後，《玉篇》仍立「西」爲部首。《康熙字典》則从《字彙》、《正字通》附入襾部中。

76. 酉集中、谷部一畫「谷」字（頁一一一七）

○按篆文谷字，上二八皆合，與山谷字分開者不同。《說文》从口，上其理，宜歸口部，《字彙》溷入谷部，非。

謹案：《康熙字典》以學理言《字彙》溷入谷部之非，然實際上仍从之歸入谷部。

77. 酉集中、谷部八畫「谺」字（頁一一一八）

○按《類篇》虎部虤、谺丛收，音訓各別。《正字通》以谺爲譌虤字，宜刪，非。谺訓虎怒，从口阿之谷，宜歸虍部，《字彙》溷入谷部，亦非。

謹案：《康熙字典》以學理言《字彙》歸部之非，然實際上仍从之歸入谷部。

78. 酉集中、貝部十五畫「贖」字（頁一一四一）

　　　○按《正字通》以為殰，非。《玉篇》在卵部，今併入。

　79. 戌集中、雨部十二畫「靁」字（頁一三○六）

　　　○按字从雲，《正字通》誤入隸部，今改正。

謹案：此字〈凡例〉已有說明。據查《字彙》「靁」字亦入隸部。《康熙字典》以「靁」
　　　字同「靆」，从雲構形，訓雲盛貌，當歸入「雨」部，期「檢閱既便而義有指歸，
　　　不失古人製字之意」。

　80. 戌集下、頁部七畫「潁」字（頁一三三三）

　　　○按《字彙》、《正字通》頁部潁字外，尚有穎、潁、熲三字，今遵《說文》穎
　　　　歸禾部，潁歸水部，熲歸火部，潁字雖《說文》所無，今亦改歸木部。

謹案：據按語內容推論，「潁」字當歸入示部，然《康熙字典》仍歸入頁部，足見其〈凡
　　　例〉所定之體例並未能完全落實於書中。

上列凡八十條有關歸部之按語，或修正《字彙》、《正字通》之歸部，或以學理言前
代字書歸部之非而仍沿用其部首，或陳述部首歸併之軌跡，在在透顯出《康熙字典》
對於部首歸併的處理原則。編纂者雖屢言《字彙》、《正字通》分部列字之誤，但書
中除少數字之歸部稍作更動外，絕大多數仍沿其歸部，因而《康熙字典》欲達其「凡
例」所言「庶檢閱既便，而義有指歸，不失古人製字之意」，只能在內文中以「按語」
的方式作一補充說明，此一權宜作法，乃有其不得不然的因素，誠如虫部虫字下按
云：「（虫、蚰、蟲）截然三音，義亦各別，《字彙》《正字通》合蚰、蟲二部併入虫
部，雖失古人分部之意，而披覽者易于查考，故姑仍其舊。」顯示「披覽者易于查
考」是《康熙字典》仍《字彙》、《正字通》之舊例的主因，也說明了字書之編纂實
應以「便於查考」的實用性為優先考量。

二、《康熙字典》列字重出之按語內容

　1. 子集下、入部三畫「仝」字（頁五四）

　　　○按與全異，全从人，此从入。又此字《正字通》尚有仐字，已入小部，重出，
　　　今刪。

謹案：《康熙字典》以《正字通》入部與小部並錄「仐」字，故刪去入部之「仐」字。
　　　據查《字彙》「仐」字亦重出於入部與小部。

　2. 子集下、勹部七畫「訇」字（頁七九）

　　　○按此字下《正字通》尚有訇字，已入言部，重出，今刪。

謹案：《康熙字典》以《正字通》勹部與言部並錄「訇」字，故刪去勹部之「訇」字。
　　　據查《字彙》「訇」字亦重出於勹部與言部。

3. 子集下、勹部八畫「匔」字（頁七九）

　　○按此字下《正字通》尚有芻字，已入艸部，重出，今刪。

謹案：《康熙字典》以《正字通》勹部與艸部並錄「芻」字，故刪去勹部之「芻」字。

4. 寅集上、宀部十畫「寖」字（頁二一七）

　　○按《正字通》水部十畫寖重出，詳十三畫濅字註。

謹案：《康熙字典》以《正字通》水部與宀部並錄「寖」字，故刪去水部十畫之
　　　「寖」字。

5. 寅集中、山部四畫「岊」字（頁二三五）

　　○按日部「岊」字音義並同，重出。《正字通》「昃字之訛」，《字彙》「日欲夜」，
　　　與昃義近。今存此刪彼。

謹案：《康熙字典》以《正字通》日部與山部並錄「岊」字，二字音義並同，故刪去日
　　　部之「岊」字。據查《字彙》「岊」字亦重出於日部與山部。

6. 寅集中、山部十四畫「巚」字（頁二四九）

　　○按舊本譌見言部，音義與巘同，重出。

謹案：《正字通》山部十四畫「巚」字云：「舊本譌見言部，音義太同，重出。」雖云
　　　「重出」，然仍保留未刪。《康熙字典》沿襲《正字通》亦未刪去。

7. 寅集中、已部四畫「戹」字（頁二五五）

　　○按《正字通》此字下尚有弝字，已入卪部，此復重出，今刪。

謹案：《康熙字典》以《正字通》已部與卪部並錄「弝」字，二字音義並同，故刪去已
　　　部之「弝」字。

8. 寅集下、彑部二十畫「彠」字（頁二九○）

　　○按《類篇》唐衛杖名，彠梥从矛不从彖，《字彙》已載矛部，又作彠，重出，
　　　誤。

謹案：《字彙》彑部之「彠」字云「彠梥，杖名。」矛部之「矠」字云「矠梥，唐衛杖
　　　名。」俱「弼角切」，音同義近，故《康熙字典》引《類篇》證其字「从矛不从
　　　彖」，故云《字彙》「重出」，然《康熙字典》仍保留「彠」字，並未刪去。

9. 卯集中、手部五畫「抺」字（頁三五五）

　　○按《說文》云从手市聲，普活切，㧂非譌文，此依篆體重出。

謹案：「抺」、「㧂」二字為篆文隸定與隸變之形體，故《康熙字典》云「此依篆體重出」。
　　　此類之字並未刪去。

10. 卯集中、手部七畫增「捭」字（頁三六二）

　　○按音義同扺字，形近拽，譌文，重出。

謹案：《康熙字典》「捙」下云「《篇海》音裔，牽引也。　又音曳，拖曳也。」以「捙」爲「拽」之譌文，《康熙字典》雖云其「重出」，然並未刪去。

11. 卯集中、手部十七畫增「𢹿」字（頁三九一）

〇按《集韻》撻古亦作𢻫，此贅文，重出。

謹案：《康熙字典》「𢹿」下云「《篇海》同撻。」且《集韻》撻古亦作𢻫，故以「𢹿」爲「𢻫」之贅文，《康熙字典》雖云其「重出」，然並未刪去。

12. 卯集中、手部十八畫「㩪」字（頁三九九）

〇按魁㩪本作傀儡，又《字彙》木部重出。

謹案：《字彙》手部之「㩪」字與木部之「櫑」字俱「喪家之樂」，音義相同，故《康熙字典》云其「重出」，然《康熙字典》木部仍保留「櫑」字，並未刪去。

13. 卯集下、攴部七畫「敊」字（頁三九九）

〇按即𢻫字，重出。

謹案：「敊」、「𢻫」本同一字，僅篆文隸定與隸變形體之別，故《康熙字典》雖云「重出」而未刪。此類之字在《康熙字典》中甚夥，如「光」與「炗」、「乘」與「椉」、「爵」與「爵」……等，皆屬之。

14. 午集上、田部十一畫「畛」字（頁六九四）

〇按此字下《正字通》尙有𩑶字，已入頁部，重出，今刪。

謹案：《康熙字典》以《正字通》田部與頁部並錄「𩑶」字，故刪去田部之「𩑶」字。「𩑶」字，《集韻》云「同頃，田百畝也」，依《康熙字典・凡例》之例，實應歸入田部，使「義有指歸」，故宜刪頁部之「𩑶」字，存田部之「𩑶」字爲妥。

15. 午集下、禾部三畫「秉」字（頁七七七）

〇按《說文》秉从又持禾，《正字通》兼載鐘鼎文杈字，重出。

謹案：《正字通》禾部二畫又錄「杈」字，《康熙字典》以其重出，逕刪。

16. 未集中、羽部三畫「羿」字（頁八八三）

〇按《正字通》此字下尙有䍿字，已入弓部，重出，今刪。

謹案：《康熙字典》以《正字通》羽部與弓部並錄「䍿」字，二字音義並同，故刪去羽部之「䍿」字。據查《字彙》「䍿」字亦重出於羽部與弓部。

17. 酉集上、言部十六畫「變」字（頁一一一四）

〇按《說文》本从攴䜌，載攴部。〈徐曰〉攴有爲也，《精蘊》从夂，俗譌作攵，汰非。《字彙》已載攴部，是言部重出，下改从攵，非……。

謹案：《字彙》攴部十八畫有「變」字，《康熙字典》攴部十九畫亦載「變」字，並云「〇按《玉篇》从攵作變，攵即攴字。《六書精蘊》从夂不从攴，與《說文》異。

變訓夏也，夏从夊，變亦當从夊，依《說文》爲是，俗譌从夂，相承已久，不可改正，詳言部變字註。」知《康熙字典》雖云其「言部重出，下改从夂，非」，然仍保留之，蓋「變」、「變」二字乃隸定與隸變形體之別耳。

18. 酉集中、貝部十二畫「賾」字（頁一一四〇）

　　○按此下《正字通》尚有穡字，已入禾部，重出，今刪。

謹案：《康熙字典》以《正字通》貝部與禾部並錄「穡」字，二字音義並同，故刪去貝部之「穡」字。據查《字彙》「穡」字亦重出於貝部與禾部。

19. 酉集下、辰部十二畫「穠」字（頁一一八一）

　　○按《正字通》穠字下有曩字，重出，刪。

謹案：《正字通》日部與辰部並錄「曩」字，二字音義並同，《康熙字典》刪去辰部之「曩」字，存日部之「曩」字。

20. 酉集下、邑部九畫「鄶」字（頁一二〇二）

　　○按《字彙》鄶字下又有郱字，郱已見本書，此重出，今刪。

謹案：「郱」字均兩見於《字彙》、《正字通》邑部九畫，《正字通》雖云：「舊本……重出」，然仍保留未刪。《康熙字典》則刪去「鄶」下之「郱」字。

21. 戌集中、阜部十一畫「隝」字（頁一二八八）

　　○按《正字通》又見鳥部，重出，應刪。

謹案：《正字通》鳥部與阜部並錄「隝」字，二字音義並同，故刪去鳥部之「隝」字。

由上列二十一條有關列字重出之按語來看，《康熙字典》對於「重出」字之定義有不同的內容與處理方式，其一爲同字疊見的情形，包括同部疊見（如郱字）與異部疊見（如夰字、匎字、努字、寢字、旹字、弱字、顐字、弩字、頪字、曩字、隝字）兩類，此等字例皆屬應刪之字〔註23〕。其二爲異體重出的情形，包括音義相同而偏旁位置有別之字（如礜字）與篆文隸定、隸變之字（如捑字、牧字、變字）此等字例皆保留於書中；唯禾部之「秔」字，《正字通》謂秔爲秉之古鼎文，然《康熙字典》以其重出，且《玉篇》、《類篇》、《字彙》等重要字書皆不錄，遂刪其字。其三爲訛體重出（如曓字、捭字、趯字、攫字）此等字例《康熙字典》亦保留於書中，並加按補註，以明其由。據此可知，《康熙字典》對於「重出」字並非全然刪而不留，編纂者對重出字的處理方式，使全書能「詳略得宜、不眩心目」，同時也對後世辭書之編纂觀念產生了莫大的影響。

〔註23〕《康熙字典》雖以此類爲應刪之字，而書中仍不乏異部疊見之例，參見本文第二二一頁。

第三節　《康熙字典》部首歸併之類型與原則

　　《康熙字典》之歸部列字承自《字彙》，且前書經官方認定，為御敕之字書，公令周知，頒行天下。至此，二百一十四部首之模式已定，成為後世字書、辭典檢文索字之法式，影響至為深遠。為探求《康熙字典》與《說文》列字歸部上的差異，本文以許慎《說文》九千三百五十三字，再加徐鉉新附四百零二字為對象，對照《康熙字典》一書，並逐一細查其歸部之差異。以下是針對《說文》與《康熙字典》歸部不同之字〔註24〕，將其歸部之情形分析歸納如後：

一、歸部之類型

　　為明瞭《康熙字典》與《說文》二書對文字歸部之別，以下的探討將分成兩大類來處理，一是《說文》之部首仍被保留者，此類部首共有兩百零八部；另一類則是《說文》之部首已被歸併，不復存在者，此類部首共有三百三十二部。茲就前一章「《康熙字典》與《說文》歸部異同之實況」裏，將《說文》五百四十部、九千三百五十三字及徐鉉新附四百零二字，共計九千七百五十五字，在《康熙字典》中省併歸部之情形〔註25〕，統計如下：

1. 《康熙字典》仍設某部，且部中之字「全部」保留在該部首中者，共有一百部，二千三百二十八字。佔《說文》所錄字之百分比約為 23.86%。
2. 《康熙字典》仍設某部，且部中之字「部分」保留在該部首中者，共有一百零八部，六千三百八十六字。佔《說文》所錄字之百分比約為 65.46%。
3. 《康熙字典》不設某部而將該部首字併入他部，且部中之字「全部」隨之併入該部首字所屬之部首中者（含一字成部者三十五部），共有一百三十一部，三百二十九字。
4. 《康熙字典》不設某部而將該部首字併入他部，且部中之字「部分」隨之併入該部首字所屬之部首中者，共有六十部，一百九十一字。
5. 《康熙字典》不設某部而併入他部，且部首字與部中隸屬字歸部完全不同者，共有一百四十一部，三百八十五字。

從以上的統計數據可知《康熙字典》載錄《說文》之字中，有將近九成歸部與《說文》完全相同，其餘一成為部首字已被歸併，或部首字與部中隸屬字歸部完全不同者。茲將《康熙字典》歸部與《說文》不同之字，據其歸入新部首之實際情形，歸

〔註24〕《說文》所載之九千餘字中，《字彙》與《康熙字典》二書之歸部大致上相同，本文以《康熙字典》之例作說明，如遇有歸部不同之字，則隨文附記。
〔註25〕以下數據係筆者逐部逐字查核統計而得，詳情參見本文第四章及附錄字表。

納成下列幾種類型：其一，「以其他形符來歸部」，《說文》部首之原則乃在據形分部，《康熙字典》以其他形符來歸部，尚能吻合《說文》部首之歸部原則；其二，「改易《說文》以聲歸部」之例，「以形分部」是《說文》全書的體例，然書中仍有以聲符歸部者〔註26〕，《康熙字典》則改以形符來歸部，以正其例；其三，「以《說文》形構中之聲符來歸部」，《康熙字典》改隸部首之字中，有許多是以形構中之聲符來歸部的，以聲符歸部實已違逆了《說文》部首之歸部原則，究其因，蓋其形符已被歸併，不復為部首，又有因其聲符位於顯明易檢之部位，故以聲符歸部，這是《康熙字典》在學理與實用兩者相互權衡下的作法之一；其四，「截取文字部件來歸部」，文字隸變後，先人造字之旨泯而不彰，《康熙字典》遂以隸楷字形逕行分割部件，斷以己意來歸部，此舉已無學理根據可言，純是為了檢字方便而歸部。以下將就《康熙字典》對《說文》歸部不同之字，以《說文》部首保留與否，析為兩大類，分別舉例於後。

（一）《說文》部首仍被保留者

《說文》之部首仍被保留，而《康熙字典》與《說文》歸部不同者，根據上述之分類，茲聊舉數例如下：

1. 以其他形符來歸部之例

以其他形符來歸部之例，如《說文》一部「天」字：「顛也，从一大。」今《康熙字典》歸入大部；攴部「牧」字：「養牛人也，从攴从牛。」今《康熙字典》歸入牛部；刀部「釗」字：「刓也，从刀从金。」今《康熙字典》歸入金部；宀部「向」字：「北出牖也，从宀从口。」今《康熙字典》歸入口部……等，皆是以會意字之其他形符來歸部。另一類雖非會意字，但也是以形構中之其他形符來歸部的，如《說文》八部「曾」字：「詞之舒也，从八从曰囪聲。」今《康熙字典》歸入曰部；米部「竊」字：「盜自中出曰竊，从穴从米禼廿皆聲。」今《康熙字典》歸入穴部；匸部「柩」字：「棺也，从匸从木，久聲。」今《康熙字典》歸入木部，皆屬之。

2. 改易《說文》以聲符歸部之例

改易《說文》以聲符歸部之例，如《說文》疋部「延」字：「通也，从彳

〔註26〕《說文》以聲符歸部之例，多半屬亦聲字，如丩部之孿字「从屮从丩、丩亦聲」，句部之拘字「从手句、句亦聲」、笱字「从竹句、句亦聲」、鉤字「从金句、句亦聲」，皕部之「奭」字「从大从皕、皕亦聲」……等。若此之類，誠如段玉裁注「鉤」字云：「三字皆重句，故入句部。」蓋即該字之聲符示義較為明顯，故以之為部首。

从疋，疋亦聲。」許慎以聲符「疋」歸部，今《康熙字典》則改入爻部，恰能符合《說文》據形分部的原則〔註27〕。

3. 以《說文》形構中之聲符來歸部之例

以《說文》形構中聲符歸部之例，如《說文》攴部「孜（孜）」字：「汲汲也，从攴子聲。」今《康熙字典》歸入子部；斤部「所（所）」字：「伐木聲也，从斤戶聲。」今《康熙字典》歸入戶部；馬部「篤（篤）」字：「馬行頓遲，从馬竹聲。」今《康熙字典》歸入竹部；立部「靖（靖）」字：「立竫也，从立青聲。」今《康熙字典》歸入青部；革部「勒（勒）」字：「馬頭絡銜也，从革力聲。」今《康熙字典》歸入力部……等，皆屬之。

4. 截取文字部件來歸部之例

截取文字部件來歸部之例，如《說文》一部「吏（吏）」字：「治人者也，从一从史、史亦聲。」其中「史」字，篆文作史，从又持中，與「口」無涉，今《康熙字典》歸入口部，係截取文字之部件來歸部；釆部「番（番）」字：「獸足謂之番，从釆，田象其掌。」段玉裁注云：「下象掌，上象指爪，是爲象形。」與「田」無涉，今《康熙字典》歸入田部，係以文字形體中不成文之圖象來歸部；音部「章（章）」字：「樂竟爲一章，从音十，十、數之終也。」其中「音」字，篆文作音，从言含一，與「立」無涉，今《康熙字典》歸入立部，係截取文字之部件來歸部；内部「萬（萬）」字：「蟲也，从内，象形。」本義爲蟲，取象於蟲形，與「艸」無涉，今《康熙字典》歸入艸部，係逕自截取隸楷字體之部件來歸部……等，皆屬之。

（二）《說文》之部首已被歸併，不復存在者

《說文》之部首已被歸併，不復存在，其部中隸屬之字有從部首字而併入，如《說文》茻部之部首字併入《康熙字典》艸部，部中「莫」等三字悉入「艸」部；《說文》步部之部首字併入《康熙字典》止部，部中「歲」字亦歸「止」部；《說文》民部之部首字併入《康熙字典》氏部，部中「氓」字亦歸入「氏」部；《說文》氐部之部首字併入《康熙字典》氏部，部中「𧚍」等三字亦歸入「氏」部；《說文》林部之部首字併入《康熙字典》水部，部中「淋」、「淼」等二字亦歸入「水」部等等，皆因所从之部首字已併入他部，部中之字亦隨之併入，然《說文》被歸併之部首中，

〔註27〕《康熙字典》將「疋」字改入爻部，並非以其形符或聲符作爲歸部依據，而是以「爻」爲筆順起筆之偏旁來歸部，如同《康熙字典》將《說文》齒部「从齒从骨、骨亦聲」之「齟」字歸入骨部，會部「从會从辰、辰亦聲」之「𪗉」字歸入辰部，厺部「从充从疋、疋亦聲」之「疏」字歸入疋部，皆是以筆順起筆之偏旁來歸部。

其部中隸屬之字有許多字並不隨之而併入。觀察《康熙字典》與《說文》歸部不同之字約可分成以下幾種類型：

1. 以其他形符來歸部之例

以其他形符來歸部之例，如《說文》王部「閏（閏）」字：「餘分之月，五歲再閏，告朔之禮，天子居宗廟，閏月居門中，从王在門中……。」今《康熙字典》歸入門部；犛部「氂（氂）」字：「犛牛尾也，从犛省从毛。」今《康熙字典》歸入毛部；冊部「扁（扁）」字：「署也，从戶冊。戶冊者、署門戶之文也。」今《康熙字典》歸入戶部；丩部「糾（糾）」字：「繩三合也，从糸丩。」〔註28〕今《康熙字典》歸入糸部……等，皆是以其會意字另一形符來歸部。又一類雖非會意字，但其形構中有一個以上的形符，就以其另一形符來歸部，如《說文》冊部「嗣（嗣）」字：「諸侯嗣國也，从冊从口，司聲。」今《康熙字典》歸入口部；爨部「釁（釁）」字：「血祭也，象灶祭也，从爨省，从酉，酉所以祭也，从分、分亦聲。」今《康熙字典》歸入酉部；丮部「飺（飺）」字：「設飪也，从丮从食，才聲。」今《康熙字典》歸入食部，皆屬之。

2. 改正《說文》以聲符歸部之例

改正《說文》以聲符歸部之例，如《說文》半部「胖（胖）」字：「半體肉也，一曰廣肉，从半从肉，半亦聲。」許慎以聲符「半」歸部，今《康熙字典》則改入肉部；《說文》業部「僕（僕）」字：「給事者，从人从業，業亦聲。」許慎以聲符「業」歸部，今《康熙字典》則改入人部；《說文》乙部「鳦（鳦）」字：「舒鳧鶩也，从鳥乙聲。」〔註29〕許慎以聲符「乙」歸部，今《康熙字典》則改入鳥部；《說文》丑部「羞（羞）」字：「進獻也，从羊，羊所進也，从丑，丑亦聲。」許慎以聲符「丑」歸部，今《康熙字典》則改入羊部……等，皆屬之。《康熙字典》的歸部結果恰能符合《說文》以形分部的原則。

3. 以《說文》形構中之聲符來歸部之例

以《說文》形構中聲符歸部之例，如《說文》共部「龏（龏）」字：「給也，从共龍聲。」今《康熙字典》歸入龍部；皀部「即（即）」字：「即食也，从皀卪聲。」今《康熙字典》歸入卪部；倉部「牄（牄）」字：「鳥獸來食聲也，从倉爿聲。」今《康熙字典》歸入爿部；桀部「磔（磔）」字：「辜也，从桀石聲。」今《康熙字典》

〔註28〕徐鍇《說文繫傳》作「从糸丩聲」，頁四三；段注《說文》作「从糸丩，丩亦聲。」詳見《圈點段注說文解字》，三篇上，頁八九。

〔註29〕段注本改作「从乙鳥、乙亦聲。」詳見《圈點段注說文解字》，三篇下，頁一二二。

歸入石部；林部「麓（麓）」字：「守山林吏也，从林鹿聲。」今《康熙字典》歸入鹿部；丘部「虗（虛）」字：「大丘也，……从丘虍聲。」今《康熙字典》歸入虍部……等，皆屬之。

4. 截取文字部件來歸部之例

截取文字部件來歸部之例，如《說文》卅部「𫠜（世）」字：「三十年爲一世，从卅而曳長之，亦取其聲也。」與「一」無涉，今《康熙字典》歸入一部；誩部「競（競）」字：「彊語也，一曰逐也，从誩，从二人。」與「立」無涉，今《康熙字典》歸入立部；十部「𤰇（卑）」字：「賤也，執事者，从十甲。」與「十」無涉，今《康熙字典》歸入十部；史部「𠦐（事）」字：「職也，从史，之省聲。」其中史字篆文作𠁾，从又持中，與「亅」無涉，今《康熙字典》歸入亅部……等，係截取隸楷字體之部件來歸部，皆屬之。

以上是針對《康熙字典》歸部之實況所提出的客觀陳述，其歸部類別中既有「改正《說文》以聲符歸部之例」，又有「以《說文》形構中之聲符來歸部之例」，是知，《康熙字典》歸部的原則乃實用性勝於學理性，其取擇部首時以簡便易得爲考量，而不在乎其是否爲聲符，這是明顯可知的。

二、歸部之原則

觀察《康熙字典》與《說文》歸部之各種類型後，吾人約可歸納出下列幾個歸部的原則：

（一）隨省併之部首字而歸部。

因所从之部首字已併入他部，部中之字亦隨之併入，是在併部歸字時較爲直接的作法。《說文》五百四十部首演變至《字彙》、《康熙字典》二百一十四部首時，其所刪併的三百三十二部中，除了有一百四十一部是部首字與部中隸屬字歸部完全不同外，其餘一百九十一部之部中隸屬字大半多隨省併之部首字而歸部。

（二）原部首已被歸併，而取形構中其他已設爲部首之偏旁來歸部。

由於原部首已被歸併，遂改取形構中其他已設爲部首之偏旁來歸部，最爲明顯的例子是原隸《說文》舜部之「𦮙」字（隸定作「𦮙」，隸變作「舜」），其隸變之「舜」字，部首已被歸併，形構中之另一偏旁「生」已設爲部首，遂改取之來歸部。其他如「字」字，从宀（宀）从子，原隸《說文》宋部，因宋部已被歸併，故取字之形構中已有之「子」部來歸部；如「索」字，从宋（宀）糸，原隸《說文》宋部，因宋部已被歸併，故取字之形構中已有之「糸」部來歸部；如「恆」

字，从丸而聲，原隸《說文》丸部，因丸部已被歸併，故取字之形構中已有之「而」部來歸部；如「敬」字，从攴茍，原隸《說文》茍部，因茍部已被歸併，故取字之形構中已有之「攴」部來歸部；如「飮」字，从臥食，原隸《說文》臥部，因臥部已被歸併，故取字之形構中已有之「食」部來歸部；如「龓」字，从有龍聲，原隸《說文》有部，因有部已被歸併，故取字之形構中已有之「龍」部來歸部；如「鼆」字，从冥黽聲，原隸《說文》冥部，因冥部已被歸併，故取字之形構中已有之「黽」部來歸部；如「飤」字，从卂食、才聲，原隸《說文》卂部，因卂部已被歸併，聲符「才」亦非部首，故取字之形構中已有之「食」部來歸部；如「麰」字，从麳省來聲，原隸《說文》麳部，因麳部已被歸併，聲符「來」亦非部首，故取字之形構中已有之「攴（夂）」部來歸部……等，皆屬之。此類字例之歸併，但求有無現成之偏旁部首，不論其為字之聲符、形符或部件偏旁，這是字書在方便檢文索字時，捨學理而就實用的一項作法。

（三）義類相關聯者歸為一部

《康熙字典》歸部時也考慮到義類的關聯性，廣義的義類，包括了本義、引申義、比擬義與假借義，前面所述之以文字形構中之其它形符來歸部者，即屬此類，如《說文》网部之「罾」字改入言部、爨部之「釁」字改入酉部、八部之「曾」字改入曰部、畫部之「畫」字改入日部、車部之「斬」字改入斤部、出部之「糶」字改入米部、入部之「糴」字改入米部、卜部之「貞」字改入貝部、八部之「分」字改入刀部、釆部之「悉」字改入心部、冂部之「隺」字改入隹部；又有以後世之通行義或引申義來歸部，如夊部之「愛」、「憂」二字改入「心」部、馬部之「颿」字改入風部、丨部之「音」字改入口部……等，皆屬之。

（四）以筆順起筆之偏旁或部件為部首來歸部。

我國文字書寫的慣例是由上而下、由左而右、由外而內，故檢字之部首取筆順起筆之偏旁或部件是最為便捷易學。觀察《字彙》、《康熙字典》異於《說文》歸部之字例中，有許多是以筆順起筆之偏旁為部首的，如《說文》卝部之「龏」字改入龍部、馬部之「篤」字改入竹部、工部之「式」字改入弋部……等，是取居上之偏旁為部首；如《說文》攴部之「孜」字改入子部、木部之「休」字改入人部、丩部之「糾」字改入糸部、殳部之「役」字改入彳部……等，是取居左之偏旁為部首；如《說文》王部之「閏」字改入門部、角部之「衡」字改入行部、禾部之「齋」字改入齊部、卒部之「圍」字改入囗部、水部之「衍」字改入行部……等，是取在外之偏旁為部首。除上述以起筆之偏旁為部首外，亦有截取文字起筆之部件為部首者，

如原隸《說文》又部之「度」字，其形構「从又庶省聲」，本與「广」字意義無涉，而改入广部；原隸丮部之「𢍏」字，其形構「从反丮」，本與「厂」字意義無涉，而改入厂部；原隸高部之「亭」字，其形構「从高省丁聲」，本與「亠」義無涉，而改入亠部；原隸用部之「庸」字，其形構「从用从庚」，本與「广」字意義無涉，而改入广部；原隸卅部之「世」字，其形構「从卅而曳長之」，本與「一」字意義無涉，而改入一部；原隸烏部之「舄」字，其形構「鵲也、象形」，本與「臼」字意義無涉，而改入臼部……等，皆屬之。《字彙》卷首五門中列有「運筆」一項，其書云：「字雖無幾法可類推，試詳玩焉，則心有員機，手無滯跡，舉一可貫百矣。」梅氏講究書寫之筆順，似乎也提供了在文字歸部時的靈感，使書中之字每每以筆順起筆之偏旁或部件為部首來歸部，以增進檢字取部時的便捷易學。

（五）以國字形構中之特定部位來歸部。

國字的整體結構以方正為主，為顧及國字內部主體結構的平衡，使漢字的組合呈現多樣化，而其中以左右、上下及內外的排列方式為主，除此之外尚有呈品字形、凹字形、⿴字形、⿸字形、⿷字型及少數不規則形。觀察《字彙》、《康熙字典》異於《說文》歸部之字例，在各種文字組合中，凡有兩個或兩個以上的偏旁已列為二百一十四部首者，則有以文字形構中特定部位之偏旁為部首的趨勢，茲將各種文字組合之字例，分類舉例說明如下：

1. 凹字形之字例，通常以下方之偏旁為部首，如《說文》臤部之「緊」、「堅」、「豎」字分別改入糸部、土部、豆部；又如水部之「染」字改入木部、攴部之「啓」字改入口部、攴部之「肇」字改入聿部、戈部之「肇」字改入聿部、㓞部之「㮨」字改入木部、欠部之「繁」字改入糸部……等，皆屬之。

2. 𠕋字形之字例，通常以右方之偏旁為部首，如《說文》土部之「毀」字改入殳部、肉部之「散」字改入攴部、甘部之「猒」字改入犬部、唯部之「雖」字改入隹部、丵部之「對」字改入寸部、土部之「封」字改入寸部、犬部之「類」字改入頁部……等，皆屬之。

3. ⿷字形之字例，通常以右下方之偏旁為部首，如《說文》犛部之「氂」字改入毛部、广部之「龐」字改入龍部、戶部之「扆」字改入聿部、八部之「詹」字改入言部、ナ部之「右」字改入口部……等，皆屬之。

4. 品字形之字例，多為重形之字，如晶[註30]、轟、麤、矗、毳、灥、焱等，

〔註30〕晶字卜辭作品（後，下，九，一）、⿱口⿰口口（前七，十四，一）、晶（甲編，六七五）、晶（佚，五〇六），俱象天上眾星羅列貌，本為獨體象形，許慎篆文作晶，解以「从三日」，誤矣。說

則依單獨形體來歸部；至於，⿰日日字形之字例，則似無定則，如《說文》去部之「朅」字歸「曰」部、「㞞」字歸「夊」部，而依循前述「原部首已被歸併，而取形構中其他已設為部首之偏旁來歸部」的原則。

（六）斷以己意來歸部

縱使有以上幾種歸部的原則，但在眾多歸部不同之字例中，仍有少數無法規範之字，《字彙》、《康熙字典》則斷以己意來歸部，如《說文》革部之「勒」字歸入力部、鬲部之「融」字歸入虫部、立部之「靖」字歸入青部、長部之「肆」字歸入隶部、采部之「番」字歸入田部、匕部之「㩽」字歸入支部、至部之「到」字歸入刀部、支部之「敐」字歸入日部、聿部之「書」字歸入曰部……等，皆屬之。觀察此類之字例，非但不以筆順起筆之偏旁為部首，又往往以字之聲符來歸部，既不合實用性，也無學理依據，令人費解。本章在下一節將就這類字例及部分今已習用之文字，針對其歸部之合理性作進一步探討。

綜合以上幾種原則，知《字彙》、《康熙字典》之歸部並不特別考量文字之學理性，而是以檢索便捷為重，這在我國辭書學發展史上是一個重大變革。

第四節　《康熙字典》部首歸併之探究

如本章第三節探討二百一十四部「歸部之原則」裏所談到的《字彙》、《康熙字典》「斷以己意來歸部」之字例，其歸部結果既不合實用性，也無學理依據，實在令人百思不得其解。本節的主要目的，即是針對二百一十四部首歸部後之合理性，作進一步分析探究，以期字典之歸部趨於至當，俾日後學界編纂字、辭典時作為歸部列字之參考。茲將前一章「《康熙字典》與《說文》歸部異同之實況」，取二書歸部不同之字，以表列形式展現，冀收開卷瞭然之效，進而分析於後。

一、《康熙字典》與《說文》歸部不同之字一覽表

以下就徐鉉校定《說文》篇卷之次第，首列字例，次列《說文》與《康熙字典》之歸部，作成簡表。如有《說文》部中之字已隨原部首字歸入同一部者，則說明於後，不另列於表中，可免行文贅疣之疵。

見蔡師信發《說文部首類釋》，頁八二～八三。今晶字隸定作晶。

《康熙字典》與《說文》歸部不同之字一覽表

字首	《說文》	《字典》	說　　　　明
元	一部	儿部	
天	一部	大部	
吏	一部	口部	
丄	丄部	一部	《說文》丄部已被歸併，部中「丅」字亦隨之併入「一」部，不另列於字表中。
帝	丄部	巾部	
旁	丄部	方部	
齋	示部	齊部	
三	三部	一部	《說文》三部已被歸併，部中無隸屬字。
王	王部	玉部	
皇	王部	自部	
閏	王部	門部	
玨	玨部	玉部	《說文》玨部已被歸併，部中「班」字亦隨之併入「玉」部，不另列於字表中。
瓏	玨部	車部	
屰	丨部	方部	
卉	艸部	十部	
斮（折）	艸部	手部	《康熙字典》不載斮字，僅錄折字，歸入手部中。
蓐	蓐部	艸部	《說文》蓐部已被歸併，部中「薅」字亦隨之併入「艸」部，不另列於字表中。
茻	茻部	艸部	《說文》茻部已被歸併，部中「莫」、「莽」、「葬」三字亦隨之併入「艸」部，不另列於字表中。
分	八部	刀部	
曾	八部	日部	
詹	八部	言部	
介	八部	人部	
必	八部	心部	
番	釆部	田部	
悉	釆部	心部	

寀（審）	釆部	宀部	
半	半部	十部	《說文》半部已被歸併。
胖	半部	肉部	
叛	半部	又部	
犛	犛部	牛部	《說文》犛部已被歸併。
氂	犛部	毛部	
斄	犛部	攴部	
告	告部	口部	《說文》告部已被歸併，部中「嚳」字亦隨之併入「口」部，不另列於字表中。
局	口部	尸部	
凵	凵部	凵部	《說文》凵（音坎）部已被歸併，部中無隸屬字。
吅	吅部	口部	《說文》吅部已被歸併，部中「嚴」、「單」、「咢」……等四字亦隨之併入「口」部，不另列於字表中。
叜	吅部	爻部	
哭	哭部	口部	《說文》哭部已被歸併，部中「喪」字亦隨之併入「口」部，不另列於字表中。
歬	止部	疋部	
歭	止部	疋部	
步	步部	止部	《說文》步部已被歸併，部中「歲」字亦隨之併入「止」部，不另列於字表中。
此	此部	止部	《說文》此部已被歸併，部中「些」字亦隨之併入「止」部，不另列於字表中。
啙	此部	口部	
柴	此部	木部	
正	正部	止部	《說文》正部已被歸併。
乏	正部	丿部	
是	是部	日部	《說文》是部已被歸併。
韙	是部	韋部	
尟	是部	小部	
延	延部	廴部	《說文》延部已被歸併，部中「延」字亦隨之併入「廴」部，不另列於字表中。
齰（體）	齒部	骨部	

延	疋部	爻部	
品	品部	口部	《說文》品部已被歸併，部中「喦」、「喿」二字亦隨之併入「口」部，不另列於字表中。
冊	冊部	冂部	《說文》冊部已被歸併。
嗣	冊部	口部	
扁	冊部	戶部	
㗊	㗊部	口部	《說文》㗊部已被歸併，部中「㘞」、「㗊」、「器」……等五字亦隨之併入「口」部，不另列於字表中。
屰	干部	屮部	
丙	丙部	谷部	《說文》丙部已被歸併。
只	只部	口部	《說文》只部已被歸併，部中「𣤶」字亦隨之併入「口」部，不另列於字表中。
冏	冏部	口部	《說文》冏部已被歸併，部中「商」字亦隨之併入「口」部，不另列於字表中。
喬	冏部	矛部	
句	句部	口部	《說文》句部已被歸併。
拘	句部	手部	
笱	句部	竹部	
鉤	句部	金部	
丩	丩部	丨部	《說文》丩部已被歸併。
糾	丩部	糸部	
茻	丩部	艸部	
古	古部	口部	《說文》古部已被歸併，部中「嘏」字亦隨之併入「口」部，不另列於字表中。
丈	十部	一部	
胖	十部	肉部	
廿	十部	廾部	
卅	卅部	十部	《說文》卅部已被歸併。
世	卅部	一部	
信	言部	人部	
詰	詰部	言部	《說文》詰部已被歸併，部中「譶」、「讟」二字亦隨之併入「言」部，不另列於字表中。

競	誩部	立部	
章	音部	立部	
竟	音部	立部	
䇂	䇂部	立部	《說文》䇂部已被歸併，部中「童」字亦隨之併入「立」部，不另列於字表中。
妾	䇂部	女部	
丵	丵部	丨部	《說文》丵部已被歸併。
業	丵部	木部	
叢	丵部	又部	
對	丵部	寸部	
菐	菐部	艸部	《說文》菐部已被歸併。
僕	菐部	人部	
𠔏	菐部	八部	
奉	廾部	大部	
奐	廾部	大部	
兵	廾部	八部	
具	廾部	八部	
丞	廾部	一部	
戒	廾部	戈部	
龏	廾部	龍部	
𠬜（𠬜）	𠬜部	又部	《說文》𠬜部已被歸併。
樊	𠬜部	木部	
共	共部	八部	《說文》共部已被歸併。
龔	共部	龍部	
異	異部	田部	《說文》異部已被歸併。
戴	異部	戈部	
舁	舁部	𦥑部	《說文》舁部已被歸併。
𢍰	舁部	廾部	
𦥑	𦥑部	𦥑部	
晨（晨）	晨部	辰部	《說文》晨部已被歸併，部中「農」字亦隨之併入「辰」部，不另列於字表中。「晨」字歸入日部中。

爨	爨部	火部	《說文》爨部已被歸併。
釁	爨部	臼部	
釁	爨部	酉部	
勒	革部	力部	
融	鬲部	虫部	
弼	弼部	鬲部	《說文》弼部已被歸併，部中「鬻」……等十二字亦隨之併入「鬲」部，不另列於字表中。
孚	爪部	子部	
丮	丮部	丨部	《說文》丮部已被歸併。
埶	丮部	土部	
孰（𤕟）	丮部	子部	《康熙字典》𤕟字不載，僅錄孰字。
飪	丮部	食部	
巩	丮部	工部	
㝏	丮部	谷部	
𢨲	丮部	戈部	
𢨲	丮部	厂部	
右	又部	口部	
厷	又部	厶部	
燮	又部	火部	
夬	又部	大部	
尹	又部	尸部	
秉	又部	禾部	
彗	又部	彐部	
度	又部	广部	
父	又部	父部	
ナ	ナ部	丿部	《說文》ナ部已被歸併。
卑	ナ部	十部	
史	史部	口部	《說文》史部已被歸併。
事	史部	亅部	
聿	聿部	聿部	《說文》聿部已被歸併，部中「肄」、「肅」二字亦隨之併入「聿」部，不另列於字表中。

筆	聿部	竹部	
書	聿部	曰部	
畫	畫部	田部	《說文》畫部已被歸併。
晝	畫部	曰部	
臤	臤部	臣部	《說文》臤部已被歸併。
緊	臤部	糸部	
堅	臤部	土部	
豎	臤部	豆部	
役	殳部	彳部	
豛	殳部	豕部	
祋	殳部	示部	
殺	殺部	殳部	《說文》殺部已被歸併。
弒	殺部	弋部	
乞	乞部	几部	《說文》乞部已被歸併。
弎	乞部	乡部	
鳬	乞部	鳥部	
尋	寸部	乡部	
甐	甐部	瓦部	《說文》甐部已被歸併，部中「斁」字亦隨之併入「瓦」部，不另列於字表中。
牧	攴部	牛部	
敢	攴部	耳部	
啓	攴部	口部	
畋	攴部	田部	
孜	攴部	子部	
赦	攴部	赤部	
寇	攴部	宀部	
厫	攴部	厂部	
釹	攴部	金部	
鼓	攴部	鼓部	
敯	攴部	曰部	

肇	攴部	聿部	
徹	攴部	彳部	
漱	攴部	水部	
教	教部	攴部	《說文》教部已被歸併，部中「斅」字亦隨之併入「攴」部，不另列於字表中。
貞	卜部	貝部	
庸	用部	广部	
棥	爻部	木部	
爾	㸚部	爻部	《說文》㸚部已被歸併，部中「爾」、「爽」二字亦隨之併入「爻」部，不另列於字表中。
夏	夏部	目部	《說文》夏部已被歸併，部中「夐」字亦隨之併入「目」部，不另列於字表中。
夐	夏部	攴部	
闃	夏部	門部	
窅	目部	穴部	
遁	目部	辵部	
䀠	䀠部	目部	說文》䀠部已被歸併，部中「奭」、「�」二字亦隨之併入「目」部，不另列於字表中。
眉	眉部	目部	《說文》眉部已被歸併，部中「省」字亦隨之併入「目」部，不另列於字表中。
盾	盾部	目部	《說文》盾部已被歸併，部中「瞂」字亦隨之併入「目」部，不另列於字表中。
壐	盾部	土部	
魯	白部	魚部	
箟	白部	矢部	
者	白部	老部	
皕	皕部	白部	《說文》皕部已被歸併。
奭	皕部	大部	
習	習部	羽部	《說文》習部已被歸併，部中「翫」字亦隨之併入「羽」部，不另列於字表中。
雄	隹部	犬部	
罹	隹部	网部	

闔	隹部	門部	
奞	奞部	大部	《說文》奞部已被歸併，部中「奪」、「奮」二字亦隨之併入「大」部，不另列於字表中。
萑	萑部	艸部	《說文》萑部已被歸併，部中「蒦」字亦隨之併入「艸」部，不另列於字表中。
舊	萑部	臼部	
雚	萑部	隹部	
丫	丫部	艸部	《說文》丫部已被歸併，部中「芇」字亦隨之併入「艸」部，不另列於字表中。
乖（乖）	丫部	丿部	
苜	苜部	目部	《說文》苜部已被歸併，部中「蔑」字亦隨之併入「目」部，不另列於字表中。
莫	苜部	火部	
蔑	苜部	艸部	
牂	羊部	爿部	
羴	羴部	羊部	《說文》羴部已被歸併，部中「羼」字亦隨之併入「羊」部，不另列於字表中。
瞿	瞿部	目部	《說文》瞿部已被歸併，部中「矍」字亦隨之併入「目」部，不另列於字表中。
雔	雔部	隹部	《說文》雔部已被歸併，部中「雙」字亦隨之併入「隹」部，不另列於字表中。
靃	雔部	雨部	
雥	雥部	隹部	《說文》雥部已被歸併，部中「纍」等二字亦隨之併入「隹」部，不另列於字表中。
烏	烏部	火部	《說文》烏部已被歸併，部中「焉」字亦隨之併入「火」部，不另列於字表中。
舄	烏部	臼部	
華	華部	十部	《說文》華部已被歸併。
畢	華部	田部	
糞（糞）	華部	米部	
棄（棄）	華部	木部	
冓	冓部	冂部	《說文》冓部已被歸併，部中「再」字亦隨之併入「冂」部，不另列於字表中。

爯	冓部	爪部	
麼	幺部	麻部	
茲	茲部	幺部	《說文》茲部已被歸併，部中「幽」、「幾」二字亦隨之併入「幺」部，不另列於字表中。
叀	叀部	厶部	《說文》叀部已被歸併。
惠	叀部	心部	
疐	叀部	疋部	
予	予部	亅部	《說文》予部已被歸併，部中「幻」字亦隨之併入「亅」部，不另列於字表中。
舒	予部	舌部	
放	放部	攴部	《說文》放部已被歸併，部中「敖」、「敫」二字亦隨之併入「攴」部，不另列於字表中。
受	受部	又部	《說文》受部已被歸併，部中「受」、「敠」二字亦隨之併入「又」部，不另列於字表中。
爰	受部	爪部	
奚	受部	爪部	
爭	受部	爪部	
受	受部	爪部	
寽	受部	爪部	
寽	受部	寸部	
叔	叔部	歹部	《說文》叔部已被歸併。
叡	叔部	又部	
叙	叔部	又部	
叡	叔部	又部	
敳	叔部	貝部	
死	死部	歹部	《說文》死部已被歸併，部中「歾」字亦隨之併入「歹」部，不另列於字表中。
薨	死部	艸部	
薧	死部	艸部	
冎	冎部	冂部	《說文》冎部已被歸併。
剮	冎部	刀部	

牌（牌）	丹部	口部	
散（散）	肉部	攴部	
筋	筋部	竹部	《說文》筋部已被歸併，部中「箹」、「笏」二字亦隨之併入「竹」部，不另列於字表中。
釗	刀部	金部	
劊	刀部	魚部	
罰	刀部	网部	
刃	刃部	刀部	《說文》刃部已被歸併，部中「刅」、「劒」二字亦隨之併入「刀」部，不另列於字表中。
韌	韌部	刀部	《說文》韌部已被歸併，部中「契」字亦隨之併入「刀」部，不另列於字表中。
契	韌部	木部	
丰	丰部	｜部	《說文》丰部已被歸併。
玶	丰部	口部	
衡	角部	行部	
箕	箕部	竹部	《說文》箕部已被歸併，部中「簸」字亦隨之併入「竹」部，不另列於字表中。
丌	丌部	一部	《說文》丌部已被歸併。
辺	丌部	辵部	
典	丌部	八部	
畀	丌部	田部	
界（巽）	丌部	己部	
顨	丌部	頁部	
奠	丌部	大部	
左	左部	工部	《說文》左部已被歸併，部中「差」字亦隨之併入「工」部，不另列於字表中。
式	工部	弋部	
珡	珡部	工部	《說文》珡部已被歸併。
寋（寋）	珡部	宀部	
巫	巫部	工部	《說文》巫部已被歸併。
覡	巫部	見部	

猒	甘部	犬部	
杳	日部	水部	
乃	乃部	丿部	《說文》乃部已被歸併。
卥	乃部	卜部	
卤	乃部	卜部	
丂	丂部	一部	《說文》丂部已被歸併，部中「弓」字亦隨之併入「一」部，不另列於字表中。
甹	丂部	田部	
寧	丂部	宀部	
可	可部	口部	《說文》可部已被歸併，部中「奇」、「智」、「叵」三字亦隨之併入「口」部，不另列於字表中。
奇	可部	大部	
兮	兮部	八部	《說文》兮部已被歸併。
覍	兮部	勺部	
羲	兮部	羊部	
乎	兮部	丿部	
号	号部	口部	《說文》号部已被歸併。
號	号部	虎部	
亏（于）	亏部	二部	《說文》亏部已被歸併。
平	亏部	干部	
吁	亏部	口部	
粤	亏部	米部	
虧	亏部	虍部	
旨	旨部	日部	《說文》旨部已被歸併。
嘗	旨部	口部	
喜	喜部	口部	《說文》喜部已被歸併，部中「歖」字亦隨之併入「口」部，不另列於字表中。
憙	喜部	心部	
豈（豈）	豈部	豆部	《說文》豈部已被歸併。豈隸變作「豈」，歸入士部中。
尌	豈部	寸部	

彭	豈部	彡部	
嘉	豈部	口部	
蟶	豈部	虫部	
豈	豈部	豆部	《說文》豈部已被歸併，部中「譏」字亦隨之併入「豆」部，不另列於字表中。
愷	豈部	心部	
桓	豆部	木部	
豐	豐部	豆部	《說文》豐部已被歸併，部中「艷」字亦隨之併入「豆」部，不另列於字表中。
豐	豐部	豆部	《說文》豐部已被歸併，部中「豔」字亦隨之併入「豆」部，不另列於字表中。
虖	虖部	虍部	《說文》虖部已被歸併，部中「號」、「盧」二字亦隨之併入「豆」部，不另列於字表中。
虎	虎部	虍部	《說文》虎部已被歸併，部中「虒」、「號」、「號」……等十五字亦隨之併入「虍」部，不另列於字表中。
彪	虎部	彡部	
虤	虤部	虍部	《說文》虤部已被歸併，部中「譬」字亦隨之併入「虍」部，不另列於字表中。
贇	虤部	貝部	
醯	皿部	酉部	
齏	皿部	齊部	
去	去部	厶部	《說文》去部已被歸併。
朅	去部	曰部	
夋	去部	夊部	
盍（盇）	血部	皿部	
音	丨部	口部	
丹	丹部	丨部	《說文》丹部已被歸併。
雘	丹部	隹部	
彤	丹部	彡部	
井	井部	二部	《說文》井部已被歸併。
焅	井部	火部	

阱	井部	阜部	
刱	井部	刀部	
刑	井部	刀部	
皀	皀部	白部	《說文》皀部已被歸併。
即	皀部	卩部	
既	皀部	无部	
冟	皀部	宀部	
爵（爵）	鬯部	木部	「爵」字隸變作「爵」，歸入「爪」部。
亼	亼部	人部	《說文》亼部已被歸併，部中「僉」、「侖」、「今」三字亦隨之併入「人」部，不另列於字表中。
合	亼部	口部	
舍	亼部	舌部	
會	會部	曰部	《說文》會部已被歸併，部中「朇」字亦隨之併入「曰」部，不另列於字表中。
𣂺	會部	辰部	
倉	倉部	人部	《說文》倉部已被歸併。
牄	倉部	爿部	
㞷	入部	山部	
糴	入部	米部	
匋	缶部	勹部	
亭	高部	亠部	
亳	高部	亠部	
市	冂部	巾部	
冘	冂部	冖部	
央	冂部	大部	
隺	冂部	隹部	
𦎫	𦎫部	高部	《說文》𦎫部已被歸併，部中「覃」字亦隨之併入「高」部，不另列於字表中。
京	京部	亠部	《說文》京部已被歸併。
就	京部	尢部	

亯	亯部	亠部	《說文》亯部已被歸併。
疐	亯部	羊部	
簹	亯部	竹部	
舋	亯部	自部	
旱	旱部	＊＊	《說文》旱字不見錄於《康熙字典》。
覃	旱部	鹵部	覃字隸變作覃，歸入西部中。
厚	旱部	厂部	
畐	畐部	田部	《說文》畐部已被歸併。
良	畐部	艮部	
靣	靣部	亠部	《說文》靣部已被歸併。
稟	靣部	禾部	
啚	靣部	口部	
嗇	嗇部	口部	《說文》嗇部已被歸併。
牆	嗇部	爿部	
來	來部	人部	《說文》來部已被歸併。
秾	來部	矢部	
屖	夊部	尸部	
致	夊部	致部	
夓	夊部	田部	
愛	夊部	心部	
憂	夊部	心部	
竷	夊部	立部	
舜	舜部	舛部	《說文》舜部已被歸併，部中「雞」字亦隨之併入「舛」部，不另列於字表中。又「雞」字隸變作「雞」，則歸入生部中。
弟	弟部	弓部	《說文》弟部已被歸併。
夆	弟部	目部	
久	久部	丿部	《說文》久部已被歸併，部中無隸屬字。
桀	桀部	木部	《說文》桀部已被歸併，部中「椉」字亦隨之併入「木」部，不另列於字表中。又「椉」字隸變作「乘」，則歸入丿部中。

礫	桀部	石部	
休	木部	人部	
牀	木部	爿部	
纍	木部	馬部	
藁	木部	艸部	
築	木部	竹部	
臬	木部	自部	
朵	木部	采部	
東	東部	木部	《說文》東部已被歸併，部中「棘」字亦隨之併入「木」部，不另列於字表中。
林	林部	木部	《說文》林部已被歸併，部中「楚」、「楸」、「梦」……等七字亦隨之併入「木」部，不另列於字表中。
鬱	林部	鬯部	
麓	林部	鹿部	
才	才部	手部	《說文》才部已被歸併，部中無隸屬字。
叒	叒部	又部	《說文》叒部已被歸併。
桑	叒部	木部	
之	之部	丿部	《說文》之部已被歸併。
坒	之部	土部	
帀	帀部	巾部	《說文》帀部已被歸併，部中「師」字亦隨之併入「巾」部，不另列於字表中。
出	出部	凵部	《說文》出部已被歸併。
敖	出部	攴部	
賣	出部	貝部	
糶	出部	米部	
糺	出部	自部	
㞢（朮）	㞢部	木部	《說文》㞢部已被歸併。
孛	㞢部	廾部	
索	㞢部	糸部	
孛	㞢部	子部	
㔽	㞢部	丿部	

南	𣎵部	十部	
丰	生部	丨部	
乇	乇部	丿部	《說文》乇部已被歸併，部中無隸屬字。
𠂹	𠂹部	丿部	《說文》𠂹部已被歸併，部中無隸屬字。
𠌶	𠌶部	人部	《說文》𠌶部已被歸併。
韡	𠌶部	韋部	
華	華部	艸部	《說文》華部已被歸併。
皣	華部	白部	
禾	禾部	禾部	《說文》禾部已被歸併，部中「積」、「𥝩」二字亦隨之併入「禾」部，不另列於字表中。
稽	稽部	禾部	《說文》稽部已被歸併，部中「穚」、「穄」二字亦隨之併入「禾」部，不另列於字表中。
巢	巢部	巛部	《說文》巢部已被歸併。
㽞	巢部	寸部	
桼	桼部	木部	《說文》桼部已被歸併，部中「䰍」字亦隨之併入「木」部，不另列於字表中。
髤	桼部	髟部	
束	束部	木部	《說文》束部已被歸併，部中「柬」字亦隨之併入「木」部，不另列於字表中。
刺	束部	刀部	
𠦝	束部	干部	
㯻	㯻部	木部	《說文》㯻部已被歸併，部中「橐」、「橐」、「橐」三字亦隨之併入「木」部，不另列於字表中。
囊	㯻部	口部	
員	員部	口部	《說文》員部已被歸併。
賱	員部	貝部	
扈	邑部	戶部	
祁	邑部	示部	
竆	邑部	穴部	
䣕（𨛜）	䣕部	邑部	《說文》䣕部已被歸併，部中「鄉」、「𨞰」二字亦隨之併入「邑」部，不另列於字表中。「𨞰」字隸變作「巷」，則歸入己部中。

旦	旦部	日部	《說文》旦部已被歸併，部中「暨」字亦隨之併入「日」部，不另列於字表中。
倝	倝部	人部	《說文》倝部已被歸併。
翰	倝部	舟部	「翰」字隸變作「朝」，則歸入月部中。
㫃	㫃部	方部	《說文》㫃部已被歸併，部中「旗」、「旌」、「旆」……等二十一字亦隨之併入「方」部，不另列於字表中。
游	㫃部	水部	
冥	冥部	冖部	《說文》冥部已被歸併。
鼆	冥部	黽部	
晶	晶部	日部	《說文》晶部已被歸併，部中「曑」、「曐」、「曟」、「疊」等四字亦隨之併入「方」部，不另列於字表中。
霸	月部	雨部	
有	有部	月部	《說文》有部已被歸併。
龓	有部	龍部	
䍙	有部	戈部	
朙	朙部	月部	《說文》朙部已被歸併，部中「㿠（㿠）」字亦隨之併入「月」部，不另列於字表中。又「朙」字隸變作「明」，則歸入日部。
囧	囧部	囗部	《說文》囧部已被歸併。
盥（盟）	囧部	血部	「盥」、「盟」二字，又从皿作「盥」、「盟」，則歸入皿部中。
多	多部	夕部	《說文》多部已被歸併，部中「夥」字亦隨之併入「夕」部，不另列於字表中。
㙂	多部	土部	
㖪	多部	口部	
毌	毌部	毋部	《說文》毌部已被歸併。
貫	毌部	貝部	
虜	毌部	虍部	
弓	弓部	弓部	《說文》弓部已被歸併，部中「㢮」字亦隨之併入「弓」部，不另列於字表中。
函	弓部	口部	
甹	弓部	田部	

甬	弓部	用部	
柬	柬部	木部	《說文》柬部已被歸併。
韓	柬部	韋部	
鹵	鹵部	卜部	《說文》鹵部已被歸併。
㮇（栗）	鹵部	木部	
㮇（粟）	鹵部	米部	
束	束部	木部	《說文》束部已被歸併，部中「棗」、「棘」二字亦隨之併入「木」部，不另列於字表中。
克	克部	儿部	《說文》克部已被歸併，部中無隸屬字。
彔	彔部	彑部	《說文》彔部已被歸併，部中無隸屬字。
齋	禾部	齊部	
秝	秝部	禾部	《說文》秝部已被歸併。
兼	秝部	八部	
䴦	黍部	麻部	
氣	米部	气部	
籟	米部	竹部	
竊	米部	穴部	
毇	毇部	殳部	《說文》毇部已被歸併。
繫	毇部	米部	
凶	凶部	凵部	《說文》凶部已被歸併。
兇	凶部	儿部	
朮	朮部	木部	《說文》朮部已被歸併，部中「枲」字亦隨之併入「木」部，不另列於字表中。
林	林部	木部	《說文》林部已被歸併，部中「鬱」字亦隨之併入「木」部，不另列於字表中。
𣏴	林部	攴部	
尗	尗部	小部	《說文》尗部已被歸併。
枝	尗部	攴部	
耑	耑部	而部	《說文》耑部已被歸併，部中無隸屬字。
瓠	瓠部	瓜部	《說文》瓠部已被歸併，部中「瓢」字亦隨之併入「瓜」部，不另列於字表中。

向	宀部	口部	
奧	宀部	大部	
宮	宮部	宀部	《說文》宮部已被歸併。
營	宮部	火部	
呂	呂部	口部	《說文》呂部已被歸併。
躬	呂部	身部	
瘳	瘳部	宀部	《說文》瘳部已被歸併，部中「寤」、「寐」、「痭」……等九字亦隨之併入「宀」部，不另列於字表中。
冃	冃部	冂部	《說文》冃部已被歸併。
同	冃部	口部	
青	冃部	土部	
冢	冃部	宀部	
冃	冃部	冂部	《說文》冃部已被歸併，部中「冕」、「冒」、「冑」三字亦隨之併入「冂」部，不另列於字表中。
最	冃部	日部	
网	网部	入部	《說文》网部已被歸併，部中「兩」字亦隨之併入「入」部，不另列於字表中。
㒼	网部	冂部	
詈	网部	言部	
飾	巾部	食部	
市	市部	巾部	《說文》市部已被歸併，部中「袷」字亦隨之併入「巾」部，不另列於字表中。
帛	帛部	巾部	《說文》帛部已被歸併，部中「錦」字亦隨之併入「巾」部，不另列於字表中。
㡿	白部	小部	
尚	尚部	巾部	
敝	尚部	攴部	
弔	人部	弓部	
敓	人部	文部	
咎	人部	口部	
匕	匕部	匕部	《說文》匕部已被歸併，部中「化」、「䇏」二字亦隨之併入「匕」部，不另列於字表中。

眞	七部	目部	
卬	七部	卩部	
攱	七部	支部	
頃	七部	頁部	
艮	七部	艮部	
从	从部	人部	《說文》从部已被歸併。
從	从部	彳部	
并	从部	干部	
北	北部	七部	《說文》北部已被歸併。
冀	北部	八部	
丘	丘部	一部	《說文》丘部已被歸併。
虛	丘部	虍部	
呢	丘部	尸部	
众	众部	人部	《說文》众部已被歸併。
眾	众部	目部	
聚	众部	耳部	
臮	众部	自部	
壬	壬部	土部	《說文》壬部已被歸併。
徵	壬部	彳部	
朢	壬部	月部	
呈	壬部	爪部	
重	重部	里部	《說文》重部已被歸併,部中「量」字亦隨之併入「里」部,不另列於字表中。
臥	臥部	臣部	《說文》臥部已被歸併,部中「臨」字亦隨之併入「臣」部,不另列於字表中。
監	臥部	畾部	
䉨	臥部	寶部	
肙	肙部	丿部	《說文》肙部已被歸併。
殷	肙部	殳部	
雜	衣部	隹部	
裘	裘部	衣部	《說文》裘部已被歸併。

鬟	裛部	鬲部	
壽	老部	士部	
孝	老部	子部	
毳	毳部	毛部	《說文》毳部已被歸併。
毳	毳部	非部	
尺	尺部	尸部	《說文》尺部已被歸併。
咫	尺部	口部	
尾	尾部	尸部	《說文》尾部已被歸併，部中「屬」、「屈」、「尿」三字亦隨之併入「尸」部，不另列於字表中。
履	履部	尸部	《說文》履部已被歸併，部中「屨」、「屩」、「屐」……等五字亦隨之併入「尸」部，不另列於字表中。
俞	舟部	入部	
兄	兄部	儿部	《說文》兄部已被歸併，部中「競（競）」字亦隨之併入「儿」部，不另列於字表中。
兂	兂部	儿部	《說文》兂部已被歸併，部中「兓」字亦隨之併入「儿」部，不另列於字表中。
皃	皃部	白部	《說文》皃部已被歸併。
兜	皃部	小部	
兂	兂部	儿部	《說文》兂部已被歸併，部中「兜」字亦隨之併入「儿」部，不另列於字表中。
先	先部	儿部	《說文》先部已被歸併，部中「兟」字亦隨之併入「儿」部，不另列於字表中。
禿	禿部	禾部	《說文》禿部已被歸併，部中「穨」字亦隨之併入「禾」部，不另列於字表中。
覞	覞部	見部	《說文》覞部已被歸併，部中「覷」字亦隨之併入「見」部，不另列於字表中。
霺	覞部	雨部	
吹	欠部	口部	
弞	欠部	弓部	
歕	欠部	骨部	
潊	欠部	水部	
繁	欠部	糸部	

歙	歙部	欠部	《說文》歙部已被歸併，部中「歟」字亦隨之併入「欠」部，不另列於字表中。
次	次部	水部	《說文》次部已被歸併。
羨	次部	羊部	
盜	次部	皿部	
㳄	次部	厂部	
旡	旡部	无部	《說文》旡部已被歸併，部中「𣢉」、「㮂」二字亦隨之併入「无」部，不另列於字表中。
煩	頁部	火部	
碩	頁部	石部	
籲	頁部	竹部	
百	百部	自部	《說文》百部已被歸併。
脜	百部	肉部	
丏	丏部	一部	《說文》丏部已被歸併，部中無隸屬字。
㬉	㬉部	目部	《說文》㬉部已被歸併。
縣	㬉部	糸部	
須	須部	頁部	《說文》須部已被歸併，部中「頯」、「䫇」、「顡」、「䫌」四字亦隨之併入「頁」部，不另列於字表中。
㐱	彡部	人部	
修	彡部	人部	
彭	彡部	青部	
弱	彡部	弓部	
彣	彣部	彡部	《說文》彣部已被歸併，部中「彥」字亦隨之併入「彡」部，不另列於字表中。
辯	文部	辛部	
后	后部	口部	《說文》后部已被歸併，部中「垢」字亦隨之併入「口」部，不另列於字表中。
司	司部	口部	《說文》司部已被歸併。
詞	司部	言部	
卮	卮部	卩部	《說文》卮部已被歸併。「卮」又作「巵」，歸入己部中。
𡔷	卮部	寸部	

而	厄部	而部	
厄	卩部	厂部	
令	卩部	人部	
印	印部	卩部	《說文》印部已被歸併，部中「归」字亦隨之併入「卩」部，不另列於字表中。
从（卯）	卯部	卩部	《說文》卯部已被歸併，部中「卿」字亦隨之併入「卩」部，不另列於字表中。
辟	辟部	辛部	《說文》辟部已被歸併，部中「辥」、「嬖」二字亦隨之併入「辛」部，不另列於字表中。
旬	勹部	日部	
豕	勹部	宀部	
包	包部	勹部	《說文》包部已被歸併，部中「匏」字亦隨之併入「勹」部，不另列於字表中。
胞	包部	肉部	
苟	苟部	艸部	《說文》苟部已被歸併。
敬	苟部	攴部	
醜	鬼部	酉部	
甶（甶）	甶部	田部	《說文》甶部已被歸併，部中「畏」字亦隨之併入「田」部，不另列於字表中。
禺	甶部	内部	
篡	厶部	竹部	
嵬	嵬部	山部	《說文》嵬部已被歸併，部中「巍」字亦隨之併入「山」部，不另列於字表中。
密	山部	宀部	
屾	屾部	山部	《說文》屾部已被歸併，部中「嵞」字亦隨之併入「山」部，不另列於字表中。
屵	屵部	山部	《說文》屵部已被歸併，部中「岸」、「崖」、「崔」……等五字亦隨之併入「山」部，不另列於字表中。
龐	广部	龍部	
仄	厂部	人部	
丸	丸部	丶部	《說文》丸部已被歸併。
㩲	丸部	口部	
疢	丸部	而部	

尵	丸部	女部	
危	危部	卩部	《說文》危部已被歸併。
攲	危部	支部	
隸	長部	隶部	「隸」字隸變作「肆」，則歸入聿部中。
勿	勿部	勹部	《說文》勿部已被歸併。
昜	勿部	日部	
冄	冄部	冂部	《說文》冄部已被歸併，部中無隸屬字。
希	希部	凵部	《說文》希部已被歸併，部中「絺」、「彙」……等三字亦隨之併入「凵」部，不另列於字表中。
稀	希部	高部	
豚	豚部	豕部	《說文》豚部已被歸併，部中「豶」字亦隨之併入「豕」部，不另列於字表中。
㣇	㣇部	豕部	《說文》㣇部已被歸併，部中無隸屬字。
易	易部	日部	《說文》易部已被歸併，部中無隸屬字。
象	象部	豕部	《說文》象部已被歸併，部中「豫」字亦隨之併入「豕」部，不另列於字表中。
篤	馬部	竹部	
颿	馬部	風部	
廌	廌部	广部	《說文》廌部已被歸併。
薦	廌部	子部	
薦	廌部	艸部	
灋	廌部	水部	
麤	麤部	鹿部	《說文》麤部已被歸併，部中「麤」字亦隨之併入「鹿」部，不另列於字表中。「麤」字今作「塵」，則歸入土部中。
㲋	㲋部	比部	《說文》㲋部已被歸併，部中「毚」、「魯」、「奠」三字亦隨之併入「比」部，不另列於字表中。
兔	兔部	儿部	《說文》兔部已被歸併，部中「毚」字亦隨之併入「儿」部，不另列於字表中。
逸	兔部	辵部	
冤	兔部	冖部	
娩	兔部	女部	

巍	兔部	厶部	
莧	莧部	艸部	《說文》莧部已被歸併，部中無隸屬字。
戾	犬部	戶部	
臭	犬部	自部	
默	犬部	黑部	
類	犬部	頁部	
倏	犬部	人部	
狀	狀部	犬部	《說文》狀部已被歸併，部中「獄」、「獄」二字亦隨之併入「犬」部，不另列於字表中。
能	能部	肉部	《說文》能部已被歸併，部中無隸屬字。
熊	熊部	火部	《說文》熊部已被歸併。
罷	熊部	网部	
鱻	火部	龜部	
齋	火部	齊部	
炎	炎部	火部	《說文》炎部已被歸併，部中「燄」、「燮」、「粘」、「燊」……等六字亦隨之併入「火」部，不另列於字表中。又「燊」字隸變作「粦」，則歸入米部中。
餤	炎部	舌部	
儵	黑部	人部	
囪	囪部	囗部	《說文》囪部已被歸併。
恖	囪部	心部	
焱	焱部	火部	《說文》焱部已被歸併，部中「熒」、「桑」二字亦隨之併入「火」部，不另列於字表中。
炙	炙部	火部	《說文》炙部已被歸併，部中「䰞」、「燎」二字亦隨之併入「火」部，不另列於字表中。
沶	赤部	水部	
亦	亦部	宀部	《說文》亦部已被歸併。
夾	亦部	大部	
矢	矢部	大部	《說文》矢部已被歸併，部中「夷」字亦隨之併入「大」部，不另列於字表中。
戛	矢部	士部	
吳	矢部	口部	

夭	夭部	大部	《說文》夭部已被歸併，部中「奔」字亦隨之併入「大」部，不另列於字表中。
喬	夭部	口部	
夲	夭部	巾部	「夲」字隸變作「幸」，則歸入干部中。
交	交部	亠部	《說文》交部已被歸併。
絞	交部	糸部	
壺	壺部	士部	《說文》壺部已被歸併，部中「壼」字亦隨之併入「士」部，不另列於字表中。
壹	壹部	士部	《說文》壹部已被歸併。
懿	壹部	心部	
㚔	㚔部	大部	《說文》㚔部已被歸併。
執	㚔部	土部	
報	㚔部	土部	
圉	㚔部	口部	
睪	㚔部	目部	
盩	㚔部	皿部	
籋	㚔部	竹部	
奢	奢部	大部	《說文》奢部已被歸併，部中「奲」字亦隨之併入「大」部，不另列於字表中。
亢	亢部	亠部	《說文》亢部已被歸併。
㚇	亢部	夊部	
本	本部	大部	《說文》本部已被歸併，部中「奏」字亦隨之併入「大」部，不另列於字表中。
㚤	本部	十部	
暴	本部	日部	
㡛	本部	巾部	
皋	本部	白部	
夰	夰部	大部	《說文》夰部已被歸併，部中「昦」字亦隨之併入「大」部，不另列於字表中。
界（昊）	夰部	日部	
臩	夰部	目部	
臩	夰部	臣部	

穴	穴部	宀部	《說文》穴部已被歸併。
奭	穴部	而部	
奕	穴部	大部	《說文》穴部中其餘「奚」、「奘」……等五字亦隨之併入「大」部,不另列於字表中。
夫	夫部	大部	《說文》夫部已被歸併,部中「扶」字亦隨之併入「大」部,不另列於字表中。
規	夫部	見部	
靖	立部	青部	
竝	竝部	立部	《說文》竝部已被歸併。
普	竝部	白部	
囟	囟部	口部	《說文》囟部已被歸併。
巤	囟部	巛部	
毗	囟部	比部	
思	思部	心部	《說文》思部已被歸併,部中「慮」字亦隨之併入「心」部,不另列於字表中。
瘝	心部	疒部	
蔥	心部	竹部	
箇	心部	竹部	
惢	惢部	心部	《說文》惢部已被歸併。
纗	惢部	糸部	
砅	水部	石部	
衍	水部	行部	
染	水部	木部	
牃	水部	爿部	「牃」字或作「漿」,則歸入「水」部中。
萍	水部	艸部	
蕩	水部	艸部	
沝	沝部	水部	《說文》沝部已被歸併,部中「淼」、「淾」二字亦隨之併入「水」部,不另列於字表中。
瀕	瀕部	水部	《說文》瀕部已被歸併。
顰	瀕部	頁部	
〈	〈部	巛部	《說文》〈部已被歸併,部中無隸屬字。

〈〈	〈〈部	巛部	《說文》〈〈部已被歸併。
粼	〈〈部	米部	
侃	巛部	人部	
邕	巛部	邑部	
泉	泉部	水部	《說文》泉部已被歸併，部中「繁」字亦隨之併入「水」部，不另列於字表中。
灥	灥部	水部	《說文》灥部已被歸併。
麤	灥部	厂部	
永	永部	水部	《說文》永部已被歸併。
羕	永部	羊部	
辰	辰部	丿部	
覗	辰部	見部	
仌	仌部	人部	「仌」字隸變作冫，《康熙字典》有冫部無仌部，《說文》从仌之字皆入冫部。
屝	雨部	尸部	
雲	雲部	雨部	《說文》雲部已被歸併，部中「霧」字亦隨之併入「雨」部，不另列於字表中。
鱻	鱻部	魚部	《說文》鱻部已被歸併，部中「灥」字亦隨之併入「魚」部，不另列於字表中。
燕	燕部	火部	《說文》燕部已被歸併，部中無隸屬字。
陛	非部	阜部	
卂	卂部	十部	《說文》卂部已被歸併。
褮	卂部	火部	
乚	乚部	乙部	《說文》乚部已被歸併，部中「乳」字亦隨之併入「乙」部，不另列於字表中。
孔	乚部	子部	
不	不部	一部	《說文》不部已被歸併。
否	不部	口部	
到	至部	刀部	
卥（西）	卥部	弓部	《說文》卥部已被歸併，卥字隸變作「西」，則歸入西部，部中「𪮷」字亦隨之併入「西」部，不另列於字表中。

鹽	鹽部	鹵部	《說文》鹽部已被歸併，部中「鹹」字亦隨之併入「鹵」部，不另列於字表中。
鹽	鹽部	皿部	
扉	戶部	聿部	
臣	臣部	臣部	《說文》臣部已被歸併。
配	臣部	己部	
摩	手部	广部	
籍	手部	竹部	
乘	乘部	十部	《說文》乘部已被歸併。
脊	乘部	肉部	
佞	女部	人部	
齎	女部	齊部	
民	民部	氏部	《說文》民部已被歸併，部中「氓」字亦隨之併入「氏」部，不另列於字表中。
弗	丿部	弓部	
厂	厂部	丿部	《說文》厂部已被歸併。
弋	厂部	弋部	
乀	乀部	丿部	《說文》乀部已被歸併。
也	乀部	乙部	
氐	氐部	氏部	《說文》氐部已被歸併，部中「䟐」、「跌」、「䵅」三字亦隨之併入「氏」部，不另列於字表中。
戉	戉部	戈部	《說文》戉部已被歸併，部中「戚」字亦隨之併入「戈」部，不另列於字表中。
我	我部	戈部	《說文》我部已被歸併。
義	我部	羊部	
珡	珡部	玉部	《說文》珡部已被歸併，部中「瑟」、「琵」、「瑟」三字亦隨之併入「氏」部，不另列於字表中。
乚	乚部	乙部	《說文》乚部已被歸併。
直	乚部	目部	
亡	亡部	亠部	《說文》亡部已被歸併。
乍	亡部	丿部	

望	亡部	月部	
橆（無）	亡部	火部	無字篆文作橆，隸定作橆，《康熙字典》僅錄隸變之「無」字，歸入「火」部中
匃	亡部	勹部	
樞	匸部	木部	
曲	曲部	日部	《說文》曲部已被歸併。
匿	曲部	匚部	
甾	曲部	凵部	
甾（甾）	甾部	凵部	《說文》甾部已被歸併，甾字隸變作「甾」，則歸入田部，部中「䆉」、「畚」、「䤄」三字亦隨之併入「田」部，不另列於字表中。
盧	甾部	虍部	
發	弓部	癶部	
弜	弜部	弓部	《說文》弜部已被歸併，部中「弼」字亦隨之併入「弓」部，不另列於字表中。
弦	弦部	弓部	《說文》弦部已被歸併。
盭	弦部	皿部	
紗	弦部	幺部	「紗」或作「玅」，則歸入玄部。
竭	弦部	幺部	「竭」或作「竭」，則歸入玄部。
系	系部	糸部	《說文》系部已被歸併，部中「縣」、「繇」二字亦隨之併入「田」部，不另列於字表中。
孫	系部	子部	
徽	糸部	彳部	
彞	糸部	彑部	
素	素部	糸部	《說文》素部已被歸併，部中「豹」、「韠」、「綴」……等五字亦隨之併入「糸」部，不另列於字表中。
絲	絲部	糸部	《說文》絲部已被歸併。
轡	絲部	車部	
䌛	絲部	幺部	
率	率部	玄部	《說文》率部已被歸併，部中無隸屬字。
強	虫部	弓部	
閩	虫部	門部	

雖	虫部	隹部	
䖵	䖵部	虫部	《說文》䖵部已被歸併，部中「蠶」、「蝨」……等二十四字亦隨之併入「虫」部，不另列於字表中。
蟲	蟲部	虫部	《說文》蟲部已被歸併，部中「蠱」、「蟊」……等五字亦隨之併入「虫」部，不另列於字表中。
它	它部	宀部	《說文》它部已被歸併，部中無隸屬字。
蠅	黽部	虫部	
卵	卵部	卩部	《說文》卵部已被歸併。
毈	卵部	殳部	
恒	二部	心部	
竺	二部	竹部	
凡	二部	几部	
封	土部	寸部	
毀	土部	殳部	
瘞	土部	疒部	
垚	垚部	土部	《說文》垚部已被歸併，部中「堯」字亦隨之併入「土」部，不另列於字表中。
堇	堇部	土部	《說文》堇部已被歸併。
艱	堇部	艮部	
畕	畕部	田部	《說文》畕部已被歸併，部中「畺」字亦隨之併入「田」部，不另列於字表中。
男	男部	田部	《說文》男部已被歸併。
甥	男部	生部	
舅	男部	臼部	
飭	力部	食部	
辦	力部	辛部	
劦	劦部	力部	《說文》劦部已被歸併，部中「勰」字亦隨之併入「力」部，不另列於字表中。
協	劦部	十部	
恊	劦部	心部	
幵	幵部	干部	《說文》幵部已被歸併，部中無隸屬字。
勺	勺部	勹部	《說文》勺部已被歸併。

与	勺部	一部	
且	且部	一部	《說文》且部已被歸併。
俎	且部	人部	
虘	且部	虍部	
釿	斤部	金部	
所	斤部	戶部	
魁	斗部	鬼部	
斤	斗部	十部	
斬	車部	斤部	
範	車部	竹部	
自	自部	丿部	《說文》自部已被歸併。
岿	自部	山部	
官	自部	宀部	
䧢	䧢部	阜部	《說文》䧢部已被歸併，部中「䴪」、「䴪」……等三字亦隨之併入「阜」部，不另列於字表中。
厽	厽部	厶部	《說文》厽部已被歸併。
絫	厽部	糸部	
垒	厽部	土部	
四	四部	囗部	《說文》四部已被歸併，部中無隸屬字。
宁	宁部	宀部	《說文》宁部已被歸併。
貯	宁部	田部	
叕	叕部	又部	《說文》叕部已被歸併。
綴	叕部	糸部	
亞	亞部	二部	《說文》亞部已被歸併，部中「𡙡」字不見錄於《康熙字典》。
五	五部	二部	《說文》五部已被歸併，部中無隸屬字。
六	六部	八部	《說文》六部已被歸併，部中無隸屬字。
七	七部	一部	《說文》七部已被歸併，部中無隸屬字。
九	九部	乙部	《說文》九部已被歸併。
馗	九部	首部	
萬	内部	艸部	
嘼	嘼部	口部	《說文》嘼部已被歸併。

獸	嘼部	犬部	
甲	甲部	田部	《說文》甲部已被歸併，部中無隸屬字。
尤	乙部	尢部	
丙	丙部	一部	《說文》丙部已被歸併，部中無隸屬字。
丁	丁部	一部	《說文》丁部已被歸併，部中無隸屬字。
戊	戊部	戈部	《說文》戊部已被歸併，部中「成」字亦隨之併入「戈」部，不另列於字表中。
巴	巴部	己部	《說文》巴部已被歸併。
祀	巴部	巾部	
庚	庚部	广部	《說文》庚部已被歸併，部中無隸屬字。
辡	辡部	辛部	《說文》辡部已被歸併，部中「辯」字亦隨之併入「辛」部，不另列於字表中。
壬	壬部	士部	《說文》壬部已被歸併，部中無隸屬字。
癸	癸部	癶部	《說文》癸部已被歸併，部中無隸屬字。
疑（疑）	子部	疋部	
了	了部	亅部	《說文》了部已被歸併。
子	了部	子部	
孓	了部	子部	
孨	孨部	子部	《說文》孨部已被歸併，部中「孱」、「孴」二字亦隨之併入「子」部，不另列於字表中。
去	去部	厶部	《說文》去部已被歸併。
育	去部	肉部	
疏	去部	疋部	
丑	丑部	一部	《說文》丑部已被歸併。
胜	丑部	肉部	
羞	丑部	羊部	
寅	寅部	宀部	《說文》寅部已被歸併，部中無隸屬字。
卯	卯部	卩部	《說文》寅部已被歸併，部中無隸屬字。
巳	巳部	己部	《說文》巳部已被歸併，部中「㠯」字亦隨之併入「己」部，不另列於字表中。

午	午部	十部	《說文》午部已被歸併。
啎	午部	口部	
未	未部	木部	《說文》未部已被歸併，部中無隸屬字。
申	申部	田部	《說文》申部已被歸併。
鰰	申部	臼部	
臾	申部	臼部	
曳	申部	曰部	
酋	酉部	艸部	
酉	酉部	酉部	《說文》酋部已被歸併。
奠	酉部	廾部	「奠」字隸變作「尊」，則歸入寸部中。
戌	戌部	戈部	《說文》戌部已被歸併，部中無隸屬字。
亥	亥部	亠部	《說文》亥部已被歸併，部中無隸屬字。

二、歸部之探究

（一）部首字截取文字部件而歸併之字例

在前一節提及因所从之部首字已併入他部，部中之字亦隨之併入，乃併部歸字時較爲直接的作法，係指玨部、蓐部、䠱部、步部、林部……此類以其形構之部分偏旁來歸部者。再回顧前節各部各字之歸字類別及原則，知《字彙》、《康熙字典》在歸部列字時，並非漫無準的、隨興所至地進行；然而事實上有不少部首，或因其偏旁、部件不易區分〔註31〕，或爲象形、指事字，無法依循偏旁來歸併，而必須以割裂字形來歸部的情形，蓋文字既經隸變，初形本義已不易由字面查知，《字彙》、《康熙字典》只能捨學理而就實用，截取文字部件來歸部。觀察這類部首字以割裂字形來歸部者，則其部中之字多半不隨之歸入，而另有歸屬。茲舉數部爲例，說明於後：

例 1. 「半」之歸入「十」部

《說文》：「半、物中分也。从八从牛，牛爲物大可以分也。凡半之屬皆从半。」半字从八从牛構形〔註32〕，與訓「數之具也」之「十」字，意義無涉，《字彙》、《康熙字典》據隸楷字形歸入十部，乃割裂字形爲部，故《說文》半部中之字「胖」歸肉部、「叛」歸又部，而不隨其歸入割裂字形之部首中。

〔註31〕部分篆文隸變之字，雖已不合造字之初形本義，但偏旁、部件之畫分明晰可辨者，如曶、包、巢……等之屬，則不在此列。

〔註32〕半與八有聲音上關係，當改作「从牛八聲」。說見蔡師信發《說文部首類釋》，頁四二八～四二九。

例2.「冊」之歸入「冂」部

　　《說文》:「冊、符命也，諸侯進受於王也。象其札一長一短，中有二編之形。凡冊之屬皆从冊。」冊字象札策之形，為獨體象形，與訓「象遠界也」之「冂」字，意義無涉，《字彙》、《康熙字典》據隸楷字形歸入冂部，乃割裂字形為部，故《說文》冊部中之字「嗣」歸口部、「扁」歸戶部，而不隨其歸入割裂字形之部首中。

例3.「丩」之歸入「丨」部

　　《說文》:「丩、相糾繚也，一曰瓜瓠結丩起。象形。凡丩之屬皆从丩。」丩字訓「相糾繚也」，為獨體指事，一曰象瓜瓠糾結之形，為獨體象形〔註33〕，俱與訓「下上通也」之「丨」字，意義無涉，《字彙》、《康熙字典》據隸楷字形歸入丨部，乃割裂字形為部，故《說文》丩部中之字「莽」歸艸部、「糾」歸糸部，而不隨其歸入割裂字形之部首中。

例4.「丵」之歸入「丨」部

　　《說文》:「丵、叢生艸也，象丵嶽相竝出也。凡丵之屬皆从丵。讀若浞。」丵字象丵嶽相竝出之形，為獨體象形，俱與訓「下上通也」之「丨」字，意義無涉，《字彙》、《康熙字典》據隸楷字形歸入丨部，乃割裂字形為部，故《說文》丵部中之字「業」歸木部、「叢」歸又部、「對」歸寸部，而不隨其歸入割裂字形之部首中。

例5.「業」之歸入「艸」部

　　《說文》:「蕭、瀆業也，从丵从廾、共亦聲。凡業之屬皆从業。」業字從廾丵會意，以示拔取土出，而為墣之初文〔註34〕，與訓「百芔也」之「艸」字，意義無涉，《字彙》、《康熙字典》據隸楷字形歸入艸部，乃割裂字形為部，故《說文》業部中之字「僕」歸人部、「奊」歸八部，而不隨其歸入割裂字形之部首中。

例6.「共」之歸入「八」部

　　《說文》:「苩、同也，从廿廾。凡共之屬皆从共。」共字本義為「交手度物」，《說文》以引伸義「同也」解之〔註35〕，俱與訓「別也」之「八」字，意義無涉，《字彙》、《康熙字典》據隸楷字形歸入八部，乃割裂字形為部，故《說文》共部中之字「龔」歸龍部，而不隨其歸入割裂字形之部首中。

〔註33〕詳見《說文部首類釋》，頁三六～三七。魯實先先生則以為「丩象瓜瓠之蔓繚繞之形，當以『瓜瓠結丩起』為本義。『結丩起』者，謂纏結而上行也。引伸為凡糾繚之義，故孳乳為艸相丩之莽，及繩三合之糾。」詳見《文字析義》，頁三七。魯實先全集編輯委員會出版。

〔註34〕詳見《文字析義》，頁七四三。

〔註35〕詳見《文字析義》，頁五六一；《說文部首類釋》，頁四三九。

例 7. 「丮」之歸入「丨」部

《說文》：「𠬪、持也，象手有所丮據也。凡丮之屬皆从丮。讀若戟。」丮字象伸手有所持之形，爲獨體象形，俱與訓「下上通也」之「丨」字，意義無涉，《字彙》、《康熙字典》據隸楷字形歸入丨部，乃割裂字形爲部，故《說文》丮部中之字「埶」歸土部、「孰」歸子部、「馭」歸食部、「𢀮」歸工部、「𤇾」歸谷部、「�」歸戈部、「𢁅」歸厂部，而不隨其歸入割裂字形之部首中。

例 8. 「𠂇」之歸入「丿」部

《說文》：「𠂇、𠂇手也，象形。凡𠂇之屬皆从𠂇。」𠂇字象左手之形，爲獨體象形，俱與訓「右戾也」之「丿」字，意義無涉，《字彙》、《康熙字典》據隸楷字形歸入丿部，乃割裂字形爲部，故《說文》𠂇部中之字「卑」歸十部，而不隨其歸入割裂字形之部首中。

例 9. 「史」之歸入「口」部

《說文》：「𠂹、記事者也，从又持中。中、正也。凡史之屬皆从史。」史字形構「从又，持盛筴之器」，爲合體象形〔註36〕，俱與訓「人所以言食也」之「口」字，意義無涉，《字彙》、《康熙字典》據隸楷字形歸入口部，乃割裂字形爲部，故《說文》史部中之字「事」歸丨部，而不隨其歸入割裂字形之部首中。

例 10. 「華」之歸入「十」部

《說文》：「華、箕屬，所以推棄之器也〔註37〕。象形。凡華之屬皆从華。官溥說。」華字象畚箕之形，爲獨體象形，俱與訓「數之具也」之「十」字，意義無涉，《字彙》、《康熙字典》據隸楷字形歸入十部，乃割裂字形爲部，故《說文》華部中之字「畢」歸田部，而不隨其歸入割裂字形之部首中。

例 11. 「冓」之歸入「冂」部

《說文》：「冓、交積材也。象對交之形。凡冓之屬皆从冓。」冓字象木材交積之形，爲獨體象形，俱與訓「遠界也」之「冂」字，意義無涉，《字彙》、《康熙字典》據隸楷字形歸入冂部，乃割裂字形爲部，故《說文》冓部中之字「爯」歸爪部，而不隨其歸入割裂字形之部首中〔註38〕。

〔註36〕詳見《觀堂集林・卷六・釋史》，頁二六一～二七二；《說文部首類釋》，頁一九二～一九三。

〔註37〕清儒段玉裁注《說文解字》（以下簡稱段注本）作「所㠯推糞之器也」。詳見《圈點段注說文解字》，四篇下，頁一六〇。

〔註38〕《說文》冓部中尚有「再」字，因字形中無其他更合適的偏旁可歸，故隨部首字「冓」歸入「冂」部中。

例 12.「叀」之歸入「厶」部

　　《說文》：「叀、專小謹也。从幺省屮，材見也，屮亦聲。凡叀之屬皆从叀。」叀字應以紡縳爲本義，爲獨體象形〔註39〕，與訓「姦衺也」之「厶」字，意義無涉，《字彙》、《康熙字典》據隸楷字形歸入厶部，乃割裂字形爲部，故《說文》叀部中之字「惠」歸心部、「疐」歸疋部，而不隨其歸入割裂字形之部首中。

例 13.「予」之歸入「亅」部

　　《說文》：「予、推予也，象相予之形。凡予之屬皆从予。」予字訓「推予也」，爲獨體指事，俱與訓「鉤逆者」之「亅」字，意義無涉，《字彙》、《康熙字典》據隸楷字形歸入亅部，乃割裂字形爲部，故《說文》予部中之字「舒」歸舌部，而不隨其歸入割裂字形之部首中〔註40〕。

例 14.「冎」之歸入「冂」部

　　《說文》：「冎、剔人肉置其骨也，象形。頭隆骨也。凡冎之屬皆从冎。」冎字訓「頭隆骨也」，象人頭隆骨之形，爲獨體象形，俱與訓「象遠界也」之「冂」字，意義無涉，《字彙》、《康熙字典》據隸楷字形歸入冂部，乃割裂字形爲部，故《說文》冎部中之字「別（冎刂）」歸刀部、「牌（冎卑）」歸口部，而不隨其歸入割裂字形之部首中。

例 15.「丰」之歸入「丨」部

　　《說文》：「丰、艸蔡也，象艸生之散亂也。凡丰之屬皆从丰。讀若介。」丰字爲契刻之齒形，乃韧、栔之初文〔註41〕，爲獨體象形，俱與訓「下上通也」之「丨」字，意義無涉，《字彙》、《康熙字典》據隸楷字形歸入丨部，乃割裂字形爲部，故《說文》丰部中之字「봉」歸口部，而不隨其歸入割裂字形之部首中。

例 16.「丌」之歸入「一」部

　　《說文》：「丌、下基也，薦物之丌，象形。凡丌之屬皆从丌。」丌字象几案之形，爲獨體象形，俱與訓「計數之始」之「一」字，意義無涉，《字彙》、《康熙字典》據隸楷字形歸入一部，乃割裂字形爲部，故《說文》丌部中之字「迅」歸辵部、「典」歸八部、「巽」歸頁部、「畀（異）」歸巳部、「奠」歸大部、「畀」歸田部，而不隨其

〔註39〕詳見李國英氏《說文類釋》，頁二六。書銘出版公司。

〔註40〕《說文》予部中尚有「圣」字，因字形中無其他更合適的偏旁可歸，故隨部首字「予」歸入「亅」部中。

〔註41〕詳見《文字析義》，頁八七。魯實先先生云：「其後易以文書，故舉乳爲大約之契。」于省吾先生《甲骨文字詁林》釋丰，以爲「契」之初文（冊四，頁三二九二～三二九四），皆以《說文》「艸蔡也」爲臆說。

歸入割裂字形之部首中。

例 17.「乃」之歸入「丿」部

《說文》:「㔾、曳詞之難也，象氣之出難。凡乃之屬皆从乃。」乃字以曲折而上平的線條以示氣體難出之意，爲獨體指事〔註 42〕，但與訓「右戾也」之「丿」字，意義無涉，《字彙》、《康熙字典》據隸楷字形歸入丿部，乃割裂字形爲部，故《說文》乃部中之字「卤」、「卥」歸卜部，而不隨其歸入割裂字形之部首中。

例 18.「丂」之歸入「一」部

《說文》:「丂、气欲舒出，㇄上礙於一也。丂、古文以爲亏字，又以爲巧字。凡丂之屬皆从丂。」段注云:「㇄者、气欲舒出之象，一其上，不能徑達。」〔註 43〕爲獨體指事，但與訓「計數之始」之「一」字，意義無涉，《字彙》、《康熙字典》據隸楷字形歸入一部，乃割裂字形爲部，故《說文》丂部中之字「甹」歸田部、「寧」歸宀部，而不隨其歸入割裂字形之部首中〔註 44〕。

例 19.「兮」之歸入「八」部

《說文》:「兮、語所稽也，从丂，八象气越亏也。凡兮之屬皆从兮。」兮字之結構，係由獨體指事之「丂」加上不成文之虛象「八」而成，爲合體指事，與訓「別也」之「八」字，意義無涉，《字彙》、《康熙字典》據隸楷字形歸入八部，乃割裂字形爲部，故《說文》兮部中之字「㝵」歸勹部、「羲」歸羊部、「乎」歸丿部，而不隨其歸入割裂字形之部首中。

例 20.「亏（于）」之歸入「二」部

《說文》:「亏、於也，象气之舒亏，从丂从一，一者其气平之也。凡亏之屬皆从亏。」亏字之結構，係由獨體指事之「丂」加上不成文之虛象「一」而成，爲合體指事，字又隸變作「于」，但與訓「地之數也」之「二」字，意義無涉，《字彙》、《康熙字典》據隸楷字形歸入二部，乃割裂字形爲部，故《說文》亏部中之字「平」歸干部、「吁」歸口部、「粵」歸米部、「虧」歸虍部，而不隨其歸入割裂字形之部首中。

例 21.「去」之歸入「厶」部

《說文》:「去、人相違也，从大凵聲。凡去之屬皆从去。」去字於甲文作𠫔，從大口，示人離都邑之義，爲會意字〔註 45〕，篆文省作去，但與訓「姦衺也」之「厶」

〔註 42〕詳見《說文部首類釋》，頁二六一。

〔註 43〕詳見《圈點段注說文解字》，五篇上，「丂」字注。頁二〇五。

〔註 44〕《說文》丂部中尚有「㢧」字，因字形中無其他更合適的偏旁可歸，故隨部首字「丂」歸入「一」部中。

〔註 45〕詳見《假借遡原》，頁二五四；〈說文正補之一・釋去〉；《說文部首類釋》，頁三三〇

字，意義無涉，《字彙》、《康熙字典》據隸楷字形歸入厶部，乃割裂字形爲部，故《說文》去部中之字「朅」歸曰部、「㚟」歸夊部，而不隨其歸入割裂字形之部首中。

例 22.「丹」之歸入「丨」部

《說文》：「丹、巴越之赤石也，象采丹井，丨象丹形。凡丹之屬皆从丹。」丹字之形構，正象丹穴中有丹粒之形，爲獨體象形，與井字無關，亦與訓「火炷」之「丨」字，意義無涉〔註46〕，《字彙》、《康熙字典》據隸楷字形歸入丨部，乃割裂字形爲部，故《說文》丹部中之字「雘」歸隹部、「彤」歸彡部，而不隨其歸入割裂字形之部首中。

例 23.「井」之歸入「二」部

《說文》：「丼、八家一井，象構韓形，䧹之象也。古者伯益初作井。凡井之屬皆从井。」井字之形構，正象井上四周木闌之形，本義即「水井也」，爲獨體象形，與訓「地之數也」之「二」字，意義無涉，《字彙》、《康熙字典》據隸楷字形歸入二部，乃割裂字形爲部，故《說文》井部中之字「㓝」歸火部、「阱」歸阜部、「刱」歸刀部、「刱」歸刀部，而不隨其歸入割裂字形之部首中。

例 24.「京」、「高」、「富」、「㐭」、「亦」、「交」、「允」、「亡」、「亥」之歸入「亠」部

《說文》本無亠字，《字彙》、《康熙字典》據隸楷字形刪併五百四十部爲二百一十四部首時，沿用了《龍龕手鑑》設立之「亠」部，《字彙》云：「徒鉤切，音頭，義闕。」知「亠」字徒具形、音而無意義，純粹爲統攝具有相同部件「亠」之隸楷字群而設立。如《說文》「京」、「高」、「富」、「㐭」、「亦」、「交」、「允」、「亡」、「亥」諸部，其篆文形體分別爲「𩫖」、「髙」、「𪧂」、「㐭」、「夾」、「𡘹」、「兂」、「兦」、「𠀠」，形構或从高省，或从入，或象人張臂形，或爲獨體象形的一部分，各字形義，迴然有別。《字彙》、《康熙字典》據隸楷字形歸入亠部，乃割裂字形爲部，故《說文》上述部首中之隸屬字，多半另有所屬，而不隨其歸入割裂字形之部首中，如京部之「就」字歸入尤部、高部之「臺」字歸入羊部、富部之「良」字另立爲部首、㐭部之「稟」字歸入禾部、亦部之「夾」字歸入大部、交部之「絞」字歸入糸部、「允」部之「㕙」字歸入夊部、「亡」部之「望」字歸入月部……等，皆屬之。《說文》「亥」部中無其他隸屬字。

例 25.「弟」之歸入「弓」部

〔註46〕詳見《說文部首類釋》，頁六三～六四。

《說文》:「夷、韋束之次弟也，从古字之象。凡弟之屬皆从弟。」段注云:「以韋束物，如輨五束、衡三束之類，束之不一，則有次弟也。引伸之，爲凡次第之弟，爲兄弟之弟，爲豈弟之弟。」〔註 47〕弟字之本義訓「韋束之次弟」，後引伸爲凡物之次弟、兄弟之弟、豈弟之弟等，俱與「以近窮遠者」之「弓」字，意義無涉，《字彙》、《康熙字典》據隸楷字形歸入弓部，乃割裂字形爲部，故《說文》弟部中之字「羉」歸目部，而不隨其歸入割裂字形之部首中。

例26. 「之」之歸入「丿」部

《說文》:「止、出也，象艸過屮，枝莖益大，有所之。一者、地也。凡之之屬皆从之。」，之字，从屮構形，屮下橫畫「地也」，正象草生出地上之形，爲合體象形，今隸變作「之」，已失其原形，《字彙》、《康熙字典》據隸楷字形歸入丿部，乃割裂字形爲部，故《說文》之部中之字「㞢」歸土部，而不隨其歸入割裂字形之部首中。

例27. 「出」之歸入「凵」部

《說文》:「屮、進也，象艸木益滋上出達也。凡出之屬皆从出。」，出字之卜辭彝銘作凷、屮、屮、出，從止口構形，以人離都邑爲本義〔註 48〕，爲會意字，與訓「張口也」之「凵」字，意義無涉，《字彙》、《康熙字典》據隸楷字形歸入凵部，乃割裂字形爲部，故《說文》出部中之字「敖」歸攴部、「賣」歸貝部、「糶」歸米部、「黜」歸自部，而不隨其歸入割裂字形之部首中。

例28. 「朮」之歸入「小」部

《說文》:「朮、豆也，象朮豆生之形也。凡朮之屬皆从朮。」朮字之形構，中一橫畫爲地，上象莖、豆，下象其根，爲獨體象形，與訓「物之微也」之「小」字，意義無涉，《字彙》、《康熙字典》據隸楷字形歸入小部，乃割裂字形爲部，故《說文》朮部中之字「歧」歸攴部，而不隨其歸入割裂字形之部首中。

例29. 「𦥔」之歸入「丿」部

《說文》:「𦥔、歸也，从反身。凡𦥔之屬皆从𦥔。」𦥔字本是「身」字之異體，蓋古文本可左右反寫，音義不變。身字係由「人」之異體構形，中象胸腹，爲不成文實象，下橫是用來標示臍𦜜所在的虛象，爲合體指事〔註 49〕，故𦥔字亦屬合體指事，本義「身子」，與訓「右戾也」之「丿」字，意義無涉，《字彙》、《康熙字典》

〔註 47〕詳見《圈點段注說文解字》，五篇下，「弟」字注，頁二三九。
〔註 48〕詳見《文字析義》，頁六九九。
〔註 49〕詳見《文字析義》，頁八五四；《說文部首類釋》，「𦥔」字，頁二七七～二七八；「身」字，頁二七七。

據隸楷字形歸入丿部，乃割裂字形爲部，故《說文》肩部中之字「殷」歸殳部，而不隨其歸入割裂字形之部首中。

例 30. 「百」之歸入「自」部

《說文》：「百、頭也，象形。凡百之屬皆从百。」百字篆文，正象人頭之形，爲獨體象形，與訓「鼻也」之「自」字，意義無涉，《字彙》、《康熙字典》據隸楷字形歸入自部，乃割裂字形爲部，故《說文》百部中之字「脜」歸肉部，而不隨其歸入割裂字形之部首中。

例 31. 「丸」之歸入「丶」部

《說文》：「丸、圜傾側而轉者，从反仄。凡丸之屬皆从丸。」丸字，从反仄構形。仄字，「从人在厂下」，以示傾側之意，爲會意字。丸字與仄字且無聲音關係，亦屬會意字〔註 50〕，與訓「火柱也」之「丶」字，意義無涉。今隸變作「丸」，已失其原形，《字彙》、《康熙字典》據隸楷字形歸入丶部，乃割裂字形爲部，故《說文》丸部中之字「𡄀」歸口部、「𣏓」歸而部、「𡚼」歸女部，而不隨其歸入割裂字形之部首中。

例 32. 「勿」之歸入「勹」部

《說文》：「勿、州里所建旗，象其柄，有三游。雜帛，幅半異，所以趣民，故遽稱勿勿。凡勿之屬皆从勿。」勿字甲文作勿、勿，其與篆文俱象旗形，右象旗之曲柄，作象飄揚之游帶，爲獨體象形〔註 51〕，與訓「裹也」之「勹」字，意義無涉，《字彙》、《康熙字典》據隸楷字形歸入勹部，乃割裂字形爲部，故《說文》勿部中之字「易」歸日部，而不隨其歸入割裂字形之部首中。

例 33. 「廌」之歸入「广」部

《說文》：「廌、解廌獸也，似山牛一角。股者決訟，令觸不直。象形，从豸省。凡廌之屬皆从廌。」廌字卜辭彝銘與篆文俱象獸形，上象其頭、角，下象其足與尾，應爲獨體象形，許慎釋爲「从豸省」，有誤。「廌」字與訓「因广爲屋」之「广」字，意義無涉，《字彙》、《康熙字典》據隸楷字形歸入广部，乃割裂字形爲部，故《說文》廌部中之字「𦎩」歸子部、「薦」歸艸部、「灋」歸水部，而不隨其歸入割裂字形之部首中。卷十四下之「庚」字，同爲獨體象形，亦歸入广部，蓋以其隸楷字具有相同之部件「广」所致。《說文》「庚」部中無其他隸屬字。

例 34. 「囟」之歸入「囗」部

〔註 50〕詳見《說文部首類釋》，頁三八四。
〔註 51〕詳見《說文部首類釋》，頁一一三。

　　《說文》:「⊗、在牆曰牖,在屋曰囪。象形。凡囪之屬皆从囪。」囪字象窗形,外象其框,內象其櫺,爲獨體象形,與訓「回也」之「囗」字,意義無涉,《字彙》、《康熙字典》據隸楷字形歸入囗部,乃割裂字形爲部,故《說文》囪部中之字「悤」歸心部,而不隨其歸入割裂字形之部首中。

例35. 「囟」之歸入「囗」部

　　《說文》:「⊗、頭會𡿮蓋也。象形。凡囟之屬皆从囟。」囟字篆文象小兒頭蓋骨未合之形,外象其腦圍,內象筋膜交綴,爲獨體象形,與訓「回也」之「囗」字,意義無涉,《字彙》、《康熙字典》據隸楷字形歸入囗部,乃割裂字形爲部,故《說文》囟部中之字「𡿺」歸巛部、「毗」歸比部,而不隨其歸入割裂字形之部首中。

例36. 「曲」之歸入「曰」部

　　《說文》:「𠃏、象器曲受物之形。或說:曲、蠶薄也。凡曲之屬皆从曲。」曲字篆文象受物之曲器形,爲獨體象形,與訓「詞也」之「曰」字,意義無涉,今隸變作「曲」,已失其原形,《字彙》、《康熙字典》據隸楷字形歸入曰部,乃割裂字形爲部,故《說文》曲部中之字「匩」〔註52〕歸匚部、「𠙹」歸凵部(匭字則歸匚部,二字同義。)而不隨其歸入割裂字形之部首中。

例37. 「了」之歸入「亅」部

　　《說文》:「𠄏、尥也。从子無臂,象形。凡了之屬皆从了。」了字篆文从「子」省去二臂之形,爲省體象形,表示人無二臂,行不便利之義,與訓「鉤逆者」之「亅」字,意義無涉,《字彙》、《康熙字典》據隸楷字形歸入亅部,乃割裂字形爲部,故《說文》了部中之字「孒」、「孓」二字皆歸子部,而不隨其歸入割裂字形之部首中。

例38. 「丑」之歸入「一」部

　　《說文》:「𠃑、紐也。十二月萬物動用事。象手之形。時加丑亦舉手也〔註53〕。凡丑之屬皆从丑。」丑字篆文象手屈指之形,爲獨體象形,本義當作「手也」,其後假借作「干支名」,俱與訓「計數之始」之「一」字,意義無涉,《字彙》、《康熙字典》據隸楷字形歸入一部,乃割裂字形爲部,故《說文》丑部中之字「胁」歸肉部、「羞」歸羊部,而不隨其歸入割裂字形之部首中。

例39. 「午」之歸入「十」部

〔註52〕《説文》曲(𠃏)部之「𠙹」字,《康熙字典》隸定作「匭」,歸入匚部中。

〔註53〕段注本作「日加丑亦舉手時也」,注云:「上言月,此言日。每日太陽加丑,亦是人舉手思奮之時。各本譌作『時加丑』,今改正。」《康熙字典》丑字逕采「十二月辰名」之義,未引用《說文》原文。

《說文》:「午、啎也。五月陰气午逆，陽冒地而出。象形。此與矢同意。凡午之屬皆从午。」午字卜辭彝銘作 ⌁、⌁、⌁、⌁，俱象杵之形，為獨體象形，本義當作「春杵」，其後假借作「干支名」，俱與訓「數之具也」之「十」字，意義無涉，《字彙》、《康熙字典》據隸楷字形歸入十部，乃割裂字形為部，故《說文》午部中之字「啎」歸口部，而不隨其歸入割裂字形之部首中。

觀察上舉諸例，《說文》部首字若屬割裂字形而歸部者，則其部中之字多半不隨之歸入，或有例外者，則是該字之形構亦無其他明顯之偏旁可歸，便將隨著割裂字形之部首字而歸併，如「兔」部歸入「儿」部，其部中之「毚」字，因無其他明顯之偏旁可歸，故隨之歸入「儿」部中。又如前面例證中，「冓」部之「再」、「予」部之「㐬」、「丂」部之「㔫」等等，皆屬之。

（二）文字歸部之商榷

許慎建立以形分部的法則，使書中九千三百五十三字各有歸屬，不致雜亂；然觀察許氏書中歸部情形，除存有以聲分部之誤外，會意字釋語首出之某字與部首字亦多所不同，不免自亂其例。業師蔡信發教授曾撰〈會意字部居之誤〉一文，論列《說文》會意字歸部之謬，約為九類，茲節錄於後[註54]：

一、據主詞的所在歸部，致其首出「从某」之某與部首不合。（如丌部之典、木部之杲、囗部之囷、宀部之安……，屬之。）

二、增益動詞，以受詞歸部，致其首出「从某」之某與部首不合。（如艸部之折、隹部之隻、皿部之盥、角部之解……，屬之。）

三、其首出「从某」之某為動詞，或可引伸作動詞的，而以其下文或下字歸部，致其與部首不合。（如隹部之雋、桀部之乘、貝部之買、王部之皇……，屬之。）

四、解釋字形，由上而下，而取其下文或下字歸部，致其首出「从某」之某與部首不合。（如王部之皇、釆部之宷、口部之君、隹部之雀……，屬之。）

五、解釋字形，由左而右，而取其右文或右字歸部，致其首出「从某」之某與部首不合。（如言部之信、頁部之顯、包部之胞、兔部之娩……，屬之。）

六、解釋字形，由上而下，由左而右，而取其左文歸部，致其首出「从某」之某與部首不合。（如舟部之俞，屬之。）

七、解釋字形，取其主詞歸部，致其首出「从某」之某與部首不合。（如角部之

［註54］蔡信發教授撰〈會意字部居之誤〉一文，原發表於「第六屆中國文字學全國學術研討會」，今收錄於《說文商兌》一書中，頁一二五～一四六。萬卷樓圖書有限公司發行。下同。

解，食部之飲，屬之。）

八、解釋字形，由外而內，而取其外文或外字歸部，致其首出「从某」之某，與部首不合。（如珏部之瓛、行部之衛，屬之。）

九、解釋字形，由內而外而下，而取其下文歸部，致其首出「从某」之某，與部首不合。（如又部之夔，屬之。）

關於《說文》會意字之歸部，清儒段玉裁嘗以會意字有輕重之別予以說解，然蔡師信發教授辯云：

> 因會意字由兩個或兩個以上的文或字組成，這些組成的文或字是各分其工，而合示其義，且既經組成另一新字，表示別一音、義，則誠如許氏說的：「會意者，比類合誼，吕見指撝」，又怎能從之別其輕重，而可任意歸部？〔註55〕

師說是。故知，構成會意字之任一形符，既無輕重之別，在文字歸部時，歸入任一形符之部首，均能不違許慎「以形分部」之例，符合義符類聚的原則。

明、清時期，《字彙》、《康熙字典》之撰作，已因文字訛變既劇，初形本義難求，則捨《說文》歸部之學理，而就檢閱便捷之實用。觀察其歸部之類別，雖可概括歸納出本章第三節中所提的幾個原則；惟幾經交叉比對，二書在某些文字之歸部，仍不免有歧異之處。

筆者認為，今日歸部併字時，能求學理與實用之密合，自是最佳；若學理既難契合，則無須強求，當以實用為重。今人檢字取擇部首，面對一字中含有兩個或兩個以上的部首偏旁，且義類不甚明晰時，如能配合國人之書寫習慣，由上而下、由左而右、由外而內，依筆順起筆之偏旁作為部首，是最容易檢索的。有義類明顯，而部首偏旁不居筆順起筆之位者，仍應以其意義所在的部首來歸部，如戀、悉、意等字歸入心部；婆、妾、姜等字歸入女部；盆、盤、盂等字歸入皿部；焚、烹、焦等字歸入火部；挈、擎、摩等字歸入手部；槃、槊、檗等字歸入木部……皆屬之。假若筆順起筆之偏旁，不列為二百一十四部首，則依序取之。取擇部首時，應以完整之偏旁為主，盡量避免截取文字形體之部件，已列為二百一十四部首之偏旁，不宜再分割。如「韻」字取「音」為部首，而不取「立」為部首。其次，將文字形體結構類似之字群，作相同的歸部處理，不僅可以簡化歸字列部之原則，也是方便讀者檢索的一種方法。

總體看來，分析《字彙》、《康熙字典》之歸部，雖有章法可循，然有少部分文

〔註55〕詳見〈會意字部居之誤〉，收入《說文商兌》，頁一二五。

字之歸部仍可斟酌再議，今就前列《康熙字典》與《說文》歸部不同一覽表中，特舉十八例為代表，逐條解析，並以學理與實用兩方面進行考察，論列其歸部之妥切與否，妥者言其因，否者述其由，期使今人檢文索字能更為便捷。茲舉例說明如下：

例 1.「天」字

　　《說文》卷一上一部之「天」字：「 𠕁、顛也，至高無上，從一大。」《字彙》、《康熙字典》改隸於「大」部。

謹案：清儒段玉裁注「天」字下云：「至高無上，是其大無有二也，故從一大，於六書
　　　　為會意。凡會意合二字以成語，如一大、人言、止戈皆是。」〔註56〕又王筠《說
　　　　文釋例》亦云：「天字說曰從一大，凡言從者，從其義也。一大連文，不可言從
　　　　一從大，不可言從大一。此與人言為信、止戈為武，同為正例。信字在言部，
　　　　信以言為主也，而其說曰從人言，其詞順也。……天部不入大部者，重一也。」
　　　　〔註57〕段、王二氏均認為許慎對會意字之歸部，並非擇取任一形符，而是以該
　　　　字意義所重之形符偏旁來歸部，故「天」入一部，「信」入言部；然會意字之形
　　　　符無輕重之別，前已辯解，段、王二氏之說，俱不可信。今《字彙》、《康熙字
　　　　典》「天」入大部，「信」入人部，俱改《說文》之歸部。以後者言，《說文》：「信，
　　　　誠也，從人言。」改入人部，符合以釋語首出「從某」之某與部首字一致的要
　　　　求，且可以「筆順起筆之偏旁來歸部」說之，既合許慎歸部之法，又能符合前
　　　　文所言「便捷易取」的原則，甚是。惟「天」字歸入大部，既改許慎之歸部，
　　　　致首出「從某」之某與部首字不同，且又非以筆順起筆之偏旁為部首，實有待
　　　　商榷。

例 2.「分」字

　　《說文》卷二上八部之「分」字：「 𠔭、別也，從八從刀。刀以分別物也。」《字彙》、《康熙字典》改隸於「刀」部。

謹案：《說文》「八、別也，象分別相背之形。」分字從八構形隸於八部，取分別之義
　　　　也。分字又從刀構形，「刀以分別物也」。就學理言，「分」字從八從刀，為會意
　　　　字，歸入八部或刀部，均無不妥。《字彙》、《康熙字典》隸「分」於刀部，雖合
　　　　於義符類聚原則，總不如歸入八部中。隸「分」於八部，既合許慎歸部之法，
　　　　又以筆順起筆之偏旁為部首，學理與實用，俱可兼及，豈不更佳？但今人已習
　　　　用《字彙》、《康熙字典》之歸部，周延的作法是採用「互見重出」的方式，使

〔註56〕詳見《圈點段注說文解字》，一篇上，「天」字注。頁一。
〔註57〕詳見清王筠《說文釋例‧卷四‧會意》「天」字注。頁八一。北京中華書局。

　　「分」字兩見於八部與刀部中，前詳後略，加以說明，使讀者容易檢得，又可明白字書歸部之由，一舉兩得。

例 3.「番」字

　　《說文》卷二上釆部之「番」字：「番、獸足謂之番，从釆，田象其掌。」《字彙》、《康熙字典》改隸於「田」部。

謹案：番字「从釆，田象其掌。」為合體象形，《說文繫傳》亦云：「本造此字為獸足掌也。」田本象獸足掌之狀，因其形與土田字相渾，今隸定作「番」，似從釆從田構形，《字彙》、《康熙字典》遂改隸於「田」部。就學理言，「番」字之「田」本非成文之偏旁，且「番」字與田義無涉，歸入田部，實無理據。就實用言，「番」字原隸之「釆」部，在二百一十四部首中仍然保留而未被歸併，且「釆」位居字形結構之起筆位置，實以歸入釆部為宜。《字彙》、《康熙字典》逕自歸入田部，實有待商榷。

例 4.「勒」字

　　《說文》卷三下革部之「勒」字：「鞍、馬頭絡銜也，从革力聲。」《字彙》、《康熙字典》改隸於「力」部。

謹案：段注本作「馬頭落銜也」，注云：「落絡古今字，糸部繯下云：『落也』，知許之不作絡矣。《釋名》：『勒、絡也，絡其頭而引之。』按网部罨、馬落頭也。金部銜、馬勒口中。此云落銜者，謂落其頭而銜其口，可控物也。引伸之為抑勒之義，又為物勒工名之義。」〔註58〕郭沫若曰：「勒乃馬首絡銜，以革為之，故字从革，亦竟稱之為革。」〔註59〕勒之本義為「帶有嚼口的馬籠頭」〔註60〕，作為駕御馬匹走向之工具，傳統以皮革製之，《說文》隸在革部中，說明「勒」之材質，符合義符之類聚；又偏旁「革」居筆順起筆之位，不論學理或實用，均得其當。反觀《字彙》、《康熙字典》將勒歸入「力」部，以聲符為部，本不合學理，又非屬起筆之偏旁，殊有可議之處！

例 5.「融」字

　　《說文》卷三下鬲部之「融」字：「融、炊气上出也，从鬲蟲省聲。」《字彙》、《康熙字典》改隸於「虫」部。

謹案：《說文繫傳》云：「融、炊气上出也，從鬲蟲省聲。臣鍇曰：鎔也，气上融散也。」

〔註58〕詳見《圈點段注說文解字》，三篇下，「勒」字注，頁一一一。
〔註59〕引自周法高主編《金文詁林》，上冊，卷三，「勒」字注，頁四五五。中文出版社。
〔註60〕引自《漢語大字典》之釋語，上冊，頁三七四。

〔註61〕炊事以鬲爲之，炊氣上出冉冉繚繞如蟲動之形，籀文融字不省作「𧖓」，蟲（直弓切、九部）與融（以戎切、九部）有聲音上的關係，故爲聲符。鬲爲鼎屬炊爨之器，《說文》將融隸在鬲部中，說明炊事之具，符合義符之類聚；又偏旁「鬲」居筆順起筆之位，不論學理或實用，均得其當。反觀《字彙》、《康熙字典》將融歸入「虫（蟲省）」部，以聲符爲部，本不合學理，又非屬起筆之偏旁，殊有可議之處！後出之字、辭典，如《中華大字典》、《中文大辭典》、《漢語大字典》、《漢語大辭典》、《辭源》、三民書局《大辭典》等等，多歸入「虫」部；惟正中書局《形音義綜合大字典》正本清源，復回歸「鬲」中，是也。

例6.「書」字

《說文》卷三下聿部之「書」字：「𦘒、著也，从聿者聲。」《字彙》、《康熙字典》改隸於「曰」部。

謹案：《說文繫傳》云：「臣鍇曰：著於竹帛曰書也。」〔註62〕書字从聿者聲。聿者，「所以書也」，即筆也。書字从聿構形，以示用筆著書之義，《說文》隸在聿部中，說明著書之工具，符合義符之類聚；又偏旁「聿」居筆順起筆之位，不論學理或實用，均得其當。反觀《字彙》、《康熙字典》將書歸入「曰」部，以聲符省體爲部，本不合學理，又非屬起筆之偏旁，殊有可議之處！

例7.「牧」字

《說文》卷三下攴部之「牧」字：「牧、養牛人也，从攴从牛〔註63〕。《詩》曰：牧人乃夢。」《字彙》、《康熙字典》改隸於「牛」部。

謹案：牧字《說文》作「从攴从牛」，以示持鞭驅牛之意，本義當爲「養牛也」〔註64〕，引伸作「蓄養」之義。據查牧、攴二字均爲脣聲，同屬曾運乾古音三十攝之陰聲烏攝，兩者明顯有聲音上的關係，故知牧字應改爲「从牛攴聲」方是。就學理言，「牧」字从牛攴聲，爲形聲字，應以歸入形符牛部爲妥，故《字彙》、《康熙字典》隸「牧」於牛部，是也；就實用言，偏旁「牛」處文字形構中筆順起筆之位置，取其明顯易檢，可也。職是，「牧」字改隸牛部，既符合義符類聚的原則，又能以筆順起筆之偏旁爲部首，學理與實用，俱可兼及，實爲允當。

〔註61〕詳見《說文繫傳·通釋第六》，「融」字注，頁五五。

〔註62〕詳見《說文繫傳·通釋第六》，「書」字注，頁五八。

〔註63〕徐鉉校定《說文》作「从攴从牛」，徐鍇《說文繫傳》及段注《說文》俱作「从攴牛」。

〔註64〕于省吾釋牧按曰：「《說文》：『牧、養牛人也。』此說不確，《左傳》昭七年：『牛有牧』杜注：『養牛曰牧』，斯爲牧之本義。初文牧牛爲牧，牧羊爲18.，卜辭此種區分已不顯明，牧已成爲牧放一切牲畜之通稱。」詳見《甲骨文字詁林》第二冊，頁一五三三。

例 8.「𣀄」字

《說文》卷三下攴部之「𣀄」字:「𣀄、坼也,从攴从厂。厂之性坼,果孰有味亦坼,故謂之𣀄,从未聲。」〔註65〕《字彙》、《康熙字典》改隸於「厂」部。

謹案:據段注本𣀄字「从攴从厂从未」,合三字之義,爲會意字。就學理言,「𣀄」字,歸入攴部或厂部(「未」字非部首字),均無不妥。查《字彙》、《康熙字典》隸「𣀄」於厂部中,「厂」字居字形結構中,筆順最末之偏旁,以「厂」爲部首,實有未妥。蓋《說文》釋語「从攴从厂……从未聲。」以「攴」爲部首,符合許慎歸部之例,使首出「从某」之某與部首字相同,此其一;又因「𣀄」字訓「坼也」,即「綻裂、分開」之義,多半用爲動詞,取「攴」爲部,實更能契合「綻裂、分開」之義,此其二;又《說文》犛部之「斄」,《字彙》、《康熙字典》歸入「攵」部,若將「𣀄」字歸入「攴」部,其餘形構類似之字「犛」、「氂」亦歸入「攴」部〔註66〕,則可簡化歸部列字之現象,此其三。職是,使「𣀄」字保留在「攴」部,是較理想的作法。

例 9.「叡」字

《說文》卷四下𡕨部之「叡」字:「叡、𡕨深堅意也。从𡕨从貝,貝、堅寶也〔註67〕。讀若概。」《字彙》、《康熙字典》改隸於「貝」部。

謹案:段注云:「深意故從𡕨,堅意故從貝。」合𡕨、貝二字之義,爲會意字。《說文》𡕨部已被歸併,就學理言,《字彙》、《康熙字典》隸「叡」於貝部中,符合義符類據之例,並無不妥;然查《說文》「𡕨」部之字,「叡」、「叙」、「叡」等三字,《字彙》、《康熙字典》皆歸入「又」部,推究其因,蓋「叙」字除「又」部外,無其他更合適的偏旁作爲部首,故將此等形構類似之字(「叡」、「叙」、「叡」)一併歸入「又」部,顯然是以方便檢索爲考量,據此,則「叡」字實應歸入又部,以統其例。否則,以「叡」字之義訓言,《說文》云:「溝也,从𡕨从谷。」歸入谷部,實更能契合學理之要求,《字彙》、《康熙字典》不歸谷部而歸入又部,乃捨學理而就實用所致。職是,「叡」字歸入又部,是較理想的作法。

〔註65〕段注云:「各本『故謂之𣀄,从未聲。』衍四字,此說從未之意,非。說形聲,未與𣀄不爲聲也。」故段注本改作「坼也,从攴从厂。厂之性坼,果孰有味亦坼,故从未。」謂「此合三字,會意。」詳見《圈點段注說文解字》,三篇下,「𣀄」字注,頁一二七。

〔註66〕《字彙》、《康熙字典》將「犛」字歸入牛部,「氂」字歸入毛部。

〔註67〕徐鉉校定《說文》作「椀探堅意也」,《說文繫傳》及《康熙字典》俱作「椀深堅意也」,據改之。又「貝、堅寶也」一句,《說文繫傳》與段注本俱作「貝、堅實也」,《康熙字典》與大徐本同,故不改。

例 10. 「虤」字

《說文》卷五上虤部之「虤」字：「虤、兩虎爭聲，从虤从日。讀若憖。」《字彙》、《康熙字典》隨「虤」字改隸於「虍」部。

謹案：《說文》「虤」部下隸有「虤」、「贙」二字，部首「虤」字已被歸併於「虍」部，其「贙」字之形構「从虤對爭貝」，爲會意字，《字彙》、《康熙字典》歸入貝部中，合於學理之要求；又以字形結構言，「贙」字屬「呂」形之字，取下方之偏旁爲部首，符合其歸部之原則，可也；惟部中之「虤」字，卻隨部首字歸入「虍」部，實有待商榷。「虤」字从虤从日，爲會意字，學理上本可取「日」爲部首，此其一；部首「虤」既已被歸併，取結構中之其它已立爲部首之偏旁爲部，是最直接的作法〔註68〕，「日」已立爲部首，無不取爲部首之由，此其二；就偏旁之筆順次序言，前兩個偏旁「虎」字皆非部首，自然應取唯一之部首偏旁「日」爲部，此其三；同部之「贙」字歸入貝部，合於學理與實用之需求，「虤」與「贙」二字同爲會意字，且字形結構相同，實可仿「贙」字歸部之法，歸入「曰」部，以統其例，此其四。職是，「虤」字歸入「日」部相較於歸入「虍」部，則前者易爲人所接受。

例 11. 「來」字

《說文》卷五下來部之「來」字：「來、周所受瑞麥來麰，一來二縫，象芒束之形，天所來也，故爲行來之來。詩曰：『詒我來麰』。凡來之屬皆从來。」《字彙》、《康熙字典》歸併來部於「人」部中。

謹案：「來」字卜辭彝銘作來（前、二、二十、三）、來（藏、二四、二）、來（般甗），正象麥形，爲獨體象形，就學理言，本應立爲部首，然文字隸變後已不見其初形本義，《字彙》、《康熙字典》逐據隸楷字形，取其形構之部件「人」，歸入「人」部中。《字彙》、《康熙字典》截取文字部件而歸部，本爲書中之常例，然而將「來」字歸入「人」部，恰當與否，實可再議。就字義言，來之本義「麥」，爲植物之屬，歸入「木」部似乎比歸入「人」部，易於聯想；再就字形結構言，來字由一「木」中綴兩葉之「人」，實可仿照「東〔註69〕」、「束」、「柬」、「柬」、「柬」字之例，歸入「木」部，猶如「夾」、「夾」之歸入「大」部中，則可簡

〔註68〕《字彙》、《康熙字典》此類字例甚多，如《說文》玨部之「瑆」，歸入車部；共部之「冀」，歸入龍部；酉部之「奭」，歸入大部；首部之「莫」，歸入火部；雥部之「霍」，歸入雨部；冥部之「鼆」，歸入黽部；次部之「盜」，歸入皿部；囪之「悤」，歸入心部……皆屬之。

〔註69〕東字於卜辭作束（前、六、二六、一）、束（前、六、四六、五）、束（後、下、四、十一），皆象橐之形，爲獨體象形，《字彙》、《康熙字典》據隸楷字形歸入「木」部中。

化歸部列字的原則。職是，「來」字歸入「木」部，應是較好的作法。

例 12. 「休」字

《說文》卷六上木部之「休」字：「、息止也。从人依木。」《字彙》、《康熙字典》改隸於「人」部。

謹案：「休」字卜辭作（後、上、十二、六）、（後、上、十五、五）、（前、五、二六、二），象人倚樹休息之狀，爲會意字，就學理言，「休」字从人从木，歸入人部或木部，均無不妥。《說文》歸休於木部，係就先民造字之時空來考量，《詩經・周南・廣漢》：「南有喬木，不可休思。」〈大雅・民勞〉：「民亦勞止，汔可小休。」又《史記・秦始皇本紀》：「風雨暴至，休於樹下。」知古人平日勞作疲累或遭遇暴風驟雨，便休於樹下。我國以農立國，樹木在先民日常生活中有一定的地位，許愼將休歸於木部，藉以突顯樹木的重要性〔註 70〕。《字彙》、《康熙字典》隸「休」於人部，係以筆順起筆之偏旁爲部首，且不違學理，可也。

例 13. 「歧」字

《說文》卷八上匕部之「歧」字：「、頃也。从匕支聲。匕、頭頃也。《詩》曰『歧彼織女』。」《字彙》、《康熙字典》改隸於「支」部。

謹案：《說文》引《詩》以證字義。《說文繫傳》：「臣鍇曰：傾側其首而望也，若言有頍者冠，則歧者頭不正，言織女常傾首以望也。」〔註 71〕支（章疑切、十六部）與歧（去智切、十六部）有聲音上的關係，故爲聲符。匕本有二義，此作「頭傾」解〔註 72〕，《說文》將歧隸在匕部中，說明頃不正之義，符合義符之類聚；又偏旁「匕」居筆順起筆之位，不論學理或實用，均得其當。反觀《字彙》、《康熙字典》將歧歸入「支」部，以聲符爲部，本不合學理，又非屬起筆之偏旁，殊有可議之處！

例 14. 「肆」字

《說文》卷九下長部之「肆」字：「、極陳也，从長隶聲。」《字彙》、《康熙字典》改隸於「隶」部。

〔註 70〕又如「杲」、「杳」二字，前者「明也，从日在木上。」後者「冥也，从日在木下。」表現明亮或昏暗的主體，應在「日」而不在「木」，然古人無地球繞日運行的科學知識，對於天亮與天暗全憑太陽出現的位置來感知。先民以地面上不動的樹木作爲依憑的對象，日在木上爲杲，示明亮意；日在木下爲杳，示晦暗意，故許愼將「杲」、「杳」二字歸入木部，《字彙》、《康熙字典》沿其歸部，未加改動。

〔註 71〕詳見《說文繫傳・通釋第十五》，「歧」字注。頁一六七。

〔註 72〕詳見魯實先先生《假借遡源・原比》，頁三四六。

謹案：段玉裁注「隸」云：「極陳者，窮極而列之也……按極陳之，則其勢必長，此字所以從長也。」〔註73〕是知，「隸」引伸有長義，而隶（徒耐切、十五部）與隸（息利切、十五部）有聲音上的關係，故爲聲符。《說文》將隸隸在長部中，說明極陳而長之義，符合義符之類聚；又偏旁「長」居筆順起筆之位，不論學理或實用，均得其當。反觀《字彙》、《康熙字典》將隸歸入「隶」部，以聲符爲部，本不合學理，又非屬起筆之偏旁，殊有可議之處！

例15.「颿」字

《說文》卷十上馬部之「颿」字：「颿、馬疾步也，從馬風聲。」《字彙》、《康熙字典》改隸於「風」部。

謹案：徐鉉注云：「臣鉉等曰：舟船之颿，本用此字。今別作帆，非是。符嚴切。」而《字彙》逕云：「與帆同，徐鉉曰：『舟船之颿，本用此字。今別作帆。』周伯溫曰：『馬疾步也，從馬風，會意。』借爲舟颿字。」〔註74〕《康熙字典》引《玉篇》訓「馬疾步也，風吹船動也。」改「周伯溫」爲「周伯琦」，而仍《字彙》之說，以「颿」從馬風構形，爲會意字，且二書以「颿」字側重在風吹疾行之義，因而歸入「風」部中。然查「風（方戎切、七部）」與「颿（符嚴切、七部）」有聲音上的關係，當以「風」爲聲符〔註75〕。今《說文》將颿隸在馬部中，說明馬行迅疾之義，符合義符之類聚，又偏旁「馬」居筆順起筆之位，不論學理或實用，均得其當。反觀《字彙》、《康熙字典》將颿歸入「風」部，以聲符爲部，本不合學理，又非屬起筆之偏旁，實有待商榷。

例16.「靖」字

《說文》卷十下立部之「靖」字：「靖、立竫也，從立青聲。一曰細皃。」《字彙》、《康熙字典》改隸於「青」部。

謹案：段玉裁注「立竫」云：「謂立容安竫也」〔註76〕是知，「靖」字與「立」義相關，而青（倉經切、十一部）與靖（疾郢切、十一部）有聲音上的關係，故爲聲符。《字彙》雖未引《說文》，仍以其引伸義「安也」釋之，與「青」義無關；《康熙字典》雖引用《說文》，而歸部仍循《字彙》之舊。職是，《說文》將靖隸在立部中，說明立容安竫之義，符合義符之類聚；又偏旁「立」居筆順起筆之位，

〔註73〕詳見《圈點段注說文解字》，九篇下，「隸」字注。頁四五七～四五八。
〔註74〕詳見《字彙·戌集·風部》，「颿」字，頁五四三。
〔註75〕段玉裁注曰：「馬之行疾於風……此當云：從馬風、風亦聲。」詳見《圈點段注說文解字》，十篇上，「颿」字注。頁四七一。
〔註76〕詳見《圈點段注說文解字》，十篇下，「靖」字注。頁五〇四。

不論學理或實用，均得其當。反觀《字彙》、《康熙字典》將靖歸入「青」部，以聲符爲部，本不合學理，又非屬起筆之偏旁，殊有可議之處！

例 17.「到」字

《說文》卷十二上至部之「到」字：「𦤷、至也，从至刀聲。」《字彙》、《康熙字典》改隸於「刀」部。

謹案：至字之古、篆文作𡊄、𡊄，俱象箭從高處墜落至地的樣子，以「箭至」爲本義，而引伸爲一切「來」、「至」之義。「至」由於音轉，後孳乳爲「到」，知至爲到之初文〔註77〕，故《說文》以「至也」訓到，是也。又刀（都牢切、二部）與到（都到切、二部）有聲音上的關係，故爲聲符。《字彙》、《康熙字典》雖未引《說文》，仍以其「至也」釋之，與「刀」義無關。職是，《說文》將到隸在至部中，符合義符之類聚；又偏旁「至」居筆順起筆之位，不論學理或實用，均得其當。反觀《字彙》、《康熙字典》將到歸入「刀」部，以聲符爲部，本不合學理，又非屬起筆之偏旁，實待商榷。況《字彙》、《康熙字典》既將本在《說文》夊部之「致」字歸入「至」部，何不將本隸「至」部之「到」留在原部首中，以簡化歸部列字之例。

例 18.「萬」字

《說文》卷十四下内部之「萬」字：「𧒲、蟲也，从内，象形。」《字彙》、《康熙字典》改隸於「艸」部。

謹案：萬字卜辭彝銘作𧒲（後、下、十九、八）、𧒲（仲敦），篆文作𧒲，俱象蟲形，而後假借爲數名，本義遂泯。段玉裁注「萬」字下云：「謂蟲名也，叚借爲十千數，而十千無正字，遂久叚不歸，學者昧其本義矣。」𧒲字隸變作「萬」，已失其蟲形，故《字彙》、《康熙字典》據隸楷字形將萬歸入「艸」部，蓋「艸」屬筆順起筆之部件，在學理難求形義相合之情形下，以實用易檢爲考量，可也；惟今日《中文大辭典》與三民書局《大辭典》以「萬」字从内構形，而歸在「内」部八畫中。筆者案：清儒徐灝《說文解字注箋》云：「萬即薑字，譌从内，此古文變小篆時所亂也。因爲數名所專，俗書又加虫作薑，遂歧而爲二。」〔註78〕故知，萬、薑古文本爲一字，象蝎蟲之形，下象蝎蟲之尾，非从内也。「獸足蹂地」謂之「内」，與蝎蟲義不相關，故將「萬」字歸在「内」部，既不合義符之類聚，又「内」非屬筆順起筆之部件，學理與實用俱未兼及，可議也。職是，「萬」

〔註77〕詳見《說文部首類釋》，頁二一一～二一二。
〔註78〕詳見《說文解字注箋》，第十四下，「萬」字注，頁二八。

字歸在「艸」部〔註79〕，雖不合學理，然便捷易取，容易檢索。

如前所言，文字以形變，致本義多有難求者，今人編纂字書、辭典，當以運用上便捷易檢為考量。除了前述以筆順起筆之偏旁或部件作為部首、字形結構類似之字群歸部統一化外，會意字之歸部，尚可以「互見重出」的方式，一詳一略，加以注明，既可取檢閱便捷之利，又可明文字歸部之由，洵為良策。

中國文字古、今形體有變，欲將先民造字時之初形本義，結合今日檢索便捷之目的，實有其窒礙難行之處。《字彙》、《康熙字典》打破傳統字書歸部隸字的模式，另立新法，以檢文索字之便捷為重，誠屬難得；惟在歸部過程中，《字彙》、《康熙字典》有少數字例之歸部，或有違其例，或與今日字典歸部不同。本文將其歸部疑義者，羅列如上，並逐字探析，論證過程皆引據典籍及前人之說，悉為釐清，冀求歸部之至當，以供學界參考。

第五節　結　語

《說文》五百四十部首演變至《康熙字典》二百一十四部時，由部目的歸併增刪、部序的改易調整及字例歸部的隸屬變更等情形，吾人約可歸納出幾個字書編纂時部首演變的現象：

一、「部首」定義的演變

《說文》創立了「部首」的觀念，也樹立以「形」檢字的典範，為後世漢語字書、辭典通常採行的檢索方式〔註80〕。許慎藉由分析文字的形體結構以探求文義的本源，所以《說文》的「部首」具有字母、字根的意義，「凡某之屬皆从某」，即同部首內的字群彼此均有意義關聯。隸楷字體通行後，文字形義不似古文篆籀那樣密切，先人造字之初形本義漸泯，但後出之字書雖仍以「部首」來統攝諸多字群，其分析形構以明字義之功能並不特別顯著，轉而以「檢索方便」為首要考量。因此，「部首」的功能由學理偏向實用，由字母、字根變為以文字書寫體式之部件，同部首內的字群彼此只

〔註79〕今日通行之字、辭典多半將「萬」字歸在「艸」中，如《字彙》、《康熙字典》、《中華大字典》、《辭源》、《辭海》、《正中形音義綜合大字典》、《漢語大字典》、《漢語大辭典》等等皆屬之。

〔註80〕目前所見之漢語字、辭典，雖有不少以「音序」來檢索，然在進行「音序」排檢法的同時，必須強調的是，此類排檢法對於以形表意的漢字而言，是有其無可避免的限制，因為使用者如果不懂得拼音字母（不論是注音符號，或是漢語拼音字母），或者不了解所查文字之讀音，便無從查檢。因此，音序排檢法對於漢語字、辭典不能作為唯一的檢索方法，而必須配合其他排檢法或索引，方能彌補上述的缺陷。

要具有相同或相似的形體部件即可，不見得要有意義關聯。今人曾榮汾先生曾說：

> 事實上，對「部首」應該有這樣的見解：它不只是字書編排的一種方
> 式，同時也是讀者查閱此字書的工具。編排可力求合乎學理，因為那是一
> 種「學術水準」的展現，也是字書編纂的宗旨之一；但是工具卻必須力求
> 方便。這二者看起來似乎矛盾，但卻是可以協調的。協調的基礎就建立在
> 「編排學理化，檢索工具化」的觀念上。〔註81〕

至此，部首變成只是一個檢文索字時的工具，這是由五百四十部演變至二百一十四
部時，部首定義的演變。易言之，狹義的部首，是字母、字根；廣義的部首，除字
母、字根外，另含部件。

二、奠定《字彙》創建二百一十四部首之功

梅膺祚《字彙》凡例云：「偏旁艸入艸，月入月，無疑矣。至莧从丫，而附於艸；
朝从舟也，而附於月，揆之於義，殊涉乖謬。蓋論其形，不論其義也。」〔註82〕因
其只「論其形，不論其義」，刪併《說文》五百四十部而成二百一十四部，且依部首
筆畫多寡為序，由一畫至十七畫，統攝三萬三千一百七十九字，就檢索便利言，為
歷代字書的一大創舉。其後《正字通》繼起，仍循前書之部序與部目，與《字彙》
並行於明代。時至清初，《康熙字典》仍承繼《字彙》之二百一十四部首，是肯定此
一檢字法的使用便捷與配合時代需要，正由於此一欽定字書的發揚，使得《字彙》
之二百一十四部首成為後世編纂字書、辭典的主要依據，《康熙字典》在此中所扮演
的角色是具有加強約定俗成之作用的時代意義，使二百一十四部首之編纂方式得以
流傳，奠定此一部首檢字法在辭書發展史上的地位。《康熙字典》頒行後，便取代了
《字彙》、《正字通》，究其緣由，除了挾其嚴峻的政治勢力在推行流傳外，《康熙字
典》能旁羅博證，兼採二書之長，也是重要因素。

三、力求字書在實用性與學理性上的平衡

《說文》自訂「以形分部」的原則，但有時又為牽就部首，以聲符來歸部而自
亂其例，如「延」、「胖」、「僕」、「梟」、「羞」、「覛」、「莫」、「拘」、「筍」、「鉤」、「愷」、
「否」、「敝」、「恩」、「昇」、「憲」、「吁」、「迊」等字屬之，《字彙》、《康熙字典》將
之重新一一歸入適當部首中。觀察上列字例之歸部，除修正《說文》以聲分部之誤

〔註81〕詳見曾榮汾〈字典中部首歸屬問題探析——由「常用國字標準字體表」說起〉，刊載
　　　　於《孔孟月刊》，第二十五卷第五期，頁十三～廿三，民國七十六年一月。

〔註82〕詳見《字彙》書前〈凡例〉。事實上，《說文》五百四十部中已有「論其形，不論其義」
　　　　的觀念，如它部、龜部、黽部即是。

外，亦多能符合二百一十四部首之歸部原則，包括以起筆偏旁或形構中唯一之部首偏旁爲部等，方便後人取部檢字，作到檢索便捷的實用性功能。除此之外，《康熙字典》更採用「按語」的方式，在某些被歸併之部首字後加以補充說明，使檢閱者能明瞭文字演變之源由始末，這是《康熙字典》編纂者在字書的實用性與學理性上力求平衡的一項作法。

四、「重出互見」的觀念漸受重視

　　《康熙字典》雖在「凡例」、「按語」中多次對《字彙》、《正字通》列字重出、兩部疊見之情形加以駁正，而書中仍不免有兩部互見之例。除了同一字形因歸部不同的兩部重出互見外，編纂者對於篆文隸定與隸變之字也分別保留於書中各部，如「炎」字，隸定作炎，歸入火部，隸變作光，則歸入儿部；「爵」字，隸定作爵，歸入木部，隸變作爵，則歸入爪部；「覃」字，隸定作覃，歸入鹵部，隸變作覃，則歸入両部；「桑」字，隸定作桑，歸入木部，隸變作乘，則歸入丿部等等，是另一種形式的兩部互見。至此，字書的「重出互見」觀念漸受近代學者的重視，今人曾榮汾先生嘗云：

> 其（指《正字通》）分部承依《字彙》，時見兩部疊見者，如西部既有「堲」字，而土部又有「堲」字；网部既有「羆」字，而火部又有「羆」字；虍部既有「虓、虓」字，而日部又有「虓」字，斤部又有「虓」字；舌部既有「甛、憩」字，甘部又有「甛」字，心部又有「憩」字。若此之類，胡樸安氏舉爲「舛駁」之例，然此即因應部首難辨而創之「互見例」，看似疊床架屋，於檢索便易而言，觀念卻更備矣。〔註83〕

又洪固先生云：

> 這種辦法（兩部互見）雖然可能造成卷帙之浩繁，但以現在印刷術之便利，如採用一詳一略之方式注釋，不但可以顯示該字之本義，亦可解決不認識本義而無法查得本字之困擾。何況部分國字之歸部並非完全是以義歸部，有些爲了某種特殊理由可以以聲符爲部首，有時爲了原來的形符已隸變致無可歸之部首，也可以任意歸入形體相近之部。凡此種種，例證俯拾即是，採用兩部互見之例亦可解決此等不合理之歸部情形。〔註84〕

故知，站在字書檢閱便捷的立場來說，兩部「重出互見」是有其存在的價值。

〔註83〕詳見曾榮汾《字樣學研究》，頁六○～六一，學生書局出版，民國七十七年四月初版。
〔註84〕詳見洪固〈字典部首檢字法的改進研究〉，第三屆中國文字學國際學術研討會論文集，總頁五二九～五四八，輔仁大學出版社出版，民國八十一年六月。

　　《康熙字典》欲求「善兼美具」,「庶檢閱既便,而義有指歸,不失古人製字之意」,是編纂者希望該書對學理性與實用性能夠力求兼顧,進而「增《字彙》之闕疑,刪《正字通》之繁冗」,然我國字書部首的演進,由《說文》五百四十部演變至《字彙》、《康熙字典》二百一十四部的情況,乃有其不得不變的因素,其中文字形體由篆文發展至隸書是一個主要因素。由於隸變時產生許多混同、類化的現象,不同的古籀篆文變成相同的隸書形體,據篆文分部而成的《說文》五百四十部首,自然會有省併的趨勢。再者,從字書檢索的觀點來看,據形系聯的部序形式已不合隸、楷字盛行的時代使用,因此打破《說文》的部序形式也是必然的。更由於今日通行之隸、楷字體多半已難察古人製字之初形本義,因此,站在字、辭典檢索便捷的立場,部首省繁從簡,切合時代需要,是自然的趨勢,所以部首的設立自然要由學理性走向實用性。《康熙字典》編者欲求字書在學術上的合理與運用上的便捷,其陳義甚高,踐履有限,歸部仍多從《字彙》之舊,故只能在文中加「按語」來作補充說明,以遂其願了。

第六章　結　論

　　綜合以上各章的論述，針對《康熙字典》引用《說文解字》之情形，本文從「編纂之目的與動機」、「全書體例」、「引用資料」、「部首列字」、「對後世字書、辭典學的影響」等方面進行考查，約可以得到以下幾個結論：

一、就編纂之動機與目的言

　　康熙皇帝玄燁對學術文化的重視，在歷史上頗富盛名。由他的用心，「留意典籍，編定群書」後，深感歷代字書之不詳不備，或繁省失中，或疏漏譌舛，無可奉為典常不易者，謂「字學並關切要，允宜酌訂一書」，終能促成此一集前代字書大成之《康熙字典》的編纂。雖然清代政權重視學術文化的現象，含有滿族統整中原的政治意圖，然就「學術功能」與「實用價值」兩方面客觀言之，它能「俾承學稽古者得以備知文字之源流，而官府吏民亦有所遵守焉」，亦即在學術上，它可以揭示我國文字音聲之源流，作為研究之用；在實用價值上，由於《康熙字典》廣蒐博證，資料匯集，可作為一般士人和官府吏民研讀寫作的參考，是一部必備工具書。

二、就全書體例言

　　《康熙字典》之體例，舉凡設集分卷、部目次第、歸部列字、卷首附錄等等，皆承自明代梅膺祚《字彙》與張自烈《正字通》。前二書有未盡完備之處，則悉加釐正，並立「一以《說文》為主」作為析釋形義的取擇標準，以示崇本之意，期全書內容更臻美善之境。書前〈凡例〉對於「設立部首及歸部列字的原則」、「確立音韻體系」、「樹立切音解義的定則」、「析釋形構以《說文》為準則」、「說明古文來源及編排」、「新增字與罕用字的處理」、「按語的設置」等方面都有明確的規定與說解，尤其是《康熙字典》對於多音多義之字的處理，採取「以音統義」的原則，顯然是歷代字書的一大創舉，也為後世字、辭典的編纂樹立了良好典範；惟其〈凡例〉陳

義甚高,踐履有限,蓋因編纂者眾,良莠不齊,且纂書倉促,故各卷集之體例用語或有不一,甚至與〈凡例〉違逆者,是其失也。

三、就引用資料言

　　總觀全書,《康熙字典》采用《說文》之版本,乃以徐鉉校定本爲主,訓解字義則兼採徐鍇《說文繫傳》之說。吾人從《康熙字典》采用《說文》資料之情形,可得知下列幾點:

（一）各集引用術語不一。書中除逕引《說文》者外,尚有「《說文註》」、「《說文》……〈註〉……」、「《說文》……〈徐曰〉……」、「《說文徐註》」、「《說文》……〈徐鉉曰〉……」、「《說文》……〈徐鉉註〉……」、「《說文》……〈徐鍇曰〉……」、「《說文》……〈徐鍇註〉……」、「《說文徐氏曰》」、「《說文新附字》」、「《唐本說文》」、「《說文解字》」、「〈許慎曰〉」、「《說文杜林說》」、「《徐鉉說文註》」、「《說文徐鉉註》」、「《說文序》」、「《許慎說文序》」、「《說文某字註》」、「《徐鍇說文繫傳》」等二十種不同的用語,且各集出現之頻率亦有所不同。

（二）資料引用來源不夠明確。《康熙字典》引用《說文》兼採徐鉉、徐鍇之說,而書中屢見「《說文》……〈徐曰〉……」、「《說文》……〈註〉……」、「《說文註》」、「《說文徐註》」、「《說文徐氏曰》」之語,其逕云徐曰、徐註,若非查檢原書,徒費猜想,則難得其實。

（三）據筆者實地查檢結果,《康熙字典》引用之術語中,採「《說文註》」、「《說文徐註》」、「《說文》……〈註〉……」者,除極少數非采二徐之說外,引用徐鉉與徐鍇之說,兼而有之,出現比例相當;採「《說文》……〈徐曰〉……」者,偶有編者妄加之語及徐鉉之說外,其餘絕大部分皆引自徐鍇《說文繫傳》。

（四）《康熙字典》引用之各種資料中,或有引用不實、經註錯置、增減註文等缺失。蓋當時編纂群儒並非小學專家,加上受到《字彙》、《正字通》之影響,疏陋自是難免;惟《康熙字典》收錄大量的《說文》原文與二徐注釋,可供後人校勘之參考,其保留資料之功,實是不容磨滅。

四、就部首列字言

　　《康熙字典》承繼《字彙》之立部原則與部目部序,打破《說文》五百四十部首的傳統,肯定《字彙》之檢字方法使用便捷,且能配合時代需求。由於此一御定字書的發揚,使得「二百一十四部首」成爲後世編纂字書、辭典設立部首的主要依

據，在此，《康熙字典》具有繼起發揚之功效與約定俗成之作用，使二百一十四部首之編纂方式得以流傳，奠定此一部首檢字法在字書、辭典發展史上的地位。又《康熙字典》之編纂，力求字書在實用性與學理性上的平衡，雖屢次批駁《字彙》、《正字通》列字重出、兩部疊見之誤，而「重出互見」的觀念在書中表露無遺，除了同一字形因歸部不同的兩部重出外，編纂者對於篆文隸定與隸變之字也分別保留於書中各部，析形釋義，兩相參照，詳略互見。站在字書、辭典編纂以實用便捷爲考量的立場言，《康熙字典》的成書，無論是部首之部目次第、列字之重出互見等，都是良好的編輯觀念。

五、就對後世字書、辭典學影響言

如前所言，《康熙字典》之編纂體例、部首列字、重出互見、資料引證等觀念，對後世字、辭典之編纂均產生極大的影響。如臺灣之《中文大辭典》、中國大陸的《漢語大字典》、《漢語大詞典》，甚至遠至東瀛的《大漢和辭典》，無不以《康熙字典》爲範本，去蕪存菁，以成其書。蓋因《康熙字典》收字廣泛、引證繁富、體例明確，實足稱道。雖《康熙字典》未能達到所期許「善兼美具、可奉爲典常而不易」之境，然而它承繼了《說文》至《字彙》、《正字通》的字書編纂傳統，博采眾長，另闢新法，不僅保存了許多寶貴的文獻資料，其所確立的體例法則，也使後世字典的編纂更趨規範化與合理化。近人研究《康熙字典》多針對其謬舛疏漏而發，吾人以爲研究《康熙字典》當以客觀謹慎之態度，棄短揚長，葺罅補漏，詳證博引，以正其失，期使《康熙字典》符合清儒「六書之淵海，七音之準繩」、「海宇識所據依，士林奉爲模楷」之譽。